U0943202

Yilin Classics

经／典／译／林

唐诗三百首

[清]蘅塘退士 选编

周啸天 注评

译林出版社

图书在版编目（CIP）数据
唐诗三百首／（清）蘅塘退士选编；周啸天注评
．—南京：译林出版社，2020.6（2021.3重印）
（经典译林）
ISBN 978-7-5447-8191-6

Ⅰ.①唐… Ⅱ.①蘅… ②周… Ⅲ.①唐诗－诗集
Ⅳ.①I222.742

中国版本图书馆CIP数据核字（2020）第046744号

唐诗三百首［清］蘅塘退士／选编　周啸天／注评

责任编辑　唐洋洋
装帧设计　韦　枫
校　　对　王　敏
责任印制　颜　亮

出版发行　译林出版社
地　　址　南京市湖南路1号A楼
邮　　箱　yilin@yilin.com
网　　址　www.yilin.com
市场热线　025-86633278
排　　版　南京展望文化发展有限公司
印　　刷　南京爱德印刷有限公司
开　　本　880毫米×1240毫米　1/32
印　　张　11.875
插　　页　4
版　　次　2020年6月第1版
印　　次　2021年3月第3次印刷
书　　号　ISBN 978-7-5447-8191-6
定　　价　39.00元

前　言

唐诗是中国诗史上空前绝后的一座高峰。故王国维称诗为有唐“一代之文学”(《宋元戏曲史》),而鲁迅干脆说:“我以为一切好诗,到唐已被做完。”(《鲁迅书信集》)

长达近三个世纪的唐王朝,经历过相当长时期的经济繁荣、国家统一强盛的局面。它不仅以军事大国,而且以经济大国的姿态屹立东方。从贞观、永徽到开元、天宝,一百四十余年持续繁荣,为史所罕见。即使在安史之乱以后,唐王朝经济上也获得了相对的稳定和发展。虽然文学艺术的繁荣并不总与社会发展同步,但生产力的进一步提高,使得更多的人有可能从事精神生产,这对于文学艺术的繁荣大有好处。唐代诗人作家遍及各阶层,其人数之多、分布之广空前未有,这种情况脱离了经济稳定发展的背景,是不可想象的。

隋唐以前,由于南北分裂,文学发展呈现地域性差异,“江左宫商发越,贵于清绮,河朔词义贞刚,重乎气质”(魏徵)。国家规模的空前统一,使南北文学渗透融合,呈现了南北文化交流的汪洋浩瀚局面。中外文化交流的活跃,也给唐代文坛带来生机,产生了敢于“拿来”的气派。

政治开明、文禁松弛是唐代封建统治的重要特征。文人博览百家,思想活跃,眼界开阔,文艺反映社会生活直接而迅速,表现个性情操自由而潇洒。统治阶级提倡诗赋创作,科举以诗赋取士,进士行卷蔚为风气,形成了全社会尊重文艺尤其是诗歌创作的习俗,对唐诗的繁荣产生了不可估量的影响。

唐代,诗歌曾经是最富于群众性的文艺部类。那是个足以使诗艺臻于不朽的黄金时代。诗歌创作对于唐人是一种需要而不是点缀。唐人离不开诗，一如今人离不开影视；唐代诗人之为人崇拜，一如今日的影星之为人崇拜。唐代印刷术应用并未普及，诗歌不靠刊物流布。当时的诗歌，咏唱于集会宴席之上，题写于山程水驿之间。从驿站的墙壁到路边的石头乃至芭蕉的阔叶，无往而非“诗刊”。平庸之作，自然淘汰，而杰作佳构，则被辗转传抄。白居易云：“自长安抵江西，三四千里，凡乡校、佛寺、逆旅、行舟之中，往往有题仆诗者，士庶、僧徒、孀妇、处女之口，每每有咏仆诗者。”真是一个令后世诗人神往的时代！马克思对古希腊艺术的某些评价，对唐诗也适用——它们至今“仍能给我们以艺术享受，而且就某些方面说，还是一件规范和高不可及的范本”。

在中国诗史上，那是一个不断创新的、集大成的时代。六朝开始的新体诗运动到唐代得到最终完成，五七言古近体诗体裁大备。

在唐初即产生了如“四杰”一类宫廷之外的优秀诗人，使诗歌从内容上突破了宫体诗的狭小天地。到陈子昂正式提出反对齐梁诗风，打出诗歌革新的旗帜，始从理论和实践上为唐诗发展端正了方向，扫清了道路。

到开元、天宝之间，诗歌发展呈跃进趋势，积极浪漫主义诗风成为时代主流，大批卓越诗人如雨后春笋般涌现。伟大的浪漫主义诗人李白是这一时期最杰出的代表。以岑参、高适、王昌龄为代表的边塞诗派，以王维、孟浩然为代表的田园诗派，争奇斗艳，共同创造了盛唐气象。安史之乱使现实主义诗歌如潮涨浪涌，伟大时代歌手杜甫，以其丰富深切的生活体验、深沉博大的思想情怀、海涵地负的艺术才力，再现了动乱时代的面貌，而成为一代“诗史”。

此后经过一段酝酿，唐诗在中晚唐再度繁荣。这时诗歌流派滋多，诗人个性突出，异彩纷呈。白居易、韩愈两大诗派各自从不同方面发展了杜甫，以元、白为代表的新乐府运动，更形成波澜壮阔的现实主义潮流。此外，还产生了像刘禹锡、柳宗元、李贺、杜牧、李商隐等大批独树一帜的诗人。

唐诗佳作如林，选不胜选。历代著名选本如《唐诗品汇》百卷，收诗六千七百有余；《唐诗别裁》二十卷，收诗亦近两千，都是很有权威的选本。而《唐诗三百首》更是一部家喻户晓的唐诗读本，就其普及程度而言，远远超过了上述两种选本，甚至超过了同样是普及文学读本的《古文观止》。

《唐诗三百首》编成于乾隆年间，原编者为孙洙，别号“蘅塘退士”，全书共选五七言古近体诗三百一十首为八卷，或作六卷。附录有作者小传及原序。《唐诗三百首》的编选着眼普及，所选各诗皆脍炙人口的名篇。这些名篇音韵和谐，易于诵读，言近旨远，耐人寻味，文辞清丽，不难解会，特别适宜教授童蒙。自其问世以来两百余年间，成为刊布最广、发行量极大的图书之一，一向有多个注释本流行。本书以蘅塘退士本为底本，并参考他书，作品编次依旧，对每篇作品悉加注释点评，作者名下新撰诗人小传，并附作者作品索引，以飨读者。

本书之注评由四川大学文学与新闻学院教授周啸天主持，合作者为管遗瑞、秦岭梅。全书由周啸天规划体例；五七言古律诗部分的点评、注释，分别由管、秦二人承担；五七言绝句部分的点评、注释，由周承担；全书由周啸天统稿。

原　序

世俗儿童就学，即授《千家诗》，取其易于成诵，故流传不废。但其诗随手掇拾，工拙莫辨，且止五七律绝二体，而唐宋人又杂出其间，殊乖体制。因专就唐诗中脍炙人口之作，择其尤要者，每体得数十首，共三百余首，录成一编，为家塾课本，俾童而习之，白首亦莫能废，较《千家诗》不远胜耶？谚云："熟读唐诗三百首，不会吟诗也会吟。"请以是编验之。

目　录

卷一　五言古诗

乐府

卷二　七言古诗

卷三　七言古诗

卷四　七言乐府

卷五　五言律诗

卷六 七言律诗

卷八　七言绝句

乐府

作者作品索引

（按姓氏笔画排列）

杜　牧

卷一　五言古诗

张九龄（678—740）

字子寿，韶州曲江（今广东曲江）人。武后神功元年（697）登进士第，授校书郎。玄宗先天元年（712）中道侔伊吕科，授左拾遗。后历官司勋员外郎、中书舍人、桂州都督、集贤院学士、中书侍郎等职。开元二十一年（733）拜中书侍郎、同中书门下平章事，翌年迁中书令，兼修国史。二十四年受李林甫排挤罢相。次年贬荆州长史。二十八年病卒。有《曲江张先生文集》，《全唐诗》存诗三卷，《全唐诗外编》及《全唐诗续拾》补诗四首。

感遇　四首录二

兰叶春葳蕤，桂华秋皎洁[①]。欣欣此生意，自尔为佳节[②]。谁知林栖者，闻风坐相悦[③]。草木有本心，何求美人折[④]？**其一**

【注释】 ① 兰：即泽兰，一种香草，多年生草本，夏秋之际开花，属菊科，不同于今之兰花。葳蕤（wēi ruí）：枝叶繁盛的样子。桂华：即桂花。华：同“花”。皎洁：形容桂花之花蕊晶莹、明亮。② 欣欣此生意：兰桂如此欣欣向荣、生气盎然的样子。自尔：自然而然地。尔：语助词，无实在意义。佳节：美好的节操。③ 林栖者：居于山林的隐者。闻风：闻到轻风送来的兰桂的芬芳。坐：因为。相悦：喜爱兰桂。④ 本心：此为语意双关，一指兰桂之根，二指林栖者之美好天性。美人：亦为语意双关，一指貌美之人，二指林栖者。

【品评】 这是张九龄自明品节之作。张九龄是贤相，也是盛唐初期的五言名家，在唐诗发展中地位很高，影响深远。他被贬到荆州以后，写了十二首《感遇》，是一组五言古诗，表现自己复杂的思想感情，诗风一洗六朝铅华，质朴刚劲，寄慨遥深。第一首取意屈原《离骚》："不吾知其亦已兮，苟余情其信芳。"以兰、桂自比，以美德自励。全诗的主旨在"草木有本心，何求美人折"二句，意谓贤者志洁行芳，无须求人赏识，博取高名，表现了作者坚贞耿介的品格。前人说："曲江公（即张九龄）诗雅正沉郁，言多造道，体含风骚，五言直追汉魏深厚处。"（《唐诗选脉会通评林》）全诗只是平平道来，不激不厉，看似毫不经意，而深刻的思想自寓其中，令人含咀不尽。

江南有丹橘[①]，经冬犹绿林。岂伊地气暖，自有岁寒心[②]。可以荐嘉客，奈何阻重深[③]！运命惟所遇，循环不可寻[④]。徒言树桃李，此木岂无阴[⑤]？**其四**

【注释】 ① 江南：长江以南。丹橘：红橘。古代橘树往北逾淮河即变为枳。② 伊：那里，指江南。岁寒心：抵御天气严寒的本性。③ 荐：奉献。阻重深：被层层阻隔于深远孤僻之地。④ 遇：际遇。循环：周而复始，指命运交替往复。不可寻：不可探寻，没有规律。言自己的政治命运处于进退得失、宠辱盛衰之间，反复变化，无法把握、不可探求。⑤ 徒言：没有依据，随便说。树：栽种。此木：指丹橘。

【品评】 这是一首歌咏丹橘的诗，其实也是托物咏志。屈原有《橘颂》诗，赞美橘树"受命不迁生南国兮"，有坚贞不移的美德。诗人是南国韶州曲江（今广东曲江）人，贬所荆州又多橘，因此自然受到了屈原诗歌的影响，写下了这首诗。但在表现手法上又有新意。

一是用具有“岁寒心”的松柏来相比拟,强调独立不移的品格;二是指出其果实的珍贵,暗示积极的用世精神;三是以桃李来反衬,指出其被忽视的作用。这样,更能启人想象,委婉深沉,意蕴宽广。诗中也有对自己遭受贬谪的抱怨,对命运无常的悲叹,但整个精神却是积极向上的,再加上语言的清新简练,平和温雅,历来受到传诵。

李　白（701—762）

字太白,号青莲居士,祖陇西成纪(今甘肃秦安),生长于蜀地。玄宗开元十二年(724)出蜀漫游,先后隐居安陆(今属湖北)与徂徕山(在今山东)。天宝元年(742)奉诏入京,供奉翰林,后赐金还山。安史之乱中因从永王璘获罪,系身囹圄,一度流放。有《李翰林集》。

下终南山过斛斯山人宿置酒①

暮从碧山下,山月随人归。却顾所来径,苍苍横翠微②。相携及田家,童稚开荆扉③。绿竹入幽径,青萝拂行衣④。欢言得所憩,美酒聊共挥⑤。长歌吟松风,曲尽河星稀⑥。我醉君复乐,陶然共忘机⑦。

【注释】 ① 终南山:在今陕西省西安市南,秦岭主峰之一,唐代名士多隐居于此。过:拜访。斛(hú)斯山人:姓斛斯的隐者。斛斯为复姓。② 却顾:回头看。翠微:指苍翠的山林。③ 及:至。荆扉:黄荆树条做成的柴门。④ 青萝:青青的松萝。萝:即女萝、松萝,一种藤蔓植物。⑤ 所憩:休息的地方。憩(qì):短暂休息。挥:举起酒杯。⑥ 长歌:歌声悠扬、婉转。吟松风:语意双关。可以理解为吟唱《松风曲》,也可以释为歌声与松风唱和、交响。河星:银河星辰。⑦ 陶然:快活、欢乐的样子。忘机:忘却了机巧之心,淡泊名利，抛却功利。

【品评】 此诗写月下访友饮酒，当作于诗人初入长安隐居终南山之时。开首点出夜晚和山月，创造出一种幽美景色，笼罩全篇。接着用白描手法，一路按顺序自然写来，处处引人入胜，表现出一派陶然忘机的欢乐，沁人肺腑。全诗风格真率，飘逸清旷而又闲淡入妙，透露一种俊爽英迈之气，这是李白诗特有的本色。诗中“挥”字用得极妙，出自陶渊明诗“挥杯劝孤影”句，表现出诗人无拘无束，兴致极高，频频举杯畅饮，以及席间觥筹交错、欢快热烈的气氛，极为生动形象。

月下独酌

花间一壶酒，独酌无相亲。举杯邀明月，对影成三人。月既不解饮，影徒随我身①。暂伴月将影，行乐须及春②。我歌月徘徊，我舞影零乱。醒时同交欢，醉后各分散。永结无情游，相期邈云汉③。

【注释】 ① 不解：不懂得。徒：徒然，白白地。② 将：和，偕同。及春：趁着大好春光。③ 无情游：抛却世俗情怀的伴侣。游：交游、同伴。相期：相约。邈：远，指高过。云汉：天河，即银河。

【品评】 此诗题下共有四首，这是其中第一首。诗当作于玄宗天宝三年(744)作者在京城长安待诏翰林之时。他眼见朝政腐败，官场钩心斗角，有感于谗陷威胁，内心不免时有苦闷，此诗表现了他借酒浇愁的孤独情形。但诗人运用奇思妙想，把天上的明月和自己的影子拉来作陪，一起纵饮欢舞，把一切苦闷驱得烟消云散。因此，《唐宋诗醇》说：“千古奇趣，从眼前得之。尔时情景，虽复潦倒，终不胜旷达。”表现出李白豪放不羁的个性和乐观的人生态度。

春 思[①]

燕草如碧丝，秦桑低绿枝[②]。当君怀归日[③]，是妾断肠时。春风不相识，何事入罗帏[④]？

【注释】 ① 春思：春天的情思。② 燕：燕地，今河北、辽宁一带地区。唐代燕地为东北边防要塞，时时抵御契丹、奚等东胡的侵扰。秦：秦地，今陕西、甘肃一带地区。③ 怀归日：思念归来的日子。④ 罗帏：丝织的帏帐。

【品评】 这是一首写思妇的诗，把秦地妇女对远在燕地边塞的丈夫的思念和对爱情的专一写得真切感人。萧士赟说：“燕北地寒，草生迟。当秦桑低绿之时，燕草方生，兴其夫方萌怀归之心，犹燕草之方生。妾则思君之久，犹秦桑之已低绿也。”（《分类补注李太白集》）结尾问春风，既含怨丈夫不归之意，亦自明贞洁，非外物所能动摇。全诗像一首短小的民歌，运用比兴手法和双关修辞格（“丝”谐“思”，“枝”谐“知”），富有风趣而又含蓄委婉。这是古体诗，但是开始四句却又运用了对偶，句子质朴警策，在散行中又有整饬之感，在短章中把律诗的一些句法与古诗相融合，读来别有风味。

杜 甫（712—770）

字子美，河南巩县（今属河南）人。玄宗开元二十三年（735）举进士不第。天宝间困守长安十年，十四载（755）授河西尉不赴，改右卫率府兵曹参军。安史乱发，长安陷落，身陷贼中。至德二载（757）自贼中奔赴凤翔行在，授左拾遗。乾元元年（758）贬华州司功参军，次年弃官赴秦州，经同谷，到成都，于西郊建草堂。广德二年（764）

剑南节度使严武荐为检校工部员外郎。永泰元年(765)离成都,至夔州(今重庆奉节)。大历三年(768)出峡,辗转江湘,后死于舟中。有《杜工部集》。

望　岳[①]

岱宗夫如何,齐鲁青未了[②]。造化钟神秀,阴阳割昏晓[③]。荡胸生层云,决眦入归鸟[④]。会当凌绝顶,一览众山小[⑤]。

【注释】 ① 岳:指东岳泰山。② 岱宗:指泰山。岱:是泰山别称。因泰山为五岳之首,诸山之所宗,故尊称为“岱宗”。齐鲁:齐鲁之地,今山东省。春秋时期,泰山之北为齐地,泰山之南为鲁地。青未了:郁郁葱葱,满眼苍翠,绵延不断,一望无涯。③ 造化:天地自然的创造力。钟:聚集、汇聚。阴阳:山之北阳光较弱,为阴;山之南阳光明丽,为阳。割昏晓:将晨昏明暗划分得很分明,极言泰山之高峻。割:分割、划分。昏晓:黄昏与清晨。④ 荡胸:胸襟激荡。生层云:生于层云,因层层叠叠的云气而产生。决眦:意为尽量张大眼睛、极度使用目力以远望。决:裂。眦:眼眶。⑤ 会当:应当,终当。凌:登临,攀登上去。览:看,环视。

【品评】 现存杜甫诗中有三首作于不同时期的《望岳》,这是第一首,作于青年时期,望的是东岳泰山(另二首所望是西岳华山、南岳衡山,作于中晚期)。全诗以“望”字驰神运思,前六句从不同的角度描写泰山的雄伟高峻和神奇秀丽,动人心魄,结尾写想象中登泰山远望的情景。诗中无一“望”字,而处处是望意,表现出巧妙的构思。第一句的“夫”字,马茂元说:“夫,古文中常用的发语词,此用以入诗,造成语气的舒宕,传神地表达了诗人面对泰山的惊诧之感。”(《唐诗选》)最后“会当凌绝顶,一览众山小”二句,造语警拔,气势恢宏,表现出青年诗人非凡的抱负和豪迈向上的宏大气魄,是千古传诵的警句。

赠卫八处士[①]

人生不相见，动如参与商[②]。今夕复何夕，共此灯烛光。少壮能几时，鬓发各已苍[③]。访旧半为鬼[④]，惊呼热中肠。焉知二十载，重上君子堂。昔别君未婚，儿女忽成行。怡然敬父执[⑤]，问我来何方。问答未及已，驱儿罗酒浆[⑥]。夜雨剪春韭，新炊间黄粱[⑦]。主称会面难，一举累十觞[⑧]。十觞亦不醉，感子故意长[⑨]。明日隔山岳，世事两茫茫。

【注释】 ① 卫八：姓卫排行第八的人，其人不详。处士：未曾出任过官职的隐者。② 动：运行。参（shēn）与商：参星与商星。参星在西方，商星在东方，如日月，此起彼落，永不得相逢。③ 鬓发：两颊靠近耳朵边的头发。苍：花白。④ 访：寻访、打听。旧：老朋友。⑤ 父执：父亲的挚友。执：同“挚”，挚友。⑥ 罗：张罗，摆设。⑦ 剪：把夜雨比喻成剪刀，形容春韭长得如此整齐，好似被夜雨修剪过一般。春韭：春天生长的韭菜。间（jiàn）：掺和、夹杂有。黄粱：粟米之一种。古代有黄粱、白粱、青粱之分，黄粱食之有香味，常用以待佳客。⑧ 累：连续，接连不断。觞（shāng）：古代酒具。⑨ 子：古代对别人的尊称，相当于“您”。此指老朋友。故意：旧情意，老朋友的深情厚谊。

【品评】 这首诗是杜甫在安史之乱中，乾元二年（759）春从洛阳返回华州途中与老朋友卫八处士相逢所作。首四句唱叹而入，写诗人与老朋友的久别重逢，惊喜之情溢于言外；次八句写人生的聚散无常，发出无限感慨；接下来八句写老朋友全家对诗人的热烈欢迎，殷勤款待，笔端洋溢着温馨；最后四句写诗人的感谢，喟叹会期难再。

全诗以自然真率的叙述为主，时时插以感叹，亦叙亦议，极跌宕顿挫之妙，把在动荡离乱中与老友重逢、暂聚一夕的悲喜交集的情景描写得非常生动逼真，千载之下读来犹然深深感人。这原因，主要在一个“真”字，即景真、情真是也。

佳　人

绝代有佳人，幽居在空谷[①]。自云良家子[②]，零落依草木。关中昔丧乱[③]，兄弟遭杀戮。官高何足论，不得收骨肉。世情恶衰歇，万事随转烛[④]。夫婿轻薄儿[⑤]，新人美如玉。合昏尚知时[⑥]，鸳鸯不独宿[⑦]。但见新人笑，那闻旧人哭！在山泉水清，出山泉水浊[⑧]。侍婢卖珠回，牵萝补茅屋。摘花不插发，采柏动盈掬[⑨]。天寒翠袖薄，日暮倚修竹。

【注释】 ① 绝代：旷世，举世无双。幽居：深居，隐居。空谷：没有人迹的山谷。空：什么都没有，此指没有人气，寂静无声。② 良家子：出身清白、身世高贵的良家子女。汉唐时代，医师、商贾、百工等家庭出身的子女不得称“良家子”。③ 关中：指函谷关以西至嘉峪关之间的地区。昔丧乱：过去天下大乱，指安禄山叛乱，入关攻陷长安。④ 世情：人情世态。恶（wù）：厌恶。衰歇：衰亡终结。转烛：形容风中之烛摇曳转动不定。此比喻人情冷暖因世事兴衰而变幻无常。⑤ 夫婿：丈夫，古代妇女称丈夫为夫婿。轻薄儿：轻佻薄情之人。⑥ 合昏：即合欢。合欢花，朝开夜合，以此比喻对爱情忠贞不渝。⑦ 鸳鸯：一种水鸟，雌雄多出双入对生活在水边，古人以之比喻夫妻恩爱、不离不弃。⑧ 在山：比喻在没有污染的纯净环境中。泉水清：比喻为人清白、品行高洁，如深山峡谷里的清泉一样。泉水浊：比喻人的品格就如流出山林、已被污染的泉水一样恶浊不堪。⑨ 动：动辄，常常。盈掬：满把满把尽情地采撷。盈：满。掬：采。

【品评】　这是一首弃妇诗，反映在安史之乱中一个女子的不幸遭遇。但它和过去众多的弃妇诗不同，这里写的是一位贵族女子，在战乱中母家遭难，因为暴贫失势而被遗弃的情况，这里表现的除了个人的不幸，更多的是反映了那个特定的历史时代所带来的深重苦难。联系杜甫当时政治上见弃，一家人转徙沟壑的处境来看，这位贵族女子身上也投射了作者的影子，诗中“在山泉水清，出山泉水浊”二句，亦不仅仅是女主人公的自明心节，也表明了作者虽被排挤出朝，但绝不随波逐流的政治品格。因而，此诗具有鲜明的时代特色，在弃妇诗中别开生面。全诗人物形象鲜明生动，具有典型性，语言也通俗朴素，自然流畅，构成了崭新的艺术意境。

梦李白　二首

死别已吞声，生别常恻恻[①]。江南瘴疠地，逐客无消息[②]。故人入我梦，明我长相忆[③]。恐非平生魂[④]，路远不可测。魂来枫林青，魂返关塞黑。君今在罗网[⑤]，何以有羽翼？落月满屋梁，犹疑照颜色[⑥]。水深波浪阔，无使蛟龙得[⑦]。**其一**

【注释】　① 已：了，止。吞声：发不出声音来，形容极度悲伤，泣不成声。恻恻：痛苦、悲伤的样子。② 瘴疠地：瘴气肆虐、瘟疫横行的地方。瘴：瘴气，产生于热带山林中的湿热、有害空气。疠：瘟疫。逐客：被放逐、罢官之人，此指李白。③ 明：明白，知道。④ 平生魂：此生此世的魂魄。平生：一生，终生。⑤ 罗网：捕鸟用的网谓之罗，渔猎用的网谓之网。⑥ 犹疑：迟疑不决的样子。颜色：容貌、脸色。⑦ 蛟龙：传说中兴风作浪、引发大水的龙，此指政治恶势力。

【品评】　李白与杜甫是盛唐诗坛上两颗最为璀璨的明星，是中国古典诗歌最高成就的代表者，他们的交往也成为千古佳话。杜甫在青年时期就与大他十岁的李白相识，一见如故，成了至交，但后来长期分离，难通音问。李白于至德元年（756）参加了永王李璘的幕府，次年因李璘兵败而被牵连下狱，后长流夜郎（今贵州桐梓），乾元二年（759）春夏之交行至巫山遇赦，不久还至江夏（今湖北武汉），但当时对李白的行踪传说不一，甚至有人说他已经坠水死去。这年秋天，杜甫流落到秦州（今甘肃天水），听到关于李白的传闻，写下了这两首充满真情的诗歌，寄托深深的忆念。第一首因忆念李白，精诚感通，遂相梦见，细致逼真地刻画了亦幻亦真、迷离恍惚的梦幻心理，表现对友人生死吉凶的关切。开始四句总领全篇忧思，接下来写梦中情形，充满对李白险恶处境的忧虑，也有对他的殷勤叮嘱和良好祝愿。诗歌忧念深长，恍惚不定，一片真情挚意迂回激荡于字里行间。

浮云终日行，游子久不至[①]。三夜频梦君[②]，情亲见君意。告归常局促，苦道来不易[③]。江湖多风波，舟楫恐失坠[④]。出门搔白首，若负平生志。冠盖满京华[⑤]，斯人独憔悴[⑥]。孰云网恢恢，将老身反累[⑦]。千秋万岁名，寂寞身后事。**其二**

【注释】 ① 游子：离家在外或久居他乡的人。② 频：频频、频繁。③ 告归：辞归，辞别回家。局促：焦急不安的神情。苦道：苦口婆心地说，再三表明。④ 舟楫：船和桨。⑤ 冠盖：指贵族官员头上的冠冕和车乘的篷盖。京华：繁华的京城，此指长安。⑥ 斯人：此人，指李白。⑦ 网恢恢：此指朝廷的法度宽大、包容。恢恢：广大、宽大的样子。反：反而。累：同“缧”，捆绑。指李白被捕入狱。

【品评】 第二首与第一首角度不同，写频频梦见李白之后作者的感慨。诗中所写的李白虽然仍是梦中形象，但却是作者对李白后半生坎坷遭遇的形象化的高度概括。京城长安冠盖相属,熙熙攘攘,而唯独李白孑然一身,飘零憔悴。谁说天道公平呢?快老了,反而受到下狱、流放的悲惨遭遇!虽然李白必将名垂千古,但那是身后之事了,有谁能理解李白此生的痛苦与寂寞呢?诗中充满愤激之情,其实这也表现出作者对自身遭遇的不平,沉郁苍凉,悱恻动人。

王　维(699—761)

字摩诘,太原祁(今山西祁县)人,后徙家蒲州(今山西永济西)。玄宗开元九年(721)中进士,任太乐丞,因伶人舞黄狮子坐罪,贬为济州司仓参军。二十三年任右拾遗。曾以监察御史出使凉州,为河西节度使幕府判官。二十八年迁殿中侍御史,以选补副使赴桂州知南选。还朝后居终南山。天宝元年(742)改官左补阙,旋居蓝田辋川。十四载迁给事中,翌年为安史乱军所获,拘于洛阳。肃宗至德二载(757),陷贼官六等定罪,以诗获免。乾元元年(758)授太子中允,加集贤学士,迁中书舍人,改给事中。上元元年(760)官尚书右丞,世称王右丞。有《王右丞集》。

送綦毋潜落第还乡[①]

圣代无隐者,英灵尽来归[②]。遂令东山客,不得顾采薇[③]。既至金门远,孰云吾道非[④]?江淮度寒食,京洛缝春衣[⑤]。置酒长安道,同心与我违[⑥]。行当浮桂棹,未几拂荆扉[⑦]。远树带行客,孤城当落晖[⑧]。吾谋适不用[⑨],勿谓知音稀。

【注释】 ① 綦毋潜:王维好友,字孝通,荆南(今湖北江陵)人。第:古代科举考试的等级,科举考中称“及第”,没有考中则称“落第”。② 圣代:圣明之世。英灵:杰出英才。③ 东山客:东晋政治家谢安未做官时隐居于东山，故以“东山客”比喻不愿做官的隐者。顾：关心，留恋。采薇：武王灭商，孤竹君的两个儿子伯夷和叔齐“不食周粟”，皆隐居于首阳山，采薇而食。后人便以“采薇”喻隐居。薇：即巢菜，俗称野豌豆，种子可食，嫩茎和叶可作蔬菜。④ 金门：即金马门，是汉代文人贤士等候皇帝召见的地方。孰云：哪个说，谁说。吾道非：这是孔子失意时所说的话：“吾道非耶，吾何为于此？”（《史记·孔子世家》）非：不合理。⑤ 寒食：寒食节，古代以冬至后的第一百零五天为寒食节，或以清明的前两天为寒食节，有时清明节也称寒食节。自寒食至清明断火三日，不生火做饭，故称。京洛：指唐代京城长安及东都洛阳。⑥ 同心：同志，志同道合的朋友。违：分别，分离。⑦ 桂棹（zhào）：桂木做的船桨。棹：船桨。未几：不久。拂：拭，轻轻擦过。⑧ 带行客：指远树挂住了行客的衣带，似乎不忍让行客离去。当：挡住。⑨ 吾谋：我们的谋划，指赴京应试的打算。适：恰好。不用：没有功用，不成功。

【品评】 这是一首送别诗，送的是到京城应试不中落第还乡的朋友。凡落第之人，胸中总有块垒，因此全诗的主旨在于劝慰。前四句言因为当今是“圣代”，不许有隐者，所以友人才不得不来应试。次二句说没有考上，是因为没有接近皇上的机会，不是友人自己的问题。接下来四句写在京城置酒送别的情景。再四句想象友人即将远去，流露出难分难舍之意。最后二句劝慰友人不要以落第为意，隐然以知音相许。全诗紧扣题意，次第写来，细密周到，从容不迫，很有亲切感。其中“远树带行客，孤城当落晖”是历来传诵的佳句，写景如绘，而情景交融，把落第士人的悲凉心情和作者的关切之意，都融汇其中，读来真切感人。

送 别

下马饮君酒，问君何所之[①]。君言不得意，归卧南山陲[②]。但去莫复问[3]，白云无尽时。

【注释】 ① 何所之：去什么地方。之：动词“去”“往”。② 不得意：不得志，理想抱负得不到施展。南山：即终南山。在今陕西省西安市南，秦岭主峰之一。陲：边沿地区。③ 但：只。

【品评】 这是一首送友归隐的小诗。全诗设为问答，一问一答，如故友相对，极为亲切自然。全诗的关键在末二句，意谓：你去吧，我也不问了，世间的功名富贵总有尽头，而那山间的悠悠白云和美好景色却是无穷无尽的啊！言语之间，表现出诗人对友人归隐的赞许，以及对隐居生活的向往，同时也使得诗歌意境悠远，韵味深长。如果没有后二句，语尽意尽，就索然无味了。

青　溪[1]

言入黄花川[2]，每逐青溪水。随山将万转，趣途无百里[3]。声喧乱石中，色静深松里[4]。漾漾泛菱荇，澄澄映葭苇[5]。我心素已闲，清川澹如此[6]。请留盘石上，垂钓将已矣[7]。

【注释】 ① 青溪：指陕西凤县黄花川，因溪水清澈又称清溪。② 言：发语词。③ 趣途：走过的路途。趣（qū）：同“趋”，小步快走，奔走。④ 声：指溪涧之水声。色：指山林之秀色。⑤ 漾漾：水波闪动的样子。菱：一年生草本植物，根生于泥中，叶浮于水面，果实为菱角，壳硬有角，绿色或褐色，可食。荇：荇菜，多年生草本植物，根生于泥中，叶浮于水面，花黄色，结椭圆形蒴果。澄：水清。葭（jiā）：初生的芦苇。⑥ 素：向来。澹：淡泊、恬静。⑦ 盘石：巨大的石头。盘，通“磐”。将已矣：就这样了此一生吧。

【品评】 这是一首山水诗，为王维初隐蓝田南山所作，写青溪的优美景色。开始四句总的介绍青溪的千回百转，蜿蜒多姿。中间四句是着意之笔：“声喧”二句写水声、水色，湍急潺湲的流水和松色掩映的澄碧溪水形成对照；“漾漾”二句写水中之物，浮动的菱荇与岸边静静的芦苇浑然一体。整个构成了一幅幽深、素净的山水长卷，移步换境，真是“诗中有画”。最后四句以青溪的素淡来表明自甘淡泊的心境，一种闲适之趣透出纸上。这正是王维山水诗的特色。

渭川田家[①]

斜光照墟落，穷巷牛羊归[②]。野老念牧童[③]，倚杖候荆扉。雉雊麦苗秀[④]，蚕眠桑叶稀。田夫荷锄立，相见语依依[⑤]。即此羡闲逸，怅然吟式微[⑥]。

【注释】 ① 渭川：渭水。② 墟落：村落。穷巷：幽深、闭塞的小巷。③ 野老：平常百姓家的老人。野：指朝廷之外的民间。④ 雉：野鸡。雊（gòu）：野鸡叫。秀：谷物扬花吐穗。⑤ 荷（hè）：负，扛。依依：留恋不舍的样子。⑥ 即此：就此。怅然：失意，心情不畅快的样子。式微：《诗经·邶风·式微》诗句“式微，式微，胡不归”。式：句首语气词。微：指世事衰微。这里取“胡不归”的诗意以表明自己有归隐之心。

【品评】 这是王维著名的田园诗，描写初夏夕照中的田园风光和农家的生活情景，寥寥数笔，简练传神，那墟落牛羊、野老牧童、雉雊桑叶、荷锄田夫，一一如在目前，构成了一幅恬然自乐的农家晚归图。全诗不事藻绘，自然亲切，清新明媚，而又韵味深长。霍松林说：“全诗以田家的‘闲逸’反衬官场的惊涛骇浪，以‘牛羊归’、田夫归引出自己的‘胡不归’，景中含情，言外有意。如果仅认为写出了田园风俗画……便失之肤浅了。”（《历代好诗诠评》）

西施咏[①]

艳色天下重，西施宁久微[②]。朝为越溪女[③]，暮作吴宫妃。贱日岂殊众，贵来方悟稀[④]。邀人傅脂粉，不自著罗衣[⑤]。君宠益娇态，君怜无是非[⑥]。当时浣纱伴，莫得同车归[⑦]。持谢邻家子，效颦安可希[⑧]！

【注释】 ① 西施：春秋末年越国美女，中国古代“四大美女”之一，苎萝（今浙江诸暨）人。据《吴越春秋》载，越王勾践被吴王夫差打败后，施美人计将西施献给吴王，致使夫差沉溺于美色而荒于朝政，终为越国所灭。吴灭后，一说西施被沉于长江；另又传说西施随范蠡泛舟而去，入五湖。② 天下重：使天下人景仰。重：重视，敬仰。宁：岂。微：地位低下、卑贱。西施出身贫贱，其父以卖柴为生。③ 越溪女：范蠡发现西施时，西施正和同伴一起在若耶溪边浣纱。④ 贱日：贫贱的时候。殊：不同。众：众人，普通人。方：才。悟：明白。⑤ 傅：涂、抹。著（zhuó）：穿。罗：轻巧、柔软的丝织品。⑥ 怜：爱，爱怜。⑦ 浣：洗涤。莫：没有谁。⑧ 持谢：奉劝，奉告。持：用。谢：劝诫。邻家子：邻居家的女子，指东施。效：效仿。颦：皱眉头。希：希求，指望。《庄子·天运》寓言：西施因患有心痛病而常皱眉，东邻之丑女见了，觉得西施那模样很美，于是回家后也学西施“捧心而颦”，结果见到她的人都被吓跑了。

【品评】 古来歌咏西施的作品很多，但这首诗却能“别寓兴意”，“以避雷同剿说，此别行一路法也”（沈德潜《说诗晬语》）。西施初为越溪贫女，后为越王所得，培训三年之后献给吴王，很得宠幸。诗歌即通过这件事情，感慨世事之炎凉冷暖，反复无常，表现了对富贵而忘本,甚至泯灭是非观念,厌弃贫贱之交的丑恶社会现象的深深不满。诗歌重在议论,但议论又寓于平静细致的叙述之中,让人味而得之,所以读来没有说教味,也没有枯燥感。

孟浩然(689—740)

或谓字浩然,襄州襄阳(今属湖北)人。少隐家乡鹿门山,玄宗开元十六年(728)进京应试不第,遂漫游天下,以布衣终老。有《孟襄阳集》。

秋登兰山寄张五[①]

北山白云里,隐者自怡悦。相望始登高[②],心随雁飞灭。愁因薄暮起[③],兴是清秋发。时见归村人,沙行渡头歇[④]。天边树若荠[⑤],江畔洲如月。何当载酒来,共醉重阳节[⑥]。

【注释】 ① 兰山:实指万山。张五:指张子容,时与孟浩然同隐于襄阳。张子容行八,应为张八。② 相望:即望着你。相:指代性副词。③ 薄暮:黄昏将至。薄:迫近。④ 沙行:行于沙尘道中。⑤ 若荠:形容远望天边之树,细小如荠菜一般。此指蒺藜,一种长刺的野生植物。荠(jì):荠菜,一种多年生草本植物,开白色花,可入药、做野菜。⑥ 重阳节:旧俗农历九月初九为重阳节。古人以九为阳数,九月初九故称"重阳"。据《续齐谐记》记载,重阳节始于费长房劝说桓景带茱萸囊登山饮菊花酒以避灾祸。故民间重阳有登高、会饮、赏菊的风俗。

【品评】 古代有重阳节登高怀远的风俗,此诗即是重阳之作。诗歌写在薄暮时分登山望友所见,寄寓对朋友的深切思念。也许是已经许久不见，心里牵连万端，于是只有登高相望，一寄愁思，这一行动本身，就包含了作者对朋友的一片深情。而眼中所见，那归飞的大雁，渡头晚归的村人，如荠的远树，似月的沙洲，以及笼罩这一切的苍茫的暮色，无一不牵动作者怀人的愁思。因此，他多么希望友人一朝载酒而来，把酒倾谈，欢度重阳佳节啊！全诗写得平淡清醇，但是景中含情，情景浑融一体，使真情自然流露，境界清幽而高远。诗中"天边树若荠，江畔洲如月"二句，写从高山下望，高大茂密的树木小如荠菜，江边的沙洲像一弯新月，风景如画，摹写细致逼真，形象生动。

夏日南亭怀辛大①

山光忽西落，池月渐东上②。散发乘夜凉，开轩卧闲敞③。荷风送香气，竹露滴清响。欲取鸣琴弹，恨无知音赏④。感此怀故人，中宵劳梦想。

【注释】 ① 辛大：姓辛，排行第一。孟浩然友人，生平、名字不详。② 山光：照耀在山上的阳光。池月：池边月色。③ 轩：窗户。闲敞：悠闲空旷之处。敞：屋无壁谓之"敞"。④ 知音：指相互了解、志趣相投的知己。《吕氏春秋·本味》记载有春秋时楚人俞伯牙摔琴谢知音的故事。

【品评】 这也是怀念友人之作。前六句写夏日初夜以后南亭景色，金乌西坠，玉兔东升，荷风送香，竹露滴响，这里的环境是多么恬静而幽雅！诗中"荷风送香气，竹露滴清响"二句，写景细致入微，清爽宜人，韵致悠远，是不可多得的佳句。而诗人散发乘凉，开轩闲卧，又显得多么闲适潇洒！然而这一切背后，却隐隐透出一种孤独感，因此接下来四句就写本想弹琴而恨无知音的落寞，因此也更加怀念故人，以致半夜独思成梦，怀念之情不能自已。诗歌前后过渡自然，衔接无痕，境界既高雅闲适，又流露淡淡的孤寂，两者自然交融，正体现出作者特有的风格。

宿业师山房待丁大不至[①]

夕阳度西岭，群壑倏已暝[②]。松月生夜凉，风泉满清听[③]。樵人归欲尽，烟鸟栖初定[④]。之子期宿来，孤琴候萝径[⑤]。

【注释】 ① 师：这里是对高僧的尊称。丁大：即丁凤。② 度：翻越。壑：山沟。倏：忽，转眼间。暝：昏暗。③ 满清听：满耳听到的都是清扬激越的声音。④ 欲：将要。烟鸟：暮霭烟云中的归鸟。⑤ 之子：此子，这位先生。之：此。子：古代对别人的尊称，相当于“您”。期：邀约，约好时间。宿：过夜。萝径：女萝掩映的小径。萝：泛指能爬蔓的藤蔓植物，如女萝、松萝、茑萝、藤萝。

【品评】 这是一首写等待朋友到来的诗歌。等待的地方是在“山房”即僧舍，很清静；等待的时间是在傍晚，很容易撩人愁思。诗人精心布置下这个典型环境，为怀人创造了感人的氛围。诗的前六句就具体勾画月夜山寺静谧清幽的景色，美妙动人。其中“度”字用得非常准确传神。“松月生夜凉，风泉满清听”二句，清人王寿昌在《小清华园诗谈》中说“可以照耀古今，脍炙人口”，认为“当与日星河岳同垂不朽”，评价很高。末二句写诗人抱琴在萝径中等待朋友到来的孤影，一片真情溢于言外，感人至深。

王昌龄（698？—756）

字少伯，京兆万年（今陕西西安）人。玄宗开元十五年（727）登进士第，授秘书省校书郎。二十二年登博学宏词科，迁汜水尉。二十八年为江宁丞，世称王江宁。旋贬龙标尉，故又称王龙标。安史之乱中避乱江淮，为濠州刺史闾丘晓所杀。有《王昌龄集》。

同从弟南斋玩月忆山阴崔少府[1]

高卧南斋时，开帷月初吐[2]。清辉淡水木，演漾在窗户[3]。荏苒几盈虚，澄澄变今古[4]。美人清江畔，是夜越吟苦[5]。千里其如何，微风吹兰杜[6]。

【注释】 ① 从弟：堂弟。山阴：今浙江绍兴。崔少府：疑指诗人崔国辅。少府是唐人对县尉的称呼。② 帷：挂于四周的帷幕。吐：出现，放射出光芒。③ 水木：树木倒映在水中的影子。演漾：水面微波荡漾。④ 荏苒：形容时间不知不觉地过去。盈虚：指月之圆缺。盈：满。虚：空。澄澄：形容月色如水一般清亮、澄净。⑤ 美人：佳人，自己所思慕的人。这里指崔少府。越吟：语出王粲《登楼赋》“庄舄显而越吟”。越人庄舄虽在楚国做了大官，十分显贵，但于病中却思念故乡，唱起了越国的小调。这里是想象崔少府因思念故乡而写诗咏怀。⑥ “千里”句：语出谢庄《月赋》“隔千里兮共明月”。兰杜：兰草和杜衡，皆为香草。

【品评】 这是一首望月怀人的诗。前六句写玩月，夜月初上，清辉泻入池水，笼罩树木，照上窗户，一片清幽美景。想到月亮在遥遥夜空的阴晴圆缺，不觉生出岁月流逝、世事多变的感慨。诗的后四句自然转到怀人上。想象远在山阴的友人正独自在月下苦吟，又想到他的美名远扬，于是生出无限的思慕之情。诗中没有具体写从弟，但兄弟二人双双玩月的亲密情形自可想见，诗以兄弟的双，衬出夜月的孤，又再衬出友人的单，这样对友人的思念就表达得曲折深婉，非常深刻，体现出作者的匠心。

丘　为

生卒年不详，嘉兴（今属浙江）人，累举不第，归山读书数年，于玄宗天宝二年（743）进士及第。与王维、刘长卿友善。累官太子右庶子。原集已佚，《全唐诗》存诗十三首，《全唐诗外编》补诗五首。

寻西山隐者不遇

绝顶一茅茨[①]，直上三十里。扣关无僮仆，窥室惟案几[②]。若非巾柴车，应是钓秋水[③]。差池不相见，黾勉空仰止[④]。草色新雨中，松声晚窗里。及兹契幽绝，自足荡心耳[⑤]。虽无宾主意，颇得清净理。兴尽方下山，何必待之子[⑥]。

【注释】 ① 绝顶：最高峰。茅茨：指茅屋。茨：用芦苇、茅草盖的屋顶。② 关：门闩，引申为门。僮仆：奴仆。窥：从小孔或门缝里看。惟：只。③ 巾柴车：给柴车挂上帷幔，准备出行，引申为驾柴车。柴车：指简陋的车子。钓秋水：垂钓于秋水之上。④ 差池：差错，指彼此错过。黾勉：勤勉、努力。仰止：形容极度景仰、敬慕。⑤ 及兹：到此。契：相契合。荡：荡涤、洗涤。⑥ 之子：此子，这位先生，指西山隐者。

【品评】 这是一首表现隐逸情趣的诗，而构思却很别致。前八句写自己辛辛苦苦爬了三十里山路到山顶去寻访隐者，但是到了隐居之所却杳无人迹，除了室内案几而外，连僮仆也没有，想是乘车外出了，或是钓鱼去了，言之不胜怅惋。接下来作者笔锋一转，顺势把重心转移到对隐者环境的描写上。新雨草色，晚窗松声，处处显出幽绝的氛围，一片清静，作者也从而获得自悟理趣的满足。“兴尽方下山，何必待之子”，虽然不遇却是因不遇而另有所遇，饶有兴味了，何必再寻？把题中“不遇”写得曲折深致，表现了作者对现实人生绝不黏着的超旷态度和脱去凡俗的闲适情怀。

綦毋潜（692？—755？）

字孝通，荆南（今湖北江陵）人，一说虔州（今江西赣县）人。玄宗开元十四年（726）登进士第，历官宜寿尉、集贤院待制、校书郎、右拾遗、著作郎。以名位不达，挂冠归隐。《全唐诗》存诗一卷。

春泛若耶溪[①]

幽意无断绝，此去随所偶[②]。晚风吹行舟，花路入溪口[③]。际夜转西壑，隔山望南斗[④]。潭烟飞溶溶[⑤]，林月低向后。生事且弥漫，愿为持竿叟[⑥]。

【注释】 ① 若耶溪：在浙江省绍兴市南若耶山下，向北流入镜湖。相传为西施浣纱处，故又称浣纱溪。② 幽意：寻幽探奇的雅兴。偶：偶然巧合，巧遇。③ 花路：鲜花掩映的小路。④ 际：到，接近。南斗：南斗星。⑤ 潭烟：江潭上泛起的烟霭。溶溶：形容水面宽广浩渺的样子。⑥ 生事：世事，指仕途际遇。弥漫：充满，这里形容宦海沉浮不定。持竿叟：钓鱼翁。持：拿着。叟：老人。

【品评】 这首诗写春天月夜在若耶溪泛舟的所见所感，风景清新明丽。“晚风吹行舟，花路入溪口”，诗句非常轻快，一开始就把读者带到一个美妙的境界，令人神清气爽，去领略春江夜月的风光。接下来，随着舟移境换，转入幽深的西壑，那天上的星斗，潭水的雾气，林杪的月亮，交织成一幅朦胧、幽深、美丽的图画，使人恍若置身仙境。这清幽深邃的环境真有些让作者乐而忘返了，想到世事的渺茫难料，真想持竿垂钓，永远隐居于此了，表现出对若耶溪美景的深情留恋和超然尘世之外的理想追求。诗歌按时间先后顺序信手写来，极为自然流畅，把幽美的意境与脱俗的情怀交融在一起，作者怡然自得的心情见于言外。

常　建

生卒年不详。玄宗开元十五年(727)与王昌龄同榜登进士第。仕途不顺，遂放浪琴酒，往来太白、紫阁诸峰。后寓鄂渚(今湖北武昌西山)，召王昌龄、张偾同隐。其诗以兴象取胜，《全唐诗》存诗一卷。

宿王昌龄隐居①

清溪深不测，隐处唯孤云。松际露微月，清光犹为君②。茅亭宿花影，药院滋苔纹③。余亦谢时去，西山鸾鹤群④。

【注释】 ① 隐居：归隐的居所。② 犹：仍然。③ 宿：住，指留下、映照。药院：种药的院落。滋：生。④ 余：我。谢时：辞别时世，告别尘世。西山：指武昌西面的樊山。鸾鹤：指隐者高人。鸾：古代传说中的一种状如野鸡、有五彩纹的神鸟。群：聚集。

【品评】 这是一首有名的山水诗。沈德潜说："清澈之笔，中有灵悟。"(《唐诗别裁集》)诗歌描写作者的好朋友、著名诗人王昌龄曾经隐居过的故园的山水，抒发对友人的深切思念和希望一同归隐的志愿。全诗的重点在前六句，作者选取清溪、孤云、松月、花影、苔纹这些自然意象，构成一幅优美清幽的画图，环境深远幽僻，隐居者虽然没有出场，但他清高的品格已跃然纸上，表现出作者的钦慕之情。诗即据此托物言志，寄兴高远，神情韵味俱佳。

岑　参（715—770）

荆州江陵（今湖北江陵）人，郡望南阳（今属河南）。玄宗天宝五载（746）登进士第，天宝间曾两度出塞，充任安西、北庭节度使府掌书记、节度判官。肃宗时历任右补阙、起居舍人、虢州长史等职。代宗大历二年（767）任嘉州刺史，后客死成都。有《岑嘉州集》。

与高适薛据登慈恩寺浮图①

塔势如涌出，孤高耸天宫。登临出世界，磴道盘虚空②。突兀压神州，峥嵘如鬼工③。四角碍白日，七层摩苍穹④。下窥指高鸟，俯听闻惊风。连山若波涛⑤，奔走如朝东。青槐夹驰道，宫馆何玲珑⑥！秋色从西来，苍然满关中⑦。五陵北原上⑧，万古青濛濛。净理了可悟，胜因夙所宗⑨。誓将挂冠去，觉道资无穷⑩。

【注释】 ① 慈恩寺：在今陕西省西安市。公元646年唐高宗做太子时为母亲文德皇后而建，故名。公元652年，玄奘大师建大雁塔，将他从印度取回的梵文佛经藏于塔中，成为当时的京城名胜。浮图：梵语“佛陀”音译，此指慈恩寺佛塔。② 世界：佛教术语，意为宇宙。世：指时间。界：指空间。此指尘世、人间。磴：踩，踏。③ 突兀：高耸的样子。峥嵘：高峻的样子。鬼工：鬼斧神工。④ 碍：阻挡。摩：挨，接近、迫近。苍穹：天空。苍：青色。由于天空为蓝色且为穹隆形，故称。⑤ 连山：连绵的群山。⑥ 驰道：可以纵马奔驰的道路。玲珑：形容雕琢精巧、细致。⑦ 关中：指函谷关以西至陇关之地。后用以指陕西地区。⑧ 五陵：指汉代的五座皇陵，即汉高祖的长陵、汉惠帝的安陵、汉景帝的阳陵、汉武帝的茂陵、汉昭帝的平陵，俱在长安之北。⑨ 净理：指佛学张扬的人心清净的妙理。了：完全。可悟：可以领悟、理解。胜因：指佛学“因果”中好的“因”。夙：一向、素来。宗：尊奉、推崇。⑩ 挂冠：挂起官帽，弃官而去。

《后汉书·逸民列传》载：王莽之乱，逢萌“即解冠挂东都城门，归将家属浮海，客于辽东”。觉道：大觉之道，指佛学。资：助，使更加。

【品评】 慈恩寺浮图即今西安大雁塔。天宝十一年(752)秋，岑参与杜甫、高适、薛据、储光羲同登该塔，高适、薛据率先作诗纪游，岑参与杜甫都有和作，现薛诗已佚，只存高、岑、杜的诗了。翁方纲在《石洲诗话》中说：“古人唱和，自生感激。若慈恩寺塔之咏，并见雄宕，率由兴象互相感发。”诗写登塔所见所感，重点在所见，突出一个“高”字。开始一个“涌”字，一个“耸”字，起势突兀，拔地顶天；接着正面写塔“碍白日”“摩苍穹”，极言其高；然后又下看飞鸟，俯听惊风，远观“山若波涛”，城里青槐夹道，放眼关中，秋色西来、五陵青濛，视野由近而远，不断扩大，这就从各个不同的角度，调动视觉、听觉效果，来烘托塔的高大雄伟、挺拔不凡，非常生动形象，令人惊叹。诗歌结尾的出尘之想，也就自然而然，水到渠成了。全诗意境高远，笔力奇恣雄健，体现出作者的特有风格。

元　结（715—772）

字次山，先世本鲜卑拓跋氏，北魏时改姓元。其先居太原，后迁居鲁山(今属河南)。天宝十三载(754)登进士第，复举制科。安史之乱中避地南方。乾元二年(759)以右金吾兵曹参军摄监察御史，充山南东道节度参谋，一度代摄荆南节度使事。后历任道州、容州刺史，加授容州都督充本管经略守捉使。有明辑本《元次山文集》。

贼退示官吏　并序

癸卯岁，西原贼入道州，焚烧杀掠，几尽而去。明年，贼又攻永，破邵，不犯此州边鄙而退，岂力能制敌欤？盖蒙其伤怜而已！

诸使何为忍苦征敛！故作诗一篇以示官吏[①]。

昔岁逢太平，山林二十年。泉源在庭户，洞壑当门前[②]。井税有常期，日晏犹得眠[③]。忽然遭世变，数岁亲戎旃[④]。今来典斯郡，山夷又纷然[⑤]。城小贼不屠，人贫伤可怜。是以陷邻境，此州独见全[⑥]。使臣将王命，岂不如贼焉！今彼征敛者，迫之如火煎。谁能绝人命，以作时世贤？思欲委符节，引竿自刺船[⑦]。将家就鱼麦[⑧]，归老江湖边。

【注释】 ① 癸卯岁：指公元763年，唐代宗广德元年。西原贼：指南方部族西原人，活动于今广西境内。道州：治所在今湖南道县。几：接近，几乎。永：永州，治所在今湖南永州零陵区。邵：指邵州，治所在今湖南邵阳市。边鄙：边疆。蒙：承蒙。伤怜：怜悯。忍苦征敛：忍下心来横征暴敛。② 昔岁：往年，过去的日子。当：正对着。③ 井税：古代曾有“井田制”，后井税用以代称赋税。此指唐代按户征收的租、庸、调。常期：固定、有规律的日期。日晏：天色已晚。晏：晚、迟。④ 遭世变：指遭逢安史之乱。亲戎旃（zhān）：指亲自从军，参与军事活动。戎：军队。旃：旌旗。⑤ 典：主管。山夷：山中蛮夷，指西原人。纷然：众多纷乱的样子。形容西原人大肆侵扰。⑥ 邻境：指相邻的永、邵二州。见全：被保全。见：被。⑦ 委符节：抛弃符节，以示弃官不做，有如“挂冠”。委：丢弃。符节：古代朝廷传达命令或征调兵将所用的凭证，用竹、玉、金属等制成，双方各执一半，合而为一，以验真假。刺船：撑船。刺：本义为侦探，打听。⑧ 将：携，带。就鱼麦：接近有鱼麦的地方，指找有鱼麦的地方隐居。

【品评】 这是作者在代宗广德二年（764）就任湖南道州刺史后所作。这里的“贼”是指“西原蛮”，是一种蔑称。全诗的关键在“使臣将王命，岂不如贼焉”二句。作者到任道州之前，“西原贼”曾经“焚烧杀掠”，后来因为城小民贫而放弃不扰，“贼”犹有不忍人之心。

然而作者一到任，上司立即要求重征暴敛，"迫之如火煎"，比"贼"还凶狠。两相比较，官不如"贼"，昭然若揭。这深刻地反映了当时的社会现实，无情鞭挞了鱼肉人民的政府官吏，表现出对处在水深火热中的人民的深切同情。自然，以一边远之州的区区刺史，是改变不了整个现实的，只好独善其身，希望归老江湖，表现出作者的良心。诗歌语言质朴平易，但深情内蕴，抒发了作者愤世忧民的仁者情怀。

韦应物（737—792？）

京兆万年（今陕西西安）人。出身关中望族，玄宗天宝十载（751）以门资恩荫入官为三卫郎。肃宗乾元元年（758）进太学，折节读书。代宗广德元年（763）为洛阳丞。大历九年（774）为京兆府功曹。贞元中曾任左司郎中，世称韦左司。在此前后曾任滁州、江州、苏州刺史，世称韦江州、韦苏州。有《韦苏州集》。

郡斋雨中与诸文士燕集[①]

兵卫森画戟，宴寝凝清香[②]。海上风雨至，逍遥池阁凉[③]。烦疴近消散[④]，嘉宾复满堂。自惭居处崇，未睹斯民康[⑤]。理会是非遣，性达形迹忘[⑥]。鲜肥属时禁，蔬果幸见尝[⑦]。俯饮一杯酒，仰聆金玉章[⑧]。神欢体自轻，意欲凌风翔[⑨]。吴中盛文史，群彦今汪洋[⑩]。方知大藩地[⑪]，岂曰财赋强。

【注释】 ① 郡斋：州府衙门中供公事之余休憩的书斋。郡：指苏州，时韦应物任苏州刺史。燕集：即宴集，设宴饮酒聚会。② 兵卫：守护的卫兵。森：形容像树林一样密密站立。画戟：古代一种饰有图画的兵器。宴寝：安逸、舒适的寝室，指郡斋。清香：清新爽人的香味。③ 池阁：池边小阁，亦指郡斋。④ 烦疴（kē）：因操劳、烦热等郁结的疾病。疴：病。⑤ 居处崇：居住何等宏丽。崇：高耸。睹：看见。斯民：指苏州的老百姓。斯：这，这些。康：安康。⑥ 理会：通达情理，知会曲直。是非遣：排遣开官场中的是是非非。性达：天性旷达、心胸开阔。形迹：形影、踪迹，身在何处。⑦ 鲜肥：指鱼肉。时禁：唐代有每年正月、五月、九月禁止渔猎、捕杀、屠戮生灵的禁令。郡斋文士燕集是在五月，故称“属时禁”。见：被。⑧ 俯：低头，与后面的“仰”相对。聆：听。金玉章：比喻文士的诗章读来有金玉之声。⑨ 神欢：精神欢悦。凌：乘，驾。⑩ 吴中：春秋时苏州为吴国国都，故称。彦：才学之士。汪洋：形容群彦的诗文如汪洋大海气势磅礴。⑪ 大藩地：指苏州是古代的诸侯国，属大州、大郡。藩：封建王朝分封给诸侯王的封国。

【品评】 这首诗是韦应物晚年（贞元五年，789）在苏州任刺史时作。前人评此诗说：“兴起大方，逐渐叙次，情词蔼然，可谓雅人深致。末以文士胜于财赋，成为深识至言，是通首归宿处。”（张文荪《唐诗清雅集》）此诗的高处，在于写官僚燕集而能想到民瘼，非泛泛之作。“自惭居处崇，未睹斯民康”，在雨中燕集的欢乐中，又感慨系之，曲折致意，思想深厚。后来白居易做苏州刺史时，曾经刻此诗于石，在《吴郡诗石记》中说：“韦在此州，歌诗甚多，有《郡斋》诗云‘兵卫森画戟，燕寝凝清香’，最为警策。”受到后人的称道。

初发扬子寄元大校书[①]

凄凄去亲爱，泛泛入烟雾[②]。归棹洛阳人，残钟广陵树[③]。今朝为此别，何处还相遇。世事波上舟，沿洄安得住[④]。

【注释】 ① 扬子：扬子江，古代宜昌以下长江称扬子江，常代称长江。元大：此人生平不详。校书：校书郎的简称。唐代秘书省、弘文馆官职，掌管校勘书籍。② 去：离别。亲爱：指亲密朋友。泛泛：形容船只在没有尽头的长江上漂泊。③ 归棹：归舟。棹：船桨，常指代船。残钟：形容舟行渐远，钟声亦渐微。广陵：即扬州。④ 沿：顺流直下。洄：逆水而上。安得住：言人生如波上行舟，或顺流直下，或逆流而上，哪里有停止的时候。

【品评】 这首诗写离别友人的依依情怀。当时诗人回洛阳，乘船由长江转大运河到扬州，诗即作于扬州，寄别扬州朋友元大。起二句连用两对叠字，把惜别之意表达得亲切而又自然。“归棹”二句，向称佳句，妙在只点出人和物，情感含蕴不露。沈德潜说：“写离情不可过于凄婉，含蓄不尽，愈见真情。”(《唐诗别裁集》)正是指此。“今朝”二句淡淡道来，“世事”二句对朋友聚散无常、世事多变发出感喟。这一切，都只是眼前景、口头语，然而情景交融，在平易浅淡中露出一片真情。

寄全椒山中道士[①]

今朝郡斋冷，忽念山中客[②]。涧底束荆薪，归来煮白石[③]。欲持一瓢酒，远慰风雨夕[④]。落叶满空山，何处寻行迹。

【注释】 ① 全椒：今安徽全椒，唐代为滁州全椒县。山：指全椒西十五公里处的神山。② 山中客：指山中道士。③ 束：捆。荆薪：用作柴火的荆条。煮白石：传说晋代鲍靓任南海太守时，“入海遇风，饥甚，取白石煮食之”(《晋书·鲍靓传》)。这里用以点染道士的仙风道骨。④ 夕：傍晚，日落时分。

【品评】 此诗作于滁州刺史任上，是作者的代表作，表现与山中道士的深厚友情和对其的惦念，诗意清远闲适。全诗的关键在一个“冷”字，由自己在郡斋中的冷推想到山中道士的冷，然后生出惦念之意，时而想到他在涧底束薪，归煮白石，时而想到自己应该送酒前去，为其御雨夜之寒，一路写得切切实实。然而到最后二句，却忽然宕开，转出空山叶落、行迹杳然的萧疏空阔的意境，好像说既然无处可寻，自己又何必去寻？诗意由实而虚，一片空灵，使得全诗境界幽远，给读者留下了巨大的想象空间，韵味无穷。这也就是此诗的妙处所在。

长安遇冯著[①]

客从东方来，衣上灞陵雨[②]。问客何为来，采山因买斧[③]。冥冥花正开，飏飏燕新乳[④]。昨别今已春，鬓丝生几缕[⑤]。

【注释】 ① 冯著：韦应物同时代人，亲历安史之乱。曾在广州刺史李勉署中任录事，长安、洛阳、缑氏等地做过小官。② 灞陵：即灞上，汉文帝陵墓所在地，故称。位于今西安市东南。③ 采山：采伐山上的树木。④ 冥冥：冥迷、深远。形容细细的春雨迷迷蒙蒙、纷纷扬扬。飏飏：形容新生小燕子借助风力，展翅翻飞的样子。飏：飞扬，飘扬。⑤ 鬓丝：指双鬓生出的白发。

【品评】 冯著曾经做过广州刺史兼岭南节度使李勉的幕府录事，这诗大约作于大历末年，冯从广州回，在长安与作者相聚，因失意而有归隐之心。诗歌不直接劝慰，而是通过描绘春天的明媚景象，展现出眼前美景，暗示友人要心情乐观，珍惜时光，用意婉转。诗中两用探询语气问客，声口宛然，很是亲切，表现出对友人的深切关心。全诗文字明白如话，如同口语，但“冥冥”二句又对偶工整，显得精巧，二者结合很妙。宋人刘辰翁说：“不能诗者，亦知是好！”（高棅《唐诗品汇》）

夕次盱眙县[①]

落帆逗淮镇，停舫临孤驿[②]。浩浩风起波，冥冥日沉夕[③]。人归山郭暗，雁下芦洲白[④]。独夜忆秦关，听钟未眠客[⑤]。

【注释】 ① 次：留、止。盱眙（xū yí）：今江苏盱眙，位于淮河南岸。② 落帆：卸落船帆。逗：逗留，停驻。淮镇：淮河小镇，指盱眙。舫：船。临：到。驿：驿站。古代专供官府更换传递公文消息所用驿马、车辆以及中途临时休息、食宿的地方。③ 浩浩：水势浩大的样子。冥冥：昏暗、幽暗。④ 山郭：山村和城市。城的外围加筑的一道城墙叫郭，常代指城市。芦洲：遍开着芦花的沙洲。洲：水中陆地。⑤ 独夜：夜晚独自一人。秦关：指陕西。陕西古代属秦地，多关隘，故称。未眠客：夜难成眠、客居他乡的游子，此诗人自称。客：离乡背井、寄居他乡的人谓之客。

【品评】 此诗写作者泊舟淮水孤驿，深念家乡关中的旅途客思。诗中特意运用落帆孤驿、风起日沉、郭暗洲白等易于引发客思的意象，造成一种凄黯的氛围，把客思寄寓其中，让读者自去体会。最后二句，又用“独夜”钟声和“未眠客”来点醒主题，与前文互相映发，使得客思更加浓烈而深长。全诗看似平淡，在手法上却很讲究，不露痕迹。这首诗除了平仄而外，又很像律诗，整体安排和句式显得自然精巧，是古诗和律诗的巧妙结合。

东　郊

吏舍跼终年，出郊旷清曙[①]。杨柳散和风，青山澹吾虑[②]。依从适自憩，缘涧还复去[③]。微雨霭芳原[④]，春鸠鸣何处？乐幽心屡止，遵事迹犹遽[⑤]。终罢斯结庐，慕陶真可庶[⑥]。

【注释】 ① 吏舍：指诗人居住的官署。跼（jú）：束缚、拘束。旷清曙：曙色中清丽、幽远的郊野风景令人心旷神怡。旷：心胸开阔。② 散和风：形容柳枝在和煦的春风中像头发一样飘散开。澹吾虑：让我心中的种种忧虑被冲淡。虑：思虑，担忧。澹：即淡，使澄静。③ 依丛：靠着树丛。适：正好，恰好。缘涧：沿着山涧。还复去：来又去，形容徘徊踌躇，不愿离去。④ 霭：云雾，此形容烟雨迷茫，笼罩芳原。⑤ 乐幽：喜爱清静、幽居。遵事：遵奉王事，给朝廷办事，指做官。犹：还，仍。遽：急速、匆忙。⑥ 斯：这里。结庐：修建庐舍。庐：简陋的房舍。陶潜《饮酒》第五首有诗句："结庐在人境，而无车马喧。"慕陶：仰慕陶潜。陶潜：东晋大诗人，字元亮，一字渊明。真：就。可庶：可以接近、效仿。庶：庶几，差不多。

【品评】 做官，办公、处理事务是烦人的事情，工作之暇外出郊游就格外显得放松而情趣悠然了。这首诗就是写这种感受的。开始一句点出官身不自由，已有无数郁闷隐含在其中。接下来纵笔挥洒，写出郊游所见大自然春天的无限美景，心旷神怡，如鸟出樊笼，翩然自喜，与前面形成强烈对照，表现出自己的志愿，要像陶渊明那样，辞官归隐，过自由自在的生活。诗歌也尽量模仿陶诗风格，清新明丽，真率自然，虽然不可能达到陶诗的化境，但也是学陶的佳作。

送杨氏女[①]

永日方戚戚，出行复悠悠[②]。女子今有行，大江溯轻舟[③]。尔辈苦无恃，抚念益慈柔[④]。幼为长所育，两别泣不休。对此结中肠，义往难复留[⑤]！自小阙内训，事姑贻我忧[⑥]。赖兹托令门，仁恤庶无尤[⑦]。贫俭诚所尚，资从岂待周[⑧]？孝恭遵妇道，容止顺其猷。别离在今晨，见尔当何秋[⑨]。居闲始自遣，临感忽难收[⑩]。归来视幼女，零泪缘缨流[⑪]。

【注释】 ① 杨氏女：诗人的女儿嫁给杨家，故称杨氏女。② 永日：整日、长时间。方：才，刚。戚戚：忧伤的样子。出行：离开家。悠悠：忧思绵长的样子。③ 有行：离家出行。有：虚词，无意义。溯：逆流而上。④ 尔辈：指诗人的几个子女。无恃：没有依靠，这里特指儿女们失去母爱。抚念：抚养教育儿女的思虑。念：想法。益：更，加倍。⑤ 结中肠：郁积于肠中，指极度悲伤。义往：道理上应当去（出嫁），言女大当嫁乃人之常情。《礼记》："女子二十而嫁，义当往也。"⑥ 阙：同"缺"，缺乏。内训：指女孩子的闺阁教育。事姑：侍奉婆婆。贻：留，给。⑦ 赖兹：赖于此。托令门：把女儿托付给好人家。令门：是诗人对女婿家的客气称呼。仁恤：爱怜、体恤。尤：怨尤、责怪。⑧ 资从：女儿的嫁妆。周：周全、齐备。⑨ 孝：指对公婆孝敬。恭：对丈夫恭顺。容止：仪态、举止。猷：常道、规矩。何秋：何年。⑩ 居闲：闲居无事的时候，指平时。自遣：自我排遣。临感：临行告别时的感伤。⑪ 零泪：泪下如雨。零：下雨。缘：沿着、顺着。缨：古代少女订婚后所系的五彩飘带，表示即将出嫁。诗人由此联想到小女儿不久也将出嫁，舍己而去，于是情难自禁。

【品评】 这是一首送女出嫁的诗，写得感人肺腑。按理说，送女出嫁是一件高兴的事，但全诗却笼罩着一片愁雾，悲悲戚戚。原因有三：一是女儿自幼丧母，是由当父亲的一手拉扯大的，舍不得离去；二是自小缺乏母亲的闺门教养，怕到婆家处不好关系，受人欺负；三是还有一向由她抚养的小妹妹在家，大女一去，小妹何堪？想到这些，诗人禁不住老泪纵横，泪水打湿了帽带。这首诗取材于平常家事，语言质朴无华，但在反复感叹中，叮咛告诫，情真意切，感人至深。好诗是真情的自然流露，此诗可以当之。

柳宗元（773—819）

字子厚，河东（今山西永济）人。德宗贞元九年（793）登进士第，十九年擢监察御史里行。顺宗永贞中（805）与刘禹锡等参与革新，同年宪宗即位，革新失败，贬永州（今属湖南）司马。元和十年（815）回京，复出为柳州（今属广西）刺史。有《柳宗元集》（《河东先生集》）。

晨诣超师院读禅经[①]

汲井漱寒齿，清心拂尘服[②]。闲持贝叶书，步出东斋读[③]。真源了无取，妄迹世所逐[④]。遗言冀可冥，缮性何由熟[⑤]？道人庭宇静[⑥]，苔色连深竹。日出雾露馀，青松如膏沐[⑦]。澹然离言说，悟悦心自足[⑧]。

【注释】　①诣：到。超师：法号曰超的僧人。禅经：佛教禅宗的经典。②汲井：从井中打水。拂尘服：拭去衣服上的尘土。③贝叶书：即佛教经典。印度生长着一种贝多罗树，其树叶可用来书写，一些僧人便用贝叶来抄写佛经，后人称之为贝叶经或贝叶书。如今流传甚少，极为珍贵。步：行走。古人以抬脚两次为一步。④真源：真理之本源。了：全。无取：没有人去获取、探求。妄迹：虚妄的事物。⑤遗言：指禅学大师们留给后人的典籍。冀：希望。可冥：能够通过深思熟虑而得以领悟。缮性：修养心性。何由熟：什么样的方法和途径才能使自己的心性变得成熟。⑥道人：得道之人，指超师。庭宇：庭园和屋舍。宇：本义为屋檐。⑦雾露馀：晨雾和露珠依然残留在枝叶上。膏沐：本指古代妇女润发用的油膏。此处形容雾露中的青松滋润、青秀，好像刻意打扮，抹了一层油脂一样。⑧澹然：淡泊、宁静的样子。离言说：疑为“意言说”之误，指诗人所推崇的老庄学说：“言者所以在意，得意而忘言。”（《庄子·外物》）悟悦：悟“道”的快乐。

【品评】　诗写作者在苦闷中希望通过阅读佛经来得到解脱，开始四句写得非常郑重而虔诚。但是读后却发现佛经上的内容与自己奉行的修身养性的原则是大相径庭的，不免感到失望。这时，倒是僧院静静的庭宇，绿苔与深竹，日光映照下的带露的青松，显得清幽宁静，使人澄心静虑，不仅得到了视觉上的愉悦，也仿佛从中悟出了什么道理，获得了心理上的满足。诗歌的语言清新自然，意境幽深宁静，体现出作者自家的风格。

溪　居①

久为簪组束，幸此南夷谪②。闲依农圃邻，偶似山林客。晓耕翻露草，夜榜响溪石③。来往不逢人，长歌楚天碧④。

【注释】 ① 溪居：指柳宗元在湖南零陵愚溪旁的居所。诗人被贬永州时，曾居于永州治所所在地零陵冉溪之东南，且自将冉溪更名为愚溪。② 簪组束：指被出仕为官所束缚。簪：把官帽别在头发上的针形首饰。组：官服上的装饰绶带。束：捆绑、束缚。南夷：本指南方部族，此指永州。春秋战国时永州属楚地，所以末句称“楚天”。谪（zhé）：被贬官或被流放。③ 榜（bàng）：划船。④ 长歌：歌声悠扬、绵长。

【品评】 这是一首表现作者被谪居永州闲居生活的诗，表面上看，离开波谲云诡的政治中心长安，来到这荒远之地，与农圃山林为邻，与露草溪石为伴，好像很悠闲适意。其实，作者心中翻卷着不平的波澜，“幸此南夷谪”是愤激之词，“来往不逢人，长歌楚天碧”更表现出一种无可奈何的孤独和怨屈难伸的悲愤。诗意在平淡中寓清峭，非常深曲。

乐　府

王昌龄

塞上曲①

蝉鸣空桑林，八月萧关道②。出塞入塞寒，处处黄芦草。从来幽并客，皆向沙场老③。莫学游侠儿，矜夸紫骝好④。

【注释】 ① 塞上曲：乐府《横吹曲》曲调，又作《塞下曲》，边塞诗作。② 空桑林：八月秋风萧瑟，桑叶尽落，故言“空”。萧关：古代关塞，在今宁夏固原东南。③ 从来：向来。幽并客：指幽、并二州的勇士。“自古言侠勇者，皆推幽、并。”(《隋书·地理志》)幽州、并州辖今河北、山西、陕西省部分地区，为古代边防要塞，男儿多骁勇善战。④ 游侠儿：指四方游历，逞强好斗、恃勇轻生的侠客。矜夸：骄傲地夸耀。紫骝：即紫骝马，一种骏马，此用以泛指宝马。

【品评】 诗歌赞扬“幽并客”许身报国的忠勇之气。先以蝉鸣空桑、处处黄芦写出边塞的荒凉、苦寒的艰苦环境，来衬托“幽并客”的愿共“沙场老”的献身精神。最后两句是叮嘱与规劝，实是以“游侠儿”来反衬“幽并客”的真正的英雄气概，言辞之间充满钦佩之意，使“幽并客”的形象更加鲜明突出。

塞下曲①

饮马渡秋水，水寒风似刀。平沙日未没，黯黯见临洮②。昔日长城战，咸言意气高③。黄尘足今古，白骨乱蓬蒿④。

【注释】 ① 塞下曲：乐府《横吹曲》曲调。又题为《望临洮》。② 平沙：一望无涯的沙漠似一马平川。黯黯：天色昏暗迷蒙。③ 长城战：临洮为秦长城的西起点。公元714年，唐玄宗开元二年，吐蕃侵扰临洮，唐将薛讷、王晙等与吐蕃人在临洮长城一带展开血战，终将吐蕃人击败。咸：都。意气：作战的士气。④ 黄尘：诗人想象中唐军与吐蕃人激战时所卷起的漫漫黄沙。足：充满。蓬蒿：皆为野草名。蓬：又称蓬飞。

【品评】 这首诗描绘边地的荒寒，表现战争的残酷。"秋水"已觉寒冷，再加上"风似刀"，其水之寒自可使读者感同身受，比喻极为生动有力。黄尘漫天，蓬蒿中满是白骨，战争的惨烈亦自可不言而喻，写得极其简练传神。全诗悲壮苍凉，气格雄健，历来被认为是边塞诗的代表作。

李 白

关山月[①]

明月出天山[②]，苍茫云海间。长风几万里，吹度玉门关[③]。汉下白登道，胡窥青海湾[④]。由来征战地[⑤]，不见有人还。戍客望边邑，思归多苦颜[⑥]。高楼当此夜，叹息未应闲[⑦]。

【注释】 ① 关山月：古乐府《横吹曲》曲调。② 天山：此指甘肃的祁连山脉。匈奴语称天为"祁连"，因而得名。③ 玉门关：古代通西域的重要关塞，在今甘肃敦煌西。④ 汉下：汉代军队出兵。白登道：通往白登山的道路。白登山在今山西大同市东。汉高祖时匈奴侵扰，兵至今山西太原，高祖亲率汉军御敌，在白登山被困三日，粮饷绝，死伤惨重。胡：指西北部族，此指吐蕃。窥：从小孔或缝隙中看。此指吐蕃觊觎青海，伺机侵扰。青海湾：即青海湖。⑤ 由来：从来。⑥ 戍客：守边将士。边邑：边疆城镇。邑：百姓聚居地。苦颜：愁苦的表情。⑦ 高楼：古诗中高楼多指代妇女居住的闺阁，此指身处闺中的思妇。当：正当。未应闲：即“应未闲”。一声接一声，没有停止。应：应当，表示推测。闲：停止。

【品评】　这是一首边地征人思念家乡、妻子的诗。诗意分为三层：首四句以雄豪健爽之气，写出极其辽阔苍凉的边塞景象，为下文预设背景；次四句写汉、胡两军对峙，战争一触即发，暗示出剑影刀光，这次白刃厮杀将格外残酷；最后四句承上，在战前的死寂之夜，一边写征人想家，一边写妻子思念丈夫，双管齐下，两相呼应，把征人的思念表现得特别深切。全诗结构严谨，流畅自然，气氛悲壮。

子夜吴歌　四首录一

长安一片月，万户捣衣声①。秋风吹不尽，总是玉关情②。何日平胡虏，良人罢远征③？**其三**

【注释】　① 捣衣：旧时清洗衣服用木杵捶打使其柔软。② 玉关情：指思妇们思念在玉门关戍边丈夫的深情。玉关：即玉门关。③ 虏：对敌人表示蔑视的称谓。良人：妻子对丈夫的称呼。

【品评】　这首诗写秋夜里女子捣衣，表现女子希望尽快结束战争，丈夫早日回家团聚的良好心愿。前二句纯然写景，而深情自在景中；次二句半景半情，情感逐渐显露；末二句纯乎言情，一往情深。诗意层层递进，情感逐渐浓烈，在渐次的推进中，把思妇的深情表现得非常真切动人，再加上诗歌的短小流畅，易于成诵，因此千百年来流传不衰。

长干行[1]

妾发初覆额，折花门前剧[2]。郎骑竹马来，绕床弄青梅[3]。同居长干里，两小无嫌猜[4]。十四为君妇，羞颜未尝开。低头向暗壁，千唤不一回[5]。十五始展眉，愿同尘与灰[6]。常存抱柱信，岂上望夫台[7]！十六君远行，瞿塘滟滪堆[8]。五月不可触，猿鸣天上哀[9]。门前迟行迹[10]，一一生绿苔。苔深不能扫，落叶秋风早。八月蝴蝶黄，双飞西园草。感此伤妾心，坐愁红颜老[11]。早晚下三巴，预将书报家[12]。相迎不道远，直至长风沙[13]。

【注释】 ① 长干行：古乐府《杂曲歌辞》曲调，或作"引"。长干：地名。古时今南京城南有长干里。行：古乐府诗的一种体裁。② 妾：古代女子表示谦卑的自称。初覆额：（头发）刚好盖住额头。这是女童的发式。剧：同"戏"，玩耍、做游戏。③ 竹马：儿童的一种游戏，跨着竹竿当马骑。绕床：绕着木床互相追逐、嬉戏。床：指古代可供小憩的坐具，不同于现代的卧具"床"。弄青梅：即玩青梅，用青梅做游戏。青梅：青色的梅子。④ 无嫌猜：没有嫌隙、猜忌。⑤ 向暗壁：朝着墙壁的阴暗处。描写新婚时的娇羞之态，怕让人看见。回：回头。⑥ 始展眉：才舒展开眉头，指不再害羞。愿同尘与灰：即使化成尘土也在一起，这是夫妻生死与共、永不分离的爱情誓言。⑦ 抱柱信：典出《庄子·盗跖》，尾生与情人相约在桥下约会，"女子不来，水至不去，抱梁柱而死"。后人常以"抱柱信"比喻信守承诺，对爱情忠贞不渝。岂：岂料。望夫台：丈夫远行，妻子登高远眺、等候丈夫归来的高台。⑧ 瞿塘：即长江三峡之瞿塘峡。滟滪堆：瞿塘峡口的巨礁，江湍水急。这是丈夫远行必经的一道险滩。⑨ 不可触：民间谚语："滟滪大如袱，瞿塘不可触。"五月江水上涨，滟滪堆大部分被淹没，成为暗礁，来往船只凶多吉少。猿鸣：三峡中多猿，渔歌云："巴东三峡巫峡长,猿鸣三声泪沾裳。”⑩ 迟行迹:指丈夫临行时留下的迟疑、徘徊的足迹。⑪ 坐:因为。⑫ 早晚:无论早或晚,不管什么时候。三巴:汉末将巴郡分为巴、巴东、巴西三郡,合称“三巴”,辖今四川东部、重庆市及湖北省西部地区。预:预先。⑬ 不道远:不说远,不嫌远。长风沙:地名。在今安徽省安庆东长江边。

【品评】　这是一首思妇诗,却不是作者站在自己的立场客观描写的,而是以女子的口吻自道身世,表现出对外出经商而久久不归的丈夫的深深思念。这位女子从自己与丈夫相识、相知谈起,到后来结婚、丈夫远出不归,一路细细道来,口气非常亲切自然,其中包含着无穷的忆念与思恋,极为动人。其中也有哀伤和抱怨,但情绪却是明朗而热烈的,表现出这位女子多情而开朗的个性,显得纯真可爱。最后说到要远迎丈夫的归来,更是一片痴情不能自已,诗歌具有感人至深的力量。其中“郎骑竹马来,绕床弄青梅”二句,即成语“青梅竹马”所本,至今常用。

孟　郊(751—814)

字东野,湖州武康(今浙江德清)人。郡望平昌(今山东商河县西北)。少隐嵩山。德宗贞元十二年(796)登进士第。十六年任溧阳县尉,抑郁不得志,遂辞官。曾任河南水陆运从事,试协律郎。宪宗元和九年(814)迁为兴元军参谋,试大理评事,赴任时暴死途中。友人张籍等私谥贞曜先生。有《孟东野诗集》。

烈女操[①]

梧桐相待老,鸳鸯会双死[②]。贞妇贵殉夫[③],舍生亦如此。波澜誓不起,妾心井中水。

【注释】　① 烈女操:孟郊自创乐府曲辞,歌颂妇女忠贞不渝、恪守节操的诗歌。操：古琴曲中的一种体裁。② 梧桐：梧桐树事实上是雌雄同株，但古代传说中梧桐却是雌雄异株，梧为雄，桐为雌，常比喻男女相爱、相守。待：守候。鸳鸯：一种水鸟，传说一雄一雌形影不离，其一死，必双死。此比喻对爱情的忠贞。会：必然。③ 殉夫：为丈夫而死。

【品评】 这首诗写女子对爱情的坚贞，但"贞妇贵殉夫"，把坚贞推向了极端，却是陈腐而残酷的封建礼教了。但从诗中"舍生亦如此"一句来看，也隐含着对事业的执着追求、对友情的始终如一之意，似乎是别有寄托的。

游子吟[①]

慈母手中线，游子身上衣。临行密密缝，意恐迟迟归。谁言寸草心，报得三春晖[②]？

【注释】 ① 吟：古诗的一种体裁。② 寸草心：小草一样细小的心，此比喻游子对母亲欲思报答的心意是微不足道的。三春晖：形容母爱有如春天的阳光一样温暖、光耀，抚育万物。三春：春天共有三个月，分为孟春、仲春、季春。晖：阳光。

【品评】 这是一首歌颂母爱的诗。但作者没有架空的议论，而是通过游子临行前慈母为其缝衣这一真切感人的生活细节，来作形象生动的描述。手中线与身上衣紧紧相连，密密缝寄寓着叮咛早日归来之意，只简单四句，母亲对儿子的体贴入微与万千牵挂，已自在形象之中，使人感动不已。最后二句是作者以寸草春晖设喻，感叹对母爱无以报答，而母爱的伟大也就自在不言之中了。前后两部分结合自然，相得益彰。诗歌质朴自然而又语浅情深，在短章中蕴含着伟大的人生哲理，成为千古绝唱。

卷二　七言古诗

陈子昂（661—702）

字伯玉，梓州射洪（今属四川）人，其一生与武后时代相始终。24岁中进士，为麟台正字、右拾遗。曾两度随军从征，在讨契丹时与武攸宜意见不合而受排斥打击。后辞职还乡，遭迫害致死。

登幽州台歌[①]

前不见古人，后不见来者[②]。念天地之悠悠，独怆然而涕下[③]！

【注释】 ① 幽州台：传说为战国时燕昭王为求贤才而筑的黄金台，故址在今北京市北郊。幽州：今北京市，战国时为燕国国都。歌：古诗体裁，是一种能唱的诗。② 古人：暗指战国时代像燕昭王与乐毅那样君臣相得的历史人物。③ 念：想。悠悠：邈远无尽。怆然：悲痛、伤怀的样子。涕：眼泪。

【品评】 这是一首千古传诵的诗歌。作者当时正在幽州从军，遭受排挤，壮志难伸，于极度苦闷中登台眺望，以冀一抒愤懑。往前看，能够重用贤才的圣明之君已经一去不返；往后看，可以信赖依靠的君主又还没有出现。环顾宇宙，独立苍茫，想到人生有限，知己难遇，不禁倍加伤怀，怆然下泪了。诗歌只有四句，但劲健有力，以散文的句式来表达沉郁雄浑、强烈奔放的感情，读来荡气回肠，撼人心魄。

李　颀（690？—754？）

河南颍阳（今河南登封）一带人，玄宗开元二十三年（735）登进士第，曾官新乡尉。《全唐诗》存诗三卷。

古　意[①]

男儿事长征，少小幽燕客[②]。赌胜马蹄下，由来轻七尺[③]。杀人莫敢前，须如猬毛磔[④]。黄云陇底白云飞[⑤]，未得报恩不能归。辽东小妇年十五，惯弹琵琶解歌舞[⑥]。今为羌笛出塞声[⑦]，使我三军泪如雨！

【注释】 ① 古意：魏晋六朝以来流行的一种诗体，内容广泛。② 事：做，从事。长征：远征。幽燕：唐代的幽州古代属燕国，故称幽燕。包括今之河北、辽宁部分地区，是唐代的边防前线，也是历史上英雄辈出的地方。③ 马蹄：箭靶的名称。指用比赛射箭来决胜负。七尺：七尺身躯，指生命。④ 杀人：此指与人格斗。莫敢前：没有谁敢上前来。猬毛磔（zhé）：似刺猬毛张开的样子。磔：此指张开。⑤ 陇：坡地。⑥ 辽东：指辽河以东，即今辽宁省西南部。小妇：少妇。解：懂得，擅长。⑦ 羌笛：一种源自羌族的管乐器。

【品评】 这首诗描写和歌颂了远征边塞的少年英雄的豪情壮志。前六句以五言正面描写其英雄形象和视死如归的豪迈气概，形象生动，气势逼人。后六句以七言写其以身报国的志愿，同时也以辽东小妇的姣好形象与英勇剽悍的英雄形象相映衬，暗示出他对家乡的思念，诗歌在雄豪中富有韵味，耐人含咀。

送陈章甫[①]

四月南风大麦黄，枣花未落桐叶长。青山朝别暮还见，嘶马出门思旧乡。陈侯立身何坦荡,虬须虎眉仍大颡[②]。腹中贮书一万卷,不肯低头在草莽[③]。东门酤酒饮我曹[④],心轻万事如鸿毛。醉卧不知白日暮,有时空望孤云高。长河浪头连天黑,津吏停舟渡不得[⑤]。郑国游人未及家,洛阳行子空叹息[⑥]。闻道故林相识多[⑦],罢官昨日今如何?

【注释】 ① 陈章甫:作者友人,官至太常博士。② 虬须:像虬龙一样拳曲的胡须。虬:传说中的一种龙。颡(sǎng):额头。③ 在草莽:在草野之间,指没有做官。④ 酤:买酒。饮我曹:请我们饮酒。曹:辈,相似于现代汉语的"们"。⑤ 津吏:掌管渡口的小官。⑥ 郑国游人:游于郑国的人,指陈章甫。时陈游于洛阳,由于洛阳春秋时属郑国,故称。及家:到家。洛阳行子:作者自称。时诗人也客游于洛阳。行子:行人。⑦ 闻道:听说。故林:即故园,故乡。

【品评】 此诗写得酣畅淋漓,是李颀描写人物形象的名篇。开始写送行,最后是相别和劝勉,中间从"陈侯立身何坦荡"到"有时空望孤云高"八句,着意刻画陈章甫的形象,特别生动。他"虬须虎眉仍大颡"的外貌,腹贮万卷的学识,心轻万夫的态度,纵饮醉卧的行迹,仰望孤云的身影,威武傲岸,旷达豪迈,人物形象非常鲜明,栩栩如生,呼之欲出。

琴　歌

主人有酒欢今夕,请奏鸣琴广陵客[①]。月照城头乌半飞[②],霜凄万树风入衣。铜炉华烛烛增辉,初弹渌水后楚妃[③]。一声已动物皆静,四座无言星欲稀。清淮奉使千馀里,敢告云山从此始[④]?

【注释】 ① 广陵客:晋代嵇康擅奏《广陵散》,后嵇康被杀,《广陵散》绝。此后，广陵客用以指代擅长奏琴的人。② 乌：乌鸦。半飞：纷飞。③ 渌水：古乐府《渌水曲》。楚妃：古琴曲名称。④ 清淮：唐时地名，临近淮河。敢告：敢于宣告。云山：指诗人所向往、归隐的山林。

【品评】 这是一首送别诗，但作者却把笔墨重点花在写弹琴上。写弹琴也不是从正面着笔，而是以衬托的方法表现：先以月照乌飞、霜风入衣来衬出弹琴的时间和环境；接着点出弹的曲名，也以“铜炉华烛”相衬；然后以物静星稀，衬托琴声的美妙动听。这样，环境和琴声就自然交融在一起。而这一切，又都发生在送别的宴会之中，在寂静的夜晚，与朋友一道听着美妙的琴声、饮着香醇的美酒，一种送别时的依依不舍之情，显得格外浓挚，见出作者的匠心独运。

听董大弹胡笳声兼寄语弄房给事[①]

蔡女昔造胡笳声，一弹一十有八拍[②]。胡人落泪沾边草，汉使断肠对归客[③]。古戍苍苍烽火寒，大荒沉沉飞雪白[④]。先拂商弦后角羽[⑤]，四郊秋叶惊摵摵[⑥]。董夫子，通神明，深山窃听来妖精[⑦]。言迟更速皆应手，将往复旋如有情[⑧]。空山百鸟散还合，万里浮云阴且晴。嘶酸雏雁失群夜，断绝胡儿恋母声[⑨]。川为静其波，鸟亦罢其鸣。乌孙部落家乡远，逻娑沙尘哀怨生[⑩]。幽音变调忽飘洒，长风吹林雨堕瓦。迸泉飒飒飞木末，野鹿呦呦走堂下[⑪]。长安城连东掖垣，凤凰池对青琐门[⑫]。高才脱略名与利[⑬]，日夕望君抱琴至。

【注释】 ① 董大：指董庭兰，排行第一，故称。唐代著名音乐家、古琴演奏家。胡笳：一种类似于笛子的乐器，源自西北。此指琴曲曲调胡笳。声、弄：俱为古琴曲中的一种小调。房给事：指任给事中的房琯。史书称房琯好宾客,常设家筵宴宾客、听董大弹琴。② 蔡女:指建安女诗人蔡琰,字文姬。系汉末文学家蔡邕的女儿。董卓之乱中蔡琰被掳至匈奴做了左贤王的王妃。传说蔡琰仿胡笳曲调作古琴曲《胡笳十八拍》以反映当时的乱离之苦。拍:古乐曲的一个段落。③ 沾:浸湿。汉使:指公元207年(即建安十三年)曹操特派使臣用重金将蔡琰从匈奴赎回。归客:指蔡琰。④ 古戍:古人戍守的边防要塞。烽火:古代边疆有敌情时,为报警而在高台上燃起的大火。大荒:指广袤、苍凉的荒野。⑤ 拂:轻弹。商弦:即商音。角羽:即角音和羽音。古琴有七声,即七个音阶:宫、商、角、变徵、徵、羽、变宫。⑥ 摵摵(shè):形容风吹叶落的声音。⑦ 董夫子:指董大。夫子:古代对男子的尊称。来:使来,招来。⑧ 应手:得心应手。将往复旋:将要去又复回,此用以形容弹琴指法娴熟、技巧精湛。⑨ 嘶酸:此形容琴声如雏雁失群后的嘶鸣,令人酸楚。胡儿:指蔡琰不得已留在匈奴的子女。⑩ 乌孙:西域国名。西汉武帝时,江都王刘建的女儿曾远嫁乌孙和亲。逻娑:今西藏拉萨市,唐时属吐蕃。指唐代曾先后送文成、金城等公主到吐蕃和亲。⑪ 迸泉:迸发、喷涌的泉水。飒飒:形容风声。木末:树木的末端,即树梢。呦呦:鹿鸣的声音。⑫ 东掖垣:宫禁之东,指房琯的住处。唐代给事中属门下省,设于禁中东面。掖垣:即宫中禁垣。凤凰池:指中书省。由于中书接近帝王,多受皇帝宠任,故称中书省为凤凰池。对:对面的。青琐门:雕饰有青色连环图案的宫门。⑬ 脱略:忽略、轻视,看不起。

【品评】 这也是李颀描写音乐的著名诗篇,赞扬了董大弹琴的高超技艺。诗分三层:第一层为前六句,从蔡文姬《胡笳十八拍》写起,引入音乐,为下面的描写作铺垫;第二层从"先拂商弦后角羽"到"野鹿呦呦走堂下"共十九句,是本诗主体部分,或描绘自然景物,或交代历史事件,或抒发个人情感,看似与弹琴无关,却处处关合着琴声,把董大的演奏技巧和琴曲本身的动人神韵,多角度、多层面地表现了出来,使人产生丰富的联想,如入其境,如聆其音;第三层是最后四句，写董大与房琯的情谊，为琴师遇合知音，欣然而喜。诗歌三、五、七言并用，笔势纵横矫健，融超逸与雄浑为一体，具有作者特别的个人风格。

听安万善吹觱篥歌[①]

南山截竹为觱篥，此乐本自龟兹出。流传汉地曲转奇，凉州胡人为我吹[②]。傍邻闻者多叹息，远客思乡皆泪垂。世人解听不解赏，长飙风中自来往[③]。枯桑老柏寒飕飗，九雏鸣凤乱啾啾[④]。龙吟虎啸一时发，万籁百泉相与秋[⑤]。忽然更作渔阳掺[⑥]，黄云萧条白日暗。变调如闻杨柳春，上林繁花照眼新[⑦]。岁夜高堂列明烛[⑧]，美酒一杯声一曲。

【注释】 ① 觱篥（bì lì）：古代的一种管乐器，又名悲栗或笳管，是唢呐的前身。② 龟兹（qiū cí）：今新疆库车一带。凉州胡人：指安万善，据说安系凉州少数民族。凉州：今甘肃武威一带。③ 长飙（biāo）：狂风。飙：暴风。此形容觱篥声如狂风骤起，气势磅礴。④ 飕飗（liú）：此形容觱篥声如狂风吹打桑柏的声音。九雏鸣凤：指古乐府《垄西行》中的“凤凰鸣啾啾，一母将九雏”。啾（jiū）啾：象声词，形容凤凰齐叫发出的和鸣声。⑤ 万籁：此指安万善吹奏出的各种各样的音乐声。籁：自孔穴中发出的声音。相与秋：此形容安万善奏出的音乐与百泉相和，带有秋之肃杀与凄凉。⑥ 渔阳掺（càn）：即《渔阳掺挝》，古代著名鼓曲，其风格极为悲壮。相传祢衡羞辱曹操时演奏的就是这首《渔阳掺》。⑦ 杨柳春：指古乐府曲《折杨柳曲》，其风格明丽、清越。上林：指西汉武帝时皇家名苑上林苑。⑧ 岁夜：指岁末除夕之夜，即民间的年三十。

【品评】 此诗写作者听吹觱篥，对音乐的解会与欣赏。觱篥是一种外来乐器，而演奏的又是“胡人”，吹奏的曲子也很特别，难怪一般人听不懂了。而诗人却很能欣赏，他用许多具体可感的形象，来比喻音乐给人的独特感受，从而化抽象为具象，使人置身于艺术境界之中，产生听觉上的共鸣。诗中也暗合着知音难遇的感慨。为了与所写这种特殊乐器演奏的特殊乐曲相配合，在用韵上全诗也很特别，随着乐曲的不断变化，转韵七次，平仄相间，抑扬抗坠，顿挫有致，富有音乐的美感。

孟浩然

夜归鹿门歌[①]

山寺钟鸣昼已昏，渔梁渡头争渡喧[②]。人随沙岸向江村，余亦乘舟归鹿门。鹿门月照开烟树[③]，忽到庞公栖隐处[④]。岩扉松径长寂寥，惟有幽人自来去[⑤]。

【注释】 ① 鹿门：指鹿门山，在今湖北襄阳，诗人早期隐居于此。② 渔梁：即湖北襄阳渔梁洲，古渡口名。③ 开烟树：形容烟雾弥漫中的江树渐渐变得明朗起来。④ 庞公：指三国时期隐居于鹿门山的隐士庞德公。时荆州刺史刘表曾多次邀他出山做官，他都拒绝，表示愿携妻子躬耕于山林。⑤ 岩扉：用岩石做成的门户。幽人：幽居山林之人，此乃作者自谓。

【品评】 这首诗写作者夜归鹿门山的所见所感，重点在表现鹿门山的清幽环境。诗歌按时间顺序写来，先是在途中看到渡头的喧闹情景，然后再转到对鹿门山的描写，非常轻松自然，而月照烟树，岩扉松径，一派幽寂的境界，气象清远。诗中“惟有幽人自来去”与“渔梁渡头争渡喧”形成强烈对比，表现出作者归隐的情趣和与世无争、与人无争的超然态度。

李 白

庐山谣寄卢侍御虚舟①

我本楚狂人，凤歌笑孔丘②。手持绿玉杖，朝别黄鹤楼③。五岳寻仙不辞远④，一生好入名山游。庐山秀出南斗傍，屏风九叠云锦张⑤，影落明湖青黛光。金阙前开二峰长⑥，银河倒挂三石梁。香炉瀑布遥相望⑦，迴崖沓嶂凌苍苍⑧。翠影红霞映朝日，鸟飞不到吴天长⑨。登高壮观天地间，大江茫茫去不还。黄云万里动风色，白波九道流雪山⑩。好为庐山谣，兴因庐山发。闲窥石镜清我心，谢公行处苍苔没⑪。早服还丹无世情，琴心三叠道初成⑫。遥见仙人彩云里，手把芙蓉朝玉京⑬。先期汗漫九垓上，愿接卢敖游太清⑭。

【注释】 ① 庐山：又称匡庐，在今江西省九江市南，唐代属浔阳郡，临鄱阳湖。相传西周武王时匡俗兄弟七人结庐于此山中，修炼成仙后人去而庐存，故得名。谣：歌谣。古代无乐器伴奏时所唱之歌谓之“谣”，即今之“清唱”。卢侍御虚舟：卢虚舟，字幼真，范阳（今北京市）人。唐肃宗时曾任殿中侍御使，做官清正、为人清雅，与李白意趣相投。② 楚狂人：指春秋时楚国隐士接舆，以佯狂而遁世，称“楚狂”。此诗人自谓。凤歌：据《论语 · 微子》载，孔子游历至楚国，接舆有意从孔子面前走过且高唱：“凤兮，凤兮，何德之衰？往者不可谏，来者犹可追！已而，已而，今之从政者殆而！”以此讽谏热衷于政治的孔子。“凤”比喻孔子。③ 绿玉杖：用绿玉装饰的手杖，传说中为仙人所持。黄鹤楼：古代名楼，故址在今之武昌蛇山黄鹤矶上，为登览名胜。今黄鹤楼在湖北省武汉市长江大桥桥头，下临长江。④ 五岳：中国五大名山，即东岳泰山、南岳衡山、西岳华山、北岳恒山、中岳嵩山，合称“五岳”。⑤ 秀出：秀拔、特立。南斗傍：南斗即南斗星，古人以南斗星作为浔阳郡的分野，而庐山居浔阳西北，故称。屏风九叠：指庐山五老峰东北的九叠云屏，又叫屏风叠。云锦张：华美如锦绣般的云彩铺陈于九叠云屏之间。⑥ 影：指庐山之倒影。湖：指鄱阳湖。黛：青黑色。金阙：指庐山金阙岩，又名石门，位于香炉峰西南。⑦ 银河：形容三叠泉大瀑布，从险峻的山峰上高高跌落，似银河倒挂。石梁：形如桥梁的巨大山石。香炉：香炉峰，位于庐山东南，孤峰秀拔，山顶常年云雾笼罩，似轻烟缭绕，故称。瀑布：指三叠泉。⑧ 迥崖：高峻的山崖。迥：远，高迥。沓嶂：层层叠叠的险峰。沓：众多、重叠貌。凌：高出，超越。苍苍：天空。⑨ 吴天长：形容庐山的天空深邃而寥廓。吴天：由于庐山一带春秋时属吴国，故称。⑩ 白波九道：指九条大江。古浔阳江河纵横，相传长江至此分为九道，今之“九江”由此得名。雪山：形容江流卷起的白色浪花如奔涌的雪山。⑪ 石镜：指庐山石镜峰。相传上有岩石明亮如镜，南朝诗人谢灵运游鄱阳湖时曾“攀岩照石镜”（《登庐山绝顶望诸峰》）。谢公：指谢灵运，南朝刘宋诗人、旅游家。陈郡阳夏（今河南太康）人，曾任永嘉太守，后居会稽。没（mò）：消失、湮灭。⑫ 还丹：据《抱朴子·金丹》载，道家炼丹时先将丹砂烧制成水银，再将水银还原成丹药，故称“还丹”。琴心三叠：道家修炼心性的一种术语。⑬ 玉京：传说中道家老子、元始天尊居住的地方。⑭ 先期：事先约定。汗漫：神秘、迷茫，不可知。九垓：九重天。卢敖：秦朝燕人，秦始皇召为博士，后被遣至海外求仙不返。《淮南子·道应》载，卢敖曾游于北海，至蒙穀山遇一人，卢敖欲结伴同游，那人嘲笑说：“吾与汗漫期于九垓之外，吾不可以久驻。”随即纵身消失在云中。这里诗人是反用其意，以卢敖指卢虚舟，以蒙穀山仙人自比。太清：道家认为上天有三清：玉清、上清、太清，太清是天空的最高处。

【品评】 这首诗作于流放夜郎遇赦，由江夏（今湖北武汉）到庐山之时。经过九死一生的波折，作者思想更加趋向道家，因此诗中一方面赞美了庐山的雄秀风光，同时也明白表示出要弃绝人事而访道寻仙的愿望。诗歌开头六句为第一层意思，写来游庐山的缘由，表示目的在“寻仙”，写得神思飞越。从“庐山秀出南斗傍”到“白波九道流雪山”，共十三句，为第二层意思，以雄伟的笔力极力描绘庐山的秀丽瑰玮，仰观俯瞰，既变化无穷，又一片神行。特别是“登高壮观天地间”以下四句，长江九派争流，景象无比壮观，在豪迈雄阔的诗句中展现的襟怀气度，读来令人神往。“好为庐山谣”以下为第三层意思，转到对游仙的描写，境界神奇缥缈，真有“飘飘乎如遗世独立，羽化而登仙”之感。全诗转接自然，通体浑成，境界宏伟雄奇，色彩瑰玮绮丽，风格在雄豪中又有飘逸，而且音韵跌宕，情感激扬，具有浓郁的浪漫气息，这是李白七言古诗的本色体现。

梦游天姥吟留别[①]

海客谈瀛洲，烟涛微茫信难求[②]。越人语天姥，云霓明灭或可睹[③]。天姥连天向天横，势拔五岳掩赤城[④]。天台四万八千丈[⑤]，对此欲倒东南倾。我欲因之梦吴越，一夜飞渡镜湖月[⑥]。湖月照我影，送我至剡溪[⑦]。谢公宿处今尚在，渌水荡漾清猿啼。脚著谢公屐，身登青云梯[⑧]。半壁见海日，空中闻天鸡[⑨]。千岩万壑路不定，迷花倚石忽已暝。熊咆龙吟殷岩泉，栗深林兮惊层巅[⑩]。云青青兮欲雨，水澹澹兮生烟。列缺霹雳，丘峦崩摧[⑪]。洞天石扉，訇然中开[⑫]。青冥浩荡不见底，日月照耀金银台[⑬]。霓为衣兮风为马，云之君兮纷纷而来下[⑭]。虎鼓瑟兮鸾回车，仙之人兮列如麻[⑮]。忽魂悸以魄动，恍惊起而长嗟[⑯]。惟觉时之枕席，失向来之烟霞[⑰]。世间行乐亦如此，古来万事东流水。别君去兮何时还？且放白鹿青崖间。须行即骑访名山。安能摧眉折腰事权贵[⑱]，使我不得开心颜！

【注释】 ① 天姥：指天姥山，在今浙江省新昌，临剡(shàn)溪。传说有一位登山人曾听见一位神仙老太太在唱歌，故得名。② 海客：漂泊海外寻求成仙得道之术的人。瀛洲：古代方士传说东海有三座神山：蓬莱、方丈、瀛洲，上有仙人居住。微茫：迷离、渺茫。信：的确，实在。③ 语：说，谈论。明灭：指一明一暗。或：或许。④ 拔：超出。掩：盖过。赤城：指赤城山，为仙霞岭支脉，在浙江天台县北。⑤ 天台：指天台山，在今浙江天台县北，仙霞岭支脉。⑥ 镜湖：又名鉴湖，在今浙江绍兴市南。⑦ 剡溪：曹娥江的上游，在今浙江嵊县南。⑧ 谢公屐：谢灵运登山时穿的一种特制的木鞋，鞋底安有活动锯齿，上山时抽去前齿，下山时抽去后齿，便于登山游历。谢灵运曾游于剡溪，有诗句："暝投剡中宿，明登天姥岑。"(《登临海峤》)屐：木鞋。青云梯：高入云天的石梯。⑨ 半壁：指半山悬崖上。天鸡：《述异记》载，东南方有桃都山，山上有桃都树，树枝相距三千里，上有天鸡。每日清晨阳光照到桃都树天鸡即开始啼叫，天下的雄鸡也随之啼鸣。⑩ 殷：象声词，形容"熊咆龙吟"发出的声音。栗：使惊惧战栗。⑪ 列缺：闪电。霹雳：雷声。⑫ 洞天：仙人居处。道家称仙人居住的山洞"别有洞天"。訇然：象声词，形容石门中开时发出的巨大声响。⑬ 青冥：天色苍苍，高远深邃，即指苍天。金银台：据《史记·封禅书》载，齐威王、宣王及燕昭王都曾派人至东海求三神山，据说至者见其楼台宫殿皆以金银建成，故以金银台指称仙人居住的地方。⑭ 霓：雨后天空中与虹同时出现的彩色圆弧，又称"副虹"。传说仙人以虹霓为衣。云之君：本指云神，此泛指云中仙人。⑮ 鼓：击打，演奏。瑟：古代弦乐器，今天使用的瑟有十五弦或十六弦。鸾：古代传说中的一种状如野鸡、有五彩纹的神鸟(《山海经·西山经》)。列如麻：仙人排列成行，多如麻。⑯ 悸：惊悸的样子。恍：猛然惊起的样子。长嗟：长长地叹息。⑰ 惟：只，仅。觉时：梦醒时。向来：刚才，指梦中。烟霞：烟霭云霞，指梦境。⑱ 安能：怎么能。摧眉：低着眉头，亦即低头。折腰：弯腰。事：侍奉。

【品评】 这是一首记梦诗，写于作者早年离开山东南游吴越之时。诗用浪漫手法，抒写梦游天姥的感受，充满对现实的厌恶和对神仙世界的热烈憧憬。诗歌想象丰富，夸张大胆，把云雾的明灭、神仙的往来和梦境的幻灭，和谐地统一在一起，创造出一个令人神往的仙境：时而波平浪静，景象悠然；时而霹雳震空，惊心动魄；时而五彩缤纷，明丽轻快；时而慷慨激越，气势磅礴。笔势变化无方，使人目不暇接，极尽奇肆纵恣之能事。《唐宋诗醇》评曰："七言歌行，本出楚骚乐府。至于太白，然后穷极笔力，优入圣域。昔人谓其'以气为主，以自然为宗，以俊逸高扬为贵，咏之使人飘扬欲仙'……此篇夭矫离奇，不可方物。然因语而梦，因梦而悟，因悟而别，节次相生，丝毫不乱，若中间梦境迷离，不过词意伟怪耳。"通首四、五、七、九言杂用，并且引入骚体，在句式上错综变化，更加有力地增强了音韵情感效果，这也是李白成功的创造。

金陵酒肆留别[①]

风吹柳花满店香，吴姬压酒唤客尝[②]。金陵子弟来相送，欲行不行各尽觞[③]。请君试问东流水，别意与之谁短长[④]？

【注释】 ① 金陵：今江苏省南京市。酒肆：酒店。肆：作坊、店铺。② 吴姬：吴女。南京古属吴地。姬：古代对妇女的美称。压酒：传统酿酒工艺刚刚酿熟的新酒须榨糟取酒。③ 子弟：年轻人。欲行：将行之人。不行：不走的人，指送客者，即金陵子弟。尽觞：干杯。觞(shāng)：古代酒具。④ 东流水：此指长江。与之：同东流水相比。

【品评】 此诗写李白酒肆宴别情景。风吹柳花，"吴姬压酒"，好个清新美丽的环境！而送行的金陵子弟又依依不舍地殷勤相陪饮酒，虽是送别，宴会里却充满着青春的活力和潇洒的情趣。最后以流水为喻，以问句出之，作者与送行者的一片深情见于言外，体现了作者早年开阔的胸怀和豪爽的性格。语言也浅易明白，“语不必深，写情已足”（沈德潜《唐诗别裁集》），读来情意盎然，真挚动人。

宣州谢朓楼饯别校书叔云①

弃我去者，昨日之日不可留；乱我心者，今日之日多烦忧②！长风万里送秋雁，对此可以酣高楼③。蓬莱文章建安骨，中间小谢又清发④。俱怀逸兴壮思飞，欲上青天览明月⑤。抽刀断水水更流，举杯销愁愁更愁。人生在世不称意，明朝散发弄扁舟⑥。

【注释】 ① 宣州：今安徽省宣城。谢朓楼：谢朓任宣城太守时所建，位于宣州陵阳山顶，又名谢公楼、北楼。饯别：摆酒食以送行。校书：即校书郎，执掌国家图书管理事务的官职。李白族叔李云时为校书郎。② 弃我去者：抛弃我而去的，主要指逝去的时间。乱我心者：扰乱我心绪的，指纷乱的世事。③ 酣高楼：畅饮于高楼之上。酣：饮酒至畅快处而不醉，谓之酣。④ 蓬莱文章：指李云的文章。蓬莱：即蓬莱仙山，传说中的仙府典籍均藏于此，东汉学者因此称藏书的东观为“蓬莱山”。李云掌管藏书，故以“蓬莱文章”比李云的文章。建安骨：诗人赞扬李云的文章具有“建安风骨”。建安：东汉末年汉献帝的年号，当时曹操、曹丕、曹植三父子与孔融、陈琳、王粲等“建安七子”共同倡导“慷慨以任气，磊落以使才”（《文心雕龙·时序》）的文风，史称“建安风骨”。小谢：即南朝齐诗人谢朓，字玄晖，以写山水诗见长。文学史常与谢灵运并举。由于生于谢灵运之后，谢灵运称“大谢”，谢朓称“小谢”。这里诗人自比小谢。清发：小谢的诗风清新可爱、自然淳朴。⑤ 俱：都。逸兴：飘逸、超脱的诗兴。壮思飞：豪迈的情思激荡、飞扬。览：同“揽”，用手攀摘。⑥ 不称意：不称心，不如意。散发：此指不愿受礼法的束缚，决意归隐。扁(piān)舟：小船。

【品评】 这是一首赠别诗，抒发作者满腔忧愤和豪爽磊落的胸怀。诗歌起处两对排偶句破空而来，如狂涛卷地，强烈的感情震撼人心，并且笼罩全篇。中间极力推崇汉代文章、建安风骨和谢朓的诗歌，同时也盛赞朋友的文章、自负自己的诗才，写得激扬飞动，英气勃勃。诗中以“欲上青天览明月”比喻逸兴壮思，以“抽刀断水水更流”比喻愁思不尽，想象大胆丰富，极为生动。全诗写愁，却没有一点悲戚感，处处表现出豪纵不羁的个性和非同寻常的胸臆。最后以“明朝散发弄扁舟”作结，戛然而止，笔法如天马行空，不可羁勒。

岑　参

走马川行奉送封大夫出师西征[①]

君不见走马川行雪海边，平沙莽莽黄入天[②]。轮台九月风夜吼[③]，一川碎石大如斗，随风满地石乱走。匈奴草黄马正肥，金山西见烟尘飞[④]，汉家大将西出师。将军金甲夜不脱，半夜军行戈相拨，风头如刀面如割。马毛带雪汗气蒸，五花连钱旋作冰，幕中草檄砚水凝[⑤]。虏骑闻之应胆慑，料知短兵不敢接[⑥]，车师西门伫献捷[⑦]！

【注释】 ① 走马川：“走马”音同“左末”，左末河即今新疆境内的车尔成河。川：河流。行：古诗的一种体裁。封大夫：指封常清。公元754年封常清任北庭都护、持节充伊西节度、瀚海军使，驻军轮台。封常清奏请朝廷调岑参任安西、北庭节度判官，岑参作此诗为出师西征的封常清送行。② 雪海：泛指大西北终年雨雪苦寒之地。黄入天：北风卷起黄沙弥漫天空。③ 轮台：即今新疆轮台东南，唐时属庭州，隶属北庭都护府。④ 金山：即阿尔泰山，位于新疆北部。古突厥语阿尔泰意为“金”。烟尘飞：敌人来犯，尘埃飞扬，烽烟四起，形容边情紧急。⑤ 五花：即五花马。爱马者将良马的鬣毛修剪为五瓣花形作为装饰，故称。连钱：即连钱骢，一种名贵的马。因毛色斑驳、深浅一致似连成串的钱币，故得名。旋：立即。幕：军帐。草檄：草拟檄文。檄：用以声讨敌对方的文书。⑥ 虏骑：敌人的军队。虏：对敌人轻蔑的称谓。骑：古代军制一人一马为一骑。引申为骑兵，军队。慑：畏惧。短兵：如刀剑一类的短兵器。⑦ 车师：今新疆吉木萨尔以西一带，唐时为北庭大都护府治所所在地。伫：久立。献捷：献上捷报，即告捷。捷：胜利，成功。

【品评】 这首诗歌颂唐军将士在边地走马川平叛，英勇赴敌时不畏艰苦的雄壮军威，以满腔热情预祝战争的胜利。诗歌具体描绘想象中夜行军的情景，其中“轮台九月风夜吼”三句，在黄沙弥漫中，风吼石跑，惊心动魄；“风头如刀面如割”“马毛带雪汗气蒸”，又冰天雪地，寒气逼人。就是在这样一种恶劣环境中，军情万分紧急，将士们顶风冒雪，开赴战场，表现出英勇无畏的气概，预示着胜利在握。诗歌三句一转韵（“君不见”为一句），句句连押，声情显得激越高昂而又急促有力，形式上很有创造性。前人评议此诗“奇才奇气，风发泉涌”（方东树《昭昧詹言》），表现了岑参诗歌特有的个性。

轮台歌奉送封大夫出师西征①

轮台城头夜吹角，轮台城北旄头落②。羽书昨夜过渠黎，单于已在金山西③。戍楼西望烟尘黑，汉兵屯在轮台北④。上将拥旄西出征，平明吹笛大军行⑤。四边伐鼓雪海涌，三军大呼阴山动⑥。虏塞兵气连云屯⑦，战场白骨缠草根。剑河风急云片阔，沙口石冻马蹄脱[⑧]。亚相勤王甘苦辛,誓将报主静边尘[⑨]。古来青史谁不见,今见功名胜古人[⑩]。

【注释】 ① 轮台:古地名,在今新疆轮台东南,唐时属庭州,隶属北庭都护府。歌:古诗体裁,是一种能唱的诗。封大夫:即封常清,公元754年任北庭都护、持节充伊西节度、瀚海军使,驻军轮台。② 角:号角。旄头:星宿名,即昴星。古人认为是"胡人"的象征。旄头落:旄头星坠落,预示胡人将覆亡。③ 羽书:古代军中紧急文书插上羽毛以示紧急程度,又称羽檄,俗称鸡毛信。渠黎:渠黎都督府,在轮台东南方向。单(chán)于:匈奴人对君王、首领的称谓,此泛指北方部族首领。金山:位于新疆北部的阿尔泰山。④ 屯:驻扎,防守。⑤ 上将:大将军。旄:古时用牦牛尾作装饰的旗帜或旄节,此为大将军军权的凭证和象征。平明:天刚亮的时候。笛:此指羌笛,一种源自羌族的管乐器。军队出发时须吹奏军乐以壮声威。⑥ 三军:古代对军队的统称,"三"为虚数。阴山:西起河套平原,向东绵延至内蒙古,与大兴安岭相接,是北方的一道天然屏障。汉代,匈奴常据阴山以扰汉。⑦ 虏塞:敌方的要塞。兵气连云:形容战争气氛弥漫于天地之间,杀气冲天。屯:聚集。⑧ 剑河:河流名称,在今新疆境内。沙口:地名。⑨ 亚相:指封常清,时任节度使兼御史大夫。古代官位仅次于宰相称亚相,汉代御史大夫称亚相,故称。勤王:勤勉于王事,勤勤恳恳为国家效力。静边尘:使边疆战争的尘埃归于平静,形容消灭敌人,使边疆不再有战事,和平安宁。⑩ 青史:史书。古代以竹简纪事,竹色为青,故称。

【品评】 这首诗作于轮台,写唐军战士在敌情紧急、气候严寒的情况下奋勇出征杀敌,气势雄伟。与上一首不同的是,这一首是写白天出征,先以城头吹角、羽书连夜、两军对垒,渲染出战场的紧张气氛。然后下面写平明大军出征,"四边伐鼓雪海涌,三军大呼阴山动",真是地动山摇,气壮山河,表现出唐军的威武雄壮;同时写出战场的阴森可怖和艰苦环境，烘托唐军的忠勇报国精神。诗中大胆的夸张和奇特的想象，构成宏伟壮阔的战争场面，撼人心魄。这首诗在节奏上又另有变化，除最后四句为一个韵外，其余两句即一转韵，如急促的鼓点，与激烈紧张的战场气氛相配合，鲜明地突出了战争氛围。

白雪歌送武判官归京[①]

北风卷地白草折，胡天八月即飞雪[②]。忽如一夜春风来，千树万树梨花开。散入珠帘湿罗幕，狐裘不暖锦衾薄[③]。将军角弓不得控，都护铁衣冷犹著[④]。瀚海阑干百丈冰[⑤]，愁云惨淡万里凝。中军置酒饮归客[⑥]，胡琴琵琶与羌笛。纷纷暮雪下辕门，风掣红旗冻不翻[⑦]。轮台东门送君去，去时雪满天山路。山回路转不见君，雪上空留马行处。

【注释】　① 武判官：姓武的判官。判官：唐代官职名，为节度使、观察使、防御使等诸使官的僚属。② 胡天：指中国大西北地区的气候。③ 罗幕：丝帐。罗：一种轻软而有小孔的丝织品。裘：皮衣。锦衾（qīn）：用彩色花纹的丝织品制作的被子。衾：被子。④ 角弓：用牛角作装饰的弓。控：开弓。都护：戍边的军官。著：穿。⑤ 瀚海：此指北方浩瀚的沙漠。阑干：纵横交错的样子。⑥ 中军：军队的主帅。饮归客：使归客饮。归客：指武判官。⑦ 辕门：军营的大门。掣（chè）：拉，牵。

【品评】　一看诗题，便知此诗是咏雪和送别相结合之作。咏雪，写出塞外独特的浩瀚奇丽的雪景："忽如一夜春风来，千树万树梨花开。"想象奇特美丽，出人意料，比喻生动贴切；特别是那面在严寒中已经凝冻而不能飘扬的红色军旗，与一望无际的白雪相映衬，分外鲜艳夺目,使人为之耳目一新,为之惊叹不已。送别,写“胡琴琵琶与羌笛”这些具有边地色彩的乐器和音乐,正与大雪奇寒的边塞地理环境相扣合,而渐行渐远的留在雪地上的马蹄印,又暗示出依依不舍的情怀,意境悠远。这一切,咏雪与送别自然结合,既有大笔挥洒,又有细致勾勒,生动传神,奇景奇思,达到了高度的有机统一,成为唐代边塞诗的代表作。

杜　甫

韦讽录事宅观曹将军画马图[①]

国初已来画鞍马,神妙独数江都王[②]。将军得名三十载,人间又见真乘黄[③]。曾貌先帝照夜白,龙池十日飞霹雳[④]。内府殷红玛瑙盘,婕妤传诏才人索[⑤]。盘赐将军拜舞归,轻纨细绮相追飞[⑥]。贵戚权门得笔迹,始觉屏障生光辉。昔日太宗拳毛騧,近时郭家狮子花[⑦]。今之新图有二马,复令识者久叹嗟。此皆骑战一敌万[⑧],缟素漠漠开风沙[⑨]。其余七匹亦殊绝,迥若寒空杂烟雪[⑩]。霜蹄蹴踏长楸间,马官厮养森成列[⑪]。可怜九马争神骏[⑫],顾视清高气深稳。借问苦心爱者谁,后有韦讽前支遁[⑬]。忆昔巡幸新丰宫,翠花拂天来向东[⑭]。腾骧磊落三万匹[⑮],皆与此图筋骨同。自从献宝朝河宗,无复射蛟江水中[⑯]。君不见,金粟堆前松柏里,龙媒去尽鸟呼风[⑰]。

【注释】 ① 韦讽:成都人,时任阆州录事参军。曹将军:开元时著名画家,名霸,为左武卫将军,常奉诏为国家功臣、宫廷御马画像。② 国初已来:指唐朝建国以来。江都王:唐太宗李世民的侄子李绪,以画马见长。③ 乘黄:又名“飞黄”,传说中黄帝所骑的神兽,龙翼马身，黄帝乘之而飞天成仙，故名。后“乘黄”用以泛指名马。④ 曾貌：曾经描绘。貌：此作动词，描绘、画。先帝：指唐玄宗李隆基。照夜白：唐玄宗所骑宝马。龙池：又名兴庆池，位于唐玄宗即位时所居住的兴庆宫内，传说池中有黄龙。飞霹雳：指池中黄龙受到感动，响起闪电雷鸣。⑤ 内府：宫廷的府库。殷（yān）红：带有黑色的红色，深红色。玛瑙：一种色彩美丽、质地坚硬的矿石，常制作成珍贵首饰。婕妤、才人：皆为唐代宫廷女官名，婕妤为正三品，才人为正四品。索：索取。⑥ 拜舞：形容曹霸行臣下朝见皇帝的礼仪。纨：质地薄而细的丝织品。绮：织有花纹的丝织品。轻纨细绮：此处皆是指质地精良的画布。相追飞：形容纷纷追逐曹霸，向曹霸求画。⑦ 拳毛騧（guā）：李世民战刘黑闼时所乘之马，“六骏”之一。郭家：指唐代名将郭子仪。公元 763 年 10 月，郭子仪收复陷于吐蕃人手中的长安城，同年 12 月迎唐代宗还朝。代宗赐郭子仪名马中有狮子骢，即“狮子花”。⑧ 一敌万：以“一”战胜“一万”，形容宝马骁勇无比。敌：抵挡，匹敌。⑨ 缟素：白色丝绢，此指绘在白绢上的图画。漠漠：此形容沙尘弥漫的样子。⑩ 殊：不同。绝：极，绝妙。迥：远。⑪ 蹴：踩，踏。长楸间：指大路。古人常于道路旁种植楸树以护路，故称。厮养：本为侍奉炊事的仆人，此指马夫。森：形容像树林一样密密站立。⑫ 可怜：可爱。⑬ 借问：请问。支遁：东晋名僧支道林，爱马，常同时饲养数马。有人劝他说出家人不适宜养马，支道林回答：“贫道重其神骏耳。”（《世说新语·言语》）⑭ 巡幸：指唐玄宗巡幸骊山。幸：帝王到某处去。新丰宫：指骊山华清宫，在今陕西省临潼，唐属昭应县，汉代时属新丰县，故称。翠花：用翠鸟羽毛装饰的精美的旗帜，帝王出行时的一种仪仗。翠：一种青绿的雌鸟，又叫翠鸟。来向东：指从长安城出发到华清宫。因长安在骊山之东，故称。⑮ 腾骧：形容马昂首阔步、腾空快跑。骧：马抬头快跑。磊落：仪态俊伟、坦荡。⑯ 献宝：据《穆天子传》载，周穆王西行时河伯曾献上宝物及地图，引导穆王西行，由此归天。此处诗人借此暗示唐玄宗驾崩。河宗：即河伯。射蛟：据《汉书·武帝纪》载，元封五年，武帝从浔阳泛长江，亲自射杀一蛟龙。此暗喻唐玄宗的游幸。⑰ 金粟堆：指唐玄宗的墓葬泰陵，在今陕西省蒲城县东北的金粟山。龙媒：指良马。古人认为马和龙是同类，天马现则预示龙将出，故后称良马为龙媒。

【品评】 这首诗赞美曹霸所画的《九马图》，寄寓对安史之乱前后国事兴衰的无限感慨。诗意分为三层。“国初已来画鞍马”到“始觉屏障生光辉”为第一层，写曹霸早有画名，曾为玄宗画过名马“照夜白”，得到赏赐，声名鹊起，突出了曹霸画艺的高超和人们对他的崇拜。“昔日太宗拳毛騧”到“顾视清高气深稳”为第二层，写“九马图”中九匹马的形象，一一生动传神，其中特别突出了唐太宗的名马“拳毛騧”和郭子仪的“狮子花”，表现了对唐朝开国往事和平息战乱的缅怀。“借问苦心爱者谁”到篇末为第三层，由图画而引起对玄宗“巡幸新丰宫”的真马的怀想，名马三万，昂首奔驰，气势何其雄伟，国运何其昌盛，言辞中流露出对盛唐景象的无尽怀念，接着顺势而下，写玄宗的出奔和墓地的凄凉，感叹无穷。全诗结构宏伟，起伏跌宕，由人而图，由图而国，其中暗寓人世沧桑、盛衰消长，表现出满腔忧国之痛，令人感动。

丹青引赠曹霸将军①

将军魏武之子孙，于今为庶为清门②。英雄割据虽已矣，文采风流今尚存③。学书初学卫夫人，但恨无过王右军④。丹青不知老将至，富贵于我如浮云⑤。开元之中常引见，承恩数上南薰殿⑥。凌烟功臣少颜色，将军下笔开生面⑦。良相头上进贤冠，猛将腰间大羽箭⑧。褒公鄂公毛发动，英姿飒爽犹酣战⑨。先帝天马玉花骢，画工如山貌不同⑩。是日牵来赤墀下，迥立阊阖生长风⑪。诏谓将军拂绢素，意匠惨淡经营中⑫。斯须九重真龙出，一洗万古凡马空[13]。玉花却在御榻上，榻上庭前屹相向[14]。至尊含笑催赐金，圉人太仆皆惆怅[15]。弟子韩干早入室，亦能画马穷殊相[16]。干惟画肉不画骨，忍使骅骝气凋丧[17]。将军画善盖有神，偶逢佳士亦写真[18]。即今漂泊干戈际，屡貌寻常行路人[19]。途穷反遭俗眼白，世上未有如公贫[20]。但看古来盛名下，终日坎壈缠其身[21]！

【注释】 ① 丹青：指画作。丹：红色颜料。青：深绿色颜料。引：古乐府曲调名，一种诗歌体裁。曹霸：唐代画马大师，曾官至左武卫将军，安史之乱后潦落。② 魏武：指魏武帝曹操。庶：庶民，平民。曹霸于玄宗末年获罪，被贬为庶人。清门：清寒门第。③ 已：完毕，结束。指曹操结束群雄割据的局面，统一北方。文采风流：指曹操的文学成就及其影响力。④ 卫夫人：晋代著名女书法家，名铄(shuò)，字茂漪，为汝阴太守李矩之妻。王右军：即晋代大书法家王羲之，字逸少，曾官至右军将军，后人称之为王右军。早年王羲之曾向卫夫人学习书法。⑤ 不知老将至：形容曹霸潜心作画，不知人之将老。此句与后句“富贵于我如浮云”皆语出《论语·述而》：“发愤忘食，乐以忘忧，不知老之将至”；“不义而富且贵，于我如浮云。”如浮云：形容曹霸甘于清贫，不追慕富贵荣华。⑥ 开元：唐玄宗年号。引见：被内侍引领接受玄宗召见。数(shuò)：屡，多次。南薰殿：兴庆宫内的一处大殿。⑦ 凌烟：即凌烟阁。唐太宗曾让阎立本画开国二十四功臣像于凌烟阁上。少颜色：指二十四功臣像因历时太久而颜色暗淡。开生面：重新描绘出生动的形象。开元间，玄宗再次命曹霸重画二十四功臣像。⑧ 进贤冠：本指古代儒士的帽子，此指唐时的文官礼帽。大羽箭：唐太宗特制的一种长箭。⑨ 褒公：褒国公段志玄。鄂公：鄂国公尉迟敬德。酣战：激战，剧烈战斗。⑩ 先帝：指唐玄宗。玉花骢：玄宗的御马。如山：形容画工数量之多。貌：描绘，画。不同：和真马不一样，指画得不像。⑪ 赤墀(chí)：宫殿上的红色空地。墀：宫殿台阶或台阶上的空地。迥立：卓然挺立。

阊阖：皇宫的正大门。⑫ 拂绢素：抚平画绢，指开始作画。绢（juàn）：一种薄而坚韧的丝织品。素：没有染色的丝织品。意匠：指精心构思。惨淡经营：形容苦心构想、布局。⑬ 斯须：一会儿。九重：指皇宫。真龙：比喻良马。古代身长八尺以上良马称“龙”。⑭“榻上庭前”句：指置于榻上的画中的玉花骢与屹立于庭前的真马。⑮ 至尊：指玄宗皇帝。圉（yǔ）人：掌管养马的人。圉：养马的地方。惆怅：失意，伤感。⑯ 弟子韩干：曹霸的弟子韩干，后成为以擅长画鞍马而享誉后世的著名画家，且自成一派。入室：孔子评价子路的学习状况是：“升堂矣，未入于室也。”后人以“升堂”“入室”比喻师承学习所得知识的深浅和造诣。穷殊相：画尽各种良马的不同神态体貌。穷：尽。殊：不同。⑰ 画肉：韩干所画之马肥硕高大，体态很美。画骨：指刻画马的风骨、精神。骅骝：传说为周穆王的八骏之一，后人以此泛指名马。气凋丧：意气衰弱，丧失英气。杜甫认为韩干画的马太肥，失去了马的豪气和神韵。⑱ 写真：画人物肖像。⑲ 干戈际：指安史之乱天下战乱不休之际。屡貌：屡次描画。⑳ 途穷：道路的尽头，形容曹霸人生陷入困境。俗眼白：庸俗之人的鄙视。以白眼对人，表示对人的鄙视。㉑ 坎壈（lǎn）：困顿、失意。

【品评】 这是一首歌咏画家曹霸的诗，对他早年以画艺受知朝廷极表钦羡，对他晚年四处漂泊、流落民间，深致惋惜，其中也寄寓着作者个人的身世之叹。开始八句写曹霸家世和学书作画情况，“文采风流”，浮云富贵，见其非同一般；以下八句，追叙曹霸画凌烟功臣的盛举，赞扬画家技艺精湛；接着十六句，再细细追叙为玄宗画“玉花骢”之事，在“意匠惨淡经营中”，“斯须九重真龙出，一洗万古凡马空”，兼以弟子韩干“画肉不画骨”作反衬，描写非常精彩，曹霸的画马之艺真是达到了神妙的境界！最后八句写现在的曹霸，途穷而漂泊干戈之际，反遭世俗白眼，感慨万端。诗歌如长江大河，浑浩流转，波澜动荡，变化无端，在错综的章法中，表现出诗人沉郁感慨的情怀和飘零之悲。

寄韩谏议[1]

今我不乐思岳阳[2]，身欲奋飞病在床。美人娟娟隔秋水，濯足洞庭望八荒[3]。鸿飞冥冥日月白，青枫叶赤天雨霜[4]。玉京群帝集北斗，或骑麒麟翳凤凰[5]。芙蓉旌旗烟雾落，影动倒景摇潇湘[6]。星宫之君醉琼浆，羽人稀少不在旁[7]。似闻昨者赤松子，恐是汉代韩张良[8]。昔随刘氏定长安，帷幄未改神惨伤[9]。国家成败吾岂敢，色难腥腐餐枫香[10]。周南留滞古所惜，南极老人应寿昌[11]。美人胡为隔秋水，焉得置之贡玉堂[12]？

【注释】 ① 韩谏议：指谏议大夫韩注，早年曾参与唐肃宗收复长安的谋划，后闲居于洞庭。② 岳阳：今湖南岳阳市，唐时为岳州。③ 美人：即佳人，理想中仰慕、倾心的人。此指韩注。娟娟：姿态优美。濯足洞庭：在洞庭湖中洗足，比喻韩注归隐后怡情于山水间，淡泊清雅。八荒：八方洪荒之地。④ 冥冥：形容鸿雁高飞，冥迷、高远的样子。青枫叶赤：枫叶由青转红，指时令移至深秋，岁月悄然而逝。⑤ 玉京：道家称天帝所居之处为玉京。群帝：泛指道家诸仙人，如白帝、赤帝。北斗：即北斗七星。麒麟：传说中的神兽，全身有鳞甲，头上长角，形状似鹿。《集仙录》载，神人位最高者乘鸾，次者乘麒麟，再次者乘龙、凤、鹤。翳：本义为遮盖，此意为乘凤凰而高飞远翥。⑥ 芙蓉旌旗：结芙蓉以作旌旗。倒景：日光反照。犹言仙人们高高在日月之上，日月倒着从下照耀着他们。景：日光。潇湘：江名，潇水和湘水，皆在今湖南境内。⑦ 星宫之君：指星神。此暗指侍奉皇帝左右的宠臣们。羽人：羽化升天之仙人。此比喻如韩注之流远离京师的失意才子。⑧ 赤松子：古代传说中的仙人，神农时为雨师。韩张良：指汉初太子少傅、留文成侯张良，字子房，其先祖为韩人，故称“韩张良”。⑨ 帷幄未改：形容江山初定，战争中搭建的军帐依旧未变。帷幄：军中幕帐。《史记·高祖本纪》载，汉高祖刘邦曾赞扬张良："夫运筹于帷幄之中，决胜于千里之外，吾不如子房。"神惨伤：形容张良神色惨淡、伤感，没有开国重臣的骄矜和欣喜。刘邦建国后，张良以为兔死狗烹、鸟尽弓藏，决定功成身退以全身远祸，从此回归江湖，得以善终。⑩ 吾岂敢：意为我岂敢轻疏、忘怀。色难：脸上露出为难的神色。腥腐：生肉腐烂发出的臭味。腥：生肉。腐：腐臭。典出《庄子·秋水》：鸱得一腐鼠，唯恐鹓鸰夺之，鹓鸰嗤之以鼻。此用以说明韩注甘愿洁身自好，不慕宝贵名利。餐枫香：道家用枫香配制药品。餐：本义为吃。此指韩注不愿同流合污，决意效法道家回归山林。⑪ 周南留滞：指西汉太史公司马迁曾经滞留于周南，不得武帝信任随侍左右。周南：指洛阳。南极老人：星宿名。司马迁认为南极老人星主天下太平："老人见，治安；不见，兵起。"(《史记·天官书》)后人以为南极老人星主寿昌。⑫ 隔秋水：为秋水所阻隔。焉得：哪得，怎能。贡玉堂：贡奉于玉堂之上。玉堂：指皇家宫殿朝堂。

【品评】 这首诗作于晚年，对隐居在岳阳，曾经追随肃宗收复长安而后来被疏远的韩谏议深致同情，因为作者也有类似的经历，因人感己，物伤其类，诗中充满着难以言表的忧愤。浦起龙在《读杜心解》中说："源出楚骚，气味大类谪仙。"诗歌写得错综起伏，恍惚缥缈，在杜诗中别具一格。诗中"国家成败吾岂敢"，表现出作者在垂暮之年尚以国事为怀的高尚品格，而"美人娟娟隔秋水""美人胡为隔秋水"，反复致意，希望国家重视人才，重用人才，一片殷殷报国之心，感人至深。

古柏行[①]

孔明庙前有老柏，柯如青铜根如石[②]。霜皮溜雨四十围，黛色参天二千尺[③]。君臣已与时际会[④]，树木犹为人爱惜。云来气接巫峡长，月出寒通雪山白[5]。忆昨路绕锦亭东，先主武侯同閟宫[6]。崔嵬枝干郊原古，窈窕丹青户牖空[7]。落落盘踞虽得地，冥冥孤高多烈风[8]。扶持自是神明力，正直原因造化功[9]。大厦如倾要梁栋，万牛回首丘山重[10]。不露文章世已惊，未辞剪伐谁能送[11]？苦心岂免容蝼蚁？香叶终经宿鸾凤[12]。志士幽人莫怨嗟[13]，古来材大难为用！

【注释】 ① 古柏：指夔州（今重庆市奉节）武侯祠前的古柏。行：古乐府诗的一种体裁。② 孔明：诸葛亮，三国蜀汉政治家、军事家，字孔明，琅玡阳都（今山东沂南）人。公元223年刘禅继位，被封为武乡侯，领益州牧。柯：树枝。③ 霜皮：经历风霜的老树皮，指树干。溜雨：雨水沿着霜皮流下。围：古代以双手合抱，或五寸，或一尺为一围。黛色：青黑色，此为树叶的颜色。④ 君：指刘备，三国蜀汉的建立者，谥昭烈帝。臣：指诸葛亮。与时：适逢其时。际会：彼此相遇。际：彼此之间。⑤ 巫峡：长江三峡之一，在夔州之东，以巫山云雨著称。寒通雪山：清冷的月光与大雪山的寒气相连通。雪山：指四川成都市大邑的西岭雪山。⑥ 锦亭：在成都杜甫草堂内，成都武侯祠在杜甫草堂以东。先主：指刘备。同閟（bì）宫：供奉在同一处祠庙，此指成都昭烈庙和武侯祠同在一处。閟：本义为闭门。閟宫：指祠庙。⑦ 崔嵬：形容古柏高大挺拔的样子。窈窕：形容宫室幽深。丹青：指祠庙内的绘画、彩饰。户牖空：殿宇内空虚无人。户：单扇门。牖：窗。⑧ 落落：形容古柏秀拔卓立。盘踞：本义为占据。此形容古柏木节盘绕，枝叶交错，屹然挺立。冥冥：形容古柏给人高大深邃的感觉。多烈风：常言道，树大招风，古柏常常能引起狂风。⑨“扶持”句：古柏不为烈风摧折，自是有神明暗中扶持。“正直”句：古柏秀拔挺直是因为天地造化之功。原因：原本因为。造化：创造世界的力量，指自然力。⑩ 大厦如倾：形容国家危亡。要：需要。梁栋：房屋的正梁。比喻担当国家重任、改变民族命运的人。万牛回首：万牛因不堪重负而回头看。丘山重：巨大的栋梁之材重如山丘。此比喻贤才得不到任用。⑪ 文章：华美精致的色彩和花纹。章：花纹。此指古柏朴实无华，不以自己绚丽的花枝相炫耀。未辞：不躲避。伐：砍。谁能送：谁能送古柏去做栋梁，指进贤不易，人尽其才甚难。⑫ 苦心：柏树心苦。容蝼蚁：古柏心苦仍难免为蝼蚁所害。比喻贤才常被小人暗算。终经：一直到树的主干的顶端。经：指树的主干。鸾：古代传说中的一种状如野鸡、有五彩纹的神鸟。凤：常称作凤凰。凤为雄，凰为雌，神话传说中的百鸟之王。⑬ 幽人：幽居归隐之人，隐士。莫怨嗟：不要怨愤、叹息。

【品评】 “君臣已与时际会，树木犹为人爱惜”，这是此诗写作的缘由，亦即借树咏人，发出“古来材大难为用”的感慨，寄寓怀才不遇的情怀。全诗三段，每段八句，每次转韵自成段落。首八句，单刀直入，写古柏的参天雄姿，暗喻诸葛亮在君臣际会中的英雄气概，充满钦羡之情。次八句，用对比手法，以成都武侯祠的古柏与夔州古柏相衬托，突出此处古柏正直孤高的特点，令人肃然而生敬意。最后八句，写栋梁之材的重要作用，而又感叹大材难用，意思反复曲折；联系杜甫的身世来看，政治上不为肃宗所容，遭受挫折，垂老漂泊西南，其中也包含着对自己坎坷一生、大志不遂、难得际遇的深沉感慨。

卷三　七言古诗

杜　甫

观公孙大娘弟子舞剑器行[1]　并序

大历二年十月十九日，夔府别驾元持宅，见临颍李十二娘舞剑器，壮其蔚跂[2]。问其所师，曰：余公孙大娘弟子也。开元三载，余尚童稚，记于郾城观公孙氏舞剑器浑脱，浏漓顿挫，独出冠时[3]。自高头宜春、梨园二伎坊内人，洎外供奉，晓是舞者，圣文神武皇帝初，公孙一人而已[4]。玉貌锦衣，况余白首！今兹弟子亦匪盛颜[5]。既辨其由来，知波澜莫二[6]。抚事慷慨，聊为剑器行。昔者吴人张旭善草书书帖，数尝于邺县见公孙大娘舞西河剑器，自此草书长进，豪荡感激。即公孙可知矣[7]！

昔有佳人公孙氏，一舞剑器动四方。观者如山色沮丧，天地为之久低昂[8]。㸌如羿射九日落，矫如群帝骖龙翔[9]。来如雷霆收震怒，罢如江海凝清光。绛唇珠袖两寂寞，晚有弟子传芬芳[10]。临颍美人在白帝，妙舞此曲神扬扬[11]。与余问答既有以，感时抚事增惋伤[12]。先帝侍女八千人，公孙剑器初第一[13]。五十年间似反掌，风尘澒洞昏王室[14]。梨园子弟散如烟，女乐馀姿映寒日[15]。金粟堆前木已拱，瞿塘石城草萧瑟[16]。玳筵急管曲复终[17]，乐极哀来月东出。老夫不知其所往，足茧荒山转愁疾[18]。

【注释】 ① 公孙大娘：开元时期极负盛名的舞蹈家，尤擅剑舞，名冠天下。姓公孙，名不详。大娘：是古时对年长女性的尊称，此也有可能指公孙氏排行第一。弟子：门人，指李十二娘。剑器：舞蹈名，源于西域，即今新疆及中亚地区。唐代舞蹈分健舞和软舞，“剑器”属健舞，由女子着男装进行表演。一说舞时持剑，另说舞时为徒手。本诗所描写应为持剑而舞。② 大历二年：公元 767 年，大历为唐代宗年号。别驾：官职名。元持：生平不详，时任夔州都督府别驾。临颍：今河南省临颍。李十二娘：姓李，排行十二。蔚跂（qǐ）：舞蹈中变化不定，脚跟不点地的高难动作。③ 开元三载：公元 715 年。稚：年幼。郾（yǎn）城：今河南省郾城。剑器浑脱：舞蹈名，将剑器舞和浑脱舞融为一体的一种新型舞蹈。浑脱舞：源于西域，表演时舞者戴着乌羊毛做的浑脱毡帽，故称。浏漓：同“流利”，形容舞姿敏捷流转，表演酣畅淋漓。顿挫：舞姿停顿转折，富有节奏。冠时：为当时之冠。④ 高头：即前头。《教坊记》载，伎女入宜春院，被称为前头人或内人，因常常在皇帝跟前表演而得名。宜春、梨园：皆唐教坊名。开元二年，即公元 714 年，置教坊于蓬莱宫，唐玄宗亲自教乐工、歌伎练习歌舞技法，称为“梨园弟子”。后“梨园”成为传统戏曲界及戏院的别称。伎坊：即教坊，唐朝专事培训伎女、乐工的机构。伎：以歌舞为业的女子。洎（jì）：及，到。外供奉：指不住在皇宫内，随时应召的伎女。晓：通晓。圣文神武皇帝：公元 739 年群臣给唐玄宗所上的尊号。⑤ 玉貌锦衣：描写当年公孙大娘美颜如玉，着五彩华衣。余：我。兹弟子：此弟子，指李十二娘。亦匪盛颜：也不是青春年盛时的容颜。⑥ 辨：弄明白。由来：指李十二娘的舞学渊源。波澜莫二：比喻舞蹈技艺同出一脉，师承相同。⑦ 抚事：因接触眼前人事而有所感怀。张旭：唐代书法名家，今江苏苏州人，自称观公孙大娘《剑器》舞而得其神，将舞蹈融入书法之中（见李肇《国史补》）。邺县：今河南省安阳。西河剑器：《剑器》舞的一种，流行于河西一带，即今甘肃省西部地区。感激：充满激情。公孙可知：可以从中得知公孙的舞蹈是何等精彩高妙。⑧ 观者如山：形容观众甚多。色沮丧：形容因惊讶而失色、面无表情。久低昂：形容天地因感于公孙大娘舞蹈的低昂而久久沉郁。⑨ 㸌：闪烁。羿：即后羿，神话传说中的神射手，嫦娥的丈夫。传说尧时十日并出，羿射去九个太阳。矫：矫健敏捷。群帝：指天上诸位天神。骖：本义为车前三匹或四匹马中居于两边的马。此引申为"驾驭"。⑩ 绛唇珠袖：红色的嘴唇和珍珠装饰的衣袖，此指公孙大娘的容颜和舞姿。传芬芳：指弟子继承了公孙氏精湛的舞蹈艺术。⑪ 临颍美人：指李十二娘。白帝：即白帝城，东汉时公孙述所筑，在今重庆市奉节白帝山上，公孙述自称白帝，故名。扬扬：神采飞扬的样子。⑫ 既有以：即既有因，既然得知了原委。以：原委，因由。惋伤：叹惋和伤怀。⑬ 先帝：指唐玄宗。初第一：本是第一。⑭ 五十年间：指从开元五年观公孙大娘舞剑器至大历二年作此诗（即从公元717年至767年），其间正好是50年。似反掌：形容时间飞逝，犹如把手掌翻转过来。风尘：指安史之乱。澒（hòng）洞：弥漫天地，迷茫无际。⑮ 女乐：泛指歌舞伎，此指李十二娘。馀姿：李十二娘的舞蹈得公孙氏真传，保存了开元歌舞的风姿，故称"馀姿"。⑯ 金粟堆：唐玄宗葬于今陕西省蒲城东北金粟山，称泰陵。木已拱：墓树已长至双手合围那么大了。拱：两手合抱为一拱。瞿塘石城：一说指夔州，一说指白帝城。石城即山城。萧瑟：形容景色荒凉、凄清。诗人作此诗时是十月。⑰ 玳筵：华美的盛筵。玳：即玳瑁（dài mào），状如龟的海生动物，其壳黄褐色，有黑斑，用以做装饰品，产于热带和亚热带海中。急管：急促的管乐声。⑱ 老夫：杜甫自谓。足茧荒山：诗人漂泊不定，一直在西南荒山野岭间辗转奔走。足茧：脚底生了厚皮，形容奔走不止。转愁疾：愈来愈愁闷、凄苦。

【品评】　此诗作于杜甫客居夔州之时，诗中既高度赞扬了公孙大娘师徒精妙绝伦的舞技，同时也抒发了对自开元、天宝以来五十年间国家兴衰、社会动乱的无尽感怆的情怀。王嗣奭在《杜臆》中说："此诗见剑器而伤往事，所谓抚事慷慨也。故咏李氏却思公孙，咏公孙却思先帝，全是为开元、天宝五十年治乱兴衰而发。”全诗开合动荡，气势节奏迂回顿挫，激情喷涌，不胜今昔沧桑之感，具有震撼人心的艺术魅力，是一篇千秋传诵的杰作。序中提到的“浏漓顿挫”“抚事慷慨”“豪荡感激”，也正好是杜甫自己诗歌风格的基本特征。

元　结

石鱼湖上醉歌[①]　并序

漫叟以公田米酿酒，因休暇，则载酒于湖上，时取一醉[②]；欢醉中，据湖岸，引臂向鱼取酒，使舫载之，遍饮坐者[③]。意疑倚巴丘，酌于君山之上，诸子环洞庭而坐，酒舫泛泛然，触波涛而往来者，乃作歌以长之[④]。

石鱼湖，似洞庭，夏水欲满君山青[⑤]。山为樽，水为沼，酒徒历历坐洲岛[⑥]。长风连日作大浪，不能废人运酒舫[⑦]。我持长瓢坐巴丘，酌饮四座以散愁[⑧]。

【注释】 ① 石鱼湖：在今湖南道县东，唐时为道州城。湖心有石状如游鱼，故称。元结将石鱼凹处进行修葺，贮酒于其中。② 漫叟：元结自号漫叟。公田：唐代制度规定州有公田，刺史可支配其收入，元结则以公田所产稻米酿酒。因：于是，就。休暇：工作之余的空闲时候。③ 据：依靠着。引：伸出。向鱼取酒：向石鱼取所贮之酒。舫：船。遍饮坐者：让在座的人喝个遍。④ 意疑：想象中好比。疑：通“拟”，比拟。巴丘：山名，即巴陵，在今湖南省岳阳城内西南，下临洞庭湖。酌：斟酒，饮酒。君山：又名湘山，在洞庭湖中，传说中湘君的游居处，故称君山（《水经注・湘水》）。泛泛然：形容舟舫往来不定，晃晃悠悠，怡然自得的样子。长（zhǎng）：助兴。⑤ 夏水：

古江名，冬塞而夏通，从湖北沙市东南分长江而出，向东至沔阳入汉水，成为长江的天然排洪道。夏水欲满：夏秋之际，夏水将满，洞庭水涨，君山正青。⑥ 樽：古代酒器。沼：水池。酒徒：嗜酒之徒。历历：一个个清清楚楚。坐洲岛：坐于石鱼之上犹如坐在洞庭湖的洲岛之上。⑦ 连日：接连数日。废人：阻止嗜酒者。⑧ 四座：环湖而坐的饮者。散愁：消愁。

【品评】　此诗以奇特的想象，描绘在湖光山色中从"石鱼"中取酒畅饮的场面，奇事奇思奇情，出人意表。吴瑞荣在《唐诗笺要》中说："有古怪兴会，始有古怪文章。豪于饮者，世不乏人，吾断推次山第一。"于"古怪"中，我们亦不难想象作者对社会现实的厌恶，因此寄情山水，"酌饮四座以散愁"，借这种"古怪"的形式来浇灭自家胸中非同一般的块垒。诗歌很短小，以三字句与七字句杂用，明白如话，朗朗上口，很像民歌。

韩　愈（768—824）

字退之，河南河阳（今河南孟州）人，郡望昌黎。德宗贞元八年（792）登进士第，任节度推官，其后任监察御史等职。十九年因触怒权臣，贬阳山令。宪宗即位，量移江陵府法曹参军。元和元年（806）召拜国子博士。十二年从裴度讨淮西有功，升任刑部侍郎。十四年谏迎佛骨，贬潮州刺史。次年穆宗即位，召拜国子祭酒。长庆二年（822）转吏部侍郎、京兆尹。卒谥文。有《昌黎先生集》。

山　石[①]

山石荦确行径微[②]，黄昏到寺蝙蝠飞。升堂坐阶新雨足，芭蕉叶大栀子肥[③]。僧言古壁佛画好，以火来照所见稀[④]。铺床拂席置羹饭,疏粝亦足饱我饥[⑤]。夜深静卧百虫绝,清月出岭光入扉[⑥]。天明独去无道路,出入高下穷烟霏[⑦]。山红涧碧纷烂漫,时见松枥皆十围[⑧]。当流赤足踏涧石,水声激激风生衣[⑨]。人生如此自可乐,岂必局促为人鞿[⑩]!嗟哉吾党二三子,安得至老不更归[⑪]!

【注释】 ① 山石:诗人取诗句开头二字作为篇名,并非咏物诗,而是记游诗。公元801年7月,即贞元十七年,韩愈从徐州到洛阳途中,投宿古寺,作此诗。② 荦(luò)确:形容巨石耸立,险峻不平。行径:行走的通道、小路。径:小路。微:小,指道路狭窄。③ 升堂:进入堂屋。升:登。坐阶:坐在石阶上(欣赏)。栀子:常绿灌木,夏天开白花,味香,果实可入药,也可做染料。④ 所见稀:指少有所见,佛画极为珍贵。⑤ 铺床拂席:打扫、整理床铺。拂:拭,轻轻擦。置羹饭:摆上菜饭。羹:古代指用肉或菜做成的带汁的食物,不同于汤。羹饭:泛指食物。疏粝:粗糙的食物。疏:粗疏。粝:糙米。⑥ 百虫绝:百虫的鸣叫声尽皆断绝,形容自然界极为静谧。扉:门户。⑦ 无道路:一说因晨雾缭绕,看不清道路;一说信步而去,不择道路。穷烟霏:看尽了山间烟霭流云。霏:烟云缭绕、弥漫的样子。⑧ 山红:指山花。涧碧:指溪水。纷烂漫:五彩缤纷,鲜艳夺目。枥:同"栎",又称橡树或麻栎树,一种落叶乔木。围:一人两手合抱为一围。十围:形容树干粗大,须十人合围。⑨ 当流:迎着溪流。当:正对着。激激:形容溪水在涧石上激荡奔涌,淙淙流过的样子。⑩ 局促:被拘束、限制。为人鞿:被人羁勒、控制。鞿:缰绳套在牲畜口中的部分。⑪ 吾党二三子:与我志同道合的朋友。党:古代"党"指同一亲族或同一集团,此指同道。二三,是虚指。不更归:即更不归,更不得回归自然山水。

【品评】 此诗以《山石》为题,只是摘取首二字作篇名,并非全咏山石,而是一首叙写到山野旅游情趣的诗。韩愈的古体诗多有散文化倾向,亦即“以文为诗”,这首诗就是很典型的例子。从结构上看,采取记游散文的写法,完全按行程日期,记叙由黄昏到寺、夜深留宿、天明下山的全过程,平铺直叙,逐一写来,很像一篇山水游记。从句式上看,诗中散文句子较多,像“僧言古壁佛画好,以火来照所见稀”,就很典型。这就显得古朴自然而又音节遒劲,读来自有一种清新苍劲、清峻雄浑的感觉。而描写又很生动形象,像“芭蕉叶大栀子肥”“清月出岭光入扉”“山红涧碧纷烂漫”等等,简练传神,风景如画。最后二句,隐隐透出希望摆脱官场羁束,投入大自然怀抱的个人愿望,使诗歌的思想性得到了提升。

八月十五夜赠张功曹①

纤云四卷天无河,清风吹空月舒波②。沙平水息声影绝,一杯相属君当歌③。君歌声酸辞正苦,不能听终泪如雨④。洞庭连天九嶷高,蛟龙出没猩鼯号⑤。十生九死到官所,幽居默默如藏逃⑥。下床畏蛇食畏药,海气湿蛰熏腥臊⑦。昨者州前捶大鼓,嗣皇继圣登夔皋⑧。赦书一日行千里,罪从大辟皆除死⑨。迁者追回流者还,涤瑕荡垢清朝班⑩。州家申名使家抑,坎轲只得移荆蛮⑪。判司卑官不堪说,未免捶楚尘埃间⑫。同时辈流多上道,天路幽险难追攀⑬。君歌且休听我歌,我歌今与君殊科⑭。一年明月今宵多⑮,人生由命非由他。有酒不饮奈明何⑯!

【注释】 ① 八月十五夜:传统中秋节之夜,民间有赏月的习俗。张功曹:指张署。功曹:官职名,即功曹参军。公元 803 年(即贞元十九年),张署与韩愈皆任监察御史,两人因上书论天旱人饥、请求宽延民税触怒唐德宗。张署贬湖南临武令,韩愈贬广东阳山令。公元 805 年 8 月,唐宪宗继位后大赦天下,二人改派至湖北江陵府,张署任功曹参军,韩愈任法曹参军。同年中秋,韩、张二人赴湖南郴

(chēn)州待命,韩愈赋诗以赠张署。② 纤云:薄薄的云层。纤:细小。四卷:从四方翻卷。天无河:即无天河。天河指银河。由于纤云四卷,云未散尽,所以银河还未显现。舒:舒展,此引申为放射出。波:如波的月色,即月光如水。③ 沙平水息:平坦的沙滩风平浪静。息:停止。属(zhǔ):通"嘱",嘱咐,此意为劝(酒)。④ 声酸:歌声酸楚、悲凉。辞正苦:歌词内容苦涩。听终:听完。⑤ 洞庭连天:形容洞庭湖烟波浩渺,一望无涯,似乎与天相接。九嶷:山名。在今湖南宁远南。鼯(wú):鼯鼠,一种外形像松鼠的哺乳动物,尾长,前后肢之间长有宽大的薄膜,可以从高处往下滑翔,生活在高山树木中。号(háo):大声哭、叫。⑥ 十生九死:意思同"九死一生"。官所:做官的地方,指张署被贬至临武县。幽居:深居不出。默默:不为人所知。如藏逃:好似藏匿、好比逃亡。⑦ 药:此指药蛊,据传是用南方边远地区的毒虫特制成的毒药。海气:海水蒸腾发出的湿热潮气。湿蛰:蛰伏在潮湿土壤中的虫、蛇所释放的毒素。蛰(zhé):动物冬眠,藏起来不食不动。熏腥臊:腥臊之气袭人。熏:气味袭人。腥:生肉味。臊:类似尿或狐臭的气味。⑧ 州前:州府衙门前。捶大鼓:指朝廷颁布大赦令。唐代大赦时州府要击鼓召集官吏和百姓宣布。嗣皇:指刚刚继位登基的唐宪宗。嗣:继承。继圣:继承帝位。登:引进、任用。夔皋:代指贤臣。夔:传说尧、舜时代的贤臣,善典乐,击石拊石,百兽率舞,修《九招》《六列》《六英》。皋:即皋陶,尧时贤臣,为大理,作五刑,令独角羊断案。⑨ 赦书:大赦的诏令。大辟:指死刑。除死:免于处死。⑩ 迁者:指被贬官放逐的官员。流者:被判刑流放的人。涤瑕荡垢:荡涤瑕垢,洗清瑕疵和污垢,指恢复清白名声。瑕:玉石上的斑点。清朝班:列入朝堂上的清班;清白、尊贵官员的行列。⑪ 州家:指郴州刺史。申名:申报提名。使家:指湖南观察使。抑:按,压,抑制,指按下不报。坎轲:通"坎坷",道路不平,比喻不顺利、多劫难。移荆蛮:调往江陵。江陵古属荆州,为楚地,周人称南方部族为蛮,故称荆蛮。⑫ 判司:唐代诸曹参军统称判司。卑官:地位低下的小官。捶楚:受鞭笞。唐代判司、簿、尉等小官有过被罚即受鞭刑。⑬ 同时辈流：同时被流放贬官之人。上道：上路回京。天路：登天之路，比喻进身朝廷，做高官的门路。⑭ 且休：暂且停止。殊科：不同类。⑮ 今宵多：今晚最明亮。⑯ 奈明何：怎么对得起明亮的月光呢。

【品评】　此诗为韩愈贬谪南方后，与张功曹一道改官江陵的作品，是发泄愤慨、排遣苦闷之作。诗分三段。开始六句为第一段，写作者与张功曹在中秋之夜对月饮酒，引起张对贬谪生活的痛苦回忆。接着十八句为第二段，是全诗主体，都是张的诉说，从贬谪南荒所处环境的恶劣，说到遇赦北归却只能到达“荆蛮”，并且官卑职小，难免捶楚之苦。这些酸苦之语，一路如破闸之水，奔泻无余。其实这是韩愈借他人酒杯，浇自家块垒，表现出在遭受政治打击之下的艰难经历和苦闷心情。最后五句为第三段，是作者的回答，写出韩愈无可奈何的旷达。诗歌也颇具散文特点，除了句法而外，结构上与他写的散文《进学解》《送穷文》等很有相似之处，均设宾主问答。最后点出“一年明月今宵多”，与开篇的“清风吹空月舒波”相照应，显得结构谨严，篇法圆紧。

谒衡岳庙遂宿岳寺题门楼[①]

五岳祭秩皆三公，四方环镇嵩当中[②]。火维地荒足妖怪，天假神柄专其雄[③]。喷云泄雾藏半腹，虽有绝顶谁能穷[④]？我来正逢秋雨节，阴气晦昧无清风[⑤]。潜心默祷若有应，岂非正直能感通[⑥]！须臾静扫众峰出，仰见突兀撑青空[⑦]。紫盖连延接天柱，石廪腾掷堆祝融[⑧]。森然魄动下马拜，松柏一迳趋灵宫[⑨]。粉墙丹柱动光彩，鬼物图画填青红[⑩]。升阶伛偻荐脯酒，欲以菲薄明其衷[⑪]。庙令老人识神意，睢盱侦伺能鞠躬[⑫]。手持杯珓导我掷，云此最吉馀难同[⑬]。窜逐蛮荒幸不死，衣食才足甘长终[⑭]。侯王将相望久绝，神纵欲福难为功[15]！夜投佛寺上高阁，星月掩映云曈昽[16]。猿鸣钟动不知曙，杲杲寒日生于东[17]。

【注释】 ① 谒：拜见，走访。衡岳庙：在今湖南衡山西三十里处。衡岳：即南岳衡山，五岳之一。公元805年秋，韩愈从郴州赴江陵就职途经衡山时谒衡岳庙作此诗。② 五岳：中国五大名山，分别为东岳泰山、西岳华山、南岳衡山、北岳恒山、中岳嵩山。祭秩：天子行祭礼的位秩、等级。《礼记·王制》载：天子祭名山大川时，祭五岳比照三公的礼节致祭。三公：历代官制不同，但都是朝廷的最高官职，周代指太师、太保、太傅。四方环镇：指东西南北岳四大名山环镇四方。嵩当中：嵩山在正中。③ 火维：即火乡。维：隅，角落。传说衡山神为赤帝和祝融氏，赤帝即炎帝，祝融氏为火神，传说是炎帝的后裔。足：充足，多。假：授予。神柄：神权。柄：权柄，权力。专：独。④ 泄：流出，散发出。藏半腹：藏起半山腰。指云遮雾盖，从半山起就消失不见了。穷：尽，指把衡山看完或走完。⑤ 晦昧：昏暗不明。⑥ 潜心：用心极深而专。若有应：好像有感应。岂非：岂不是。正直：一说指诗人的清正、率真；一说指衡山神赤帝。能感通：能感动神灵，与神相通。⑦ 须臾：片刻，瞬间。静扫：指山风吹来，云雾一扫而光。仰见：抬头看。突兀：指高耸突起的山峰。⑧ 紫盖：衡山山峰名。衡山有七十二峰，其中以芙蓉、紫盖、石廪(lǐn)、天柱、祝融为五大险峰，而祝融峰最高(《长沙记》)。连延：连绵不断。腾掷：形容峰峦起伏跌宕，呈抛掷、腾挪之状。堆祝融：众峰突起簇拥着祝融峰。⑨ 森然：森严可畏。形容山峰高峻齐天，使人惊心动魄，顿生敬畏。松柏一迳：道路两旁松柏夹道。趋：快走，直奔。灵宫：神灵的宫殿，指衡岳庙。⑩ 丹柱：红漆柱。动光彩：光彩飞转、流动。鬼物图画：以鬼怪为题材的壁画作品。填青红：主要以青、红两种颜色填充其中。⑪ 升阶：登上石阶。伛偻(yǔ lǚ)：弯腰曲背，表示恭敬。荐：献。脯(fǔ)：干肉。菲薄：指不丰厚的祭品。明其衷：向神灵表明内心敬意。衷：内心。⑫ 庙令：掌管寺庙的住持。《唐六典》《新唐书》等载：五岳的寺庙各设四渎令一人，专掌祭祀及寺庙事务，官正九品上。睢盱(suī xū)：张开眼叫睢，闭上眼叫盱。此复意偏指取“睢”意，形容庙令瞪眼看。侦伺：指从旁窥察、监看祭神情况。能鞠躬：惯于鞠躬敬神。⑬ 杯珓(jiào)：古代占卜用的器具，用玉、蚌、竹、木制成，仅有两片，可分合。占卜时两片合起后掷于地，视其俯仰向背以定吉凶。又作“杯角”“杯教”“杯校”。导我掷：教我掷。云：说。馀难同：其余难同此卦。⑭ 窜逐蛮荒：指公元 803 年(贞元十九年)，时任监察御史的韩愈，因上书论天旱人饥、请求宽延税钱触怒唐德宗，被贬广东阳山令。公元 805 年 8 月唐宪宗继位后大赦天下，改派韩愈至湖北江陵府任法曹参军。窜：放逐。甘长终：甘愿长此以往以至终身。⑮ 望久绝：(做侯王将相的)希望早已断绝。纵：即使。欲：将要。福：赐福。难为功：无能为力。⑯ 投：投宿。阁：中国古代建筑，是一种架空的楼。曈昽：光线微弱，隐约可见。此形容星月透过云层放射出朦胧的光晕。⑰ 钟动：指寺钟敲响。曙：天刚亮。杲(gǎo)杲：日出光亮四射的样子。

【品评】　这首诗是作者从南荒贬所北归江陵，途经南岳衡山的谒庙之作，抒发自己对仕途坎坷的满腔幽愤情绪。诗分四层意思：“五岳”以下六句，描写衡山的地理形势；“我来”以下八句，写自己虔诚祷祝，秋雨居然放晴，露出群峰突兀的峥嵘气势；“森然”以下十四句，描写求神情景，占卜吉凶，表现自己对坎坷遭遇的不平；“夜投”以下四句写在寺中投宿，描写夜景和黎明，饶有余味。诗中表现作者兀傲不平的个性，与此相应，章法错综交织，夹叙夹议，语言庄谐结合，挥洒自如，风格古朴苍劲，气势磅礴，是韩愈的千古名篇。全诗一韵到底，多用三平调，在音韵上也很有特色。

石鼓歌[①]

张生手持石鼓文[②]，劝我来作石鼓歌。少陵无人谪仙死，才薄将奈石鼓何[3]！周纲凌迟四海沸，宣王愤起挥天戈[4]。大开明堂受朝贺，诸侯剑佩鸣相磨[5]。搜于岐阳骋雄俊，万里禽兽皆遮罗[6]。镌功勒成告万世，凿石作鼓隳嵯峨[7]。从臣才艺咸第一，拣选撰刻留山阿[8]。雨淋日炙野火燎，鬼物守护烦㧑呵[9]。公从何处得纸本？毫发尽备无差讹[10]。辞严义密读难晓，字体不类隶与蝌[11]。年深岂免有缺画，快剑斫断生蛟鼍。鸾翔凤翥众仙下，珊瑚碧树交枝柯[12]。金绳铁索锁钮壮，古鼎跃水龙腾梭[13]。陋儒编诗不收入，二雅褊迫无委蛇[14]。孔子西行不到秦，掎摭星宿遗羲娥[15]。嗟予好古生苦晚，对此涕泪双滂沱[16]。忆昔初蒙博士征，其年始改称元和[17]。故人从军在右辅，为我度量掘臼科[18]。濯冠沐浴告祭酒，如此至宝存岂多[19]！毡包席裹可立致[20]，十鼓只载数骆驼。荐诸太庙比郜鼎，光价岂止百倍过[21]！圣恩若许留太学，诸生讲解得切磋[22]。观经鸿都尚填咽，坐见举国来奔波[23]。剜苔剔藓露节角，安置妥帖平不颇[24]。大厦深檐与盖覆，经历久远期无佗[25]。中朝大官老于事，讵肯感激徒媕婀[26]。牧童敲火牛砺角，谁复著手为摩挲[27]？日销月铄就埋没，六年西顾空吟哦[28]。羲之俗书趁姿媚，数纸尚可博白鹅[29]。继周八代争战罢，无人收拾理则那[30]。方今太平日无事，柄任儒术崇丘轲[31]。安能以此上论列，愿借辩口如悬河[32]。石鼓之歌止于此，呜呼吾意其蹉跎[33]！

【注释】 ① 石鼓：唐代初年，在今陕西凤翔出土十个石鼓，每只石鼓上均刻有一篇有韵的诗，歌咏秦国国君游猎盛况。唐人普遍认为是周代遗物，近代考古发现其是约为公元前 7 世纪，即春秋时期的秦国文物，现存北京故宫博物院。韩愈作此诗意在呼吁朝廷及有关官员重视保护。② 张生：指唐代诗人张籍。石鼓文：为石鼓上的文字制作的拓片。③ 少陵：指杜甫，曾在长安少陵原之西定居，故称杜少陵。谪仙：指李白，贺知章曾称李白为“谪仙人”。才薄：才学浅薄，此是诗人自谦。将奈石鼓何：将把石鼓怎么办？指自己不知道怎么去写《石鼓歌》。④ 周纲：周朝的纲纪。凌迟：衰微湮没。沸：形容天下大乱犹如烧开的沸水一般。宣王：周厉王之子周宣王姬静，史称周代的“中兴之主”，公元前827年至前782年在位。挥天戈：指指挥、训练军队。⑤ 明堂：天子接受诸侯王朝觐的殿堂。剑佩：指诸侯佩戴在身上的宝剑、玉佩等饰物。鸣相磨：走路时玉剑等相摩擦，发出清脆的声音。⑥ 搜：春天狩猎。岐阳：岐山的南面。山之南为阳，北为阴。岐山在今陕西省扶风县。骋雄俊：尽情施展英雄豪情。骋：放开，尽情施展，不受拘束。遮罗：拦截并网罗捕获。⑦ 镌（juān）：凿。勒：刻。镌功勒成：指把功绩刻在石鼓上。隳嵯峨：因凿石作鼓而毁坏了大山。隳（huī）：毁坏。嵯峨（cuó é）：山势高峻。⑧ 从臣：随侍大臣。咸：都。撰：撰写，草拟。山阿：泛指山陵。⑨ 炙：烤。燎：延烧。㧑（huī）：同“挥”，指挥，挥动。呵：大声责骂。⑩ 公：指张籍。纸本：指石鼓文拓本。毫：细而尖的毛。毫发：指极细小的东西。差讹：差错。讹：本义为谣言，引申为错误。⑪ 隶：指隶书，为秦初程邈所造，秦始皇任为御史。蝌：指蝌蚪文，又称籀（zhòu）文，即大篆。汉武帝时，鲁恭王从曲阜孔子旧宅得先秦典籍《尚书》《春秋》《论语》《孝经》，时人不知，见其头大尾小，状似蝌蚪，称蝌蚪文。⑫ 年深：指时间久远。斫：用刀斧砍。蛟：蛟龙，传说中能引发洪水的龙。鼍：鼍龙，鳄鱼的一种，俗称“猪龙婆”。“快剑”句：描绘拓本笔画断缺处的情形。翥（zhù）：鸟高飞。碧树：玉树。交枝柯：枝节交错。柯：树枝。此句描绘石鼓文虽字体残断，但却流转生动。⑬ 古鼎跃水：《水经注·泗水》周显王四十二年，作为周王朝国家、政权象征的九鼎沉入泗水深处。后秦始皇派数千人没入水中打捞，不得。一说，虽得之，但被神龙咬断绳索，终不可得。龙腾梭：《晋书·陶侃传》记载，传说陶侃少时曾在雷泽上捕鱼，网得一梭，回家后挂于壁上，顷刻间雷雨交加，梭自化为龙而去。此句形容石鼓文的文字风格如鼎跃龙飞，纵横恣肆、洒脱遒劲。⑭ 陋儒：才疏学浅的读书人。诗：指《诗经》。二雅：指《诗经》中的大雅和小雅。褊迫：褊狭、粗疏，指诗作气度小、不够精湛。委蛇（wēi yí）：同

“逶迤”,从容自信的样子。⑮“孔子西行”句:指孔子西行还没有走到秦国,整理《诗经》时也就无从知晓石鼓文,好比是摘下了星星却遗漏了日月。掎(jǐ):牵、拉。摭(zhí):摘取、拾取。遗:遗漏。羲娥:指羲和与嫦娥,指日月。羲和:主日月之神。嫦娥:后羿妻,羿向西王母求得不死之药,嫦娥偷食飞入月中为仙,为月神。此句将《诗经》比作星宿(xiù)而把石鼓文比作日月,意在夸张石鼓文的价值,后人对韩愈的观点颇多非议,确是过分夸大。⑯嗟予:可叹我。好古:珍爱古物。滂沱:雨下得很大,此形容泪如雨下,涕泪纵横。⑰初蒙博士征:当初得蒙皇恩征召进京为博士。公元806年,即唐宪宗元和元年,韩愈被征召进京任权知国博士。⑱故人:老友。右辅:指右扶风,即凤翔府。辅:古代京城附近地区。度量:忖度、思量,指谋划。臼(jiù)科:舂米的器具,俗称沙窝。指发现石鼓文的原地。⑲濯:洗。祭酒:官职名,国子监的负责人,从三品。至宝:最珍贵、罕有的宝物。⑳毡包席裹:用毡和席包裹,形容包装极为仔细。立致:使立刻送到。㉑荐:献。太庙:指皇帝的祖庙。郜(gào)鼎:春秋时郜人所造的鼎。郜:春秋诸侯国,都城在今山东城武。光价:价值。百倍过:胜过郜鼎百倍。㉒太学:即国学,为古代国家所立的学校。始于西汉,汉武帝元朔五年始置太学,立五经博士。后历代建制不一,唐时太学为国子监一部分。切磋:相互仔细研讨、琢磨。㉓观经鸿都:指东汉末年争相观看立于太学门前的熹平石经的旧事。鸿都:指太学,鸿都门学士置于光和元年二月。《水经注》载,蔡邕于熹平四年上书灵帝请求正定六经,得到灵帝许可,于是将六经镌刻于石碑上立于太学的门外。碑初立,每日观看和抄写的人如云,以至“车乘日千余辆”,街巷阻塞。填咽(yè):阻塞不通。坐:因。来奔波:指纷纷奔走而来。㉔剜苔剔藓:剜剔苔藓,剜:挖。剔:刮。节角:指石刻文字笔画的转折。颇:偏邪。㉕“大厦深檐”句:指用高楼深院将石鼓文好好保存起来。期:期望。无佗(tuó):没有问题。佗:本义为负荷,负担。㉖中朝:即朝中。老于事:老于世故。讵肯:岂肯。感激:因受感动而情绪激昂。徒媕

(ān)婀：只是白白的唯唯诺诺，没有主见。㉗ 敲火：敲打石鼓取火。砺：磨。此形容石鼓不为人们所爱护，任凭牛在石鼓上磨角。摩挲(mó suō)：用手抚摩，表示很爱惜。㉘ 日销月铄(shuò)：一日一月地被磨蚀、损坏。销：熔化，消失。铄：熔化，耗损。吟哦：叹息、呻吟。哦：吟咏。㉙"羲之俗书"句：韩愈认为王羲之书法不讲究偏旁，追求形式美，所以称"俗书"。趁姿媚：追求字形的美好可爱。趁：追，赶。姿：姿态，指书法的形式。数纸：指王羲之的几幅字。博白鹅：换得白鹅。《晋书·王羲之传》载，王羲之生性爱鹅，山阴有位道士好养鹅，于是王羲之坚持要买道士的鹅。道士无奈，与王羲之达成"交易"，王羲之为道士写《道德经》一篇，道士将全部爱鹅相赠。博：换取。㉚ 继周八代：指继周秦以后唐以前的八个朝代：汉、魏、晋、宋、齐、梁、陈、隋。则那：又奈何。那："奈何"的合拼。㉛ 柄任：给予权力和重任。术：思想、学说。崇：崇尚。丘轲：指儒家思想代表人物孔子和孟子。孔子名丘，孟子名轲。㉜ 上论列：向上一一陈述、讲明道理。辩口：指善辩者的口舌。如悬河：即口若悬河，说话如"悬河泻水"(见《世说新语·言语》)，滔滔不绝。形容能言善辩。㉝ 其：句中语助词，表推测，将。蹉跎：本义为时间白白过去，此指失时不遇，一事无成。

【品评】　这一篇在题材上很有新意，是一篇写金石考古的诗。诗歌一开始介绍自己作《石鼓歌》的缘由，接着叙述石鼓制作的由来，特别指出其美妙古奥，具有很高的历史研究价值，必须给以很好的保存。然后写到自己建议移石鼓于太学，但又怕建议不被重视，愿望难以实现，因此"愿借辩口如悬河"，还必须反复建议。诗中再三致意，表现出韩愈对石鼓的文化意蕴的深刻理解和对传统文化的高度重视，这是他在历史上的重大贡献之一。全诗采用散文体写法，气魄雄伟，言辞正大。"本诗在写法上，借用诗中的话，可以说是'辞严义密'。叙事笔力健举，描摹形神兼备，音节铿锵有致，气格浑穆厚重，典型地代表了韩诗雄奇高古的风格。"(孙昌武《韩愈选集》)

柳宗元

渔　翁

渔翁夜傍西岩宿，晓汲清湘燃楚竹[①]。烟销日出不见人，欸乃一声山水绿[②]。回看天际下中流，岩上无心云相逐[③]。

【注释】 ① 西岩：指永州西山，在今湖南零陵境内。宿：过夜，住宿。汲：取水。清湘：清澈的湘江水。燃楚竹：点燃楚地的竹子。永州战国时属楚地，故称。② 烟销：清晨江上的烟雾渐渐消散。销：通“消”，消失。欸（ǎi）乃：此指唐代民间渔歌《欸乃曲》。欸乃：本是象声词，形容摇橹的声音。③ 天际：天边。下中流：指渔舟直下中流。无心：形容白云无拘无束、自在飘浮的样子。相逐：追逐渔船。

【品评】 此诗短小而有“奇趣”。诗中首句的“西岩”，即柳宗元散文《始得西山宴游记》中的西山，而诗中那在青山绿水之处自遣自歌、独往独来的“渔翁”，则显然含有自况之意。渔翁行踪飘然，突现出一种孤芳自赏的情绪，“不见人”“回看天际”等语，又都流露出几分孤寂情怀。而在艺术上，此诗尤为后人瞩目。苏轼赞叹说：“诗以奇趣为宗，反常合道为趣。熟味此诗有奇趣。”（《全唐诗话续编》卷上引惠洪《冷斋夜话》）信然！

白居易（772—846）

字乐天，晚号香山居士，又号醉吟先生，下邽（今陕西渭南）人。先世本龟兹人，汉时赐姓白氏。德宗贞元十六年（800）登进士第，十九年中书判拔萃科，授秘书省校书郎。宪宗元和十年（815）一度被贬江州司马。晚年以太子宾客分司东都,武宗会昌二年(842)以刑部侍郎致仕。有《白居易集》(《白氏文集》)。

长恨歌[1]

汉皇重色思倾国[2],御宇多年求不得[3]。杨家有女初长成,养在深闺人未识[4]。天生丽质难自弃,一朝选在君王侧[5]。回眸一笑百媚生,六宫粉黛无颜色[6]。春寒赐浴华清池,温泉水滑洗凝脂[7]。侍儿扶起娇无力,始是新承恩泽时[8]。云鬓花颜金步摇,芙蓉帐暖度春宵[9]。春宵苦短日高起,从此君王不早朝。承欢侍宴无闲暇,春从春游夜专夜[10]。后宫佳丽三千人[11],三千宠爱在一身。金屋妆成娇侍夜,玉楼宴罢醉和春[12]。姊妹弟兄皆列土,可怜光彩生门户[13]。遂令天下父母心,不重生男重生女[14]。骊宫高处入青云[15],仙乐风飘处处闻。缓歌慢舞凝丝竹[16],尽日君王看不足。渔阳鼙鼓动地来,惊破霓裳羽衣曲[17]。九重城阙烟尘生,千乘万骑西南行[18]。翠华摇摇行复止,西出都门百馀里[19]。六军不发无奈何[20],宛转蛾眉马前死[21]。花钿委地无人收,翠翘金雀玉搔头[22]。君王掩面救不得,回看血泪相和流。黄埃散漫风萧索,云栈萦纡登剑阁[23]。峨嵋山下少人行,旌旗无光日色薄[24]。蜀江水碧蜀山青,圣主朝朝暮暮情[25]。行宫见月伤心色,夜雨闻铃肠断声[26]。天旋地转回龙驭,到此踌躇不能去[27]。马嵬坡下泥土中,不见玉颜空死处[28]。君臣相顾尽沾衣,东望都门信马归[29]。归来池苑皆依旧,太液芙蓉未央柳[30]。芙蓉如面柳如眉,对此如何不泪垂[31]!春风桃李花开日,秋雨梧桐叶落时。西宫南内多秋草,落叶满阶红不扫[32]。梨园弟子白发新[33],椒房阿监青娥老[34]。夕殿萤飞思悄然,孤灯挑尽未成眠[35]。迟迟钟鼓初长夜,耿耿星河欲曙天[36]。鸳鸯瓦冷霜华重,翡翠衾寒谁与共[37]?悠悠生死别经年[38],魂魄不曾来入梦。临邛道士鸿都客,能以精诚致魂魄[39]。为感君王辗转思,遂教方士殷勤觅[40]。排空驭气奔如电[41],升天入地求之遍。上穷碧落下黄泉[42],两处茫茫皆不见。忽闻海上有仙山,山在虚无缥缈间。楼阁玲珑五云起,其中绰约多仙子[43]。中有一人字太真,雪肤花貌参差是[44]。金阙西厢叩玉扃[45],转教小玉报双成[46]。闻道汉家天子使,九华帐里梦魂惊[47]。揽衣推枕起徘徊,珠箔银屏迤逦开[48]。云鬓半偏新睡觉,花冠不整下堂来。风吹仙袂飘飘举[49],犹似霓裳羽衣舞。玉容寂寞泪阑干[50],梨花一枝春带雨。含情凝睇谢君王[51],一别音容两渺茫。昭阳殿里恩爱绝,蓬莱宫中日月长[52]。回头下望人寰处[53],不见长安见尘雾。惟将旧物表深情,钿合金钗寄将去[54]。钗留一股合一扇,钗擘黄金合分钿。但教心似金钿坚,天上人间会相见。临别殷勤重寄词,词中有誓两心知。七月七日长生殿,夜半无人私语时[55]。在天愿作比翼鸟,在地愿为连理枝[56]。天长地久有时尽,此恨绵绵无绝期[57]!

【注释】 ① 此诗的写作缘起,见陈鸿《长恨歌传》:“元和元年冬十二月,太原白乐天自校书郎尉于周至,地近马嵬坡。鸿与王质夫家于是邑。暇日相携游仙游寺,话及此事,相与感叹。质夫举酒于乐天前曰:‘夫希代之事,非遇出色之才润色之,则与时消没,不闻一世。乐天深于诗,多于情者也;试为歌之,如何?’乐天因为《长恨歌》。”② 汉皇:汉武帝刘彻,此借指唐玄宗李隆基。倾国:指绝色美人。《汉书·外戚传》载,歌唱家李延年对武帝唱:“北方有佳人,绝世而独立,一顾倾人城,二顾倾人国。”武帝以为奇。李延年之妹李夫人虽出身倡家,却因此而入宫。“倾城倾国”用以赞美女子容貌极美,令人倾倒。倾:倒、斜。③ 御宇:统治天下。御:驾驭、控制。宇:上下四方、天下,引申为国家、国土。求:寻找。④ 杨家有女:指杨贵妃,名玉环。据《新唐书·杨贵妃传》,杨玉环幼孤,在叔父家长大,初为唐玄宗之子寿王李瑁的妃子。开元二十五年武惠妃薨,后宫无玄宗宠爱的妃子,听说玉环“姿质天挺”,遂召入禁中(皇帝居住的地方）。为了掩人耳目，玄宗将玉环寿王妃的身份改为“寿王聘韦昭训女”，于开元二十八年先让杨玉环出家入女道士籍，号太真，继而于公元744年（天宝三年）秋入宫，次年正式册封为贵妃。白居易“养在深闺人未识”同样是在为玄宗遮掩。识：知道，认识。⑤ 难自弃：难以丢舍，舍不得。弃：舍去、抛弃。一朝：某一天。朝：早晨。⑥ 回眸：指眼珠转动。眸：瞳仁。六宫粉黛：泛指皇宫内的所有妃嫔。六宫：古代帝王及其后、妃的住处分为六宫。粉黛：此指女子。粉：脂粉。黛：一种青黑色颜料，古代妇女用以画眉。无颜色：与贵妃相比失去了美色。⑦ 华清池：今陕西省临潼南面的骊山上有温泉，开元年间在此建温泉宫，天宝时更名华清宫。玄宗常去华清宫避寒，是帝王行宫。凝脂：形容女子皮肤白嫩而滋润，此写贵妃。⑧ 侍儿：宫娥婢女。始：方才。⑨ 云鬓：形容女子秀发美丽如云。鬓：两颊靠近耳朵边的头发。金步摇：黄金制成的首饰，属一种钗。因上有垂珠，一步一摇，故名。芙蓉帐：指绣有芙蓉图案的帐子。芙蓉：荷花的别称。⑩ 承欢：受到喜爱。侍：侍奉。从：跟从、伴随。专：独占。⑪ 后宫佳丽：指地位在贵妃以下的宫中女子，大都是从民间挑选入宫的美人。三千：此为虚数，极言其多。⑫ 金屋：指专为美人修建的华丽宫室。典出《汉武故事》，武帝几岁的时候，时为胶东王，长公主抱之置于膝上问：“儿欲得妇否？”答曰：“欲得。”长公主指着女儿又问：“阿娇好否？”笑答曰：“好，若得阿娇作妇，当作金屋贮之。”这便是金屋藏娇的故事。玉楼：形容楼之华美、堂皇。醉和春：人的醉意与春意交融在一起。⑬ 姊妹弟兄：泛指贵妃全家。列土：指帝王把土地分封给贵族，引申为受封赏。据《新唐书·杨贵妃传》载，玉环册封贵妃后，玄宗追赠早逝的父亲杨玹为太尉、齐国公，叔父玄珪为光禄卿，同宗兄弟也纷纷被授予高官，或招为驸马。玄宗称贵妃的三个姊妹为“姨”，大姊嫁崔家，封韩国夫人；三姊嫁柳家，封虢（guó）国夫人；八姊嫁柳家，封秦国夫人。可怜：可爱，指值得艳羡。⑭ 不重生男重生女：指贵妃得宠，鸡犬升天，让天下人改变了重男轻女的传统观念。据陈鸿《长恨歌传》，当时民间歌谣曾唱道："生女勿悲酸，生男勿喜欢""男不封侯女作妃，看女却为门上楣。"⑮ 骊宫：指华清宫，因建于骊山上，故称。⑯ 缓歌慢舞：形容歌舞的风格悠缓而婉转，十分柔靡。凝丝竹：形容音乐的声音从丝竹中舒缓地散漫出来。丝竹：古代管弦乐器的总称。丝：弦乐器。竹：管乐器。⑰ 渔阳：渔阳郡，属安禄山所领的八郡之一，此泛指范阳一带。公元 755 年 11 月，天宝十四年安禄山从范阳起兵造反。鼙(pí)鼓：古代军队用的小鼓，击鼓表示出击。鼙鼓动地来：指安禄山造反，惊天动地。霓裳羽衣曲：舞曲名。本为西域乐舞，名《婆罗门》。开元中西凉节度使杨敬述进献给玄宗，玄宗亲自修改、润色并填写歌词。据说杨玉环进宫觐见玄宗时奏的就是《霓裳羽衣曲》。⑱ 九重城阙：指京城长安。古代皇宫有宫门九重；城指城墙；阙是皇宫前建于两侧、以供瞭望的楼台，中间是道路。乘(shèng)：车辆。骑：指马匹。西南行：往西南方向行进。⑲ 翠华：用翠鸟羽毛装饰的华美的旗帜，指帝王专用的仪仗、车驾。翠：一种青绿色雌鸟，又叫翠鸟。摇摇：形容走起来一颠一簸的样子。都门：指长安城门。百馀里：离长安城百余里，指马嵬坡。⑳ 六军：据说古代天子有六军，后泛指军队。此指皇家军队羽林军。㉑ 蛾眉：本形容美人的眉毛细长而弯，后指代美人，此为杨贵妃。马前死：指贵妃死于军前。据《旧唐书·杨贵妃传》、陈鸿《长恨歌传》，潼关失守后，玄宗等西南行出咸阳至马嵬驿，六军徘徊不前，请诛杨国忠，后又请"以贵妃塞天下怨"。杨贵妃终被缢杀于佛堂，时年三十八岁。马嵬驿：故址在今陕西省兴平西北二十三里处，有贵妃墓。㉒ 花钿、翠翘、金雀、玉搔头：都是杨贵妃所戴首饰。花钿：嵌有金花的首饰；翠翘、金雀：钗名；玉搔头：玉簪。委地：扔在地上。㉓ 黄埃：黄尘。散漫：四处飞散，弥漫空中。萧索：形容寒风瑟瑟。云栈：云中栈道，形容其险峻。栈：山崖绝壁上用竹、木搭成的道路。萦纡：迂回曲折。剑阁：指今四川省剑阁县，唐时为古栈道名。剑阁西北有大剑山、小剑山，两山对峙形成剑门关，有一条长三十里的栈道，乃古代由秦入蜀的必经之地。㉔ 峨嵋山：在今四川省峨眉山市。玄宗入蜀未曾到过峨眉山，此用以指蜀道之难。日色薄：日光微弱、暗淡。㉕ 圣主：圣明君主，是对君王的一种颂扬的称谓。朝朝暮暮情：指永记于心、无时忘怀的情意。朝：早晨。暮：傍晚日落时分。㉖ 行宫：帝王出行时居住的宫室。夜雨闻铃：据郑处海《明皇杂录·补遗》记述，玄宗西南行入蜀，初至斜谷时遇淋雨，十余天不止。在栈道雨中闻铃声，玄宗思念贵妃，为之肠断，作《雨淋铃》曲以作寄托。㉗ 天旋地转：形容时局发生翻天覆地的变化。公元 757 年（肃宗至德二年）10 月，郭子仪率军收复长安，肃宗派太子太师韦见素迎玄宗于蜀，12 月抵长安。龙驭：指皇帝的车驾。龙是封建帝王的象征。踌躇：犹疑、徘徊。去：离开。㉘ 空死处：空见贵妃死处，犹言物是而人非。㉙ 相顾：相见。沾衣：泪湿衣衫。信马归：信马由缰而归，指玄宗悲伤失神，由着马自己往前走而不予控制。信：随意、放任。㉚ 苑：供帝王游乐、打猎的园林。太液：水池名，在大明宫内。未央：沿用汉代宫室名，指未央殿，故址在今西安市城区西北。未央宫为汉相萧何所建。㉛ 泪垂：落泪。垂：指东西一头往下，下垂、垂落。㉜ 西宫：指太极宫。南内：一作"南苑"，指兴庆宫。玄宗自蜀回京后初居兴庆宫，因临近大街常与外界接触。肃宗恐玄宗复辟，于是将他迁至太极宫的甘露殿幽居，变相软禁。红不扫：没有人打扫凋零的花瓣。红：落红。㉝ 梨园弟子：公元 714 年（开元二年）置教坊于蓬莱宫，唐玄宗亲自选乐师三百、宫女数百，并教习歌舞技法，称为"梨园弟子"。后"梨园"成为传统戏曲界及戏院的别称。梨园弟子指戏曲艺术的从事者。㉞ 椒房：古代后妃所住的宫殿，用椒和泥涂壁，意在香暖及多子。阿监：宫中女官，官四品。"阿"为语气词，只为呼之亲切。青娥：青春娇美的容貌。娥：容颜娇美可爱。㉟ 夕殿萤飞：傍晚时宫殿里萤火虫飞来飞去，形容荒凉少人。孤灯挑尽：一盏油灯一直点到灯芯燃尽，形容生活凄苦清寒。古代宫廷及豪门夜晚皆燃蜡烛，不点油灯。㊱ 迟迟：形容时间过得太慢。耿耿：形容光照微明的样子。欲曙天：天将亮。曙：天刚亮。㊲ 鸳鸯瓦：两只瓦片俯仰相合，简称"鸳瓦"。霜华重：指结了厚厚一层霜花。翡翠衾：装饰有翡翠羽毛的被子。㊳ 经年：指又过了一年。㊴ 临邛(qióng)：今四川省邛崃市。鸿都：东汉京城洛阳有鸿都门，这里借指长安。以精诚致魂魄：用真心实意去感动，让魂魄回来，也就是招魂。㊵ 辗转：翻来覆去睡不着。方士：古代专事求仙、炼丹，懂所谓“法术”的人。觅：寻找。㊶ 排空驭气：直上云霄，驾着云气。奔如电：如闪电般疾驰。㊷ 碧落：指天界。道家认为最初青天为东方第一天，遍布碧霞，称“碧落”(《度人经》注)。黄泉：地下深至有地下水的地方，后泛指地下或阴曹地府。㊸ 玲珑：形容雕琢装饰精美、细腻。五云：五彩云霞。绰约：形容女子姿态柔美可爱。仙子：仙女。㊹ 太真：指杨贵妃，曾为女道士，号太真。参差是：仿佛像。㊺ 金阙、玉扃(jiōng)：皆借指仙界。金阙：黄金做的门楼。玉扃：玉做的门。扃：门户。㊻ 转：辗转多次。教：让，使。小玉、双成：借指太真的侍女们。小玉：传说中吴王夫差的女儿。双成：董双成，西王母的侍女。㊼ 使：使臣，使者。九华帐：饰满各种花色图案的帐子。九为虚数，形容极其华美、精致。㊽ 珠箔：用珍珠串成的帘子。箔：本义为竹帘。银屏：镶嵌有银饰的屏风。迤逦(yǐ lǐ)：形容建筑庭园幽深，曲折连延。㊾ 袂(mèi)：衣袖。㊿ 阑干：形容热泪纵横。51 含情凝睇：满含深情地凝视。凝睇：凝视。睇：看，本义为斜着眼看。52 昭阳殿：西汉末年汉成帝的皇后赵飞燕姊妹居住的宫殿，此借指杨贵妃生前寝宫。蓬莱宫：传说中海上仙山蓬莱山上的宫殿，此借指杨贵妃升天后居住的仙宫。53 人寰：人间。54 旧物：指过去与玄宗的情物。钿合：镶有金银贝等的盒子，分为两扇。55 七月七日：旧称七月初七为“七夕”，乌鹊为桥，是夜牛郎和织女相会。这一天，民间还有结彩楼、摆瓜果为女子“乞巧”的风俗。长生殿：在骊山华清宫内，据《唐会要》卷三〇载，“天宝元年十月造长生殿，名为集灵台，以祀神”。56 比翼鸟：名为“鹣鹣”，典出《尔雅·释地》“南方有比翼鸟焉，不比不飞”。比：指雌雄并排而列。连理枝：两棵树的枝或干长在一起。57 绵绵：形容连续不断。无绝期：没有断绝的时候。

【品评】　这是白居易的成名之作，至今仍是广为传颂的唐诗名篇之一，在中国诗歌史上具有重要位置。全诗歌咏唐玄宗与杨贵妃生离死别的传奇故事，写出一场生死之恋，是一篇具有浪漫意味的言情杰作。长诗共分三大段：从篇首至"惊破霓裳羽衣曲"写安史之乱前唐玄宗与杨贵妃共浴爱河的快乐；从"九重城阙烟尘生"到"魂魄不曾来入梦"，写玄宗、杨贵妃在兵变中的生死离别，以及玄宗对死去的杨妃无时或已的怀念；从"临邛道士鸿都客"到篇末，在一个幻想的神仙世界里，刻画了生者对死者刻骨铭心的眷恋，补足了悲剧主人公之一杨贵妃的形象。"天长地久有时尽，此恨绵绵无绝期！"这一悲剧性结局，突破了我国传统文化喜欢"大团圆"的模式，尤为难能可贵。我国古代叙事诗不发达，《长恨歌》作为一首七言长篇叙事之作，在人物的外貌和心理刻画上也大大超过前人，细致入微。如"侍儿扶起娇无力""君王掩面救不得""九华帐里梦魂惊"几段写人物动作何等生动！"黄埃散漫风萧索""西宫南内多秋草"几段刻画人物心理何等细腻！环境气氛的烘染也堪称绝妙。前段写男女欢爱，一连串"春"字及温泉水滑、芙蓉帐暖，烘托出的环境何等温馨！后段写生离死别，则多用秋景，鸳鸯瓦冷、翡翠衾寒，渲染出的环境何等悲冷！在叙事的同时，全诗始终保持了诗的特质，具有浓郁的抒情性，婉转细腻，雍容华贵，没有半点纤巧之病，显得既哀感顽艳而又庄严美丽，无怪清人赵翼评道："以易传之事，为绝妙之词，有声有色，可歌可泣，……自是千古绝作！"诗歌以其高度的艺术成就，为歌行体开辟了新路，也对后来的戏剧产生了一定的影响。

琵琶行[①]　并序

元和十年，予左迁九江郡司马[②]。明年秋，送客湓浦口[③]，闻船中夜弹琵琶者，听其音，铮铮然有京都声[④]；问其人，本长安倡女，尝学琵琶于穆曹二善才[⑤]。年长色衰，委身为贾人妇[⑥]。遂命酒使快弹数曲。曲罢悯然[⑦]。自叙少小时欢乐事，今漂沦憔悴，转徙于江湖间[8]。予出官二年，恬然自安，感斯人言，是夕，始觉有迁谪意[9]。因为长歌以赠之，凡六百一十二言，命曰琵琶行[10]。

浔阳江头夜送客，枫叶荻花秋瑟瑟[11]。主人下马客在船，举酒欲饮无管弦[12]。醉不成欢惨将别，别时茫茫江浸月[13]。忽闻水上琵琶声，主人忘归客不发[14]。寻声暗问弹者谁，琵琶声停欲语迟[15]。移船相近邀相见，添酒回灯重开宴[16]。千呼万唤始出来，犹抱琵琶半遮面[17]。转轴拨弦三两声[18]，未成曲调先有情。弦弦掩抑声声思，似诉平生不得志[19]。低眉信手续续弹[20]，说尽心中无限事。轻拢慢捻抹复挑，初为霓裳后六幺[21]。大弦嘈嘈如急雨，小弦切切如私语[22]。嘈嘈切切错杂弹，大珠小珠落玉盘[23]。间关莺语花底滑，幽咽泉流水下滩[24]。冰泉冷涩弦凝绝，凝绝不通声渐歇。别有幽愁暗恨生[25]，此时无声胜有声。银瓶乍破水浆迸，铁骑突出刀枪鸣[26]。曲终收拨当心画，四弦一声如裂帛[27]。东船西舫悄无言，唯见江心秋月白。沉吟放拨插弦中，整顿衣裳起敛容[28]。自言本是京城女，家在虾蟆陵下住[29]。十三学得琵琶成，名属教坊第一部[30]。曲罢曾教善才伏，妆成每被秋娘妒[31]。五陵年少争缠头，一曲红绡不知数[32]。钿头银篦击节碎，血色罗裙翻酒污[33]。今年欢笑复明年，秋月春风等闲度[34]。弟走从军阿姨死，暮去朝来颜色故[35]。门前冷落车马稀，老大嫁作商人妇[36]。商人重利轻别离，前月浮梁买茶去[37]。去来江口守空船[38]，绕船月明江水寒。夜深忽梦少年事，梦啼妆泪红阑干[39]。我闻琵琶已叹息，又闻此语重唧唧[40]。同是天涯沦落人，相逢何必曾相识[41]！我从去年辞帝京，谪居卧病浔阳城[42]。浔阳地僻无音乐，终岁不闻丝竹声[43]。住近湓江地低湿，黄芦苦竹绕宅生[44]。其间旦暮闻何物？杜鹃啼血猿哀鸣[45]。春江花朝秋月夜，往往取酒还独倾[46]。岂无山歌与村笛，呕哑嘲哳难为听[47]！今夜闻君琵琶语，如听仙乐耳暂明[48]。莫辞更坐弹一曲，为君翻作琵琶行[49]。感我此言良久立，却坐促弦弦转急[50]。凄凄不似向前声，满座重闻皆掩泣[51]。座中泣下谁最多，江州司马青衫湿[52]！

【注释】 ① 行：古乐府《杂曲歌辞》曲调，或作“引”，相当于今之“琵琶之歌”。② 元和十年：即公元 815 年。元和为唐宪宗年号。左迁：指贬官。古代排位次以右为尊，故称。元和十年六月，藩镇李师道、王承宗派人暗杀主持平定藩镇叛乱的宰相武元衡。白居易时为东宫赞善大夫，首先上书请求急捕凶手，结果受到谗毁，贬江州司马。九江郡：隋朝郡名，唐初置为江州，天宝元年改为浔阳郡，乾元元年(758)又改为江州，治所在今江西省九江市。司马：官职名，此为州司马，州刺史的副职，唐时为闲职。③ 湓浦口：在九江之西，湓水入长江处，又称湓口。湓水今名龙开河。④ 铮铮：本指金属敲击声，此形容琵琶声之清脆、有力。京都声：指京都长安所流行的琵琶乐曲的演奏风格和特殊韵味。⑤ 倡女：倡家女子。倡：指专事表演歌舞的人。尝：曾经。善才：唐代民间对琵琶师的称谓。⑥ 委身：指出嫁。委：托。贾(gǔ)人：商人。⑦ 命酒：叫人摆酒。快：痛快、畅快。悯然：形容凄苦无言。⑧ 漂沦：漂泊、沦落，指无固定住所和安宁的生活。憔悴：脸色清瘦而发黄。转徙：辗转迁徙。徙：迁移。⑨ 出官：到京城以外的地方做地方官，此指诗人由京官贬为地方官。恬然：形容心神安适、心无旁骛。斯人：此人，指琵琶女。迁谪：被贬职或被流放。⑩ 凡：总共。言：字。六百一十二言，实为六百一十六言，乃传抄错讹。命：命名，写诗题。⑪ 浔阳江：即长江，流经浔阳境内的一段叫浔阳江。浔阳即今之江西省九江市。荻：一种像芦苇的多年生草本植物，紫色花穗，生长在水边，茎可以编席帘。瑟瑟：形容微风吹拂草木所发出的声音。⑫ “主人下马”句：意为主人、客人皆下马在船，此为“互文法”。管弦：管弦乐器，此代指音乐。⑬ 醉不成欢：因分离在即，虽醉而不能带来欢乐。惨：形容心情黯淡、凄凉。浸月：倒映在水中的月亮。浸：用水等液体泡。⑭ 发：出发。⑮ 寻声：朝着声音传来的方向去寻找。暗问：低声问。迟：犹疑不决。⑯ 回灯：重新布置灯盏。⑰ 始：才。犹：还是，依旧。⑱ 转轴拨弦：指演奏前先转动琴轴调音、拨弦试弹。⑲ 弦弦掩抑：形容弹出的每一个音符都低回沉郁，充满忧伤。声声思：每一个乐音都饱含情思。平生：一生。⑳ 信手：随手，形容琵琶女弹奏手法极为熟练。续续：形容一声接一声，连续不间断。㉑ 拢、捻：两者为琵琶弹奏左手的指法。拢：叩弦。捻：揉弦。抹、挑：两者为右手技法。抹：顺指下拨。挑：反指回拨。霓裳：指《霓裳羽衣曲》，本为西域乐舞，名《婆罗门》。开元中西凉节度使杨敬述进献给玄宗，玄宗亲自修改、润色并填写歌词。六幺：唐代流行于京城长安的舞曲，本名《录要》，后讹传为《绿腰》《六幺》。㉒ 大弦：琵琶有四弦或五弦，一根比一根细，大弦是其中最粗的弦。嘈嘈：形容声音沉重有力而急促。小弦：指琵琶的细弦。切切：形容声音轻柔细碎而绵长。私语：低声说话，说悄悄话。㉓“大珠小珠”句：此描绘所弹乐曲的风格特色，嘈嘈切切，高低错落、急徐有致的琴声清脆圆润、流转悠扬，像大小珠子一个个跌落进玉盘中一样美妙动听。㉔ 间关：形容鸟的啼叫声，象声词。花底滑：从花枝下滑过，形容琴声婉转流畅。幽咽(yè)：形容琴声如泣如诉，发出呜咽般的声音。水下滩：泉水下滩时流动艰难、缓慢，形容琴声舒缓、沉郁。清人段玉裁认为“水下滩”与前句“花底滑”不对仗，意思也不相照应，当作“冰下难”，“难与滑对，难者，滑之反也。莺语花底，泉流冰下，形容涩滑二境可谓工绝”(《经韵楼集》卷八《与阮云台书》)，此说也被人们采纳。㉕“冰泉”句：描写琴声如泉水那样冷涩，好像琴弦都被凝固以至于断绝。歇：止、停。幽愁暗恨：形容深藏于心底的、难以向人诉说的愁和恨。㉖ 银瓶乍破：形容沉寂之后琴声突发，乐音清越，出人意料。乍：突然。“铁骑突出”句：形容乐音急促雄壮、激越高昂。铁骑：手拿武器、身披铠甲的骑兵。㉗ 拨：弹奏琵琶时用的拨弦工具，呈薄斧头形。当心画：琵琶演奏完毕收拨时的指法，将拨在弦槽的位置对准四弦用力一划，表示曲终。画：划。如裂帛：形容琴声如丝绸被撕裂一样清脆响亮。帛：丝织品的总称。㉘ 沉吟：深深的一声叹息。起敛容：站起身来表情恭敬、严肃而矜持。㉙ 虾蟆陵：即下马陵，后讹传为“虾蟆陵”。位于长安城东南的曲江一带，是唐时歌楼舞榭、酒馆茶肆集中的繁华之地，也是倡伎的聚居地。据传汉代儒学大师董仲舒的墓在此，故后学者经过此地必下马以致敬，由此而得名（《唐国史补》）。㉚ 教坊：唐代管理宫廷音乐歌舞的机构。㉛ 伏：同“服”，折服。秋娘：本是长安城的一位名伎，后唐代歌舞伎多以“秋娘”作为艺名，此指琵琶女的同行们。㉜ 五陵年少：泛指富豪子弟。五陵：指汉代五位皇帝的陵墓，即高祖长陵、惠帝安陵、景帝阳陵、武帝茂帝、昭帝平陵，都在长安附近郊区。汉代每建一陵，都要将外戚、富豪迁至陵地周围落户。争缠头：争相赠送缠头彩。唐代风俗，每当歌舞表演结束，皆以绢帛之类为赠，称“缠头彩”。绡：织有花纹的薄丝绸，此指“缠头彩”。㉝ 钿头银篦：又作“钿头云篦”，两头装饰有钿花的银梳，是一种昂贵的饰物而非实用梳篦。钿：用金翠珠宝等制作而成的呈花朵状的首饰。篦：古代妇女梳头工具，本为竹子制成，中间有梁，两边是密齿。击节碎：用银篦为歌舞者打节拍直到被敲碎，形容生活放浪奢靡。击节：歌舞时打节拍。血色罗裙：红丝裙。翻酒污：指和少年戏谑，酒打翻后污损红丝裙。㉞ 等闲度：随便度过，指消磨时间，不珍惜青春。㉟ 走：快走，跑，此指离开。阿姨：此指姊妹。颜色故：容颜衰，不再青春美艳。故：旧。㊱ 车马稀：又作“鞍马稀”，指年长色衰无人问津。老：色衰。大：年长。㊲ 重利轻别离：指看重钱财而轻视情感。浮梁：唐代饶州浮梁县，治所在今江西省景德镇市北郊。㊳ 去来：此为复意偏指，重在“去”。㊴ 梦啼妆泪：梦中啼哭，热泪从着了妆的脸上流过。红阑干：形容泪水弄污了脸上的红色胭脂。阑干：纵横交错。㊵ 重唧唧：再一次发出叹息声，指更加感叹。唧唧：象声词，叹息声。㊶ 沦落人：指漂泊不定、流落外乡的人。相逢何必曾相识：指偶然相逢后能彼此相交、倾心相谈的人，并不一定过去都曾相识。㊷ 帝京：指京都长安。谪居：贬谪后定居。卧病：生病躺在床上。卧：躺。㊸ 终岁：终年，全年。丝竹声：指音乐。丝竹：古代管弦乐器的总称。丝：弦乐器。竹：管乐器。㊹ 黄芦：指芦苇。苦竹：一种竹笋味苦的竹子，春天开绿色或紫色花。㊺ 旦：天明，早晨。杜鹃啼血：杜鹃鸟又名杜宇、子规，传说为望帝所化。《蜀本纪》《蜀志》等记载，望帝为蜀之开国君主,遇洪水不止,乃使宰相鳖灵治水。鳖灵凿巫山、开三峡,终使天下升平。望帝以其功高,禅位于鳖灵,是为开明帝。望帝修道化为杜鹃,至春则啼,似在哀鸣:“不如归去!”蜀人思望帝,闻之凄恻落泪。古代诗文中常以“子规啼”衬托离人思乡之情。啼血:形容过度悲伤,泪流尽后便渗出血。㊻ 花朝:鲜花盛开的早晨。往往:常常。独倾:独酌。倾:指倒酒。㊼ 呕(ōu)哑嘲(zhāo)哳(zhā):形容声音繁乱无序、琐碎难听,不成曲调。为:被。㊽ 琵琶语:琵琶发出的声音,指琵琶曲。耳暂明:耳朵一时变得明净。形容听曲后得到了很好的享受。㊾ 莫辞:不要推辞。更坐:重新落座。翻作:此指按琵琶曲所表现的内容、情感重新创作。㊿ 良久:很久。却坐:退回原位坐下。却:退后。促弦:紧弦,意在把音定得更高。(51) 向前:从前,方才。掩泣:掩面而泣。泣:低声哭。(52) 泣下:流泪。泣:眼泪。江州司马:此白居易自称,时任江州司马。青衫:唐代八、九品小官着青色官服。司马的官级是将仕郎,属从九品,所以着青衫。

【品评】 如果说《长恨歌》是一朵浪漫主义的奇葩,而这首同样为七言长篇叙事抒情诗的《琵琶行》,则是一篇现实主义的佳构,在中国诗歌史上与《长恨歌》一样,同样具有重要的地位。作者于元和十年(815)被贬为江州司马,一腔哀怨无处发泄,次年秋天送客湓口,于是借写琵琶女,感叹身世,寄寓其天涯沦落之恨。全诗可以分为五段:从开篇到“主人忘归客不发”为第一段,是故事的引子,交代了诗人遇见琵琶女的时间、地点与环境;从“寻声暗问弹者谁”到“唯见江心秋月白”为第二段,写饯宴重开,琵琶独奏,而琵琶女的出场写得摇曳多姿,对音乐的描绘则感通自然,极为具体、形象、生动;从“沉吟放拨插弦中”到“梦啼妆泪红阑干”为第三段,通过琵琶女的自诉,叙述琵琶女凄凉哀怨的自身遭际;从“我闻琵琶已叹息”到“为君翻作琵琶行”为第四段,写琵琶女的陈词引起诗人的隐痛和同情,顿然生出迁谪之意;最末六句为第五段,写琵琶女感诗人厚意,作即兴发挥，弹出更为激越的音乐，使满座为之动容，而其间最为动情者，便是身为江州司马的诗人自己，不觉黯然泣下。《琵琶行》并不以故事情节曲折见长，但它深刻写出了专制时代人才被摧残压抑的悲剧，“同是天涯沦落人，相逢何必曾相识”这一至理名言，也就是全诗主题，具有相当的普遍性与典型性。全诗笔力集中，墨无泛溢，虽是长篇而结构非常谨严，特别是其中琵琶声乐的描绘，臻于化境，历来为人称道，使诗歌具有感动人心的巨大艺术魅力。

李商隐（813—858）

字义山，号玉溪生。祖籍怀州河内（今河南沁阳），自祖父起迁居郑州（今属河南）。九岁丧父，从堂叔学习古文。大和三年（829）为令狐楚辟为幕僚。开成二年（837）登进士第。三年入泾原节度使王茂元幕，且入赘王家。为牛党中人所忌，致使仕途蹭蹬，长期辗转于幕府。有《李义山集》。

韩　碑[①]

元和天子神武姿，彼何人哉轩与羲[②]。誓将上雪列圣耻，坐法宫中朝四夷[③]。淮西有贼五十载，封狼生貙貙生罴[④]。不据山河据平地，长戈利矛日可麾[⑤]。帝得圣相相曰度，贼斫不死神扶持[⑥]。腰悬相印作都统，阴风惨淡天王旗[⑦]。愬武古通作牙爪，仪曹外郎载笔随[⑧]。行军司马智且勇，十四万众犹虎貔[⑨]。入蔡缚贼献太庙，功无与让恩不訾[⑩]。帝曰汝度功第一，汝从事愈宜为辞[⑪]。愈拜稽首蹈且舞，金石刻画臣能为[⑫]。古者世称大手笔，此事不系于职司[⑬]。当仁自古有不让，言讫屡颔天子颐[⑭]。公退斋戒坐小阁，濡染大笔何淋漓[⑮]！点窜尧典舜典字，涂改清庙生民诗[⑯]。文成破体书在纸，清晨再拜铺丹墀[⑰]。表曰臣愈昧死上，咏神圣功书之碑[18]。碑高三丈字如斗，负以灵鳌蟠以螭[19]。句奇语重喻者少，谗之天子言其私[20]。长绳百尺拽碑倒，粗沙大石相磨治[21]。公之斯文若元气，先时已入人肝脾[22]。汤盘孔鼎有述作，今无其器存其辞[23]。呜呼圣皇及圣相，相与烜赫流淳熙[24]。公之斯文不示后，曷与三五相攀追[25]。愿书万本诵万过，口角流沫右手胝[26]。传之七十有二代，以为封禅玉检明堂基[27]。

【注释】 ① 韩碑：指韩愈所作的《平淮西碑》。据《旧唐书·韩愈传》载，元和十二年八月宰相裴度为淮西宣慰处置使兼彰义军节度使，韩愈任行军司马，十二月平定淮西后还朝。韩愈因功授刑部侍郎，奉诏草拟《平淮西碑》，其中多叙裴度的功劳。然而，当时先入蔡州擒获吴元济的是李愬，以为功在第一，因而不服。武士石孝忠对碑文不满，差点把碑推翻了；李愬妻乃唐安公主的女儿，常出入禁中，曾向宪宗陈述碑文之不实。于是宪宗诏令磨去韩愈碑文，命翰林学士段文昌重撰文刻碑。② 元和天子：指唐宪宗李纯，元和为宪宗年号。神武姿：神圣威武的姿态。轩与羲：轩辕和伏羲。轩辕：即黄帝，传说中中原各族的共同祖先，姓姬，少典之子。大败炎帝、击杀蚩尤，被拥戴为部落联盟领袖。伏羲：传说中人类始祖，与女娲兄妹结婚而产生人类，教民结网渔猎，作八卦。③ 列圣：指宪宗以前的唐代历朝皇帝。法宫：帝王所居住的正殿。朝四夷：接受四夷的朝见。④"淮西"句：从大历末年李希烈起，经陈仙奇、吴少阳、吴元济藩镇割据共经历五十年。封狼：大狼。封：大。貙（chū）：像狸猫却体大的动物。罴：熊的一种。狼、貙、罴皆指代割据一方的藩镇。⑤ 日可麾：形容军事力量强大。《淮南子·览冥训》中描写鲁阳公与韩构大战时的情景。鲁阳公"援戈而㧑之，日为之返三舍"。麾：通"㧑"，指挥。⑥ 相曰度：这个宰相叫裴度。贼斫不死：指元和十年六月，李师道、王承宗派杀手到京城刺杀武元衡和裴度，武元衡死，裴度受伤后痊愈。斫：用斧头砍，指刺杀。⑦"腰悬"句：指元和十二年八月裴度以宰相身份任淮西宣慰处置使,行都统职权。都统:天下兵马元帅都统的省称。阴风惨淡:形容军容整肃,暗藏杀气。天王旗:帝王的旗帜。指裴度赴淮西时,宪宗派神策军三百骑卫作随从,并亲到通化门送行。⑧ 愬武古通:指裴度的四员大将,唐邓节度使李愬、淮西诸军行营都统韩弘的儿子韩公武、鄂岳蕲安黄团练李道古、寿州团练使李文通。作牙爪:比喻四员武将都受裴度的调遣和指挥,是其得力帮手。仪曹外郎:指礼部员外郎。当时司勋员外郎李正封、都官员外郎冯宿、礼部员外郎李宗闵皆任判官书记兼侍御史,随裴度出征淮西。⑨ 行军司马:官职名,属军职,此指韩愈。裴度上奏宪宗以右庶子韩愈兼御史中丞,充当彰义军行军司马。虎貔(pí):指勇猛强悍的军队。貔:古代传说中的一种猛兽。⑩ 蔡:指蔡州城,今河南省上蔡。元和十二年十月十一日,李攻破蔡州生擒吴元济。献太庙:指凯旋后将吴元济槛送长安,献俘于太庙。太庙:皇家宗庙。无与让:没有人可与之相比。让:逊于,次于。恩不訾:恩赏无数。訾(zī):通“赀”,估量、计算。⑪ 汝:你。从事:随从,属下,指韩愈。宜为辞:适合于撰写碑文。⑫ 稽首:古代最重的一种跪拜礼节,叩头及地长跪不起。蹈且舞:行礼时的动作,形容礼节做得很到家,一丝不苟。蹈:顿足。金石刻画:刻在金石之上,此指撰写平淮西碑文。古代的碑铭颂辞等文字常常刻于金石上,以便流传久远。⑬“古者”句:此类文字自古皆由当世“大手笔”来撰写,不一定与职司有关。系:相连、关联。职司:指翰林。⑭“当仁”句:典出《论语·卫灵公》“当仁,不让于师”。指遇上自己该做的事,不退让,积极主动。言讫:撰写完毕。讫:终、完。颔天子颐:点头表示同意、赞同。颔:点头。颐:面颊。⑮ 斋戒:古代祭祀前要沐浴、吃素、戒酒、更衣等,以清洁心绪,以示恭谨,谓之斋戒。濡染:蘸上墨点染、浸润,此指撰写。濡:沾湿,沾上。淋漓:痛快、畅快。⑯ 点窜、涂改:均指借鉴、运用。尧典舜典:均为《尚书》篇目。清庙:《诗经》中《颂》的篇目。生民:《诗经》中《雅》的篇目。⑰ 破体:指从体制、形式等方面对前人此类文章有所借鉴又有所突破、创新。书:写。

丹墀：涂有红漆的台阶。墀：宫殿前台阶上的空地，常涂以红漆，故称。⑱ 表曰：是表书说。臣愈昧死上：这是概括韩愈《进撰平淮西碑文表》中的话："强颜为之，以塞诏旨，罪当诛死。"昧死：即冒死。咏：叙述。⑲ 负以灵鳌：指碑的底座刻成鳌。鳌：传说中海生的大龟和大鳖。蟠以螭(chī)：指碑身刻着盘曲的螭。蟠：盘曲地伏着。螭：古代传说中没有角的龙。⑳ 喻：明白，了解。言其私：说韩愈偏私。暗指李愬妻子在宪宗前进谗言。㉑ 拽：拉。指石孝忠不满碑文，企图拉倒石碑。磨治：指磨去文字。㉒ 斯文：这篇文章，指碑文。元气：古人认为元气是构成万物的事物本原。入人肝脾：指深入人心。㉓ 汤盘孔鼎：比喻石碑虽被推倒、磨去文字，但碑文却如汤盘孔鼎一样万世流传。汤盘：指商之开国君主成汤沐浴时所用的盘，其铭文为："苟日新，日日新，又日新。"孔鼎：孔子的先祖正考父之鼎，其铭文为："一命而偻，再命而伛，三命而俯。循墙而走，亦莫予敢侮。饘于是，鬻于是，以糊余口。"㉔ 相与：互相，彼此。煊赫：温暖显耀。淳熙：光泽明亮强烈。㉕ 曷：何，什么。三五：指传说中的三皇五帝。有多种说法，一般三皇指伏羲、女娲、神农；五帝指黄帝、颛顼、帝喾、唐尧、虞舜。㉖ 书：抄写。口角流沫：形容念书念得太多、太久。胝(zhī)：即胼胝，老茧。㉗ 七十有二代：据《史记·封禅书》载，"古者封泰山禅梁父者七十二家"。此借指韩之碑文足以与古代封禅书相媲美，流传久远。玉检：玉笺，指附于记载封禅文书的玉牒(简札)上的标笺，此借指封禅文章。检：指标笺。明堂：古代天子接受诸侯朝觐的地方。韩愈《平淮西碑》末句："既定淮蔡，四夷毕来；遂于明堂，坐以治之。"

【品评】 李商隐一向以写爱情的律诗见长，但这首七言古诗也是他的杰作，历来受到好评。诗歌叙述了韩愈撰写《平淮西碑》碑文，以及整个立碑、毁碑的前后经过，对于皇帝听信谗言磨去韩碑原文深致不满，表现了对裴度和韩愈的倾心推崇。李商隐生活在唐末藩镇割据，中央尾大不掉的政治形势下，深深感到时局的艰危，他和裴度、韩愈一样,都主张抑制藩镇,维护国家统一和安定,诗歌即通过咏韩碑这件事明确表示了自己的政治态度。诗歌一反作者一贯的绮丽朦胧风格,模仿韩愈的诗风,以文为诗,多发议论,雄健豪纵,庄重古朴,整首诗大笔濡染,酣畅淋漓,真非大手笔莫能为！如能将此诗与韩愈的《平淮西碑》原文对读,当能有更深领会。但细细品味,诗中也另具清新明快之风,体现着自家特色。

卷四 七言乐府

高 适(704？—765)

字达夫，勃海蓨(今河北景县)人。少时客居梁宋，玄宗天宝八载(749)有道科及第，曾为封丘县尉，不久辞官。客游河西，入哥舒翰幕。安史之乱中拜左拾遗，累为节度使。晚年出将入相，曾任左散骑常侍，进封勃海县侯，卒赠礼部尚书。有《高常侍集》。

燕歌行[①] 并序

开元二十六年，客有从元戎出塞而还者，作燕歌行以示适[②]。感征戍之事，因而和焉[③]。

汉家烟尘在东北，汉将辞家破残贼[④]。男儿本自重横行，天子非常赐颜色[⑤]。摐金伐鼓下榆关，旌旆逶迤碣石间[⑥]。校尉羽书飞瀚海，单于猎火照狼山[⑦]。山川萧条极边土，胡骑凭陵杂风雨[⑧]。战士军前半死生，美人帐下犹歌舞[⑨]。大漠穷秋塞草衰，孤城落日斗兵稀[⑩]。身当恩遇常轻敌，力尽关山未解围[⑪]。铁衣远戍辛勤久，玉箸应啼别离后[⑫]。少妇城南欲断肠，征人蓟北空回首[⑬]。边庭飘摇那可度，绝域苍茫更何有[⑭]！杀气三时作阵云，寒声一夜传刁斗[⑮]。相看白刃血纷纷，死节从来岂顾勋[⑯]？君不见沙场争战苦，至今犹忆李将军[⑰]！

【注释】 ① 燕歌行：乐府《相和歌辞·平调曲》旧题，多写征戍离别之情。② 开元二十六年：即公元 738 年。开元：唐玄宗年号。从：跟从。元戎：军队统帅，此指幽州节度使张守珪。张守珪“性慷慨，有节义”。为玄宗时镇守北疆的守边名将，屡建战功，开元二十三年拜辅国大将军兼御史大夫、幽州节度使。开元二十六年，张之部将赵堪等人假守珪之令逼乌之义攻打奚部余党，初胜而后败，张守珪隐瞒实情，妄奏战功。开元二十七年六月事情败露，贬为括州刺史。示适：给高适看。③ 和：依照别人诗词的题材、格律、体裁等进行创作，以作回应。④ 汉家：汉朝，此借指唐王朝。以汉拟唐在唐代诗文中极为多见。烟尘：因战争而引起的烽烟与尘土，指战争。在东北：唐朝时活动于东北的奚、契丹等族经常扰汉，故称。残贼：残余的敌军。⑤ 重横行：重视、推崇在战场上纵横驰骋、建功立业。横行：纵横驰骋。非常：特别。赐颜色：因赏识、器重而给予丰厚的赏赐和特殊的待遇。颜色：指各种极为隆厚的封赏。⑥ 摐（chuāng）金：敲锣，古代军队作战时鸣金表示收兵，即是退。金：锣。伐鼓：击鼓，古代作战时击鼓表示出击。伐：击。榆关：即山海关，在今河北省秦皇岛市东北海边。旌旆：旗帜的通称。逶迤：曲折而连绵不断。碣石：山名，在今河北省昌黎。⑦ 校尉：武官官职名，此泛指将军。羽书：古代军中紧急文书插上不同数量的羽毛以示紧急程度，又称羽檄，俗称鸡毛信。瀚海：浩瀚的沙漠，此指奚族所居住的今内蒙古西拉木伦河上游地区的一片沙漠。单（chán）于：匈奴人称其君王及部落首领为单于。此借指奚、契丹等部落的首领。猎火：打猎宿营时燃起的篝火，此指趁机侵扰唐朝。古代游牧民族在作战前先校猎，一是演习，二是寻找机会，猎火便成为游牧民族发起战争的一种预兆和信号。狼山：指狼居胥山，在今内蒙古自治区西北部。⑧ 萧条：荒凉冷落，没有生气。极：穷尽。凭陵：指倚仗某种有利条件侵扰他人。⑨ 军前：指军事前线，战场。半死生：指生死的机会相等，即出生入死。帐下：指军帅统领们的营帐。⑩ 穷秋：秋之将尽，指深秋。衰：枯萎。斗兵稀：形容死伤惨重，能作战的士兵已很少。⑪ 当：受。恩遇：朝廷隆厚的恩赐和待遇。轻敌：轻视敌人。关山：关塞和山岳。⑫ 铁衣：指作战时穿的铠甲。玉箸：玉筷，此比喻思妇的眼泪。箸：竹筷。⑬ 城南：指长安城之南。唐时长安城北为宫廷所在地，城南才是居民住宅区，由此思妇当在城南。征人：远行征战、戍边之人。蓟北：蓟州以北，泛指东北边地。蓟州：今北京市大兴。⑭ 度：度过、居住。绝域：极远的边地。苍茫：辽远空阔，迷茫无际。⑮ 三时：指早、中、晚，即全天。阵云：战云。刁斗：古代军队的一种铜制用具，晚间用来打更报时，白天可以用作炊具。⑯ 死节：为国牺牲的气节。岂顾勋：哪能顾及个人的功勋。⑰ 李将军：指战国末期赵国大将李牧，曾大败秦军，因功封武安君。后因赵王中秦之离间计，李牧被杀。李牧是高适极为推崇的一位军事家。

【品评】　从序言可以看出，此诗是针对边地军政败坏而作，但又不限于一人一事，而是综合了诗人在蓟门的见闻，是对当时整个边塞战争的更高的艺术概括，既有现实性，又有典型性。全诗四句一解："汉家烟尘"四句，写唐军将士慷慨辞阙奔赴东北边防的情况；"摐金伐鼓"四句，写唐军奔赴边防途中的情况；"山川萧条"四句，写沙场的苦战和军中的苦乐不均；"大漠穷秋"四句，写战斗的失利和士卒的悲哀；"铁衣远戍"四句，写战士久戍不归，与思妇两地相思之苦；"边庭飘摇"四句，写军中生活的紧张和苦寒；"相看白刃"四句，是点明全诗的题旨，以引起人们的深思。《燕歌行》是盛唐边塞诗的力作之一，诗中展示的思想内容和生活内容，无论是就深度还是就广度而言，在边塞诗中均首屈一指；不仅全方位、多角度地展开描写，又能集中一点，深刻揭露军中矛盾，表现士卒对将帅不得其人的愤慨，以及人民对和平生活的向往。与内容的丰富性相适应，诗在写法上双管齐下，主次分明，形象丰满，气势开阔，同时音调洪亮，浑厚老成，纯乎唐音。

李 颀

古从军行[1]

白日登山望烽火,黄昏饮马傍交河[2]。行人刁斗风沙暗,公主琵琶幽怨多[3]。野营万里无城郭,雨雪纷纷连大漠[4]。胡雁哀鸣夜夜飞,胡儿眼泪双双落[5]。闻道玉门犹被遮,应将性命逐轻车[6]。年年战骨埋荒外,空见蒲萄入汉家[7]。

【注释】 ① 古从军行:此诗为诗人仿乐府旧题《从军行》而作新篇,故称。《从军行》属古乐府相和歌辞。② 烽火:古代边地筑高台积柴草、狼粪等燃料,一旦有军情则点燃报警。白天燃烟、夜晚点火作为报警信号。因多燃狼粪,又常称狼烟。傍:靠近。交河:河名,在今新疆维吾尔自治区吐鲁番境内,古属车师。③ 行人:即征人,远行征战、戍边之人。公主琵琶:即琵琶。汉武帝以江都王刘建的女儿刘细君远嫁乌孙王,和亲途中派人沿途在马上弹奏琵琶曲以慰其思乡之情,故称。④ 野营:在野外宿营。无城郭:指荒无人烟。城郭:泛指城、城市。城:城墙。郭:在城的外围加筑的一道城墙。⑤ “胡雁”句:以“胡雁哀鸣”起兴,引出下文的“胡儿眼泪”。胡雁:即胡地的大雁。胡儿:西北部族子弟。⑥ 玉门:即玉门关,古代通西域的重要关塞,在今甘肃省敦煌西。犹被遮:此指出师不利,统治者却不肯罢兵,勉强作战。《史记·大宛列传》载,公元前 104 年(武帝太初元年),李广利奉命攻大宛,转战经年,死伤甚众。李上书武帝请班师,武帝大怒,所派使臣挡住玉门关说:“军有敢入者,辄斩之。”遮:拦、阻挡。逐轻车:指跟随将帅在边地作战。轻车:汉代军中将帅封号,如轻车将军、轻车都尉,此泛指将帅。⑦ 战骨:战死士兵的尸骨。蒲萄入汉家:诗人认为连年战争,死伤无数战士,换来的不过是统治者的苟安和荒淫的生活。《汉书·西域传》载,汉朝战争平息后,西域至长安的交通贸易畅通。汉武帝派人从西域引进葡萄种子遍植于离宫四周。

【品评】 本诗借写汉代边塞故事,实是针对唐玄宗时对西北长期用兵给战士带来的痛苦,反对穷兵黩武。意思分三层:开始四句写汉兵紧张的边塞生活,以"公主琵琶幽怨多"寄托边塞兵士心中的哀怨;接下来四句写古战场环境和"胡儿"的哀怨,实际是表现唐兵心中苦于征战的悲伤;最后四句写无数汉兵被迫战死沙场,换来的却是"空见蒲萄入汉家",表现了反对长年用兵边塞作无谓牺牲的立场。全诗融叙事、写景、抒情、议论为一体,景象开阔,格调苍凉悲壮。诗中连连用"纷纷""夜夜""双双"等叠字,更加渲染了艰难悲凉的气氛,生动形象地表现了诗歌主题。

王 维

洛阳女儿行[①]

洛阳女儿对门居,才可容颜十五馀[②]。良人玉勒乘骢马,侍女金盘鲙鲤鱼[③]。画阁朱楼尽相望,红桃绿柳垂檐向[④]。罗帏送上七香车,宝扇迎归九华帐[⑤]。狂夫富贵在青春,意气骄奢剧季伦[⑥]。自怜碧玉亲教舞,不惜珊瑚持与人[⑦]。春窗曙灭九微火,九微片片飞花琐[⑧]。戏罢曾无理曲时,妆成只是薰香坐[⑨]。城中相识尽繁华,日夜经过赵李家[⑩]。谁怜越女颜如玉,贫贱江头自浣纱[⑪]!

【注释】 ① 洛阳女儿行:新乐府曲辞,取梁武帝萧衍《河中之水》句"洛阳女儿名莫愁"诗意,主要描写当时贵族妇女的生活和情感。② 才可:刚、恰好。③ 良人:指丈夫。玉勒:镶有美玉的马笼头。勒：带嚼子的马笼头。骢：毛色青白相间的马。鲙(kuài)：细切的鱼肉。④ 垂檐向：朝着屋檐低垂。⑤ 罗帏：丝绸制成的帏帐。帏：同“帷”，帐子。七香车：用七种珍贵香木制作的车子，极言车子之漂亮奢华、富丽堂皇。宝扇：迎娶仪仗中所持的羽扇。⑥ 狂夫：指洛阳女儿的丈夫，因少年气盛，“意气骄奢”、任性轻狂，故称。剧：胜过。季伦：晋朝时的巨富石崇，字季伦，常与人斗富。⑦ 怜：爱、惜。碧玉：本为梁汝南王侍妾名字，此指洛阳女儿。汝南王曾作《碧玉歌》，梁元帝萧绎《采莲曲》诗句：“碧玉小家女，来嫁汝南王。”后小家碧玉指出身于寻常小户人家的年轻美貌的女子。不惜珊瑚：指丈夫出手阔绰、挥金如土。《晋书·石崇传》载，石崇与王恺斗富，王恺搬出皇帝赏赐的两尺多高的珊瑚向石崇炫耀，石崇一见便用铁如意将珊瑚打碎，继而抬出六七株高达三四尺的珊瑚，王恺自愧不如。⑧ 曙：天刚亮。九微：灯名。《博物志》载，汉武帝好仙道，王母七夕乘紫云车至西殿，时宫中设九微灯。片片：形容灯花闪着耀眼的光片片飞落。琐：细小。⑨ 理曲：整理、练习歌曲。薰香：古人常把香料放在香炉内燃烧，香气四溢以去除室内污浊气味。⑩ 赵李家：汉成帝宠妃赵飞燕、李平两家外戚。赵、李后泛指受皇帝宠信的皇室贵戚。⑪ 越女：指春秋末年越国美女西施，苎萝(今浙江诸暨)人。西施出身贫贱，其父以卖柴为生，范蠡发现西施时，西施正和同伴一起在若耶溪边浣纱。

【品评】　这是作者早年所写的一首乐府诗，诗歌极尽铺叙之能事，极力描写了洛阳女儿豪华娇贵而又空虚无聊的生活，同时也写出其丈夫意气骄横、拼命结交权贵的行径，夫妇沆瀣一气，引以为荣。到诗的最后，“谁怜越女颜如玉，贫贱江头自浣纱”，诗意猛然一跌，用“越女”和“洛阳女儿”相比，与前面形成强烈对照，有力地表现出对贫富悬殊的不合理社会现象的不满，其讽刺意味见于言外。卒章显志，寓意深刻，在写法上别具一格。

老将行[①]

少年十五二十时，步行夺得胡马骑[②]。射杀山中白额虎，肯数邺下黄须儿[③]！一身转战三千里，一剑曾当百万师[④]。汉兵奋迅如霹雳，虏骑崩腾畏蒺藜[⑤]。卫青不败由天幸，李广无功缘数奇[⑥]。自从弃置便衰朽，世事蹉跎成白首[⑦]。昔时飞箭无全目，今日垂杨生左肘[⑧]。路旁时卖故侯瓜，门前学种先生柳[⑨]。苍茫古木连穷巷，寥落寒山对虚牖[⑩]。誓令疏勒出飞泉，不似颍川空使酒[⑪]。贺兰山下阵如云，羽檄交驰日夕闻[⑫]。节使三河募年少，诏书五道出将军[⑬]。试拂铁衣如雪色，聊持宝剑动星文[⑭]。愿得燕弓射大将，耻令越甲鸣吾君[⑮]。莫嫌旧日云中守，犹堪一战立功勋[⑯]！

【注释】 ① 老将行：属新乐府曲辞。② “步行”句：以李广作比，写英雄少年时骁勇机智、勇武善战。《史记·李将军列传》载，西汉“飞将军”李广在与匈奴的战斗中负伤被擒。押解途中，李广见押送士兵骑着良马，突然飞身上马将士兵推下马背，夺其弓，疾驰数十里逃回汉营。③ “射杀”句：《史记·李将军列传》载，李广为右北平太守时，多次射杀猛虎。肯数：岂能称道。数：列数，挨个说。邺下黄须儿：指曹操次子曹彰，因曹魏建都于邺，故称。邺：在今河北省临漳西。《三国志·魏书·任城王彰传》载，曹彰黄须，性刚烈，征乌桓时骁勇善战有战功。回到邺下时，曹操夸奖说：“我黄须儿竟大奇也。”④ 当：抵挡。师：军队。⑤ 奋迅：奋勇、迅捷。虏骑：敌人的骑兵。崩腾：驰骋。蒺藜：一种带刺的一年生草本植物，开黄色小花。此指铁蒺藜，古代作战时用的一种形似蒺藜的障碍武器。⑥ 卫青：汉武帝名将，字仲青，曾多次大败匈奴。《史记·卫将军骠骑列传》载，公元前 119 年（元狩四年）卫青与外甥霍去病一起远征匈奴，深入敌境竟未遭挫败，世称“天幸”。缘数奇（jī）：因为命运不好。

攻打匈奴时,武帝曾嘱咐卫青:“李广年老‘数奇’,不可与匈奴对阵。”后李广终因“失道”被责,自杀身亡,所以说“无功”。⑦ 弃置:抛弃一旁闲置不用。弃:抛弃。置:安放、搁。蹉跎:困顿,不顺心。⑧ 无全目:射雀眼百发百中,形容射技精湛。《文选》李善注引《帝王世纪》载:羿和吴贺同游,贺让羿射左眼却误中右目,羿惭愧而发愤练习射技,后能百发百中,成为神射手。垂杨生左肘:形容胳膊上好像长了瘤子一样,很不灵便,言闲置太久。《庄子·至乐》记:支离叔与滑介叔同游,忽然“柳生其左肘”。柳,即“瘤”,此改“柳”为“垂杨”,也指代瘤子。⑨ 时卖故侯瓜:《史记·萧相国世家》载,秦时东陵侯召平在秦亡后隐居长安门外,种瓜为生。因其瓜美,世称“东陵瓜”。时:经常。故侯:指召平,因是前朝旧事,所以称“故”。先生柳:东晋大诗人陶潜弃官归隐后于门前种五株柳树,自号“五柳先生”,作《五柳先生传》。⑩ 苍茫:形容青葱一片,茫然无际。苍:深绿色。穷巷:偏僻小巷。穷:阻塞不通、偏僻不开化。虚牖(yǒu):敞开的窗子。虚:空。牖:窗。⑪ 疏勒出飞泉:《后汉书·耿恭传》载,东汉明帝时,名将耿恭驻守西域疏勒城,遭北匈奴围攻。匈奴截断城外涧水,耿恭军于城中掘地十五丈不见水,耿恭仰天长叹:“闻昔贰师将军(西汉名将李广利)拔佩刀刺山,飞泉涌出。今汉德神明,岂有穷哉?”于是向上天祈祷,得水。匈奴以为有神助,引兵去。颍川空使酒:西汉景帝时将军灌夫,因事犯法居颍川,性情刚直,家财钱数千万、食客日数十百人,爱饮酒使气,横暴颍川。后被灭族。⑫ 贺兰山:在今宁夏回族自治区境内,唐时西北主战场。阵如云:形容军帐依阵势而列,密集如云,布置整肃。羽檄:即羽书,古代军中紧急文书插上不同数量的羽毛以示紧急程度,俗称鸡毛信。⑬ 节使:持节的使者。节:即符节,古代帝王授予接受某种命令和差遣的使臣以作权力和身份证明的信物。三河:指黄河流域中游地区,即河东、河南、河内。募少年:指招募青少年从军。诏书:皇帝亲自颁布的文告。五道出将军:将军们分五条道路进发。《汉书·常惠传》载,汉出重兵,“发十五万骑,五将军分道出”以攻打匈奴。五将军,指田广明、赵充国、田顺、范明友、韩增。⑭ 如雪色：形容战士把铁衣(铠甲)擦得锃亮,闪着寒光。聊：暂且。持：拿。动星文：宝剑上的七星文光亮闪烁。星文：即七星文。《吴越春秋》载：春秋时伍子胥有一口宝剑,上刻铸有北斗七星文。⑮ 燕弓：燕地所生产的劲弓。越甲鸣吾君：越国军队冲杀而来惊吓住了君王。《说苑·立节》载：齐国的雍门子狄因越兵攻齐时“越甲(军队)至,其鸣吾君”,自认为自己没有尽到保卫君主的责任,遂自刎。鸣：惊。此指耻于看到敌军进攻自己的国家,让皇帝受惊蒙羞。⑯ 云中守：指云中太守魏尚。汉文帝时,魏尚镇守边地为云中郡太守,匈奴不敢犯。后因报功时多报了敌人六个首级竟被削职为民。冯唐为鸣不平,文帝于是命冯唐持节前往赦免魏尚,复太守职。云中：汉郡名,在今内蒙古自治区托克托一带。犹堪：还能。堪：能够,可以。

【品评】 此诗曾被前人誉为“文人乐府之杰构”,是王维七言古诗中佳作。诗以边塞内容为题材,生动形象地塑造了“老将”这一艺术形象。全诗每十句为一段：第一段写“老将”年少之时能征惯战,却遭遇不平;第二段写“老将”在无可奈何之际,只有以闲散生活自遣;第三段写“老将”在边塞战发之时,不禁又雄心勃发,愿意重上疆场,报效国家,其英雄形象呼之欲出,极为生动感人。诗歌章法严谨,属对工整,用事贴切,具有很高的艺术性。

桃源行[①]

渔舟逐水爱山春,两岸桃花夹古津[②]。坐看红树不知远,行尽青溪忽值人[③]。山口潜行始隈隩,山开旷望旋平陆[④]。遥看一处攒云树,近入千家散花竹[⑤]。樵客初传汉姓名,居人未改秦衣服[⑥]。居人共住武陵源,还从物外起田园[⑦]。月明松下房栊静[⑧],日出云中鸡犬喧。惊闻俗客争来集,竞引还家问都邑[⑨]。平明闾巷扫花开，薄暮渔樵乘水入[10]。初因避地去人间[11]，更问神仙遂不还。峡里谁知有人事？世中遥望空云山。不疑灵境难闻见，尘心未尽思乡县[12]。出洞无论隔山水，辞家终拟长游衍[13]。自谓经过旧不迷，安知峰壑今来变[14]？当时只记入山深，青溪几度到云林[15]。春来遍是桃花水，不辨仙源何处寻[16]。

【注释】　① 桃源行：属新乐府曲辞，其题材根据陶渊明《桃花源记》及《桃花源诗》。② 逐水：顺水而下。津：渡口。③ 坐：因为。值：遇上。④ 潜行：指水流急，行进时船身吃水深。潜：在水面以下活动。隈隩（wēi yù）：形容弯曲幽深而隐蔽。旷望：视野开阔、空旷。旋：立即，忽然。平陆：平坦的原野。陆：陆地。⑤ 攒（cuán）云树：白云缭绕的树木。攒：聚积。散花竹：形容花和竹家家都栽种甚多。散：分散、散布。⑥ 樵客：樵夫，以打柴为生的人。因避乱世而至桃花源，故称“客”。居人：定居者。⑦ 武陵源：在今湖南省桃源境内，晋代属武陵郡。还：又，接着。物外：即尘世之外，指桃花源。起：兴起、建立。田园：田地和园圃。⑧ 房栊：房舍。栊：窗户。⑨ 竞：竞相。都：大城市。邑：百姓聚居地，引申为“城镇”。⑩ 平明：天亮时候。闾巷：小的街道。闾：里巷，古代二十五户为一闾。扫花：打扫路上的落花。古人以“扫花径”表示热情好客。开：开门。薄暮：傍晚。薄：迫近。⑪ 去：离开。⑫ 灵境：神灵居住的地方，指桃花源。尘心：凡心，指桃花源中人依然尘心未泯，思念家乡。⑬ 出洞：走出桃源洞天，指离开桃花源。无论：休说。拟：想要，打算。长游衍：长时间尽情地游乐。衍：恣意蔓延，形容放任、恣肆。⑭ 不迷：不会迷路。安知：怎么知道。壑：山谷。⑮ 青溪几度：指走过好几道青溪。⑯ 桃花水：指春天的雨水。《汉书·沟洫志》：“来春桃花水盛。”意思是桃花开时正是春雨丰盛的时候。此外也可以理解为：与桃花源山水相近的地方。不辨：分辨不出。仙源：神仙境界，指桃花源。

【品评】 此诗是以陶渊明著名的《桃花源记》这篇散文所写内容为题材而创作的一首乐府诗。王士禛在《池北偶谈》中说:“唐宋以来,作《桃源行》最佳者,王摩诘、韩退之、王介甫三篇。观退之、介甫诗,笔力意思甚可喜。及读摩诘诗,多少自在。二公便如努力挽强,不免面红耳赤,此盛唐所以高不可及。”评价很高。诗歌借写桃花源,表现了对理想中美好田园生活的向往。前四句写接近桃花源,中间二十二句写进入桃花源的见闻和感想,后四句写欲重游而不可得,暗示理想的难以实现。全诗诗中有画,风景明丽,色彩鲜妍,格调亦高妙自然,诗意令人回味不尽。

李　白

蜀道难[1]

噫吁嚱,危乎高哉[2]!蜀道之难难于上青天!蚕丛及鱼凫,开国何茫然[3]!尔来四万八千岁,始与秦塞通人烟[4]。西当太白有鸟道,可以横绝峨嵋巅[5]。地崩山摧壮士死[6],然后天梯石栈相钩连。上有六龙回日之高标,下有冲波逆折之回川[7]。黄鹤之飞尚不得过,猿猱欲度愁攀缘[8]。青泥何盘盘,百步九折萦岩峦[9]。扪参历井仰胁息,以手抚膺坐长叹[10]。问君西游何时还?畏途巉岩不可攀[11]!但见悲鸟号古木[12],雄飞雌从绕林间。又闻子规啼夜月,愁空山[13]。蜀道之难难于上青天!使人听此凋朱颜[14]。连峰去天不盈尺,枯松倒挂倚绝壁[15]。飞湍瀑流争喧豗,砯崖转石万壑雷[16]。其险也如此!嗟尔远道之人,胡为乎来哉[17]?剑阁峥嵘而崔嵬[18]。一夫当关,万夫莫开。所守或匪亲,化为狼与豺[19]。朝避猛虎,夕避长蛇。磨牙吮血,杀人如麻。锦城虽云乐,不如早还家[20]。蜀道之难难于上青天!侧身西望长咨嗟[21]!

【注释】 ① 蜀道难：本属乐府《相和歌·瑟调曲》旧题，描写蜀道之艰难。李白沿用此旧题进行新创作。② 噫吁嚱(yī xū xī)：象声词，惊叹声。危：高峻。乎、哉：皆语气助词，用以加强语气。③ 蚕丛、鱼凫：传说中上古蜀国的两位君主。茫然：迷茫浩渺。④ 尔来：从那时以来，即从蚕丛、鱼凫时代以来。四万八千岁：指时间久远，是夸张的说法。秦塞：古代秦国地势险要，四面多关塞，称"四塞之国"，故称。⑤ 当：挡，隔阻。太白：山名，又名太乙。在今陕西省眉县东南。鸟道：飞鸟往来的路径。指太白山高入云天，无路可通，只有鸟儿能够飞过。横绝：横渡。峨嵋：山名，在今四川省峨眉山市西南。巅：山之顶峰。⑥ 崩：崩裂。摧：折断、摧毁。壮士死：《华阳国志·蜀志》载，秦惠王将五美女许配给蜀王，蜀王即派五个大力士去迎接。到梓潼时，见一大蟒钻入山洞中，五力士一起抓住蛇尾往外拉，结果山崩塌为五岭，美女和大力士被压死。⑦ 六龙：古代神话中羲和为太阳神的驭者，他驾着六条龙拉动的太阳车载着太阳在空中奔驰。回日：指太阳车迂回曲折的轨迹。高标：制高点，指蜀中最高峰。标：本义为树梢，引申为最高点。冲波：奔腾飞泻的水波。逆折：来去往返，曲折蜿蜒。回川：即漩涡。⑧ 黄鹤：即黄鹄，天鹅的一种，善飞翔。猱(náo)：猿猴的一种，善攀缘。攀缘：也作攀援。抓着东西往上爬。⑨ 青泥：山岭名，在今陕西省略阳西北，为入蜀要道。何盘盘：多么的曲折迂回。百步九折：百步九道弯。百、九都是虚数，形容在很短距离内有许多道弯。步：古代举脚两次为一步。萦：绕。岩峦：高峻的山峰。⑩ 扪参历井：此为古诗中的互文见义法，即：摸着参星和井星，走过参星和井星。形容蜀道之险峻，一路上可以摸着星辰。参：参宿七星，属今之猎户星座。井：井宿八星，属今之双子星座。古代常以星宿来划分地域，参星是蜀之分野，井星为秦之分野。胁息：屏住呼吸，形容极度紧张恐惧。抚：按、捂。膺：胸。坐：空，徒然。⑪ 西游：指到蜀地游历。巉(chán)岩：形容险要高峻。⑫ 号(háo)古木：在古树上哭叫。号：大声哭、叫。⑬ 子规：子规鸟，又名杜宇、杜鹃，传说为望帝所化。《蜀王本纪》

《蜀志》等记载，望帝为蜀之开国君主，后因鳖灵治水有功乃禅位于鳖灵，是为开明帝。望帝修道化为杜鹃，至春则啼，似在哀鸣："不如归去！"其声凄恻。古代诗文中常以"子规啼"衬托离人思乡之情。愁空山：愁绪满空山。空山：形容山中静谧，没有声音和人迹。⑭ 凋朱颜：即衰老。凋：衰败。朱颜：即红颜，形容青春红润、美丽动人的容颜。⑮ 连峰：连绵不断的山峰。去：距离。不盈尺：不足一尺。盈：满。倚：靠。⑯ 飞湍：飞泻直下的急流。湍：水势急。瀑流：即瀑布。喧豗（huī）：形容急流撞击山峦发出的巨大声响。砯（pīng）：水冲击山岩的声音。转石：指在水流冲击下翻转滚动的岩石。万壑雷：形容巨大的水流声如在万道山谷中响起雷鸣。万：是虚数，形容多。壑：山谷。⑰ 胡为乎：为什么。⑱ 剑阁：今四川省剑阁县，唐时为古栈道名。剑阁西北有大剑山、小剑山，两山对峙形成剑门关，有一条长三十里的栈道，乃古代由秦入蜀的必经之地。峥嵘：形容山势高峻突兀。崔嵬：形容高大险峻。⑲"一夫当关"句：形容剑门地势险要，易守难攻。晋代张载《剑阁铭》有诗句："一夫荷戟，万夫趑趄。"夫：成年男子。当：阻挡。或匪亲：有的（指据关者）不是与人亲善者。匪：同"非"。化：变。⑳ 锦城：即锦官城，今四川省成都市的别称。虽云乐：虽然说是乐土。㉑ 侧身：转身。长咨嗟：长久地叹息。

【品评】 安旗先生在《李白全集编年注释》中说："本篇则纯用比兴，借蜀道之巉岩畏途以喻仕途之坎坷，借旅人之蹇步愁思以喻失志之幽愤。"这就是这首著名诗篇的主题所在。从"噫吁嚱"句到"然后天梯"句为第一大段，写蜀道自古难通，后来五丁开山，以栈道相连，方得通行；从"上有六龙"句到"使人听此"句为第二大段，极写山势之高和山道之难；从"连峰去天"句到诗末为第三大段，写蜀道的艰险，由此发出诗人的慨叹。全诗围绕"蜀道之难难于上青天"这个主题句，以惊人的想象和大胆的夸张，反复描写了奇险而壮美的山川景象，产生了强烈的艺术感染力。诗歌笔力纵横，气势雄伟，令人惊叹！句式参差错落，韵散兼用，富于变化，表现了李白豪纵的个性和不受格律束缚的创造才能，是传诵千古的李白诗中的名篇。殷璠在《河岳英灵集》中评道："白为文章率皆纵逸，至如《蜀道难》等篇，可谓奇之又奇。然自骚人以还，鲜有此体调也。"高度赞扬了李白的个性和创造力。

长相思[①]　二首

长相思，在长安。络纬秋啼金井阑，微霜凄凄簟色寒[②]。孤灯不明思欲绝，卷帷望月空长叹[③]。美人如花隔云端。上有青冥之长天，下有渌水之波澜[④]。天长路远魂飞苦，梦魂不到关山难。长相思，摧心肝[⑤]！**其一**

【注释】　① 长相思：古乐府旧题，属《杂曲歌辞》。以"长相思"名篇、作开端始于六朝时宋吴迈远，主要描写两地相思之苦。题意取自《古诗》："上言长相思，下言久别离""着以长相思，缘以结不解。"② 络纬：昆虫名，俗称纺织娘，又名"莎鸡"。金井阑：水井四周华丽精美栏杆。阑：栅栏。微霜：薄霜。簟（diàn）：竹凉席。③ 思欲绝：情思将断。帷：围在四周、无顶的帐幔。④ 青冥：天色苍苍，高远深邃，即指苍天。长天：形容天空高朗空阔。渌（lù）水：清水。⑤ 关山难：难于飞越关山，形容路途阻隔。关山：关塞和山岳。摧心肝：形容极度悲痛。摧：毁坏。

【品评】　《长相思》是写男女相思的乐府古题。这一首是写男思女。诗中描绘的是一个孤栖幽独者的形象，他在凄清的秋夜，刻骨铭心地思念着自己心中的"美人"。此诗形式匀称，"美人如花隔云端"这个独立句把全诗分为篇幅均衡的两部分。前面由两个三言句发端，四个七言句拓展；后面由四个七言句叙写，两个三言句作结。全诗从"长相思"展开抒情，又于"长相思"一语收拢。在形式上颇具对称整饬之美，韵律感极强，大有助于抒情，收到了回环往复、一唱三叹之效。

日色欲尽花含烟，月明如素愁不眠[①]。赵瑟初停凤凰柱，蜀琴欲奏鸳鸯弦[②]。此曲有意无人传，愿随春风寄燕然[③]。忆君迢迢隔青天。昔时横波目[④]，今作流泪泉。不信妾肠断，归来看取明镜前[⑤]。**其二**

【注释】 ① 日色欲尽：太阳光照将尽，指日暮。欲：将。花含烟：形容花儿笼罩在烟霭之中。如素：形容月色皎洁，好似白色丝娟。素：白色丝绸。② 赵瑟：瑟：古弦乐器，今天使用的瑟分十五弦或十六弦。相传春秋战国时期，赵人最善奏瑟，故称"赵瑟"。凤凰柱：雕刻、装饰有凤凰图案的瑟上的扣弦短柱。蜀琴：琴即古琴，一种古老的弦乐器，用梧桐木等制成，最早有五根弦，粗细不同，后逐步变为七弦，故又称"七弦琴"。汉赋大家司马相如是四川成都人，善弹琴，故称"蜀琴"。鸳鸯弦：因古琴琴弦由粗细不同的琴弦组成，故称"鸳鸯弦"，或称"子母弦"。③ 燕然：一说指唐燕然都护府，辖今内蒙古自治区杭锦后旗一带，置于唐高宗时期；一说为山名，即杭爱山，在今蒙古国境内。此泛指边地，非实指。④ 横波目：形容眼睛如秋水横波，水汪汪顾盼有情。⑤ 取：此无实意，为语气助词，表示动作的进行。

【品评】 这一首写女思男。"日色欲尽花含烟，月明如素愁不眠"，感物起兴，一个女子在春日夜晚因怀念远戍的丈夫愁思难眠，起而弹琴，欲以琴声而寄相思无尽之意。后五句极为凄苦，一片痴情，表现出对爱情的专一。全诗五言与七言杂用，节奏跳跃灵动，诗思含蓄缠绵，悱恻动人。

行路难[1]　三首录一

金樽清酒斗十千，玉盘珍羞直万钱[2]。停杯投箸不能食，拔剑四顾心茫然[3]。欲渡黄河冰塞川[4]，将登太行雪满山。闲来垂钓坐溪上，忽复乘舟梦日边[5]。行路难，行路难！多歧路，今安在[6]？长风破浪会有时，直挂云帆济沧海[7]。**其一**

【注释】 ① 行路难：古乐府旧题，属《杂曲歌辞》，常抒写人生多艰和离愁别恨。② 金樽：用黄金制成的酒杯。樽：古代一种盛酒的酒器。斗十千：一斗酒值十千钱，言酒价之昂贵。斗：古代酒器，此指美酒一斗。珍羞：珍贵的菜肴。羞：同“馐”，美味的食品。直：同“值”，价值。③ 投：掷，扔。箸(zhù)：竹筷。茫然：形容内心空虚、不知何去何从。④ 冰塞川：冰阻塞了河道。形容人生道路多阻碍。⑤“闲来”句：用姜尚和伊尹的旧事抒写对世事无常、人生多变的慨叹，也许前人建所谓不世之功都往往出于偶然。传说姜尚曾在渭水的磻溪上以直钩垂钓，等候与周文王相遇。伊尹在被商汤重用之前曾梦见乘船从日月旁经过。复：又。⑥ 歧：歧路。今安在：今何在，现在身在何处？形容内心迷茫，不知置身何处。⑦ 长风破浪：比喻冲破一切阻挠实现人生理想。《南史·宗悫(què)传》载，刘宋大将宗悫年少时，叔父曾问起他长大后的志向，宗悫回答：“愿乘长风破万里浪。”会：当。济：渡。

【品评】 这一组《行路难》乐府诗共三首，一般认为是天宝三载(744)作者被“赐金放还”离开长安后所作。第一首借写行路之难，表现政治上不得志、抑郁不平的情怀。诗从高堂华筵写起，可能是饯筵的场面，然而“停杯”“投箸”“拔剑”“四顾”这一连串动作，却生动地表现出一种难以控制的失落和悲愤。“欲渡黄河”二句写景，但这是象征性的写景，它象征的是作者一入长安，满怀壮志，却备受坎坷，找不到出路。“闲来”二句是企盼时来运转，能够一骋雄才。最后连用几个短句，表现了理想破灭，陷入迷惘的心情。全诗在音情上大起大落，充分表现了理想和现实的矛盾，尽管几度陷入悲愤，但结尾却奏出了最强音，自有李白的英风豪气在。诗中拉杂使事，长短其句，也表现出李诗的特点。

将进酒[①]

君不见黄河之水天上来，奔流到海不复回[②]。君不见高堂明镜悲白发，朝如青丝暮成雪[③]。人生得意须尽欢[④]，莫使金樽空对月！天生我材必有用，千金散尽还复来。烹羊宰牛且为乐，会须一饮三百杯[⑤]！岑夫子，丹丘生[⑥]，将进酒，君莫停！与君歌一曲，请君为我侧耳听[⑦]！钟鼓馔玉何足贵，但愿长醉不愿醒[⑧]！古来圣贤皆寂寞[⑨]，惟有饮者留其名！陈王昔时宴平乐，斗酒十千恣欢谑[⑩]。主人何为言少钱？径须沽取对君酌[⑪]。五花马，千金裘，呼儿将出换美酒[⑫]，与尔同销万古愁！

【注释】 ① 将(qiāng)进酒：古乐府旧题，属《鼓吹曲·饶歌》。将：请。② 天上来：指黄河发源于青藏高原，好似从天而来。复：再。③ 高堂明镜悲白发：为在高堂明镜中看到自己的白发而悲伤。青丝：古代指青春女子的秀发。④ 得意：指心情愉快、有兴致。须：应当。⑤ 且为乐：暂且行乐。会须：正当，正应该。⑥ 岑夫子：指岑勋。丹丘生：指元丹丘，李白友人。生：古代对读书人的称呼。⑦ 与君：为您。侧耳听：侧着耳朵听，形容听得认真、仔细。⑧ 钟鼓：《汉书·食货志》载，富豪人家进餐时要鸣钟列鼎，故“钟鸣鼎食”后指代富豪之家。馔玉：形容精美、昂贵的食品。馔：食物。但：只。⑨ 寂寞：本为安静，没有声音。此形容湮没不闻，声名沉寂。⑩ 陈王：指曹操之子陈思王曹植。宴平乐：在平乐宫宴饮。平乐：曹魏时的宫殿名。曹植《名都篇》有诗句："归来宴平乐，美酒斗十千。"恣欢谑：纵情行欢调笑。恣：任意放纵，无拘束。谑：开玩笑。⑪ 径：径直，直接。沽：买。⑫ 五花马：爱马者将良马的鬣毛修剪为五瓣花形作为装饰，称"五花马"，用以泛指名贵宝马。千金裘：价值千金的皮衣。裘：皮衣。将出：拿出来。

【品评】 这是一首"劝酒歌"，表现作者狂放的豪情、博大的胸怀和怀才不遇的悲愤。诗歌以两组排比长句发端，如挟天风海雨向读者迎面扑来：上句写大河之来势不可挡，而大河之去又势不可回，这是空间范畴的夸张；下句说"高堂明镜悲白发"，悲叹人生短促，只在朝暮之间，这又是时间范畴的夸张。正是在这种极度的夸张中，突出了全诗主题"人生得意须尽欢，莫使金樽空对月"，给人以非常强烈的印象，震撼心灵！以下就反复写饮酒之乐，无论正写、反写，想象奇之又奇，感情极为浓烈，一支神来之笔，真有"惊天地而泣鬼神"的气概！通观全诗，虽然篇幅并不算长，但大起大落，五音繁会，气势不凡。它笔酣墨饱，情极悲愤而狂放，语极豪纵而又沉着，诗篇具有振动古今的气势与力量，这根本原因，就在于那充实深厚的内在感情，那潜藏在酒话底下的如波涛汹涌的郁怒情绪。通篇以七言为主，而以三、五言句破之，极参差错落之致；诗句以散行为主，又以短小的对仗语点染，节奏疾徐尽变，奔放而不流易。《唐诗别裁集》谓"读李诗者于雄快之中，得深远宕逸之神，才是谪仙人面目"，此篇足以当之。

杜 甫

兵车行①

车辚辚，马萧萧，行人弓箭各在腰②。耶娘妻子走相送，尘埃不见咸阳桥③。牵衣顿足拦道哭，哭声直上干云霄！道旁过者问行人，行人但云点行频[④]。或从十五北防河，便至四十西营田[⑤]。去时里正与裹头[⑥]，归来头白还戍边！边庭流血成海水，武皇开边意未已[⑦]。君不闻汉家山东二百州，千村万落生荆杞[⑧]！纵有健妇把锄犁，禾生陇亩无东西[⑨]。况复秦兵耐苦战，被驱不异犬与鸡[⑩]。长者虽有问，役夫敢申恨[⑪]？且如今年冬，未休关西卒[⑫]。县官急索租[⑬]，租税从何出？信知生男恶，反是生女好[⑭]。生女犹得嫁比邻，生男埋没随百草[⑮]！君不见，青海头[⑯]，古来白骨无人收。新鬼烦冤旧鬼哭，天阴雨湿声啾啾[⑰]！

【注释】 ① 兵车行：诗人自创新乐府诗题，以反映唐代的现实生活。行：古诗的一种体裁。② 辚辚：形容众多的车轮碾过所发出的声音。萧萧：形容群马嘶鸣声。行人：即征人，从军远征之人。③ 耶：同“爷”，指父亲。妻子：指妻和子。走：跑，追。咸阳桥：即渭桥，在长安城西北，是赴西北边地必经的一道桥。④ 点行：按名册征调从军。频：频繁。⑤ 或：或许。北防河：在黄河以北守卫。防河：河指黄河。唐玄宗时自李林甫、杨国忠执政后常与吐蕃交战，唐设防于西河（今甘肃及宁夏回族自治区交界地带），称为“防河”。西营田：在西部边地开垦土地。营田：据《新唐书·食货志》载，唐代戍边战士休战时兼事垦荒，称“营田”。⑥ 里正：唐代以一百家为一里，一里设里正一人。与裹头：为行人包裹头巾。足见征者年幼，竟然不能自裹。⑦ 边庭流血：指天宝年间攻打吐蕃旧事。《资治通鉴·唐纪二十三》载，公元 747 年（天宝六年）唐玄宗派王宗嗣攻吐蕃石堡城，王宗嗣上书反对，认为石堡险固不易攻取，恐伤亡太大。将军董延光毛遂自荐，却久攻不克。公元 749 年，玄宗另派哥舒翰率兵攻打石堡城，城虽下，唐军却损失兵士数万人，代价惨重，杜甫称之“边庭流血”事件。武皇：即圣文神武皇帝的简称，公元 739 年群臣给唐玄宗所上的尊号。已：完，尽，了结。⑧ 汉家：此以汉指代唐朝。山东二百州：泛指华山及潼关以东的广大地区。落：居住的地方。生荆杞：长满了荆和杞，形容土地荒芜，渺无人烟。荆：一种落叶灌木，开紫色小花，枝条可编织筐篮。杞：又称杞柳，一种生长在水边的雌雄异株落叶灌木。⑨ 纵：纵然，即使。把锄犁：拿起锄和犁，指耕种劳作。把：扶、持。禾：谷子，泛指庄稼。陇亩：指田地。陇：田埂。无东西：辨不清东西向，形容庄稼长得稀疏，不成行列。⑩ 秦兵：生长于秦地的士兵。秦：今陕西一带。耐苦战：能承受、忍耐边地艰苦卓绝的战斗。不异：没什么不同。⑪ 长者：对年老者的尊称，即前文的"道旁过者"。役夫：服役之人，即行人。敢：岂敢。申恨：申言倾诉心中的怨恨。⑫ 且如：就像。今年冬：指公元750年（天宝九年）12月，虽至隆冬，但关西游弈使王难得仍率兵攻打吐蕃，克五桥，占领树敦城，使服役的士兵得不到正常的轮换和休息。休：停，息，指休战，让士兵回家休息。关西：指潼关以西。⑬ 索：索要，征敛。⑭ 信：的确。恶：坏，不好。⑮ 犹得：还能够。比邻：指近邻。比：并列、紧挨，又古时紧挨的五家为"比"。埋没随百草：由百草埋葬、湮没，指战死疆场后弃尸荒野，无人掩埋。⑯ 青海头：青海湖边。唐高宗以后，青海甘肃一带地区成为唐与吐蕃战争的主战场。⑰ 烦冤：因冤死而烦乱。声啾啾：发出啾啾的哭泣声。啾啾：本为形容鸟叫的象声词，此形容冤鬼凄厉的哭声。

【品评】　这是一首"即事名篇，无复依傍"的新题乐府诗，控诉当时穷兵黩武给人民带来的深重灾难。此诗虽就征兵一事立题，却并不限于某个具体的战争，而是集中反映天宝年间唐王朝发动开边战争所引起的一系列严重的社会问题，具有高度的概括力。一起七句开门见山，展开出征送行的场面，其声情之悲壮，场面之巨大，令人心惊！接下来，是作为"道旁过者"的诗人与一位老兵的对话，借老兵之口诉说战争不断、田地荒芜、租税无着、生育观念畸形改变等社会惨状，生动地记述了当时的社会现实。诗歌用客观叙述的表现手法，前半记事，后半记言，而又能融成一片，倾注了诗人的深厚的感情。此诗除句式长短错综之外，还融合了历代民歌各种修辞手法，如顶真、问答、征引、口语化等等，内容方面的情事紧迫和表达方面的起伏跌宕天衣无缝地结合在一起，是杜诗的优秀代表作之一。

丽人行[①]

三月三日天气新，长安水边多丽人[②]。态浓意远淑且真，肌理细腻骨肉匀[③]。绣罗衣裳照暮春，蹙金孔雀银麒麟[④]。头上何所有？翠微匐叶垂鬓唇[⑤]。背后何所见？珠压腰衱稳称身[⑥]。就中云幕椒房亲，赐名大国虢与秦[⑦]。紫驼之峰出翠釜，水精之盘行素鳞[⑧]。犀箸餍饫久未下，鸾刀缕切空纷纶[⑨]。黄门飞鞚不动尘，御厨络绎送八珍[⑩]。箫鼓哀吟感鬼神，宾从杂遝实要津[⑪]。后来鞍马何逡巡，当轩下马入锦茵[⑫]。杨花雪落覆白蘋，青鸟飞去衔红巾[⑬]。炙手可热势绝伦，慎莫近前丞相嗔[⑭]！

【注释】 ① 丽人行：诗人自创新乐府诗题，讽刺唐代宫廷的政治阴暗和生活奢靡。丽人：本指美人，此泛指盛装艳抹的贵族妇女。② 三月三日：即“上巳节”，唐代民间春游节。旧历三月的第一个“巳日”称为“上巳日”，后固定为三月三日，这一天人们相约春游，至水边祭祀，消灾祈福。后来演变为踏青宴饮的民间节日。水边：此指曲江，在长安城东南一带，朱雀桥以东，是当时的游览胜地。始建于汉武帝时期，在宜春苑内，因水道曲折，称“曲江池”。唐开元中重加修葺，疏通水道，草木丰茂，楼台宫观林立，南有紫云楼、芙蓉苑；西建杏园、慈恩寺，均为唐时名胜。③ 态浓：容貌妆扮艳丽。意远：神情高雅。淑：善良美好。真：纯真自然。肌理：肌肤纹理。骨肉匀：指身材匀称，体态优雅。④ 绣罗：绣花丝绸。衣：指上衣。裳：指下衣，相似于裙，而非裤。照暮春：形容在暮春时节的阳光中光彩闪亮。暮春：晚春。蹙(cù)：刺绣的一种手法，此泛指刺绣。金孔雀银麒麟：指用金银丝线绣成的孔雀、麒麟等美丽图案。⑤ 翠微：即薄翠，一种做工极精湛的薄薄的翠玉，为妇女首饰。微：薄。翠微又作“翠为”，即用翠玉制成的首饰。匐叶：妇女发髻上佩戴的花饰。鬓唇：指鬓发边。⑥ 珠压腰衱（jié）：以珍珠为装饰的腰带。衱：一说是腰带；另一说为衣后襟。稳称身：指衣服穿起来稳重、贴身，非常合适。据明代杨慎的说法，古本下一句为：“足下何所著？红蕖罗袜穿镫银。”（见《钱注杜诗》卷一）⑦ 就中：其中。云幕椒房：本泛指皇宫内后妃居住的地方，此借指杨贵妃。云幕：《西京杂记》载，汉成帝设云幄、云帐、云幕于甘泉、紫殿，称“三云殿”。椒房：古代后妃住处常以椒和泥涂壁，意在香暖及多子。《三辅黄图》载，汉代未央宫有椒房殿。亲：亲戚。赐名：恩赐名号。唐代封“国夫人”乃是对臣下眷属的最高封赏。杨贵妃有三姊妹，玄宗称为“姨”，分别封韩、虢（guó）、秦三国夫人。⑧ 紫驼之峰：指以紫驼上的肉峰制作的当时极为名贵的肉类菜品。翠釜：比喻极名贵精美的饮具。釜：古代一种类似于锅的饮具。水精：即水晶。行：盛，装。素鳞：指白鳞鱼。⑨ 犀箸：用犀牛角做的筷子。餍饫（yù）：吃饱而腻味了。饫：饱。鸾刀：即銮刀，装饰有小铃铛的宝刀。銮：一种铃铛，常饰于帝王车驾上。缕切：切成丝状，此形容切得很精细。缕：丝，条。空：徒然，白白的。纷纶：形容忙乱的样子。⑩ 黄门：指宦官。因东汉黄门令、中黄门诸官皆由宦官担任，故称。飞鞚：即飞马，奔驰的骏马。鞚：本义为马勒，此指代马。不动尘：尘土不惊，形容马跑得极轻快而稳健。御厨：皇家厨师。络绎：形容前后相接，往来不断。八珍：八种珍奇菜品，此泛指精美佳肴。关于“八珍”最早见于《周礼·天官·膳夫》，后有多种说法。⑪ 箫鼓：一作“箫管”，皆为古代乐器，此指代音乐。哀吟：形容音乐之声婉转、柔美，如泣如诉。宾从：宾客门人、随从。杂遝（tà）：形容众多、纷乱的样子。实要津：塞满了交通要道，此比喻占据了朝廷的重要职位。津：渡口，此指重要位置。⑫ 后来鞍马：指杨国忠。逡巡：徘徊不定，此形容傲慢的样子。当轩下马：一直走到厅堂前台方才下马。当：正对着。轩：堂前屋檐下的平台。锦茵：用锦制成的坐垫，此形容装饰豪华富丽的坐椅。

锦：织有彩色花纹的丝织品。茵：垫，褥。⑬ 杨花雪落：像雪一样飞落的杨花。覆：盖。蘋：一种生于浅水中的蕨类植物。青鸟：神话传说中的神鸟，赤首黑目。《山海经·大荒西经》载，西王母山“有三青鸟”，皆为西王母的使者。后指为男女传情达意的信使，多指女性。衔：同“含”。红巾：指古代妇女用的手帕，常作为表达情感的信物。⑭ 炙（zhì）手可热：手一挨近就会被烤得发热，形容权势极大，气焰很盛。炙：烤。势绝伦：权倾朝野，无与伦比。嗔：生气，发怒。

【品评】 这也是一篇即事名篇的新题乐府诗，描写了杨贵妃和杨国忠的奢侈骄横，揭露了玄宗晚年的荒淫腐败。诗分三段：从开篇到“珠压腰衱稳称身”十句，先叙写曲江游女之佳丽，极写杨氏姊妹姿色之艳与服饰之盛；从“就中”句到“宾从杂遝实要津”十句，写杨氏诸姨宴饮肴馔之阔气和排场；末六句讥讽杨氏兄妹丑闻和炙手可热的权势。全诗的主旨在揭露杨氏兄妹骄奢淫逸之丑，但笔致却华美庄重，到最后点到为止，即前人所谓“美人相、富贵相，最后乃现出罗刹相，真可笑可畏”（蒋弱六）。不作断语，含而不露，是为善讽。浦起龙在《读杜心解》中说：“无一刺讥语，描摹处语语刺讥；无一慨叹声，点逗处声声慨叹。”很中肯綮。

哀江头[①]

少陵野老吞声哭，春日潜行曲江曲[②]。江头宫殿锁千门，细柳新蒲为谁绿[③]？忆昔霓旌下南苑，苑中景物生颜色[④]。昭阳殿里第一人，同辇随君侍君侧[⑤]。辇前才人带弓箭，白马嚼啮黄金勒[⑥]。翻身向天仰射云，一箭正坠双飞翼[⑦]。明眸皓齿今何在？血污游魂归不得[⑧]！清渭东流剑阁深，去住彼此无消息[⑨]。人生有情泪沾臆，江水江花岂终极[⑩]？黄昏胡骑尘满城，欲往城南望城北[⑪]。

【注释】 ① 哀江头：诗人自创新乐府诗题，反映唐代的现实生活。江：指曲江，长安城南著名风景名胜。因安史之乱，曲江楼台冷落、景色荒凉，难觅昔日繁华。杜甫深感战争动乱给国家、人民带来的巨大灾难，故曰“哀”。② 少陵野老：杜甫自称。少陵是汉宣帝许后的墓葬，位于宣帝少陵的东南面，在长安时杜甫曾在此定居，故自称“少陵野老”。此外，汉宣帝的杜陵位于长安城的东南，秦时为杜县，乃杜甫祖籍所在地，故又常自称“杜陵布衣”。吞声哭：哭泣时不出声。潜行：暗中行走，偷偷去。因为当时曲江已陷入叛军手中，故称。曲：弯曲僻静处。③ 江头：曲江边。宫殿：曲江为皇帝与后妃经常游幸之地，故沿岸皆建有行宫台殿、百司廨署，南有紫云楼、芙蓉苑；西建杏园、慈恩寺，均为唐时名胜。新蒲：今年新发的香蒲。蒲：即香蒲，一种多生于河滩的多年生草本植物，蒲叶可制作蒲席、蒲扇、蒲包等。④ 霓旌：像虹霓一样美丽的旗子，即帝后出行时仪仗队所用的彩旗，此指代帝后巡幸。南苑：即建于曲江南面的芙蓉苑，为皇家园林。生颜色：指因帝后的临幸而增色添光。⑤ 昭阳殿里第一人：指杨贵妃。昭阳殿：本为汉成帝宫殿名，此借指唐朝宫室。第一人：最受皇帝宠爱的人。“成帝赵皇后（飞燕）居昭阳殿”（《三辅黄图》），因而本指赵飞燕，此借指杨贵妃。辇（niǎn）：秦汉以后专指皇帝的车驾。⑥ 才人：指身带弓箭善射击、会武艺的宫中女官。啮：咬。勒：马勒，马含的嚼口。⑦ 一箭：又作“一射”“一发”，描写才人射击时的动作。坠：使坠落，即射落。双飞翼：并列双飞的鸟。⑧ 明眸皓齿：明亮的眼眸洁白的牙齿，形容杨贵妃惊人的美貌。眸：瞳仁。皓：明亮洁白。血污游魂：鲜血玷污了飘浮不定的魂魄，指杨贵妃被杀。据《旧唐书·杨贵妃传》、陈鸿《长恨歌传》，潼关、长安相继失守后，玄宗携贵妃等西南行出咸阳百余里至马嵬驿（在今陕西省兴平西），六军徘徊不前，请诛杨国忠、杨贵妃兄妹。玄宗无奈，命杨贵妃自缢于佛堂，时年 38 岁。⑨ 清渭：清澈的渭水。剑阁：指位于今四川省剑阁县西北的剑门关，由大剑山、小剑山两山对峙而形成。深：远。去住：指生者和死者。去：离开的人，指西南行赴四川的唐玄宗。住：留下的人，指死后葬于马嵬驿的杨贵妃。一个永远葬在东流不息的渭水之滨，一个逃往西南边远的蜀中剑阁，一东一西，生死阻隔，遂成永诀。⑩ 沾臆：打湿胸襟。臆：胸。⑪ 胡骑：指安禄山的骑兵。安禄山为突厥人，故称。骑：古代一人一马为一骑，指骑马人或骑兵。“欲往”句：本来要去城南却走向城北，唐代长安城北为皇宫所在地，帝后居于此；城南为居民居住区，杜甫当居于此。此形容诗人悲愤交集，心情迷惘郁闷，辨不清方向。望城北：向城北。唐代北方口语把“向”读作“望”。

【品评】 这是肃宗至德二年(757)年春天杜甫被安史乱军拘留京城长安时所作。诗写作者偷偷行至曲江，目睹江柳、江花、江水及眼前宫殿的荒凉，忆玄宗、杨妃行幸游乐之旧事，想马嵬之变的凄凉，国破城残，令人不禁深思如此巨变的原因何在。全诗共分三部分：前四句为一段，写潜行曲江的满目悲凉；继八句为第二段，写安史之乱前玄宗、杨妃行幸曲江的盛况；末八句为第三段，写对马嵬事变的伤感。这首诗与《长恨歌》不同，它是写时事，忠实于历史事实，基本倾向是悲伤和痛心，亦不作铺除叙述，更多的是抒情感慨，其中深藏着杜甫对现实的关切，对国事的殷忧，对酿成如此大祸的深沉的思考。

哀王孙[①]

长安城头头白乌，夜飞延秋门上呼[②]。又向人家啄大屋，屋底达官走避胡[③]。金鞭断折九马死，骨肉不待同驰驱[④]。腰下宝玦青珊瑚，可怜王孙泣路隅[⑤]！问之不肯道姓名，但道困苦乞为奴。已经百日窜荆棘[⑥]，身上无有完肌肤。高帝子孙尽隆准，龙种自与常人殊[⑦]。豺狼在邑龙在野[⑧]，王孙善保千金躯。不敢长语临交衢，且为王孙立斯须[⑨]。昨夜东风吹血腥，东来橐驼满旧都[⑩]。朔方健儿好身手，昔何勇锐今何愚[11]！窃闻天子已传位，圣德北服南单于[12]。花门剺面请雪耻，慎勿出口他人狙[13]！哀哉王孙慎勿疏，五陵佳气无时无[14]。

【注释】 ① 哀王孙：诗人自创新乐府诗题，揭示安史之乱中叛乱者的暴虐，公子王孙的悲哀。王孙：古代封王者的后裔，后泛指贵族子弟。② 头白乌：即白头乌，一种民间以为不祥的鸟。延秋门：长安城西南有两道城门，南门叫"延秋门"。《南史·贼臣侯景传》载：侯景篡梁后，命重新装饰建康（今江苏南京市）朱雀、宣阳等门，一白头乌集于门楼。童谣唱道："的脰（dòu，白色颈子）乌，拂朱雀，还与吴。"此诗人以侯景之乱及其必然覆亡的命运比喻安禄山造反。③ 啄大屋：鸟用嘴叩击富贵人家高大的房屋。啄：鸟用嘴叩击并夹住东西。屋底：屋里。达官：职位高的官吏。走避：逃跑躲避。④ 金鞭断折：因不断挥鞭催马疾行而导致金鞭被折断。金鞭：指贵族使用的用黄金装饰的奢华的马鞭。九马死：传说汉文帝有良马九匹。此九为虚数，指良马纷纷因驱驰过急而累死，形容贵族出逃时惊慌失措、疲于奔命。骨肉：指父母兄弟子女等至亲。驰驱：驱马奔驰，指逃命。⑤ 玦（jué）：古代饰物，一种环形有缺口的佩玉。青珊瑚：青色珊瑚。以上都是贵重饰物。路隅：路边角落，指僻静处。此描写王孙们虽衣着华丽，却泣于路旁，暗含讽刺。⑥ 经：历，过。窜荆棘：躲藏、奔逃于荆棘之间。荆棘：泛指有刺的灌木。⑦ 高帝：指汉高祖刘邦。隆准：高鼻子。准：鼻子。《汉书·高帝纪》曰刘邦"隆准而龙颜"。古代以隆准为帝王之相。龙种：古代以天子为真龙，其后代子孙便是"龙种"。殊：不同。⑧ 豺狼：指安禄山。邑：指京城长安。龙：指唐玄宗。野：与"朝"相对，指在朝廷之外，在民间。⑨ 长语：长时间交谈。临：近。衢（qú）：十字路口，即四通八达的道路。斯须：片刻、一会儿。⑩ 吹血腥：吹来血腥味，指安禄山又在大肆杀戮。橐（tuó）驼：即骆驼。满旧都：充塞长安城。《旧唐书·史思明传》载，安禄山在长安城大肆掠杀，以骆驼运送大量掳掠物资。⑪ 朔方：北方。昔：过去。勇锐：英勇善战，锐不可当。安禄山初为幽州节度使张守珪养子，后因骁勇善战取得唐玄宗信任，任范阳、平卢、河东三地节度使，拥兵十五万。其所率领的众将士多为北方子弟，称精锐之师，但在安史之乱中却随安禄山反叛朝廷，诗人称之为“愚”。⑫ 窃闻：私下听说。此句指公元756年(天宝十五年)，唐玄宗正式传位于肃宗，肃宗于宁夏临武即位。次年春，肃宗与回纥(hé)和亲，以此得到回纥的同意，表示愿意帮助讨伐安禄山。南单于：匈奴人称其部落首领为单于，此指回纥君主。⑬ 花门：指花门山堡，在今甘肃省张掖东北，当时为回纥辖地，此指代回纥。剺(lí)面：刺面，回纥人宣誓时要刺面举行仪式。此指愿意出兵讨伐安禄山。狙：狙击。⑭ 勿疏：不要疏忽。五陵：指唐代帝王的五座陵墓，即高祖献陵、太宗昭陵、高宗乾陵、中宗定陵、睿宗桥陵。佳气：兴旺发达的好气象。古代迷信认为祖宗陵墓之气能反映子孙的兴衰。无时无：无时不有，指唐代气数未尽，必将中兴。

【品评】 这首诗也是杜甫被安史乱军拘留长安时所作。他眼见安史乱军的暴行和王孙们流落窜逃的可悲景象，深感国家的不幸残破，寄寓着满腔悲愤。诗意分三层：起四句是第一层，写安史之乱突起，“达官”们纷纷逃窜，京城长安一片混乱凄惨景象，简单几笔勾画出事件背景；中十二句是第二层，重点写玄宗只顾自己逃命，仓皇间丢弃王孙不顾，王孙流落路边，狼狈不堪；后十二句是第三层，写作者向王孙密告当时政治、军事形势，语气亲切恳挚，反复叮嘱宽慰，表现出对王孙的关心，对国家平定叛乱、恢复统一的殷切希望。诗歌写得简练、生动、传神，人物形象栩栩如生，使人有如临其境、如闻其声的感觉，是当时历史事实的真实生动记载。王嗣奭在《杜臆》中说：“通篇哀痛顾惜，潦倒淋漓，似乱而整，断而复续，无一懈语，无一死字，真下笔有神。”在艺术上给了很高的评价。

卷五　五言律诗

唐玄宗（685—762）

即李隆基，谥曰明，故亦称唐明皇。睿宗第三子，始封楚王，后封临淄郡王。因诛韦后有功立为太子。先天元年（712）继位，在位四十五年。《全唐诗》存诗一卷，《全唐诗外编》及《全唐诗续拾》补诗八首。

经邹鲁祭孔子而叹之[①]

夫子何为者，栖栖一代中[②]。地犹鄹氏邑，宅即鲁王宫[③]。叹凤嗟身否，伤麟怨道穷[④]。今看两楹奠，当与梦时同[⑤]。

【注释】 ① 开元十三年（725）唐玄宗李隆基到泰山封禅时经孔宅，时祭奠孔子并赋此诗。邹、鲁：春秋战国时诸侯国名，在今山东。孔子为鲁国人。② 栖栖：形容孔子四处奔走，寝食难安的样子。见《论语·宪问》。“微生亩谓孔子曰：丘（孔子名丘）何为是栖栖者欤？”一代中：指孔子为一代宗师、国家的核心。③ 鄹氏邑：鄹氏的封地，指孔子的故乡今山东省曲阜东南鄹城。鄹：春秋时属鲁地。鲁王宫：据孔安国《尚书序》载，鲁恭王曾在孔子旧宅居住过，故称。④ 叹凤：《论语·子罕》载，孔子曾感叹说：“凤鸟不至，河图不出，吾已矣夫！”孔子视凤鸟至、河图出为清明圣世的吉兆。嗟身否：感叹自己身世不幸。否（pǐ）：不通，指运气不好。“否”本为《周易》卦名，天地相交，通顺谓之“泰”，反之不相交、不通顺谓之“否”。后将命运、运气好坏称“泰否”。伤麟：伤害麒麟。麒：即麒麟，传说中的神兽、瑞兽，全身有鳞甲，头上长角，形状似鹿，古人以之为太平盛世和吉祥如意的象征。传说孔子曾见猎人捕获麒麟，于是大恸，认为麒出而死，表明自己的政治抱负永难实现。道穷：路尽不通，此形容人生多挫折。⑤ 楹：柱子。奠：祭奠。孔子说他曾梦见自己坐在两个柱子之间受人祭奠。梦时同：指玄宗祭孔，使孔子的梦想得以实现，故言与梦中相同。

【品评】 这首诗表现唐玄宗对孔子的敬意。起联自问自答，字里行间流露出对孔子一生积极用世精神的理解和肯定。而“叹凤”一联，又对孔子生不逢时，理想不能实现，表示了深深的叹息。唐玄宗是崇儒的，所以诗的最后以孔子在当今受到隆重祭奠而作结，隐然以孔子知音自况，全诗充满着景仰追慕之情。

张九龄

望月怀远[1]

海上生明月，天涯共此时[2]。情人怨遥夜，竟夕起相思[3]！灭烛怜光满，披衣觉露滋[4]。不堪盈手赠，还寝梦佳期[5]。

【注释】 ① 怀远：思念远方的人。② 天涯共此时：尽管远在天涯，但此时仍共有一轮明月，就好像彼此在一起一样。③ 情人：指所怀念之人。怨遥夜：指怨恨长夜难尽。竟夕：整夜，通宵。④ 怜：爱，惜。光满：月色笼罩天地。露滋：露水沾湿。⑤ 不堪：不能。盈手：满盛于手中。语见陆机《拟明月何皎皎》诗句：“照之有余辉，揽之不盈手。”梦佳期：指企盼在梦中相见。佳期：好时候，指相见重逢的日子。

【品评】　此诗如诗题所标，是一首望月而思念远方亲人的诗。全诗紧紧围绕一个“月”字生发诗意。因为看见明月当空，因而引起对同在一个月亮映照之下的亲人的牵挂，于是灭烛披衣，起而徘徊，生出捧月相赠的奇想，然而又无法实现，只能寄相思的希望于梦中。诗歌写得层次清楚，委婉情深。通篇除首句以明月领起而外，其余皆不见“月”，而清光弥漫，又无处不在，意境清幽朦胧而美好。其中“海上生明月，天涯共此时”二句，是千古流传的佳句，它意象优美，境界雄浑阔大，寄意深远美好，表达出深深的怀念之情，后来苏轼的“但愿人长久，千里共婵娟”与此有异曲同工之妙，因而并传不衰。

王　勃（650—676）

字子安，绛州龙门（今山西河津）人。初唐四杰之一。祖父王通为隋末大儒。高宗麟德三年（666）应制科，对策高第，拜朝散郎。沛王李贤召为府修撰，以戏檄英王鸡被斥出府。总章二年（669）入蜀漫游，诗文大进。咸亨四年求补虢州参军，因匿杀官奴获罪，遇赦除名。上元二年（675）秋赴交趾省父，次年秋渡海落水，惊悸而卒。有清蒋清翊《王子安集注》。

送杜少府之任蜀州[①]

城阙辅三秦，风烟望五津[②]。与君离别意，同是宦游人[③]。海内存知己，天涯若比邻[④]。无为在歧路，儿女共沾巾[⑤]。

【注释】　① 又题为《送杜少府之任蜀川》，经考证应为“蜀川”。唐初无蜀州，至垂拱二年（686）始设蜀州，时王勃已去世。杜少府：生平不详。少府：即县尉。之任：上任。之：去。蜀州：泛指蜀地，今四川省。② 城阙：指代长安城。阙：皇宫前建于两侧以供瞭望的楼台，中间是道路。辅三秦：三秦要塞拱卫着长安。辅：古代京城郊区，此含保护、守卫的意思。三秦：指今之陕南关中地区，古代兵家争夺之地，本为秦地，项羽亡秦后将之分为雍、塞、翟三部分以分封给秦三位降将，称“三秦”，意在防范刘邦。五津：指四川长江沿线有五个大渡口。据《华阳国志 · 蜀志》载，长江从“湔堰下至犍为，有五津”，即白华津、里津、江首津、涉头津、江南津。③ 宦游人：指离家远游外出做官的人。④ 海内：四海之内。比邻：指近邻。比：并列、紧挨，古时紧挨的五家为“比”。⑤ 无为：不用。无：即“毋”。歧路：岔道，此指分手的地方。儿女共沾巾：像小儿女一样眼泪打湿了手帕。巾：古人用于擦抹的手巾。

【品评】 “悲莫悲兮生别离”，送别是黯然神伤的事。但是王勃这首诗却写得胸怀宽广，态度乐观。因为“同是宦游人”，到哪里做官都一样；又因为有知己朋友在，则再遥远亦犹如比邻而居。所以，分别时就用不着作儿女子态，挥泪殒涕了。情意何等恳挚旷达，格调何等爽朗高远，一扫过去齐梁靡弱之风，为盛唐诗歌开了先路。“海内存知己，天涯若比邻”这一名联，是从曹植《赠白马王彪》“丈夫志四海，万里犹比邻”诗句化出，但曹诗偏重于大丈夫应以四海为家这层意思，而王勃更强调志同道合的朋友在心理上的亲近，在道义上的互相支持和鼓舞，使这两句诗成为对崇高友谊的赞歌，所以特别为人称道。

骆宾王（622？—684）

婺州义乌（今属浙江）人。初唐四杰之一。其父为青州博昌令，早卒。高宗朝初为道王府属，后历任奉礼郎、东台详正学士、武功主簿、长安主簿，迁侍御史。为奉礼郎时曾从军西域，又曾宦游蜀中。调露元年（679）冬因数上疏言事获罪下狱，次年秋下除临海（今属浙江）丞。睿宗文明中（684）随徐敬业起兵讨武后。敬业兵败，不知所终。有清陈熙晋《骆临海集笺注》。

在狱咏蝉[①]　并序

余禁所禁垣西，是法厅事也[②]。有古槐数株焉，虽生意可知，同殷仲文之古树，而听讼斯在，即周召伯之甘棠[③]。每至夕照低阴，秋蝉疏引，发声幽息，有切尝闻[④]；岂人心异于曩时，将虫响悲于前听[⑤]？嗟乎！声以动容，德以象贤，故洁其身也，禀君子达人之高行[⑥]；蜕其皮也，有仙都羽化之灵姿[⑦]。候时而来，顺阴阳之数；应节为变，审藏用之机[⑧]。有目斯开，不以道昏而昧其视；有翼自薄，不以俗厚而易其真[⑨]。吟乔树之悲风，韵姿天纵；饮高秋之坠露，清畏人知[⑩]。仆失路艰虞，遭时徽纆[⑪]，不哀伤而自怨，未摇落而先衰[⑫]。闻蟪蛄之流声，悟平反之已奏；见螳螂之抱影，怯危机之未安[⑬]。感而缀诗，贻诸知己[⑭]。庶情沿物应，哀弱羽之飘零；道寄人知，悯余声之寂寞[⑮]。非谓文墨，取代幽忧云尔[⑯]。

西陆蝉声唱，南冠客思深[⑰]。那堪玄鬓影，来对白头吟[⑱]！露重飞难进，风多响易沉[⑲]。无人信高洁，谁为表予心[⑳]？

【注释】 ① 在狱：指公元678年（武则天凤仪三年），骆宾王因数次上书讽谏武后专权，获罪下狱。② 余禁所：我被囚禁的地方。禁：动词“囚禁”。禁垣西：在监狱大墙的西面。禁：监狱。垣：墙。是：这里。法厅事：又作“法曹厅事”，即法官审讯囚犯的公堂。法曹：即法曹参军，专门负责断案判决的官吏。厅事：古代受理诉讼的公堂。③ 殷仲文：东晋末名士、文学家，陈郡（今河南淮阳）人。曾依附桓玄，桓玄篡位兵败，殷仲文不得已倒戈，复任大司马。后郁郁不得志，终以谋反罪名被刘裕诛杀。《世说新语・黜免》载，桓玄兵败后，殷仲文虽还任大司马咨议，但心情黯然，不复往日。大司马府厅前有一株老槐树，枝叶繁茂，有一月初一那天殷仲文与众人聚于厅，视槐良久，叹曰：“槐树婆娑，无复生意。”意思是自己虽然还活着，但却如枯树毫无生气。斯在：在此。斯：此。讼：诉讼。周召伯之甘棠：指周代召公断案不辞辛劳的故事，见《诗经·召南·甘棠》。此诗人以古槐比甘棠，点名此为自己受审讯的地方。甘棠：即棠梨树。④ 疏引：形容蝉声清越悠扬。幽息：深沉的叹息声。有切尝闻：其中有凄切哀怨之声，胜过曾经听到过的所有蝉鸣。尝：曾经。⑤ 曩时：从前。将：副词且、又。虫响：此指蝉叫声。悲于前听：比从前听过的更悲伤。⑥ 声以动容：蝉声足以动人心魄。德以象贤：蝉的品格和圣贤相似。禀君子达人之高行：秉承君子达人之高尚情操。⑦ 仙都羽化之灵姿：赞美蝉具有仙人的风姿。古人常以蝉蜕、龙变、羽化比喻弃世登仙。仙都：仙人居处。羽化：道家术语，即得道成仙。⑧ 候时而来：等待时节而来，指蝉在一定的季节生长，顺应自然规律。数：定数，即规律。应节为变：顺应季节变化而变化，指蝉在一定时期内生和死。审藏用之机：善于审度进退藏露之玄机。机：事物之玄机、奥秘。⑨ 斯：此，指目。道昏：道路昏暗不清，此比喻世道黑暗。昧其视：指眯上眼睛让其看不清楚。昧：暗。比喻对世道黑暗不满却不以为意，视而不见。易其真：比喻不因世情重权势富贵而改变纯洁的操守。⑩ 乔树：即高大的树木。悲风：迎风悲鸣。韵姿天纵：风韵神姿乃上天所赐，比喻清高独立出于真纯。清畏人知：清正恐被人知道。《晋书·良吏·胡威传》载，晋武帝看重荆州刺史胡质为人清廉，问胡质的儿子胡威："卿孰与父清?"胡威答："臣不如也。臣父清恐人知，臣清恐人不知。"⑪ 仆：古人对自己的谦称。失路艰虞：因迷失道路而行路艰难、充满忧虑，此比喻在政治上遭挫。虞：忧患、忧虑。徽：三股线合成的绳索。缪：两股线合成的绳索。徽缪：捆绑，指被囚禁。⑫ 未摇落而先衰：未到秋天摇落凋零时节，却先自衰败。语出自宋玉《九辨》："悲哉！秋之为气也，萧瑟兮草木摇落而变衰。"⑬ 蟪蛄：一种生命极为短暂的蝉，春生夏死、夏生秋亡，仅存活一季。流声：形容蝉声流转悠扬。悟平反之已奏：指已经预感到即将传来平反的消息。《汉书·隽不疑传》载，隽不疑任京兆尹时，母亲非常关心他为冤狱平反的情况，只要听说平反已奏，“母喜笑语言异于他时”。螳螂之抱影：螳螂看见蝉的影子后欲捕获之。指暗藏杀机，暗示自己有可能被诛杀。《后汉书·蔡邕传》载，蔡邕在陈留的时候，邻居请他吃饭，蔡邕到时已至酒酣，有一位客人弹琴于屏，蔡邕正好走到门边便于暗中聆听，说：“以乐召我而有杀心，何也！”于是离开。主人得知后立即追上来问为什么，蔡邕回答琴声中有杀心。弹琴者说：“我向鼓琴，见螳螂方向鸣蝉，蝉将去而未飞，螳螂为之一前一却，吾心耸然，惟恐螳螂之失之也。此岂为杀心而形于声者乎？”安：平、定。⑭ 缀诗：即作诗。古人赋诗作文乃集字成句，然后连句成篇，好比缝织衣服一样，故将作文称“缀文”，作诗称“缀诗”。贻诸：将诗作赠送给。贻：赠。诸：之于。⑮ 庶：差不多，可能，表示推测。情沿物应：人的情感与事物变化相应和。沿：缘，因。道寄人知：天道自然与人的智慧相寄托，指人类智慧可以把握、感悟自然。知：同“智”。弱羽、余声：皆指蝉，此诗人自况。⑯ 非谓文墨：不是为了辞彩的华丽。幽忧：深沉的忧虑。云尔：句末语助词，如此，这样，表示结束。⑰ 西陆：指秋季。中国古代天文学认为“日循黄道东行”，“行东陆谓之春，行南陆谓之夏，行西陆谓之秋，行北陆谓之冬”。（《隋书·天文志》）西陆为星宿名，指二十八宿中的昴宿。南冠：泛指被囚禁者。《左传·成公九年》载，晋侯在狱中见钟仪，问：“南冠而系者谁也？”有司回答：“郑人所献楚囚也。”钟仪为南方楚人，所以着楚国式的帽子，故称“南冠”。后“南冠”成为囚犯的代称。客思：客居在外思念故土亲人之情思。⑱ 堪：忍耐，承受。玄鬓影：指蝉。蝉首黑色，如人的黑发。玄：黑色。此为诗人自喻，指自己正值壮年，年富力强。白头吟：本为乐府古题，属《楚调》，曲调哀婉，诗人以《白头吟》抒发自己因清直而罹罪的愤懑不平。⑲“露重”句：以秋蝉露重难飞、风多响沉来比喻自己难以获得自由，不易被人们所了解。响：指蝉叫声。沉：沉没、消失。⑳ 信：相信。高洁：古人认为蝉栖于乔木，因而居高而食洁，是“高洁”的象征。表予心：表明我的心迹。

【品评】 从序文可知，这首诗是抒发作者在身陷冤狱时的“幽忧”的。我国古来执法的传统是“有罪推定”，除非证明无罪，否则有罪。与其信其无，毋宁信其有。下狱就证明有罪，否则何以下狱？特别是在鼓励告密，对囚系之人深文周纳的武则天时代，更是登峰造极。处此环境，所以诗人要在诗中特别表明自己的“高洁”，以冀平反洗雪，这也就是这首诗的创作主旨。作为咏物体诗，此首达到了物我浑成的境地，处处语意双关，寄托遥深，深切地表现了受迫害者“人为刀俎，我为鱼肉”的悲愤心情，是对黑暗政治的有力控诉，具有很高的认识价值和审美价值。

杜审言（645—708）

字必简，祖籍襄阳（今属湖北），父迁居洛州巩县（今属河南）。高宗咸亨元年（670）登进士第，其后任隰城尉，累转洛阳丞。武后圣历元年（698）坐事贬吉州司户参军。后授著作佐郎，俄迁膳部员外郎。神龙元年（705）因谄附张易之兄弟为中宗流放峰州。不久召还，授国子监主簿，加修文馆直学士。景龙二年（708）卒。有《杜审言集》。

和晋陵陆丞早春游望①

独有宦游人，偏惊物候新②。云霞出海曙，梅柳渡江春③。淑气催黄鸟，晴光转绿蘋④。忽闻歌古调，归思欲沾巾⑤。

【注释】 ① 晋陵：今江苏省武进。陆丞：指姓陆的晋陵县丞，其人生平不详。县丞：官名，即副县令。《早春游望》乃陆诗原题，此为诗人和诗。② 宦游人：离家外出求官之人。此既指陆丞，也是诗人自谓。物候新：因季节、气候变迁而万物新。指春天来了，万物复苏，万象更新。③ 云霞出海曙：云蒸霞蔚，一轮红日从海面上喷薄而出。梅柳渡江春：早春渡江而来，为新梅绿杨染上了一层淡绿。

④ 淑气：和煦美好的天气。淑：好，美。催黄鸟：催促着黄鹂放声歌唱。转绿蘋：使蘋草的绿色由无到有、由浅入深。蘋：一种生于浅水中的蕨类植物。⑤ 歌：吟咏。古调：指陆丞的《早春游望》诗，形容其诗风古朴典雅、动人心弦。归思：指思乡盼归的情思。沾巾：眼泪沾湿了手巾。

【品评】 此诗写宦情旅思，感叹浮沉卑位，浪迹远方。中间两联全从"物候新"三字衍出。写早春物候，从春朝着笔，曙光到来之际先见云霞，故上句说"云霞出海曙"；梅花柳叶乃早春物候，因春天的到来，气候由江南向江北逐渐转暖，故下句说"梅柳渡江春"。于此可见，律诗因声律和对仗的关系，形成了与散文有别的特殊语法，它以实词为主而少用虚词，字词的安排非常灵活，使含蕴容量增大，读者通过对句的比勘，可以领会到深长的诗意。另外，此诗观察细致，篇法圆紧，亦向来为人称道。

沈佺期（656—715）

字云卿，相州内黄（今属河南）人。高宗上元二年（675）进士及第，任协律郎。武周时为通事舍人，曾与修《三教珠英》。大足元年（701）迁考功员外郎，次年，复迁给事中，四年坐赇入狱。中宗复辟，坐阿附张易之流驩州，越明年遇赦北返。景龙中以起居郎兼修文馆直学士，历中书舍人，终太子少詹事。有明王廷相辑《沈詹事诗集》。

杂　诗[①]

闻道黄龙戍，频年不解兵[②]。可怜闺里月，长在汉家营[③]。少妇今春意，良人昨夜情[④]。谁能将旗鼓，一为取龙城[⑤]？

【注释】 ① 杂诗：此题共三首，本诗原为其三。汉魏以来诗作多以《杂诗》为题，内容极为广泛，凡一时难于标题的诗作都可以命为《杂诗》。李善曾注曰："杂者，不拘流例，遇物即言，故云杂也。"（见王粲《杂诗》注）② 黄龙：地名，在今辽宁省开原西北，为唐代东北边防要塞。频年：连年。解兵：解开卸下武器，指休战、罢兵。解：松开、解开。兵：兵器、武器。③ 可怜：可爱、美好。此形容美丽的月色。闺里月：指思妇在闺中望月，思念丈夫。汉家：此以汉代唐，指唐朝。④ 今春意：指少妇此刻的情意。今春：指现在、此时。良人：古代妇女对丈夫的称谓。昨夜情：丈夫昨夜的情怀。此句言少妇此刻的情意和丈夫过去的情思是一样的真挚和深长。⑤ 将：率领。旗鼓：古代作战用于作进军号令的器物，此指军队。一为：一举。龙城：匈奴人祭天的地方，此泛指侵略者的军营或军事重镇。

【品评】 本篇写征人、少妇的两地相思，绵绵情意，超越时空，情深意挚。普遍的社会问题和永恒的人性，在这首诗里得到了朴素的表现，它洗净了宫廷诗的华丽辞藻，娴熟地运用着美妙的格律，纯乎唐音。"可怜"二句，流水对的使用增加了语言的流畅感；"少妇"二句，在工稳的对仗中倍见情深。后来许多抒写边防战士和家中妻子彼此间思念之情的诗与歌，大多不能翻出此诗的如来掌心。

宋之问（656—713）

一名少连，字延清，汾州西河（今山西汾阳）人，一说虢州弘农（今河南灵宝）人。上元二年（675）登进士第，官至考功员外郎。与沈佺期齐名，并称沈、宋。有《宋之问集》。

题大庾岭北驿[①]

阳月南飞雁，传闻至此回[②]。我行殊未已[③]，何日复归来？江静潮初落，林昏瘴不开[④]。明朝望乡处，应见陇头梅[⑤]。

【注释】 ① 大庾岭：山脉名，在今广东、广西交界处，因遍布梅树，又称梅岭。为古代内地至广东的交通要道。北驿：驿站名。驿站：古代专供官府人员更换传递公文消息的驿马、车辆，以及中途临时休息、食宿的地方。② 阳月：古代以十月为阳月，鸿雁常于九月南飞，正月北上。传闻：传说。至此回：到此即回，指鸿雁南飞至大庾岭即栖息于此，不再南下，待来年春天再往回飞。此：指大庾岭。③ 殊未已：实在是不能停下来。指自己不如鸿雁，依然还要往南走，足见贬谪之地的边远荒凉。殊：很，实。④ 瘴：瘴气，产生于热带山林中的湿热、有害空气。不开：不散。⑤ 陇头梅：指生长于家乡田间的梅花。陇：种植庄稼时农作物分成的行，即田垄。诗人思乡，由大庾岭十月盛开的梅花联想到自家田间的梅花，此乃人是而物非。

【品评】 这首诗是作者被贬谪赴泷州（今广东罗定市南）途中所作。前四句以南飞的大雁也不飞过大庾岭，来反衬自己被贬南荒，行行不已的远谪之悲。后四句则以环境的恶劣，来表现自己对故乡的深切思念，希望早日归去。全诗在流畅自然中应规中矩，情思低回曲折而真切有味，是初唐五律的成功之作。

王　湾

生卒年不详。洛阳（今属河南）人，开元元年（712）进士。开元初为荥阳（今属河南）主簿。五年至九年参撰《群书四部录》，书成调任洛阳尉。《全唐诗》存诗十首。

次北固山下①

客路青山外②，行舟绿水前。潮平两岸阔，风正一帆悬③。海日生残夜，江春入旧年④。乡书何处达？归雁洛阳边⑤。

【注释】 ① 次：长途跋涉中临时住宿、驻扎。此指舟行临时停泊。北固山：在今江苏省镇江市北，三面临长江，地势险要。② 客路：即旅途。③ 风正：指风只在行舟的顺风方向吹。一帆悬：只悬挂一页风帆即可乘风破浪。④ 残夜：夜将尽时，指快天亮的时候。江春入旧年：旧的一年还没有过去，春的气息已经来临。⑤ 乡书：即家书。归雁洛阳边：请北归雁将家书带到洛阳老家去。雁为候鸟，常于九月南飞，正月北上，古代传说鸿雁可以传递书信。《汉书·苏武传》载，公元前100年，苏武奉命出使匈奴被扣，拒绝归降，被发往贝加尔湖牧羊，共历十九年。汉昭帝要求匈奴送还苏武，匈奴诈称苏武已死。后汉使告诉匈奴单于说，汉天子猎于上林苑获雁，足系帛书，言苏武在匈奴大泽中，匈奴不得已让苏武归汉。后“鸿雁”成为信使的代称。

【品评】 这首诗写景抒怀，表现旅途景物和对故乡的思念。前六句都写景，全是诗人在舟中所见，景象恢宏壮阔，但又清新美丽，风景历历如绘，备受称赏。特别是第三联，新颖精警，既寄寓着漂泊异乡的游子之情，又景物鲜明，富有哲理。殷璠在《河岳英灵集》中说：“‘海日生残夜，江春入旧年’，诗人已来少有此句。张燕公（即张说，时为中书令，封燕国公）手题政事堂，每示能文，令为楷式。”当时已极受推崇，后世更脍炙人口。后二句抒怀，由眼前春景引起淡淡的乡愁，前后对照，余味隽永。

常　建

题破山寺后禅院[①]

清晨入古寺，初日照高林[②]。曲径通幽处，禅房花木深[③]。山光悦鸟性，潭影空人心[④]。万籁此皆寂，惟闻钟磬音[⑤]。

【注释】 ① 破山寺：指今江苏省常熟市虞山兴福寺。② 初日：初升的太阳。高林：乔木林。③ 曲径：弯曲的小路。幽处：幽深僻静处。禅房：佛教僧侣居住的房屋。④ 悦鸟性：使鸟儿更加欢快。空人心：使人的心情更空朗、澄澈，指没有世俗烦恼和名利杂念。⑤ 万籁：泛指自然界的一切声音。磬：禅院中僧侣敲打的一种铜铁铸的鸣器。

【品评】 这是一首山水诗，描写破山寺后禅院景物的幽静，极为著名。欧阳修在《题青州山斋》中说："吾尝喜诵常建诗云：'曲径通幽处，禅房花木深。'欲效其语作一联，久不可得，乃知造意者为难工也。"这两句，抓住最有特色的景物，即曲径、幽处、禅房、花木深，寥寥数语，就描绘出后禅院的幽深静寂，好像不经意地道来，而"曲径通幽"，其中却隐含着追求游心方外、澄心静虑的禅意，留给人们无尽的遐思和丰富的启迪。全诗景物鲜明，而语言也质朴明净、清新淡雅，与闲适高雅的情怀浑然融为一体，就像诗末清越的钟磬之音，余音袅袅，回味无尽。

岑　参

寄左省杜拾遗[①]

联步趋丹陛，分曹限紫薇[②]。晓随天仗入，暮惹御香归[③]。白发悲花落，青云羡鸟飞[④]。圣朝无阙事，自觉谏书稀[⑤]。

【注释】 ① 左省：唐代官署名。唐设门下省，因在宣政殿以东，故称左省或左掖。杜拾遗：指杜甫。杜甫在公元 758 年（肃宗至德二年）4 月至 759 年（乾元元年）6 月之间任左拾遗，属门下省，官级从八品上。② 联步：指脚跟脚，迈着同样的步子。时岑参任右补阙，属中书省，在宣政殿以西，称西台或右省，与杜甫同为谏官，常同时并排分列左右上殿面君。趋：疾走。丹陛：涂以红漆的皇宫台阶，指帝王上朝听政的地方。陛：台阶。分曹：指因所属官署不同而分列左右。曹：官署。限紫薇：中书省盛开的紫薇成为分隔的界限。唐朝中书省内多种紫薇花，后紫薇成为中书省代称。③ 天仗：帝王天子的仪仗。暮惹御香归：傍晚皇帝的御香已经点燃后才回家。惹：沾染。御：古代凡出自皇宫或供皇家专用的物事，皆冠之以"御"以区别于民间。以上描写侍奉君王竭心尽志、勤勉周到。④ 白发：诗人自谓，言自己年事已高。青云：形容仕途顺畅，可高飞直上青云。杨雄《解嘲》"当途者升青云"，后青云成为仕途通畅，飞黄腾达的代称。⑤ 阙(quē)：通"缺"，差错、缺点。谏书：臣下向帝王议论时政、指陈缺失的奏章。

【品评】 岑参与杜甫都是盛唐著名诗人，又是亲密朋友，两人曾一同在朝廷做只能适可而止地纠正皇帝小错误的谏官。岑参写给杜甫的这首诗，写他们在朝为官的生活情况，倾吐心曲，流露出对个人际遇和朝政日非的不满情绪，颇多感慨。前四句中的"丹陛""紫薇""天仗""御香"，辞藻华丽，但是背后隐藏着宫廷生活的极度空虚与无聊。因此后半部分就悲花落、羡鸟飞，表现出时光虚掷、不得自由的苦闷，而"圣朝"二句就更是反语见讽了，委婉地表现出对肃宗不善纳谏的感伤和绝望。笔法隐晦曲折，含蓄中见愤懑，平易中有骨气，很见分寸。

李　白

赠孟浩然

吾爱孟夫子，风流天下闻[①]。红颜弃轩冕，白首卧松云[②]。醉月频中圣，迷花不事君[3]。高山安可仰，徒此揖清芬[4]。

【注释】 ① 风流：形容孟浩然风骨清雅、才华横溢。② 红颜：此指青年时期。弃轩冕：指放弃仕途，不做官。轩：古代大夫以上官员乘坐的车子。冕：古代大夫以上官员所戴的礼帽。卧松云：卧听松风，卧看白云，指归隐。卧：躺。孟浩然曾先后隐居于鹿门山和终南山。③ “醉月”句：描写孟浩然常于月下饮酒而沉醉。频：屡次。中(zhòng)圣：指中酒，酒醉。魏晋时期名士尚酒，称酒清者为“圣人”，酒浊者为“贤人”(《三国志·魏书·徐邈传》)。迷花：沉迷于花间，指沉湎自然。不事君：不侍奉君主，即不愿入朝做官。④ 安：怎。徒此：只能在这里。揖清芬：对高山清明美好的品格表示敬意。揖：作揖，指古人躬身合拢两手行礼，这是表示恭敬和敬意的礼节。

【品评】 李白个性傲岸，一生鄙视权贵，而对隐士孟浩然却深致敬意。这首诗，就生动形象地描绘了孟浩然风流倜傥、狂放超逸的隐士生活，表现出深深的敬仰之情。“红颜弃轩冕，白首卧松云”，精确形象地概括了孟浩然的一生，正是这种隐居不仕的高洁情怀，使李白倾心不已，成为知交。这首诗是律诗，但也如李白其他诗一样，自然明快，不事雕琢，有如行云流水，舒卷自如，读来爽心悦目，情意真挚动人。

渡荆门送别

渡远荆门外，来从楚国游[1]。山随平野尽，江入大荒流[2]。月下飞天镜，云生结海楼[3]。仍怜故乡水[4]，万里送行舟。

【注释】 ① 渡远：乘舟远行。渡：过。荆门：山名，位于长江南岸，江北相望有虎牙山。山形上开下合若门户，在今湖北省宜都西北。楚国：指今湖南、湖北一带，春秋战国时期为楚国。② “山随”

句：山随着一片平原旷野的出现而逐渐消失，长江在广袤的大地上奔流不息。大荒：大地荒原。③ 飞天镜：形容明月西沉，好似一面明镜从天空中飞过。云生结海楼：晓云翻卷笼罩着大江两岸的山村小镇，依稀若海市蜃楼。海楼：即海市蜃楼，由于光线经不同密度的空气层发生折射或全反射，能看见空中或地面以下有远处景物的影像，多出现于夏天沿海或沙漠地区。由于古人以为是蜃吐气而成，故称蜃楼或蜃景。④ 怜：爱。故乡水：指家乡四川的长江水，李白为今四川省江油市青莲人。

【品评】 这首诗为送别友人之作，抒发了李白刚刚离开蜀中到达楚地荆门，那种“仗剑去国，辞亲远游”时积极向上的豪迈情怀。三、四两句写渡过荆门山时看到的壮阔景象：崇山峻岭随着江汉平原的出现而逐渐消失，长江在一望无际的原野上浩浩东向，“两岸不见见涯涘”——这是何等阔大的气象！“一切景语皆情语也”，这既是对自然景观的真实描绘，也是诗人青年时期心雄万夫、奋发踔厉的豪迈胸怀的生动写照，表现出气势飞腾的神韵。整首诗格律谨严，但又自然流畅，字字飞动。结尾也流露出对故乡的怀恋，但绝无愁思，一片乐观情绪洋溢在字句之中。

送友人

青山横北郭[①]，白水绕东城。此地一为别，孤蓬万里征[②]。浮云游子意，落日故人情[③]。挥手自兹去，萧萧班马鸣[④]。

【注释】 ① 横：横亘。郭：在城墙外加筑的一道墙，即外城。② 一为别：一旦作别。孤蓬万里征：如孤蓬随风飘转，一行万里。此比喻辗转迁徙、居无定所的漂泊生活。征：远行。蓬：一种多年生草本植物，叶形如柳而有齿，秋天开黄白色花，又称蓬飞。③“浮云”句：天上的浮云随风飘去，不知何往，正像是此去行踪不定、无所依傍的游子。“落日”句：渐渐西斜的落日，依依不舍，好似故人惜别时那样难舍难分。④ 自兹去：从此离去。兹：此，指此时此地。萧萧：形容骏马嘶鸣声。班马：指离群之马。

【品评】 这是一首著名的送别诗。长期以来，五言律诗在结构上形成了一定惯例，即大体遵循破题、写景、最后抒情的程式。而李白这首《送友人》却不同，它基本上是写景—抒情—再写景（象喻）—再抒情，从“此地一为别”到“挥手自兹去”，构成一个螺旋式推进的结构，饶有回肠荡气之致。诗人尽量避免情绪直抒，反复运用青山、白水、孤蓬、浮云等自然意象，以及现成诗歌语汇，来隐喻烘托别情，最后用班马长嘶作结，浓厚的别情由此得到尽兴的发抒。

听蜀僧浚弹琴[①]

蜀僧抱绿绮[②]，西下峨眉峰。为我一挥手，如听万壑松[③]。客心洗流水，馀响入霜钟[④]。不觉碧山暮，秋云暗几重[⑤]。

【注释】 ① 蜀僧浚（jùn）：四川法号为“浚”的僧人，生平不详。② 绿绮：本古琴名，传说西汉司马相如有一张“绿绮”古琴，此泛指名贵古琴。③ 挥手：指弹琴。挥：形容其动作娴熟、风度潇洒。嵇康《琴赋》：“伯牙挥手，钟期听声。”万壑松：于千山万壑中响起的松风。按：琴曲有《风入松》。④ 客心洗流水：指琴音弹至流水时，听者的心灵也为之荡涤。《列子·汤问》载有“高山流水”的故事，伯牙鼓琴，志在登高山，钟子期曰：“善哉，峨峨兮若泰山！”志在流水，钟子期曰：“善哉，洋洋兮若江河！”霜钟：《山海经·中山经》载，传说丰山有九钟，霜降则钟自鸣。此诗人用以形容僧浚的琴声与寺钟相和鸣。⑤ 暗几重：指灰暗的秋云层层叠叠布满天空。

【品评】 这是一首李白描写音乐的五言律诗。五律体制短小，要在有限的文字中传达出音乐的美妙,实属非易,而这首诗却写得非常精妙。首二句形象地写出弹琴之人,接着在“一挥手”之后,以万壑松声,以高山流水,以清秋霜钟,来比喻琴声,把无形的音乐具象化,让人如闻其声。更妙的是,在次第比喻中,琴曲的变化也暗含其中:琴声初起时如松风在山谷中回荡,气势宏大,先声夺人;接着是如高山雄秀、如流水涓涓,琴声起伏跌宕,婉转动听;最后转为舒缓,如霜天钟声,清越悠远,不绝如缕。这样,就把整个琴曲表现得非常完整了。最后二句,“不觉”二字曲曲传出诗人听琴入神的状态,那琴声在薄暮中仿佛与青山、与秋云相融合,弥漫扩大,余音袅袅,引人遐思。全诗把景物、琴声融为一体,在一气挥洒中表现出对琴师的一片真情,显得空灵蕴藉,妙极自然。

夜泊牛渚怀古[①]

牛渚西江夜[②],青天无片云。登舟望秋月,空忆谢将军[③]。余亦能高咏,斯人不可闻[④]。明朝挂帆去[⑤],枫叶落纷纷。

【注释】 ① 牛渚:山名,在今安徽省当涂西北,北端突入长江,即是著名的采石矶。怀古:李白有原注:“此地即谢尚闻袁宏咏史处。”《世说新语·文学》载,袁宏少孤贫,以运租为业,镇西将军谢尚镇守牛渚山,秋夜泛舟赏月,“闻江渚间估客船上有咏诗声,甚有情致;所诵五言又其所未尝闻,叹美不能已”,上前询问,乃知袁宏自咏其《咏史诗》。于是邀袁宏至船上谈诗,直至天明。② 西江:古代称江西到南京之间的一段长江为西江。③ 谢将军:指谢尚。④ 高咏:指自己也能像袁宏一样高声朗咏。此诗人自比袁宏,言诗情不逊于宏。斯人:此人,指谢尚。这里指惜才之人。不可闻:再也没听说过。⑤ 挂帆去:扬帆远航。

【品评】 这是李白的怀古之作,咏谢尚称赏袁宏的故事,表达世无知音、无人推荐援引的惆怅心情。诗以袁宏自比,恨没有遇到谢尚这样的人,心中一片怀才不遇、无尽感叹的落寞情怀,都在牛渚夜月、孤舟枫叶之中,意似平淡而寄兴悠远。王士禛在《带经堂诗话》中说:“诗至此,色相俱空,正如羚羊挂角,无迹可求,画家所谓逸品是也。”这是一首律诗,但却没有一联对偶,而平仄却无一字不合律,这种通篇散行、格类古风的律诗,在李白笔下真是一气呵成,一片神行,读来清新明快,自然天成。

杜　甫

春　望

国破山河在,城春草木深[①]。感时花溅泪,恨别鸟惊心[②]。烽火连三月,家书抵万金[③]。白头搔更短,浑欲不胜簪[④]。

【注释】 ① 山河在:指国家虽破亡,但山河依旧。草木深:草木依旧丰茂。② “感时”句:感怀时事,赏花而落泪。诗人以春花之美联想到家国之破,以此作比照。“恨别”句:怨恨别离,见鸟也觉心惊,怕闻其声凄切,似在哀鸣。③ 烽火:古代边疆有敌情时,为报警而在高台上燃起的大火,此指战争。连三月:指春季的整整三个月中。抵:值,当。万金:形容家书何其珍贵。④ 白头:指头上的白发。搔:挠,用手指甲轻抓,此指梳理。更短:指白发越梳越稀疏,无法续生。浑:全然,简直。不胜簪:指头发太少,不能承受簪子的重量,因而插不上簪子。胜:承受。

【品评】 此诗作于肃宗至德二载(757)三月,即陷长安的次年。诗歌表现对国家动乱的忧愤。首联写暮春长安景色,见景生情,在一片残破荒凉中，表现出战争动乱给国家带来的严重破坏；次联以乐景反衬哀情，对花溅泪，闻鸟惊心，心灵破碎，不胜其哀；三联专就家书而言，而烽火连天，家国之思已自然连成一片；末尾以“搔首”的动作作结，其悲痛之情，难以言表，读之令人长叹！全诗感怀深刻而又思虑悠远，字字由血泪凝成，无处不表现出沉哀深痛，在情景交融的丰富内涵中，又表现出精严的章法，这是杜甫五律中又一首成功的代表作。

月　夜

今夜鄜州月[①]，闺中只独看。遥怜小儿女，未解忆长安[②]。香雾云鬟湿，清辉玉臂寒[③]。何时倚虚幌，双照泪痕干[④]？

【注释】　① 鄜(fū)州：今陕西省富县。公元756年6月潼关失守，唐玄宗仓皇奔蜀，当时杜甫及家眷暂避鄜州。7月肃宗即位于宁夏灵武，杜甫得知后只身奔赴，途中被叛军掳至长安，后因官小而得脱。② 未解忆长安：不懂得母亲思念身陷长安的父亲的心情。③ 云鬟湿：因在月下站立太久，因而发鬟沾湿。清辉：清冷的月光。④ 虚幌：透明的帷幔。虚：空，形容轻薄透明。幌：帷幔。双照：指明月同时照耀着夫妻二人。

【品评】　此诗作于肃宗至德元载(756)八月被陷长安之时，时安史乱军在长安作乱，作者与远在鄜州的妻子儿女隔绝，不禁望月思家，写下了这首表现乱离生活的著名诗篇。此诗通过对家室之思、夫妻之情的描写，使诗歌充满着人间至爱。本诗的显著特点为，诗人本意是要表达对妻子深长的思念，而却用曲笔从妻子对自己的思念入手，诗思从彼岸飞来，倍增其思念之深切。正如王嗣奭在《杜臆》中说：“公本思家，偏想家人思己，已进一层。及念及儿女不能思，又进一层。鬟湿臂寒，看月之久也，月愈好而苦愈增，语丽情悲。末又想到聚首时,对月舒愁之状,词旨婉切,见此老钟情之至。”诗歌构思新颖,明白如话,而又情意真挚,深婉动人,真是一首感人肺腑的情诗。其中不仅有夫妻的悲欢离合,而且对国家的治乱兴衰,对动乱现实的忧虑,对国家安定局面的向往,也都通过鲜明生动的形象,包蕴在诗行之中了,这是杜甫五律中的杰出代表。

春宿左省[①]

花隐掖垣暮,啾啾栖鸟过[②]。星临万户动,月傍九霄多[③]。不寝听金钥,因风想玉珂[④]。明朝有封事,数问夜如何[⑤]?

【注释】 ① 宿:住宿,此指值夜班。左省:唐代官署名。唐设门下省,因在宣政殿以东,故称左省或左掖。② 隐:形容花影因日暮而变得隐约模糊。掖:即左掖,门下省。垣:墙。掖垣:此指诗人值夜的住处。啾啾(jiū):象声词,形容众鸟齐鸣发出的热闹的叫声。③“星临”句:夜空中群星高照,宫中千门万户在星光下闪烁。临:来。“月傍”句:宫殿高耸入云,紧傍明月,得到的清光也特别多。九霄:九天,此比喻皇家宫殿巍峨壮丽,高入九霄。④ 听金钥:听见金锁钥开启时发出的响声,指皇帝大开殿门接见群臣。玉珂:即马铃,又称鸣珂。因马铃上常饰以美玉,故称“玉珂”。唐代官制对不同官位饰玉珂多少,有严格要求:三品以上九珂,四品七珂,五品五珂。此句描写诗人想象中群臣骑马上朝,玉珂清脆,鱼贯而入的盛况。⑤ 封事:古代议论朝政的重要奏章。数(shuò):多次。夜如何:询问夜里时辰几何。

【品评】 这是肃宗收复长安以后,杜甫在朝廷任左拾遗的小官时的作品。左拾遗是谏官,负责上奏章讽谏弥补皇帝在政事上的缺失。诗写自己在左省值夜班通宵不昧的情景。诗歌按时间顺序,从薄暮写到深夜,从深夜写到拂晓,既有对宫中景物的描写,也有对自己不安心情的发抒，一个勤勤恳恳，忠于职守，以国事为念的官员形象，凸现眼前，表现出杜甫一贯的忧国忧民的情怀。其中“星临万户动，月傍九霄多”是历来传诵的名句，此联以简练生动的笔墨，写出在星月照映之下，宫殿的千门万户似乎都在闪动，而高耸云霄的宫阙也好像靠近了月亮，显得分外明亮，一横一纵，极有气势，表现出宫殿在月夜中壮阔巍峨的特有景色。“动”字，还曲曲传出战争尚未平息，政局还处在动荡之中的感觉，十分传神。

至德二载甫自京金光门出，间道归凤翔[①]。乾元初从左拾遗移华州掾，与亲故别，因出此门[②]，有悲往事

此道昔归顺，西郊胡正繁[③]。至今犹破胆，应有未招魂[④]。近侍归京邑，移官岂至尊[⑤]？无才日衰老，驻马望千门[⑥]。

【注释】 ① 至德二载：即公元757年，至德为肃宗年号。杜甫历尽艰辛终于逃到凤翔谒见肃宗，得任左拾遗。金光门：长安城西有三道城门，中间曰金光门。间(jiàn)道：取道偏僻小路。② 乾元：同为肃宗年号，公元758年为乾元元年。华州掾(yuàn)：指任华州司功，为刺史下属，故称。掾：属吏。至德二年，杜甫任左拾遗，因上书急言救房琯(guǎn)，触怒肃宗，因宰相张镐力救幸免于难，次年与房琯、严武俱贬。758年6月杜甫左迁华州司功。此门：指金光门。③ 此道：指从金光门通向凤翔的道路。昔：从前，昔日。归顺：指间道奔凤翔谒肃宗。胡：指安禄山的军队，因安为胡人，故称。繁：众多。④ 犹破胆：思之依然惊骇不已。未招魂：至今还有没有招回来的魂魄。形容当年因惊恐过度丧魂失魄，至今回想仍是惊魂不定。⑤“近侍”句：指至德二年至凤翔后任左拾遗，随侍肃宗左右，同年十月又随肃宗归长安。移官：调动官职。岂至尊：难道是皇上的本意，此为反诘。至尊：指皇帝，此为唐肃宗。⑥ 无才：诗人自谦。驻

马：使马停止。千门：千门万户，指九重宫阙皇宫。

【品评】　金光门是杜甫出生入死之处。至德二载(757)四月，杜甫从长安城乱军的虎口中侥幸逃脱，出金光门往凤翔投奔肃宗，被授左拾遗。次年即因正直敢言而得罪肃宗，被贬华州掾(即华州司功参军)，从此开始了他后半生的颠沛流离生活，而这次恰好又是从金光门出。面对金光门，他抚今思昔，百感交集，写下了这首诗。前四句回忆从金光门逃出时的惊惶狼狈状，至今仍然胆破魂飞，其危险可见，其对肃宗的忠贞亦可见。然而曾几何时，竟被肃宗贬出金光门，后四句即写被贬出金光门的一腔忠愤，用笔深微婉曲，表现出因报国无门而产生的怨望，也流露出对朝廷的眷恋。诗用对比写法，一出再出，感慨无穷，情感表达得非常深沉真挚。

月夜忆舍弟[①]

戍鼓断人行，边秋一雁声[②]。露从今夜白，月是故乡明。有弟皆分散，无家问死生[③]。寄书长不达，况乃未休兵[④]。

【注释】　① 舍弟：家弟。舍为谦词，古人对别人称比自己辈分低或年纪小的亲属为“舍弟”“舍侄”等。公元759年7月杜甫弃官西行客居秦州，9月史思明西进洛阳，山东、河南等地陷于战乱之中，而此时杜甫的几位弟弟正分散于这一带。由于战乱不已，音信隔绝，杜甫倍加思念亲人，担心亲人的生死安危。② 戍鼓断人行：指战争阻断了行路。戍鼓：古代戍楼上用以报警或报时的鼓声，此指战争。边秋：一作“秋边”，秋天的边地，此指秦州。一雁声：传来一声孤雁的叫声。古代传说鸿雁可以传递书信，由此引起思亲之情。③ 无家：即无从、无处，不知道向谁。④ 不达：送不到亲人手中。况：何况。乃：还。

【品评】 这是乾元二年(759)秋天白露节时,流落在甘肃秦州的杜甫思念流散在河南、山东等地的几个弟弟的一首著名诗歌。前四句写景,戍鼓响起,夜深人静,只有空中孤雁在嘹唳,露白月明,凄清无限,其中已然流露出对亲人的无尽思念。后四句就承接而下,直抒对兵荒马乱中弟弟们的深切惦念,手足之情倍觉感人。前后两部分有机结合,景中生情,情由景出,相辅相成,情感表达得非常强烈。诗中表现出杜甫对战乱的痛恶,对国家安定的向往,由一己之家推而及于天下苍生,其忧国忧民的思想也至为感人。“露从今夜白,月是故乡明”二句,从江淹《别赋》“明月白露”中化出,又将词序错综倒装,使其成为典型的律诗对句,恰到好处地点明节令,描写景物,暗含思念之情,十分巧妙,成为千古名句。

天末怀李白[①]

凉风起天末,君子意如何[②]?鸿雁几时到,江湖秋水多[③]。文章憎命达,魑魅喜人过[④]。应共冤魂语,投诗赠汨罗[⑤]。

【注释】 ① 天末:天尽头,即天边,遥远的地方,此指当时李白的流放地夜郎,即今贵州遵义。公元 758 年(至德二年)李白因永王“李璘事件”获罪流放夜郎,杜甫当时闲居秦州。② 君子:指李白。意如何:心情怎样。③ 鸿雁:古代传说鸿雁可以传递书信,后“鸿雁”成为信使的代称。秋水多:此暗示李白前路多险,变幻莫测。④“文章”句:文人向来命运不好,文章越写得好越是多灾难。命达:命运顺达。魑(chī)魅:传说中山林里害人的妖怪,此比喻谗害良才的奸佞小人。喜人过:喜欢别人有过错,指挖空心思加害于人。⑤ 应:应当。共冤魂语:与冤魂一起交谈,“冤魂”指屈原。“投诗”句:指李白作诗纪念屈原,并以诗相赠。汨(mì)罗:江名,在今河南省湘阴,为屈原投江自沉处。此借指屈原。杜甫设想:李白到夜郎沿途可能经过汨罗,祭奠屈原并倾诉自己的冤屈和不幸。

【品评】　此诗与前一首作于同时，亦即流寓秦州之作。此时李白因永王李璘兵败被杀而牵连获罪，被长流夜郎，行至巫山遇赦，于是还江陵，漫游湖南。杜甫与李白十几年不见，诗中表现出了杜甫对李白蒙冤流放的不幸遭遇的深切同情。诗从秋风起兴，然后写到鸿雁秋水，前四句中两致问候之意，其殷殷关切之情、深深忆念之意饱含于字里行间；接着后四句感叹李白的不幸，以屈原相比，对其蒙受不白之冤深致同情。其中也流露出对自己遭遇坎坷、流落天涯的悲叹。仇兆鳌在《杜诗详注》中说："说到流离生死，千里关情，真堪声泪交下，此怀人之最惨怛者。"于此亦可见李杜交情之深，成为文坛千古佳话。

奉济驿重送严公四韵[①]

远送从此别，青山空复情[②]。几时杯重把，昨夜月同行[③]。列郡讴歌惜，三朝出入荣[④]。江村独归处，寂寞养残生[⑤]。

【注释】　① 奉：敬词，如"奉送""奉陪"等。济驿：古驿站，在今四川绵阳市外三十里处。重送：重新赠送，在写本诗前，诗人已先赠有《奉送严公入朝十韵》等诗作，故云。严公：指杜甫好友严武。至德二载（757），杜甫任左拾遗，因上书急言救房琯（guǎn），触怒肃宗，次年与房琯、严武俱贬。公元759年（乾元二年）12月杜甫入蜀至成都，居草堂，两年后严武任成都尹兼御史大夫充剑南节度使，对杜甫多有照顾。公元762年（宝应元年）7月，因肃宗去世，代宗命严武进京，杜甫依依不舍，多作诗相赠。四韵：指五言律诗，两句一韵，八句共四韵。② 此：此地、此时。青山空复情：青山因故人远去而空生惆怅，暗伤离情。③ "几时"句：为倒装，"昨夜"应描写在前，再有诘问。杯重把：像昨夜一样再一次举酒畅饮，指重逢、相聚。把：持、举。月同行：在月下把酒同行，指一起饮酒赏月。④ 列郡：时严武任剑南节度使，据此"列郡"当指剑南所辖东、西两川各州县。讴歌：歌颂严武。惜：惜严武之离去。“三朝”句：严武在玄宗、肃宗、代宗三朝任职，而且几度升迁，离京后又重返，故称“出入荣”。⑤ 江村：杜甫居住在当时的成都郊外浣花溪旁，故称“江村”。独归处：指与严武离别后只有自己一个人孤独地回到草堂。

【品评】 杜甫与严武是世交，特别是杜甫流寓成都生活困顿时，恰好严武到成都任剑南节度使，对杜甫的生活多所照顾，并聘杜甫为节度使府参谋，又上奏朝廷封为检校工部员外郎，后世因称杜工部。杜甫对严武倚依很重，感情很深。不久严武应诏入朝任职去长安，杜甫一直从成都送严武到绵州才分手，这首诗即表现出一种依依不舍之情。《杜诗详注》引黄生的评论说：“上半叙送别，已觉声嘶喉哽。下半说别后情事，彼此悬绝，真欲放声大哭。送别诗至此，使人不忍再读。”诗末“江村”二句与开首“远送”二句相照应，不唯情景相生，抑且篇法圆紧，体现出杜甫精严的诗风。

别房太尉墓①

他乡复行役，驻马别孤坟②。近泪无干土③，低空有断云。对棋陪谢傅④，把剑觅徐君⑤。唯见林花落，莺啼送客闻。

【注释】 ① 房太尉：房琯与杜甫感情深厚，死后补赠太尉。玄宗逃亡蜀中，房琯独驰往普安郡谒玄宗，当日拜相。但文人用兵非其所长，因用人不当，致使唐军大败，肃宗即位后贬汾州刺史，杜甫因上书救房琯触怒肃宗，从此仕途失意。后房琯因政绩卓著改汉州刺史。公元 763 年（宝应二年）2 月代宗宣房琯入朝，路上房琯生病，于 8 月卒于四川阆中。② 他乡：指四川省阆中。公元 764 年（广德二年）杜甫至阆州暂住，听说严武再次入蜀即速返，暮春抵成都。复行役：往返奔走。驻马：停下马。孤坟：房琯客死于阆州一寺庙，举目无亲，故称。③ 近泪：指诗人流泪的地方及四周。④ 谢傅：指东晋政治家谢安，孝武帝时位至宰相，以“淝水之战”而扬名，卒后赠太傅，故称。此以谢安比房琯。淝水大战时，谢玄破苻坚，有檄书至，谢安正与客下围棋，对这一令人欣喜若狂的消息，谢安表现从容，面不改色。后客人问及，谢安这才说：“小儿辈遂已破贼！”⑤ 把剑觅徐君：意思是不忘故交、不负友情。传说吴公子季札出使晋国时经过徐地，徐君爱上了季札的宝剑，但不好开口，季札明白徐君的心思，决定由晋返回时以宝剑相送。不料到时徐君已亡，季札于是将剑悬于徐君墓上。有人不解问季札，季札曰：“始吾心已许之，岂以死背吾心？”

【品评】　杜甫在朝廷任左拾遗时，房琯任宰相，房琯因陈涛斜兵败被贬，杜甫上书肃宗为房琯说公道话，结果得罪肃宗，亦被贬华州司功参军，从此一蹶不振。房琯是杜甫政治上的知己，是对杜甫一生具有关键性影响的人物。这首别房琯孤墓的诗，也写得格外沉痛，深切动人。“近泪无干土”，诗人涕泗滂沱，泪水打湿了土地，其放声悲恸的情景可以想见；“低空有断云”，那低垂的云团盘桓不去，仿佛也为之伤悼不已，其氛围的愁惨、环境的凄清，亦不言自明。二句通过描写，增强了全诗沉痛的气氛，生动地写出了诗人对死者的一片深情。

旅夜书怀①

细草微风岸，危樯独夜舟②。星垂平野阔③，月涌大江流。名岂文章著④？官应老病休。飘飘何所似⑤，天地一沙鸥。

【注释】　① 旅夜：指旅途中的夜晚。公元 765 年（唐代宗永泰元年）1 月，杜甫辞去剑南节度使幕府参谋职务回草堂闲居。4 月严武病逝。杜甫离蜀经重庆沿长江东下，本诗即作于旅途中。② 危：高。樯：船上的桅杆。③ 星垂：因江面开阔，天空呈现穹窿状，所以星辰看似低垂。④ 著：显赫。⑤ 飘飘：形容漂泊、孤独的样子。

【品评】 这首诗是写流离途中夜间的观感的。首联写月色下舟中所见,细草在微风中摇动,桅杆高耸夜空,从诗人对景物的感知中,也表现出他夜愁不寐的孤寂和危难之感。次联写江景极为开阔,由于江在平原,故可看到地平线,闪烁的星星在远处与地相接,是谓之“垂”;月色又使水天浑一,所不同者,天上月色宁静,水中月色动荡,是谓“涌”。非“垂”字不见平原之阔,非“涌”字无以知大江在流也,是谓之炼字。杜诗用字大多如此,千锤百炼而又生动自然。三联自慨平生,末联说到眼前,皆感慨系之,其荒寂、孤独、栖身无所的悲哀,深蕴在字句之中。全诗写景雄浑阔大,感情沉郁,而又词句警拔,对仗工整,取得了很高的艺术成就,是杜诗的杰出代表之一。

登岳阳楼①

昔闻洞庭水,今上岳阳楼。吴楚东南坼,乾坤日夜浮②。亲朋无一字,老病有孤舟③。戎马关山北,凭轩涕泗流④。

【注释】 ① 岳阳楼:著名名胜古迹,为唐开元年间张说所建,为唐巴陵县(今湖南省岳阳市)西城门。公元768年(大历三年)春,杜甫自夔州出三峡抵岳阳,登楼赋诗。② 吴:指今江苏、浙江一带,古属吴地。楚:今湖南、湖北、江西一带,古属楚地。坼(chè):分裂,此指洞庭湖成为吴楚的分界。乾:八卦之一,代表“天”。坤:八卦之一,代表“地”。后乾坤连用指“天地”。日夜浮:形容天地间的日月星辰都好像日夜浮现在洞庭湖中。形容洞庭湖之宽阔。③ 无一字:没有一个字的书信往来,指无消息。老病有孤舟:杜甫时年五十七岁,身患肺痨、风湿等多种疾病,右耳聋、左臂偏瘫,而且离川后居无定所,一家老小栖身于舟船,晚景凄凉。④ 戎马关山北:指吐蕃入侵,西北依然战火不断。戎马:战争。凭:靠。轩:窗。涕:眼泪。泗:鼻涕。

【品评】 这首诗是唐代宗大历三年(768)冬天,杜甫携家流落到岳阳,登楼望洞庭湖而作。诗以“昔”“今”二字对起,既有百闻不如一见的惊喜,又有“江山留胜迹,我辈复登临”的感触,还隐含一种不胜今昔盛衰的感怆,意味深厚。接着写洞庭景观,纯系大处落墨,“吴楚东南坼,乾坤日夜浮”,写出浩渺无际的洞庭湖的壮阔景象,气魄豪健雄浑,与孟浩然写洞庭湖的名句“气蒸云梦泽,波撼岳阳城”相颉颃,受到后人的高度赞誉。三联直抒胸臆,最后提到国事,并为之涕泪纵横,已经超越一己之困顿,与第三联处境狭阔顿异,而与次联写景的胸襟气象正好相称。本篇笔力、胸次、境界俱上,在刻满岳阳楼的“唐贤今人诗赋”中,洵为杰作。

王　维

辋川闲居赠裴秀才迪[①]

寒山转苍翠,秋水日潺湲[②]。倚杖柴门外,临风听暮蝉。渡头馀落日,墟里上孤烟[③]。复值接舆醉,狂歌五柳前[④]。

【注释】 ① 辋川:本为水名,在今陕西省蓝田终南山下。安史之乱后王维在辋川购得宋之问别墅,闲居其中,常与秀才裴迪游乐唱和。② 寒山:指终南山。潺湲(yuán):形容水流舒缓的样子。③ 渡头:渡口码头。墟里:指村落。墟:本义为大土堆。④ 复:又。值:遇上、面对。接舆:春秋时楚国隐士,世称“楚狂人”,此借指裴迪。《论语・微子》载,楚狂接舆歌而过孔子曰:“凤兮凤兮,何德之衰?往者不可谏,来者犹可追。”五柳:指东晋大诗人陶渊明,又名潜,字元亮。弃官归隐后于门前种五株柳树,自号“五柳先生”,作《五柳先生传》。此诗人自喻。

【品评】 这首诗表现王维在他的辋川别墅悠闲散淡的田园生活。秋日傍晚，诗人倚杖家门，就其视听所及，将“寒山”“秋水”“柴门”“暮蝉”“渡头落日”“墟里孤烟”这些具有乡村特色的景物，随意点染，远近上下，俯仰顾盼，构成一幅鲜活明丽的画图，一种超然物外的闲情逸致，即从诗中自然流露出来。而结尾处醉后狂歌的“接舆”的出现，又使全诗在宁静中增加了灵动的感觉，动静相映成趣。诗中“渡头”二句是历来传诵的名句，系从陶渊明“暧暧远人村，依依墟里烟”二句化出，但前句用一个“馀”字，就写出了夕阳正在冉冉消逝的动感，水波荡漾，景象万千；后句用一个“上”字，也写出炊烟在村落中浮动上升的动态，衬托出一片宁静。仅此两句，即可单独构成一幅乡村渡头落日图，非常生动形象。

山居秋暝[①]

空山新雨后，天气晚来秋。明月松间照，清泉石上流。竹喧归浣女[②]，莲动下渔舟。随意春芳歇，王孙自可留[③]。

【注释】 ① 暝：日暮，夜幕初降时候。② 浣女：洗衣女。③“随意”句：任春花消残，秋色宜人，王孙自然流连忘返。歇：尽、完，指残尽。王孙：典出淮南小山《楚辞·招隐士》“王孙兮归来，山中兮不可以久留”。此处诗人自比王孙，且反用其意。

【品评】 这是王维一首著名的山水诗，描写秋天傍晚山居之景。前四句写新雨之后，秋山的空旷、静寂。“明月松间照，清泉石上流”二句，写月光下照，松林格外清新，衬托出静；而清泉从石上流淌，汩汩而去，又表现出动。动静相生，明净超脱的意境跳脱而出，这两句也因此被后人广为传诵。五、六句写浣女、渔舟的活动，在一片幽静中显现了生机，而最后的直抒情怀，又补足了景中之意。全诗浑然一体，着墨淡雅，不事工巧，天然入妙，一种空明澄澈的意境，代表着王维五律诗歌特有的风格。

归嵩山作[1]

清川带长薄，车马去闲闲[2]。流水如有意，暮禽相与还[3]。荒城临古渡，落日满秋山。迢递嵩高下，归来且闭关[4]。

【注释】 ① 嵩山：即中岳嵩山，又称嵩高山。在今河南省登封，由太室和少室二山组成。② 清川：清清的水流。带：形容像带子一样环绕。长薄：长长的草坪。薄：草木丛生的地方。去闲闲：形容走起来悠悠晃晃、优哉游哉，很闲适的样子。③ 相与还：和我一起归来。相与：彼此、互相。④ 迢递：形容路途遥远。闭关：关门。指闭门谢客，不与人来往应酬，静心悟道。关：本义门闩，引申为“门”。

【品评】 这是王维在回归嵩山时，就途中所见写的一首诗。前四句写归山时见到的风景，清川长薄，车马闲闲，悠然自得，而流水有意，暮禽同归，又很亲切，真是物我混一，表现出非常闲适的情调。第三联转到荒城古渡，落日秋山，却流露了淡淡的伤感。最后一联，又是自宽自慰之语。细味全诗，诗人的心情由闲适而伤感，由伤感而平和，其间的变化，通过意象的转换，表现得极其细致而微妙。方回在《瀛奎律髓》中评论此诗：“闲适之趣，淡泊之味，不求工而未尝不工者，此诗是也。”是很中肯的评价。

终南山[1]

太乙近天都，连山接海隅[2]。白云回望合，青霭入看无[3]。分野中峰变，阴晴众壑殊[4]。欲投人处宿[5]，隔水问樵夫。

【注释】 ① 终南山：为秦岭一部分，在今陕西省西安市南，又名中南山或南山，为唐名士隐居地。② 太乙：山峰名，为终南山主峰，在今陕西省武功境内。天都：一说指京城长安，另说指天帝所居的仙都，形容太乙峰之高峻齐天。海隅：海之角。③ 回望合：回头望去，身边缭绕的白云已汇聚在一起形成云海。霭：云雾。入看无：形容远看是云霭，而走进去置身云中却又什么也看不见。④ 分野：古人将天上的星宿与地上的区域相对应来进行划分。中峰：指太乙峰，古人认为正处在不同区域的分界上，同时跨几个地区，足见山之广大。“阴晴”句：由于终南山沟壑众多，因而每条山沟同一时刻的阴晴也许会各有不同。此言终南山同时兼有高峻、广阔、幽深的特点。⑤ 人处：指山里人居处。

【品评】 描绘终南山景象的诗自来很多，王维这首非常著名。它取景宏大，一开始就大处落墨，写山的高峻和广阔，以夸张的手法突出了终南山的雄伟气势。第二、三联笔触较为细致，写白云青霭、中峰众壑，由点而面，铺展开去，从侧面烘染终南山的高大和宽广连绵。最后以人少见出山的遥远。全诗有尺幅千里之势，云烟满纸，雄伟壮阔，真是一幅大气磅礴的泼墨山水图，让人叹为观止。

酬张少府[1]

晚年惟好静，万事不关心。自顾无长策，空知返旧林[2]。松风吹解带，山月照弹琴。君问穷通理，渔歌入浦深[3]。

【注释】 ① 酬：酬谢、报答。张少府：生平不详。少府：官名，唐时指县尉。② 顾：回头看。长策：高明的谋略、主张。空：徒然。旧林：从前的山木，指辋川别墅。③ 穷通理：指世事穷通升迁变化的道理。浦深：幽深僻静的水边。浦：水边、岸边。

【品评】　王维归隐辋川后，屏绝尘嚣，唯以礼佛为事。开始二句“晚年惟好静，万事不关心”，正是这种情形的直接写照。全诗以赋体形式进行叙说，如对面晤谈，款款动人。其中“自顾”二句也暗含着无从施展自己才华和抱负的叹惋，然又颇能自宽自解；而松风解带，山月弹琴，更显得风神散朗，无忧无虑，诗中表现出追求恬静闲适的情怀。最后以不答之答，回应张少府关于穷通之理的问话，更是悠然神远，妙不可言。

过香积寺[①]

不知香积寺，数里入云峰[②]。古木无人径，深山何处钟[③]？泉声咽危石[④]，日色冷青松。薄暮空潭曲，安禅制毒龙[⑤]。

【注释】　① 过：走访，拜访。香积寺：在今陕西省西安市南子午谷北面。② 入云峰：走进云雾缭绕的山峰。③ 何处钟：何处传来的钟声呢。④ 咽危石：形容山泉流经巨石时发出低沉幽咽的响声。危：高大。⑤ 空潭：形容水潭四周阒寂无声。曲：指潭岸曲折迂回。安禅：安静参禅修炼。制毒龙：抑制心中的毒龙。毒龙：指凡人心中的种种欲念。

【品评】　此诗写走访香积寺，重点是“过”，写经过时的所见所感。首联写深山云雾缭绕，香积寺杳不可寻，其环境之远僻、风景之幽邃可知。中间二联通过写密林、钟声和泉声危石、日色青松，用种种幽寂的意象，构成极其清幽的意境，衬托出香积寺的非同一般。末联写傍晚伫立潭边，但见潭水一片清冷澄静，映照出自己安闲的心境。全诗紧扣“过”字，从侧面描写香积寺的情景，而香积寺的超凡脱俗已自在意中，构思新奇而不落俗套。诗中“咽”“冷”二字用得极其精妙。赵殿成说：“‘泉声’二句，深山恒景，每每如此。下一‘咽’字，则幽静之状恍然；著一‘冷’字，则深僻之景若见。昔人所谓诗眼是矣。”(《王右丞集笺注》)评得极是。

送梓州李使君[①]

万壑树参天,千山响杜鹃[②]。山中一夜雨,树杪百重泉[③]。汉女输橦布,巴人讼芋田[④]。文翁翻教授,不敢倚先贤[⑤]。

【注释】 ① 梓州:唐朝剑南道梓州,治所在今四川省三台。② 参天:形容高耸入天空。杜鹃:鸟名,又称杜宇、子规,传说为望帝所化。③“树杪”句:形容远远望去,雨后山间有飞泉百道,好似高高悬挂在树梢一样。杪(miǎo):树梢。④ 汉女:汉家妇女,与后面“巴人”相对。输:缴纳。橦(tóng)布:橦花织的布。橦:即木棉。巴:周朝国名,在今四川及重庆东部。讼芋田:为芋田而打官司。⑤ 文翁:汉景帝时蜀郡太守,对发展西蜀文化、教育有贡献,此借指李使君。翻教授:勉励李使君学习文翁在西蜀时大办教育,翻新教化、传授知识。不敢倚先贤:不能因先贤文翁已有的业绩而无所作为。

【品评】 这是一首送别之作,送友人从京城长安到蜀地梓州赴任。全诗紧扣蜀中景物和人事来写,表现出对友人的深情和期望。前四句描绘蜀中景色:万壑千山,杜鹃的叫声在深林中回响,互文见义,境界阔大而颇具川中特色。“山中”二句,写夜雨过后幽谷深林的瀑布飞泻,景色奇美,而且极具立体感,景物鲜明如画,是王维“诗中有画”的代表,向来被称名句。前四句于景物叙写中暗寓李的行程,送别之意自在其中。后四句通过运用蜀中典故,表现蜀地的风物民情,勉励友人以文翁为榜样,恪尽职守,有所作为,寄托相期相许之意,委婉曲折,而又情深意切。全诗两部分有机结合,情景交融,浑然成为整体,显得气韵生动而又格调高昂。

汉江临眺[1]

楚塞三湘接，荆门九派通[2]。江流天地外，山色有无中[3]。郡邑浮前浦，波澜动远空[4]。襄阳好风日，留醉与山翁[5]。

【注释】 ① 诗题又作《汉江临泛》。汉江：即汉水，源于陕西省宁强，流经襄阳，在武汉入长江。临：从高处往低看。眺：远看、远望。② 楚塞：楚国的边塞，战国时期汉水一带为楚国北疆，故称。三湘：指今湖南省湘江。古代湘水合漓水称漓湘、合蒸水称蒸湘、合潇水称潇湘，故称“三湘”。荆门：山名，位于长江南岸，江北相望有虎牙山。山形上开下合若门户，在今湖北省宜都西北。九派：九条支流，此指长江在汉江流域的众多分支，九非实数，言其多。派：支流。③ 天地外：形容远眺汉江如流向天外。有无中：形容风光山色时隐时现，若有若无。④ 郡邑：指襄阳城，时为郡治所所在地。邑：百姓聚居地，引申为城镇。浮前浦：形容城镇如漂浮于江岸。浦：水边、岸边。澜：巨大的波涛。动远空：波涛像是在辽远的天空中奔涌。⑤ 留醉与山翁：留下来与山翁一起沉醉。山翁：指西晋山简，“竹林七贤”之一山涛的幼子，任征南将军时镇守襄阳，嗜酒，常携酒出行大醉而归。此以山简比诗人在襄阳的好友。

【品评】 这是王维写汉江景色的名篇，大约作于玄宗朝开元末到襄阳主持“南选”之时。诗人在江中船上俯仰顾盼，看见江流浩渺、山原阔远的宏大景象，心胸为之开阔而豪迈。开始二句，“三湘”“九派”，给人以浩瀚雄阔的整体印象，真有尺幅千里之势。特别是“江流天地外，山色有无中”二句，前句极夸张之能事，极写江流的浩荡空阔；后句轻轻点染，写眺望山色似隐似现、若有若无，把那种在水光映照中变幻不定、朦胧迷离的感觉传神地写了出来。这两句诗传诵千古，后来欧阳修、苏轼都曾经引用过。而第三联中“浮”字、“动”

字,写得极为生动精警,让人感到船在水中的波荡,一切景物都活动起来。从这些地方,表现出诗人高妙的艺术技巧。

终南别业[①]

中岁颇好道,晚家南山陲[②]。兴来每独往,胜事空自知[③]。行到水穷处,坐看云起时。偶然值林叟,谈笑无还期[④]。

【注释】 ① 终南:即终南山,为秦岭一部分,在今陕西省西安市南,又名中南山或南山。别业:别墅。安史之乱后王维在辋川终南山下购得宋之问别墅,闲居其中。② 中岁:人到中年。好道:指诗人喜欢、信奉佛教。家:定居。南山:即终南山。陲:边缘地方,即边远僻静的地方。③ 兴:兴致。胜事:好事情、令人心旷神怡的事。空:徒,只。④ 值:遇上、碰上。林叟:家住山林的老人。叟:老人、老头。无还期:指归去没有定时,不知几时返回。

【品评】 这是王维晚年之作,写自己在辋川别业的悠闲生活。“兴来”二句,独往独来,自娱自适,神与物游,心境何其超旷!第三联“行到水穷处,坐看云起时”,最为后人称道:它以简练的笔墨写出诗人悠然自得的行踪,而水流云起又极富画意,并且,诗句中还蕴含着深刻的人生哲理,真是言简意深、包蕴无穷!俞陛云在《诗境浅说》中评论道:“行至水穷,若已到尽头,而又看云起,见妙境之无穷。可悟处世事变无穷,求学之义理亦无穷。此二句有一片化机之妙。”“偶然值林叟,谈笑无还期”,又见出诗人待人接物平和亲切的态度,一片蔼然和气,表现出闲适悠然的心情。全诗清淡自然,字字句句好像都是信手拈来,毫不经意,其实正如前人所说“此诗之妙,由绚烂之极归于平淡”(纪昀),是经过了一番匠心的,因而诗味、理趣兼备,读来兴味盎然。

孟浩然

临洞庭上张丞相[①]

八月湖水平，涵虚混太清[②]。气蒸云梦泽，波撼岳阳城[③]。欲济无舟楫，端居耻圣明[④]。坐观垂钓者，空有羡鱼情[⑤]。

【注释】 ① 诗题又作《望洞庭湖赠张丞相》。张丞相：即张九龄。② 湖水平：形容秋水丰盈，水涨齐岸，远望浑然一片，分不清湖与岸，故曰"平"。涵虚：形容湖水空明澄静、迷茫无际。太清：即天空。混：形容天水相接，浑然一体，分不清何为天，何为水。③ 气蒸：形容水气蒸腾，雾霭弥漫天地。云梦泽：古代湖泊名，在今湖南省和湖北省境内。云泽在长江以北，梦泽在长江以南，并称云梦泽，因淤塞今已多为陆地。泽：聚水的洼地。撼：摇动。形容波涛翻滚，惊天动地，岳阳城似乎都在晃动。岳阳城：即今湖南岳阳市，位于洞庭湖东岸。④ 济：横渡。舟楫：指船。楫：划船用的桨。暗喻自己想出仕做官，苦于无人引荐。端居：指独处，隐居。耻：愧对，有愧于。圣明：圣明时代。诗人自以为生逢其时，不应归隐闲居，无所作为。⑤ 垂钓者：此喻入朝做官的人。空：徒。羡鱼情：语见《淮南子·说林训》"临河而羡鱼，不若归家织网"，指对垂钓者心怀向往和羡慕的感情，意在表明自己愿意做官，请求张九龄给予帮助，适时引荐。

【品评】 玄宗开元年间孟浩然游长安，当时贤相张九龄执政，孟赠张此诗，希望得到援引，推荐出仕。这是一首干谒诗，但却写得超脱凡俗，关键是运用了比兴手法。前四句写景，后四句陈情，在表现希望援引的意思时，说得非常委婉。无论"欲济""舟楫"，还是"垂钓""羡鱼"，这些喻象都紧扣观湖感兴而来，全诗浑然一体，绝无前后割裂、勉强凑合之感。诗中"气蒸云梦泽，波撼岳阳城"一联，写出风吹浪涌，湖之声气激扬动荡的无比声威，“蒸”“撼”二字表现出一种力度、一种震撼，字字力重千钧，这是孟诗“冲淡之中有壮逸之气”的范例。这两句意境极为雄阔，历来与杜甫“吴楚东南坼，乾坤日夜浮”（《登岳阳楼》）并提，“后人自不敢复题”（方回），成为绝妙之作。

与诸子登岘山[①]

人事有代谢，往来成古今。江山留胜迹[②]，我辈复登临。水落鱼梁浅，天寒梦泽深[③]。羊公碑尚在[④]，读罢泪沾襟。

【注释】 ① 诸子：诸位先生。子：古代对别人的尊称。岘（xiàn）山：在今湖北省襄樊市南。② 代谢：更替，交替。往：指已成过去的。来：指将要来临的。成古今：指“往”和“来”的一切构成了古和今。胜迹：名胜古迹，指岘山及后面提及的鱼梁、羊公碑等。③ 鱼梁：即鱼梁洲，为襄阳附近汉水中的沙洲。《水经注·沔水》载：“沔水（即汉水）中有鱼梁洲，庞德公所居。”庞德公：东汉时期的隐士，曾隐居于岘山和鹿门山。梦泽：指云梦泽，古代大泽名，在今湖南省和湖北省境内。云泽在长江以北，梦泽在长江以南，并称云梦泽。泽：聚水的洼地。④ 羊公碑：襄阳百姓为羊祜所立纪念碑。西晋羊祜以尚书左仆射镇守襄阳，热爱襄阳山水之美，常登岘山，饮酒咏诗，终日不倦。羊祜曾对邹湛等人说：“自有宇宙，便有此山，由来贤达胜士，登此远望，如我与卿者多矣，皆湮灭无闻，使人伤悲。如百岁后有知，魂魄犹应登此也。”羊祜死后，襄阳百姓建碑于山，见者落泪，羊祜生前举荐的接班人杜预称之“堕泪碑”。

【品评】 这是一首凭吊古迹的咏怀诗。作者与朋友们登上岘山，读羊公碑后有感古往今来的沧海桑田、人事代谢，于是发为歌咏。前四句寓人生道理于浅斟低唱之中，讲的似乎是平常意思，但经诗人一语道破，却使人感到是发他人所未发，变得非常深刻了。五、六句写出初冬景色，突出怀古主题；最后读羊公碑而为之出涕，感伤之余，深思无尽。全诗语言平易，但意蕴深永，可见孟诗“语淡而味终不薄”。这首五律，其对仗在一、二句和五、六句，与常格不同，是五律一种早期的形式。这首诗是孟浩然的代表作，它也为诗人本人树起了一座纪念碑，后人再登岘山，不仅会想到羊祜，也会想到孟浩然了。

宴梅道士山房[①]

林卧愁春尽，搴帷览物华[②]。忽逢青鸟使，邀入赤松家[③]。金灶初开火，仙桃正发花[④]。童颜若可驻，何惜醉流霞[⑤]！

【注释】　① 诗题又作《清明日宴梅道士房》。清明：中国古代二十四节气之一，每年在4月4日至6日三日间。民间清明有结伴游春、扫墓祭祖的习俗。梅道士：生平不详，可能是孟浩然隐居时的邻居、朋友。② 林卧：卧于山林之中，指隐居。搴(qiān)帷：掀开帷幔，指走出房门、外出。搴：同“褰”，撩起、掀起、揭起。览：看。物华：指大自然美景。③ 青鸟：神话传说中的神鸟，赤首黑目。《山海经·大荒西经》载：西王母山“有三青鸟”，皆为西王母的使者。《汉武故事》载：西王母想见汉武帝，先让青鸟飞至汉宫报信，后青鸟用以指代“使者”。赤松家：赤松子的家中，此指梅道士山房。赤松子：传说中的仙人，据说是神农时的雨师，此喻梅道士。④ 金灶：指道家炼丹时用的火炉。仙桃：诗人将梅道士家的桃树比为仙桃。⑤ 童颜：儿童般娇嫩的容貌。驻：留。传说道家有驻颜术，让人的容颜保持永远像儿童一样。流霞：仙家之所饮，传说每饮一杯则数月不饥。此比喻梅道士家的美酒。《抱朴子·祛惑》记载项曼斯游仙的故事，项曾被仙人带天上，离月数里而止。项曼斯“饥欲食，(仙人)辄饮我流霞一杯，每饮则数月不饥”。

【品评】 这首诗写梅道士邀请诗人饮酒的过程，抒发隐逸的情趣。前四句写诗人正愁春天将尽，忽然梅道士邀他做客，于是来到山房，“忽逢”“邀入”，一片欣喜之情见于言外。后四句写梅道士山房的迷人景色，景物鲜明生动，流露出向道之意。全诗笔调轻松自然，读来清新流畅。诗中连用“青鸟”“赤松”“金灶”“仙桃”“流霞”等仙道语词，切合道士身份，使人读后不会误认为僧家。

岁暮归南山[①]

北阙休上书，南山归敝庐[②]。不才明主弃，多病故人疏[③]。白发催年老，青阳逼岁除[④]。永怀愁不寐，松月夜窗虚[⑤]。

【注释】 ① 诗题又作《归故园作》。南山：指孟浩然湖北襄阳城南的老家。② 北阙：古代皇宫的北门楼，这是大臣等候帝王召见或向上奏事、上奏章的地方。敝：此为谦词，敝庐有如“寒舍”。③ 不才：没有才干。故人：旧交，老友。疏：疏远。④ 青阳：即春天。岁除：指一年又过去了，即岁暮。⑤ 永怀：即满怀。永：本义为水流长，引申为“长”。不寐：不能入睡。

【品评】 这首诗作于诗人在长安应试落第之后，抒发了诗人怀才不遇的愤懑和内心的痛苦，看来颇有一点情绪。因此首联一开始就作愤慨语，大有一气之下拂袖一去之意。但第二联却将自己的不遇归为自己的“不才”和“多病”，反而自遣，措词深婉，把对皇帝和朝廷的不满隐藏得很深。后四句情绪逐渐平和，由于光阴荏苒，岁月不居，一天天老大，还是归隐算了吧，回去与“松月夜窗”相伴，然而诗人仍然心有余痛，所以长愁不寐。这种起伏变化，将作者的思想表现得一波三折，可见心情多么矛盾复杂！但是全诗读来一气流转，在看似显豁的语言中包含着丰富的内容，形成悠远深厚的艺术风格，独树一帜。

过故人庄[①]

故人具鸡黍[②],邀我至田家。绿树村边合,青山郭外斜[③]。开轩面场圃,把酒话桑麻[④]。待到重阳日,还来就菊花[⑤]。

【注释】 ① 过:访,走访。② 具:准备酒饭。黍(shǔ):黍子,脱壳后为黏黄米。③ 郭:墙外加筑的一道外墙。④ 轩:窗。面:对着。场:农村打谷晒粮的场子。圃:种植蔬菜、瓜果的园子。把:持、举。话桑麻:谈论桑麻等农事。⑤ 重阳日:旧历九月九日为重阳节。古人以"九"为阳数,九月九故称"重阳"。古代民间重阳节有赏菊饮菊花酒的习俗。《西京杂记》载:"九月九日,佩茱萸、食蓬饵,饮菊花酒,令人长寿。"就:接近、靠近,此指亲近,意为欣赏。

【品评】 这是孟浩然田园诗中的一首杰作,也是整个田园诗派的代表作。诗写作者一次在一个普通农家做客,这里既没有引人注目的名胜,也没有令人兴奋的事件,不过是一片场圃,遍地桑麻,一些村人来往的道路而已,然而诗人却成功地创造了一个和平、理想的天地,一个没有传奇色彩的人间桃源,写出了诗人忘怀得失于友情与大自然的喜悦。其中"绿树村边合,青山郭外斜"二句,表现的是青山、绿树、村落,水乳交融打成一片,构成乡间天然的美丽画图,是全诗的灵魂,是感情与形象交融的结晶,历来受到激赏。全诗平平叙起,娓娓道来,没有一个夸张的句子,没有一个华丽的辞藻,却表现出淳朴的民风和真挚的友情,这正是孟浩然田园诗的特色。

秦中寄远上人[①]

一丘尝欲卧,三径苦无资[②]。北土非吾愿,东林怀我师[③]。黄金燃桂尽[④],壮志逐年衰。日夕凉风至,闻蝉但益悲[⑤]。

【注释】 ① 诗题又作《秦中感秋寄远上人》,一说为崔国辅所作。秦中:即关中地区,此指唐京城长安一带。上人:对僧人的称谓。② 一丘:指山林田园,此指归隐山林。丘:土山。尝欲卧:指诗人时常想闲躺于山林间,即归隐。三径:指隐者的居处。《三辅决录》载:西汉末年王莽专权,兖州刺史蒋诩告病辞官,隐居乡里,在院中开三条小路,"荆棘塞门",不出。后以"三径"指隐者居。苦无资:指自己想隐居但苦于无钱财。资:资财、钱财。《晋书·陶潜传》载,陶渊明归隐后又复出任镇军建威参军,并对亲朋说姑且想当几天县令,"以为三径之资,可乎?"执事者闻之,以为彭泽令。③ 北土:指秦中。非吾愿:指滞留长安非出自本心,而是为"三径之资"。东林:即东林寺,乃晋代刺史桓伊为高僧慧远所建佛寺,在庐山之东面。此借指远上人所居寺庙。④ 黄金燃桂尽:比喻长安生活品价高,自己处境困窘,从政的愿望难以实现。《战国策·楚策》载:"楚国之食贵于玉,薪贵于桂。"⑤ 闻蝉:古人以蝉象征高洁,所以诗人闻蝉声而益悲。益:增加、增添。

【品评】 这首诗作于孟浩然在京城长安应试的秋天。在封建时代,知识分子靠科举谋求出路,而这一条路又不一定都走得通,一些贫寒士子面对艰难处境,常常流露出穷愁潦倒的心态,这首诗就是表现这种心情的。诗写自己求仕不成,想要息隐山林,但是又没有经济条件来建置家园,真是进退维谷,左右两难,诗中秋蝉的悲咽,正是诗人凄切婉转的哀鸣,透露出无限的悲凉。诗中也表现出对远上人的深切思念,情意真挚。

宿桐庐江寄广陵旧游[①]

山暝听猿愁,沧江急夜流[②]。风鸣两岸叶,月照一孤舟。建德非吾土,维扬忆旧游[③]。还将两行泪,遥寄海西头[④]。

【注释】 ① 桐庐江：又称桐溪。源于天目山，经桐庐县入富春江上游桐江。桐溪上游称天目溪，下游今称分水江。广陵：今江苏省扬州。旧游：即故交，老友。② 暝：日暮，夜幕初降的时候。沧江：寒江，指桐庐江。沧：寒冷。③ 建德：唐时睦州，治所在今浙江省建德梅城。维扬：扬州古称维扬州。④ 海西头：此指扬州。隋炀帝《泛龙舟歌》诗句："借问扬州在何处？淮南江北海西头。"

【品评】 这是诗人离开京城长安东游途中，寄给扬州朋友的诗。诗歌描写了桐庐江的夜间景色。一开始写夜里听到猿的哀叫，暗示出自己的满怀愁绪；又写出湍急的江流，也象征诗人内心很不平静。接下来风吹叶响，月照孤舟，更是一片孤寂。诗的前半部分描写景物，但诗人心中的落寞伤感，已经暗寓其中了。在这样孤苦的处境中，最容易引发对故人的思念，因此后四句就顺势而下，怀念扬州的老朋友，写得一片深情，令人感动。全诗景与情融为一体，深刻地表现出作者的凄切情怀。

留别王维

寂寂竟何待，朝朝空自归[①]。欲寻芳草去，惜与故人违。当路谁相假[②]，知音世所稀。只应守寂寞，还掩故园扉[③]。

【注释】 ① 寂寂：形容寂然无声，落第后门庭冷落。何待：等待什么。言自己该回襄阳了。朝朝：本是天天早晨，指每天。② 当路：指朝廷中官居要位者，乃执掌仕途的人。假：借，借助，此指帮助，援引。③ 应：当。寂寞：此指孤寂冷清，无所作为的生活。还：回家。掩：关，合。扉：门。

【品评】 这首诗是孟浩然离开长安时，写给王维的道别诗。诗中要表现的意思是两层。一层是自己在长安求仕已经落空，无奈之下，只有依然回到故乡襄阳去隐居。“竟何待”“空自归”“谁相假”，字字饱含着悲伤与愤慨不平之意。另一层意思是，如今要和朋友王维相别，依依不舍，“知音世所稀”，暗含着将王维引为知己之意，显得一往情深。最后两句，是对全诗意思的总束，好像是自我安慰，但是仔细咀嚼，其中隐含着对朝廷压抑人才的强烈不满，从此他也真走上了隐遁之路，孟浩然后半生隐居生活的思想情况也于此可以想见。

早寒有怀[①]

木落雁南渡[②]，北风江上寒。我家襄水曲，遥隔楚云端[③]。乡泪客中尽，孤帆天际看[④]。迷津欲有问，平海夕漫漫[⑤]。

【注释】 ① 诗题又作《早寒江上有怀》《江上思归》。早寒：时为秋季，却天气寒冷，故称“早寒”。江：指长江。怀：心情、情绪。② 雁南渡：鸿雁南飞。渡：过水，此指飞越。③ 我家襄水曲：指我家在襄阳。汉水在襄阳一段古称襄水、襄河，襄阳正处于汉水之曲。曲：河流拐弯处。楚云端：襄阳春秋战国时属楚国，故称。④ 乡泪：思乡的眼泪。天际：目力所见天地的交接处，即地平线、海平线。⑤ 迷津：指水涨后渡口消失，形容迷失方向，不知所往。平海：宽阔平静的水面。夕漫漫：形容江边暮色苍茫无际。

【品评】 此诗是孟浩然漫游长江途中所作，表现出对故乡的深深思念。首二句用起兴的方法点出“早寒”，为下文的思乡交代时令和环境，定下基调。因此第二联就自然想到家乡，路途遥远，可望而不可即，流露了思乡情怀。第三联写“乡泪”“孤帆”，思乡情绪就比较直露了，表现出浓烈的怀乡心情，使思想感情一步步深化。最后一联既表现出飘零异乡，羁旅无定的思绪，同时也通过运用典故，曲曲透露出应试落第之后那种前途渺茫、彷徨苦闷的满腔悲愤，意思更加深厚。全诗语句平淡，但又言浅意深，中间两联有工对、有半对，一任自然，绝无斧凿痕迹，显得妙境天成。

刘长卿（709？—790？）

字文房，河间（今属河北）人，一说宣州（今属安徽）人，早岁居洛阳。玄宗开元年间即应进士举，至天宝末始登进士第，释褐长洲尉。肃宗至德三载（758）摄海盐令，同年以事下狱，贬南巴。代宗永泰元年（765）前后入京。大历初以检校祠部员外郎出为转运使判官，后擢鄂兵转运留后，贬睦州司马。德宗建中初迁随州刺史。晚入淮南节度使幕。有《刘随州文集》。

秋日登吴公台上寺远眺[①]

古台摇落后[②]，秋日望乡心。野寺来人少，云峰隔水深[③]。夕阳依旧垒，寒磬满空林[④]。惆怅南朝事[⑤]，长江独至今。

【注释】 ① 吴公台上寺：原诗题有注："寺即陈将吴明彻战场。"始建于南朝，为刘宋沈庆之攻竟陵王刘诞时筑的弩台，后陈将吴明彻攻北齐敬子猷时进行修缮、加高，可以直接射城内。故址在今江苏省扬州市北。② 摇落：草木凋零枯落，此指秋天。宋玉《九辨》："悲哉，秋之为气也！萧瑟兮草木摇落而变衰。"③ 野寺：即吴公台上寺。云峰：高耸入云的山峰。隔水深：隔江遥望，山色更显苍翠。④ 旧垒：指吴公台，因是古迹，故称"旧"。垒：用于防护的军事建筑。磬：寺院用的一种铜铁铸造的打击乐器。⑤ 惆怅：失意而伤感。

【品评】 此诗作于诗人旅居扬州之时，登上吴公台的寺庙远眺，在秋风乍起，草木摇落之际，顿然生起浓浓的乡思。中间两联描绘眺望所及的周围景物，渲染出客游落魄、思乡吊古的感情色彩。“寒磬满空林”一句，运用通感手法，使磬声带上“寒”的温度感，并着一“空”字，让人觉得凄清无限，而又空茫无际，在整个诗的境界中成为点睛之笔。结尾写抚今追昔，南朝古迹尚在，而人事代谢，杳不可见，将满怀“惆怅”化为无尽的长江东逝水，思致更见深沉委婉，耐人寻味。全诗把悲秋、思乡、吊古三者融而为一，妙合无垠，苍凉深邃，前人评此诗“空明萧瑟”“言外有远神”，极为中肯。

送李中丞归汉阳别业[①]

流落征南将，曾驱十万师[②]。罢归无旧业，老去恋明时[③]。独立三边静，轻生一剑知[④]。茫茫江汉上，日暮欲何之[⑤]。

【注释】 ① 李中丞：生平不详。中丞：官名，御史中丞，唐朝为仅次于宰相的要职。汉阳：唐鄂州汉阳县，今湖北省武汉市，为长江和汉水交汇处。别业：别墅。② 流落：形容漂泊、沉沦。驱：驱使，指挥。③ 罢归：罢官归来。明时：政治清明的时代。④ 三边：指汉代边疆三大地区：幽、并、凉三州，后以“三边”泛指边疆。静：指和平安定。轻生：指转战沙场、视死如归。一剑知：只有手中的那把宝剑知道。⑤ 江汉：指长江和汉水。欲何之：打算去向哪里呢？之：去，到。

【品评】 此诗运用对比手法，感叹这位昔日叱咤风云、忠勇报国的将军，如今罢归江汉，无限寂寞，表现了诗人的钦敬和同情。写昔日，“曾驱十万师”，威风凛凛，而“独立三边静，轻生一剑知”，其人的忠肝义胆、卓著功勋和英雄气概，何其壮哉！而一旦流落，则日暮途穷，晚景凄凉，穷愁潦倒，彷徨无依，这两者形成极其强烈的反差，作者的深深感慨也自在不言之中。这里面也自然包含着对自己坎坷境遇的慨叹。整首诗读来慷慨悲凉，情感起伏跌宕，极有气势。

饯别王十一南游[①]

望君烟水阔，挥手泪沾巾[②]。飞鸟没何处，青山空向人[③]。长江一帆远，落日五湖春[④]。谁见汀洲上，相思愁白蘋[⑤]？

【注释】 ① 饯别：摆酒食送别。王十一：姓王，排行十一，生平不详。② 挥手：挥手告别。泪沾巾：眼泪沾湿手巾。③ 飞鸟：此比喻漂泊者。没：消失。空：徒然。④ 五湖：此泛指南方各大湖泊。⑤ 汀：水边平地。洲：水中的小块陆地。白蘋：一种生于浅水中的蕨类植物。

【品评】 这是一首送别友人的诗，表达离别时的心情。诗的手法不落俗套，新颖别致。全诗从首句的“望”字展开，通过描写离别时所见的景物，来表现离愁别绪。描写很有层次：开始是“挥手泪沾巾”，依依不舍；接着是“青山空向人”，望不见友人的身影；然后是“落日五湖春”，想象友人别后所到之处；最后又回到自己，伫立江边，相思无尽，并且照应了开头的“望”字，结构谨严。语言也清新刚健，生动传神。

寻南溪常道人[①]

一路经行处，莓苔见屐痕[②]。白云依静渚，芳草闭闲门[③]。过雨看松色，随山到水源[④]。溪花与禅意，相对亦忘言[⑤]。

【注释】 ① 诗题又作《寻南溪常山道士隐居》。隐居：隐士的居处。② 经行处：走过的地方。莓苔：指长满莓苔的路径。屐（jī）：木鞋，此泛指“鞋”。③ 渚（zhǔ）：水中小块陆地。闭：此指掩蔽、遮没。④ 过雨：雨过天晴。随山：顺着山间小路，由着山势。⑤ 溪花：

溪头野花，此指自然。禅意：佛教所推崇的“静思”境界。忘言：忘记了本该怎样用语言来表达。《庄子·外物》：“言者所以在意，得意而忘言。”

【品评】 此诗是写诗人寻访朋友常道士，但是却没有相遇，而一路所见的景色，却使人赏心悦目，流连忘返。中间四句中的“白云”“静渚”“芳草”“闲门”，已经构成了清幽环境，再用“依”“闭”字轻轻一点，景物间立即产生联系，显得情意盎然；雨后松色青翠欲滴，顺着山路寻访水源，中间嵌入“看”“到”两个动词，人物的行动就表现得清清楚楚，真有画龙点睛之妙，可见作者高超的驱遣字句的艺术。

新年作

乡心新岁切，天畔独潸然[①]。老至居人下[②]，春归在客先。岭猿同旦暮[③]，江柳共风烟。已似长沙傅[④]，从今又几年？

【注释】 ① 乡心：思乡之情。新岁切：新年时节最为急切和强烈。天畔：天边。诗人当时在潘州，今广东茂名，近南海，故称。畔：边。潸(shān)然：形容流泪的样子。② 老至：到了老年。居人下：指遭贬后为人属下，受人差遣。③ 旦暮：清晨和黄昏。④ 长沙傅：指贾谊，西汉文学家、政论家，汉文帝初召为博士，后受人谗害被贬为长沙王太傅。此诗人以贾生自喻。

【品评】 这首诗作于岭南贬所，表现被贬者的悲愤和怀乡的心情。第二联是名句，在思乡之情中渗入仕宦身世之感，就扩大了诗句的容量，增加了情感的厚度。诗人时年五十，还做着县尉小官，故云“老至居人下”。新年中土回春，而岭表天气转热，自己却归期未卜，所以是“春归在客先”，这句显然受到薛道衡“人归落雁后，思发在花

前”的启发,但更加精练。二句自然工整,亦寓妙思,故沈德潜评道:“巧句,别于盛唐正在此中。”(《唐诗别裁集》)

钱　起(722?—780?)

字仲文,吴兴(今浙江湖州)人。玄宗天宝十载(751)登进士第。官至考功郎中、太清宫使。有《钱考功集》。

送僧归日本

上国随缘住,来途若梦行①。浮天沧海远,去世法舟轻②。水月通禅观,鱼龙听梵声③。惟怜一灯影④,万里眼中明。

【注释】 ① 上国:指大唐帝国。随缘:佛教术语,人之身心受外物所感谓之“缘”,随其“缘”而动称“随缘”。后指万事皆随机缘,不予强求。来途:指僧人从日本到大唐的路途。② 浮天:从日本渡海到中国,好似浮舟于天空一样,形容大海之苍茫、路途之迢递。去世:离开尘世,形容身居法舟、浮于沧海,其轻快的心情犹如超凡脱俗一般。法舟:佛法庇护之舟,这是给予日本僧人所乘之舟的美誉。③ 水月:此借用佛教典故以作描写。《智度论》曰:感悟、解读佛经诸法:“如幻如焰,如水中月。”所以诗人说“水月”与“禅观”相通。禅观:即禅理,佛教思想、观点。“鱼龙”句:指鱼龙受佛教化也能通禅观,接受佛家思想。梵声:指佛经。佛教从印度传入中国,所有佛教经典最初都是由梵文翻译而来,故称“梵音”。④ 怜:爱,惜。一灯影:一灯之光照。一灯:比喻禅理,佛家思想如一盏明灯,可以点燃百千灯,让“冥者皆明,明终不尽”(《维摩诘经》)。

【品评】 在唐代,日本与中国的文化交流十分密切,日本僧人在交流中起了不可忽视的重要作用,因此唐代有不少著名诗人都和日本僧人有亲密交往,留下了歌咏深厚友情的篇章,钱起这首诗就非常有名,历代传诵。首二句是写日本僧人来到中国,因远涉重洋而来,故说“若梦行”。后六句都是送行之意,想象在中国修行之后的日本僧人归去时,一叶“法舟”轻飏于沧海之中,水月交辉,鱼龙听梵,暗寓日僧对佛法的精通,表现钦佩之情。“惟怜”二句,形象鲜明生动,表现对日本僧人的深情和眷念,送别之意非常深厚。因为所送是僧人,故诗中多用佛家语,大多语意双关,读来流畅自然,无枯燥晦涩之感。

谷口书斋寄杨补阙[①]

泉壑带茅茨,云霞生薜帷[②]。竹怜新雨后[③],山爱夕阳时。闲鹭栖常早[④],秋花落更迟。家童扫萝径,昨与故人期[⑤]。

【注释】 ① 谷口:地名,在今西安市南郊,诗人任考功郎中时在谷口建有谷口别墅。杨补阙:生平不详。补阙:官名。② 泉壑:山谷中的清泉。带:像带子一样环绕。茨(cí):用芦苇、茅草盖的屋顶,指茅屋。薜帷:用薜荔织就的帷帐,这是对“帷”的一种艺术美饰。③ 怜:喜爱。④ 鹭:水鸟名,嘴尖、颈长、翼大,常见有白鹭、苍鹭。栖常早:常常早早归巢栖息。⑤ 萝径:女萝掩映的小路。古人以“扫径”表示热情好客,恭敬迎客。期:约会。

【品评】 此诗意在邀请朋友杨补阙来自己新建的别墅,到书斋小叙。这是以诗代柬,构思很是别致。前三联全是写谷口书斋的景物:第一联点明书斋是在山上的高处,环境清幽;第二联写新雨之后的翠竹和夕阳笼罩下的山色,突出其秀美的特点;第三联写悠闲的白鹭和正在开放的秋花,说明正是美好的季节。这些细致而生动的描绘,让人深深感到书斋的美好,促使杨补阙心驰神往,早日光临。到临末，才点出相邀之意，显得委婉而又情意恳挚，尤见盛待故人之情。可以想见，杨补阙在读到这首诗之后，一定会欣然起行的。全诗语言也清新明丽，寓深情厚谊于真率自然之中。

韦应物

淮上喜会梁州故人[1]

江汉曾为客，相逢每醉还[2]。浮云一别后，流水十年间[3]。欢笑情如旧，萧疏鬓已斑[4]。何因北归去[5]，淮上有秋山。

【注释】 ① 淮上：淮水之滨，指今江苏省淮安市一带。梁州：今陕西省汉中市。会：聚会。② “江汉”句：曾经在江汉一带做客。江汉：长江和汉水，梁州在汉水流域。“相逢”句：每次相逢必醉而返。以上是回忆过去在梁州时候。③ “浮云”句：分别后如浮云漂泊不定、不知东西。流水：形容时间如流水，飞逝而过。④ 萧疏：形容头发纷乱、稀疏的样子。鬓：两颊靠近耳朵边的头发。斑：花白。⑤ 何因：什么缘故。

【品评】 此诗写老朋友在阔别多年之后，重逢时那种悲喜交集的情景。首联回忆在“江汉”时二人的亲密交往，“每醉还”，其间包含着多少令人难以忘怀的美好记忆！次联写二人后来行踪不定，一别就是十年，其间又包含着多少相思！这两句是工对，但又好像流水对，读来非常自然流畅，可见作者高妙的技巧。第三联感叹重逢时已经衰老，最后是互相关切的问答，处处流露出二人间深厚的友谊。全诗紧扣“喜会”二字来写，其间虽有离别的惆怅和自伤老大的感喟，但字句间仍洋溢着一种爽朗乐观的情绪，给人以积极豪迈的感觉。诗歌文字洗练，清纯简古，显得情真语挚。

赋得暮雨送李曹[①]

楚江微雨里，建业暮钟时[②]。漠漠帆来重，冥冥鸟去迟[③]。海门深不见，浦树远含滋[④]。相送情无限，沾襟比散丝[⑤]。

【注释】 ① 赋得：古人作诗，凡指定、限定诗题，按例都得在标题前加“赋得”二字，意思是“吟诗”。李曹：又作李胄、李渭，生平不详。② 楚江：古代楚地的江河，此泛指江南各河流。建业：古城名，三国孙权时吴国的国都，故址在今江苏省南京市南。③ 漠漠：形容细雨迷蒙、水雾弥漫的样子。帆来重：形容微雨中舟行缓慢。冥冥：形容细雨黄昏，天色灰暗的样子。④ 海门：地名，长江入海处。深：此指“远”。浦树：水边、岸上的树林。含滋：指树上积满水气。⑤ 沾襟：指流泪。散丝：飘洒的雨丝。

【品评】 这是在暮雨中送别友人的一首诗。开始二句写“微雨”“暮钟”，点出时间、地点和环境，又用江边钟声来烘染，突出了惜别的氛围。中间两联就细致地描写江岸所见景象，其中“重”字、“迟”字、“深”字、“滋”字，都写得极其准确而又形象生动，可谓精于炼字，把暮色微雨中那种朦胧不清、烟雨迷茫的种种景色描绘得十分真切传神，而这些景色中，又无一不暗含着送别时那种黯然神伤的情绪，情景交融，蕴藉深厚。最后直抒临别依依之情，又用“散丝”来比沾襟之泪，与首句“微雨”相照应，意味隽永，情意深长。李维桢在《唐诗隽》中说“从来咏物佳句，夸此为最”，给予了高度评价。

韩　翃

生卒年不详。字君平，南阳(今河南南阳)人。玄宗天宝十三载(754)登进士第。建中初以《寒食诗》受知德宗，授驾部郎中知制诰，终中书舍人。为“大历十才子”之一。有《韩君平集》。

酬程延秋夜即事见赠[①]

长簟迎风早，空城澹月华[②]。星河秋一雁，砧杵夜千家[③]。节候看应晚，心期卧已赊[④]。向来吟秀句，不觉已鸣鸦[⑤]。

【注释】 ① 酬：此指以诗应对、赠答。程延：又作程近，生平不详。《秋夜即事》为程延原诗诗题。② 长簟：指宽大的竹席。空城：寂静的城市。澹：形容月光澄澈如水，洒满天地。月华：指月光。③ 秋一雁：秋天的孤雁。砧(zhēn)：捣衣用的石板。杵(chǔ)：捣衣用的木棒。④ 节候：节令、时节。晚：指时令已近岁末。心期：内心互相倾慕，此指因倾慕而思念。卧已赊：睡已晚。赊：赊欠，指迟、晚。⑤ 向来：方才、刚刚。秀句：好诗句，指程延的诗作。鸣鸦：天亮了鸦才叫，指天已微明。

【品评】 这是作者给朋友程延的一首酬答诗，描写秋夜情景，寄寓二人友谊，字句间流露出深厚的情意。前四句写秋夜景象，空城月华，砧杵千家，有声有色；后四句怀念朋友，相思无尽，以至吟诵赠诗而通夜不寐，情真意切，读来非常感人。其中“星河秋一雁，砧杵夜千家”，运用嵌字修辞格，将题中“秋夜”二字暗含其中，景象亦清新明秀，历来受到称誉。查慎行在《初白庵诗评》中说：“‘秋’‘夜’二字极寻常，一经炉锤，便成诗眼。”是很中肯的。

刘昚虚

生卒年不详，字全乙。洪州新吴(今江西奉新)人。玄宗开元二十一年(733)登进士第。《全唐诗》存诗十五首。

阙　题[①]

道由白云尽，春与青溪长[②]。时有落花至，远随流水香。闲门向山路，深柳读书堂[③]。幽映每白日[④]，清辉照衣裳。

【注释】　① 阙题：即原题缺失，此题为后人所加。阙：同“缺”。② 由：从。白云尽：道路至白云处而尽，形容身居高处。春与青溪长：溪有多长，春色就延伸多远。形容春满青山。③ 闲门：清静的门庭，形容少有人打扰。向：朝着，对着。深柳读书堂：读书堂掩映在一片茂密的柳树林中。④“幽映”句：明媚的阳光映射出斑驳的树影，使人更觉清幽宜人。

【品评】　这是一首著名的写景诗，写在春天的美好季节，诗人入山沿溪一路寻幽览胜的情景。前四句写所见景色，白云悠悠，春光无限，流水落花，一片幽静，使人如临其境。后四句在景物中写出“读书堂”和“清辉照衣裳”的人，使美好春景中，更透出无限生机。全诗给人以意境幽美秀丽和超凡脱俗的感觉，流露出诗人闲逸潇洒的情趣，周珽在《唐诗选脉会通》中评曰：“此诗清空朴古，全不见斧凿痕，趁笔随机，似浅似深，有意无意，从起到结，语语烟霞。……大约眘虚之诗，思由天出，巧从自然，故落墨毫不着色相乃尔。”可供赏读此诗时参考。

戴叔伦（732—789）

字幼公，一作次公；或作名融，字叔伦，润州金坛（今属江苏）人。早岁师事萧颖士，安史乱中避地鄱阳。代宗初为秘书省正字，入刘晏幕。德宗建中元年（780）出为东阳县令，四年入江西节度使幕为判官。兴元元年（784）为抚州刺史，翌年封谯县开国男。贞元间授容州(今广西容县)刺史、容管经略使兼御史中丞。《全唐诗》存诗两卷。

江乡故人偶集客舍[1]

天秋月又满,城阙夜千重[2]。还作江南会,翻疑梦里逢[3]。风枝惊暗鹊,露草泣寒虫[4]。羁旅长堪醉,相留畏晓钟[5]。

【注释】 ① 江乡:即水乡小镇。故人:老朋友。偶:偶然、碰巧。② 天秋:气候已到秋天。月又满:指月又圆。城阙:指皇宫所在地京城长安。阙:皇宫前建于两侧以供瞭望的楼台,中间是道路。夜千重:形容夜色很浓,即夜深。③ 作江南会:举行江南故交的聚会。翻:反而。④ 风枝:随风摇曳的树枝。泣寒虫:秋虫的鸣叫声就像是在悲泣。⑤ 羁旅:远行时留滞异乡不得归来。羁:寄居在外。晓钟:报晓的钟声。

【品评】 做客异乡,自有一种淡淡的客愁,而他乡故人偶然相聚,就难免悲喜交并,复增羁旅愁思了。这首诗正是写这种感觉的。前两联写秋夜之时,在客中与老朋友突然相逢,怀疑好像在梦中,惊喜之情见于言外。后两联写秋夜的鹊惊虫泣,环境不无凄凉之感,而"羁旅长堪醉,相留畏晓钟",更见出对同乡偶然聚会的珍惜,表现出深厚的友情,同时也流露出天明告别时一定会有的凄伤之感。这种细致的心理描写,加上"惊""泣""畏"等字的巧妙运用,把喜忧交织的情感描写得非常出色。

卢　纶(748?—800?)

字允言,郡望范阳(今河北涿州),籍贯蒲州(今山西永济)。大历十才子之一。天宝末举进士不第。安史乱中避地鄱阳,与吉中孚为林下之友。代宗大历初宰相元载取其文以进，授阌乡尉，迁集贤院学士。官至检校户部郎中。有《卢纶诗集》。

送李端[①]

故关衰草遍[②]，离别正堪悲！路出寒云外，人归暮雪时[③]。少孤为客早，多难识君迟[④]。掩泣空相向，风尘何所期[⑤]？

【注释】 ① 诗题又作《李端公》。李端：字正己，今河北省赵县人，唐代宗大历五年（770）进士。弃官后隐居于南岳衡山。公：古代对人的尊称。② 故关：旧时的关塞，此指故乡。衰草：秋冬时节枯萎衰败的野草。③ 寒云外：形容道路迢递，延伸至寒云之外，看不到尽头。④ 少孤：幼年丧父谓之孤。为客早：指年轻时就开始远游，漂泊他乡。多难：命运多艰。⑤ 掩泣：掩面而泣。风尘：指战争、社会动乱，此指安史之乱。何所期：何时才相见。期：相见之日。

【品评】 这是作者送别同为"大历十才子"之一的老朋友李端的诗，诗中表现出朋友之间深厚的友情。诗歌的中心在首联的一个"悲"字上。首联"故关衰草"，是悲的时地；次联"寒云""暮雪"，是悲的具体环境；三联"少孤""多难"，而又相识很晚，是悲的原因；末联掩泪相期，是悲别后难逢。一个"悲"字贯穿全篇，其内心的悲痛难以言表。俞陛云在《诗境浅说》中说："诗为乱离送友，满纸皆激楚之音。前四句言岁寒送别，念征途之迢递，值暮雪之纷飞，不过以平实之笔写之。后半篇沉郁激昂，为作者之特色。"诗歌低回婉转，情辞恳挚，朴实自然而又顿挫有致，读来凄婉动人。

李　益（748—827）

字君虞，凉州姑臧（今甘肃武威）人。代宗广德二年（764）凉州陷于吐蕃前，随家迁居洛阳。大历四年（769）登进士第，六年登制科举。大历九年（774）到贞元十六年（800）间，在唐王朝连年举兵防秋的形势下，辗转入渭北、朔方、邠宁、幽州节度使等幕府，长期从戎。有《李益集》（《李君虞诗集》）。

喜见外弟又言别[①]

十年离乱后，长大一相逢[②]。问姓惊初见，称名忆旧容[③]。别来沧海事，语罢暮天钟[④]。明日巴陵道[⑤]，秋山又几重？

【注释】 ① 外弟：指表弟，不同姓，故称“外”。② 一：乃，竟。③ 问姓：询问姓氏。惊初见：指为一个似曾相识的“初见者”感到惊讶。称名：互道名字。④ 沧海事：即沧海桑田。沧海变成了桑田，形容世事变化巨大。暮天钟：天空中传来日暮的钟声，指天色已晚。⑤ 巴陵道：通往巴陵郡的道路。巴陵：唐巴陵郡，治所在今湖南省岳阳。

【品评】 本诗写诗人与表弟乍逢又别的情景，把乱世人生的感慨和久别重逢的惊喜，以及后会难期的惆怅，都生动地表现出来。“问姓惊初见，称名忆旧容”二句，看似平平道来：乍见时问询对方姓氏，好像惊喜新朋友的初次见面，但等到对方说出了名字，才猛然想起原来就是“我”的表弟，回忆起了旧日的容貌。这种他乡遇故人的情景，意外的惊喜，乱离中的无尽感叹，可谓绘声绘色，表现得极其生动传神，真有惊心动魄之概。尾联不直说明日就要相别的伤感，而是写“秋山又几重”，轻轻一问，无限关切自在其中，显得情意深远有味。

司空曙（720？—790？）

字文明，广平（今河北鸡泽东南）人。早年赴京应试不第，安史之乱中避地南方。代宗大历初任洛阳主簿,后入朝为左拾遗。德宗建中年间贬长林县丞。贞元四年(788)前后入剑南节度使韦皋幕,官检校水部郎中,终虞部郎中。《全唐诗》存诗两卷。

云阳馆与韩绅宿别[①]

故人江海别,几度隔山川[②]。乍见翻疑梦,相悲各问年[③]。孤灯寒照雨,深竹暗浮烟。更有明朝恨,离杯惜共传[④]。

【注释】 ① 云阳:唐时地名,在今陕西省三原境内。馆:客舍、宾馆。韩绅:生平不详,又作韩升卿。宿别:同住一夜后分别。② 几度:多次。隔山川:被山川所阻隔。③ 乍见:突然相见。翻:反而。相悲:相对悲泣。各问年:询问各自的年龄。④ 离杯:指告别酒。惜:痛惜、伤怀。共传:交互传递。

【品评】 这首诗是写老朋友久别骤逢,而很快又要分别的情景的。与"问姓惊初见,称名忆旧容"一样,此诗第二联"乍见翻疑梦,相悲各问年"也是历来传诵的名句,但不同的是,此写熟识的老朋友骤然相会,彼此是不会记不起对方的姓名和容貌的,因此不必"问姓",也不必"忆旧容",倒是倏然间觉得对方老了一头,不免要叙叙年齿,发一通感慨的。作者能很敏锐地把握特定情境下的感受,并将刹那间的细腻的心理波折精确地描绘出来,于是成为异常动人的艺术表现。范晞文在《对床夜语》中说:"唐人会故人之诗也。久别倏逢之意,宛然在目,想而味之,情融神会,殆如直述。前辈唐人行旅聚散之作最能感动人意,信非虚语。"全诗真朴自然,细腻深婉,堪称佳构。

喜外弟卢纶见宿[①]

静夜四无邻,荒居旧业贫[②]。雨中黄叶树,灯下白头人。以我独沉久,愧君相见频[3]。平生自有分,况是霍家亲[4]!

【注释】 ① 外弟:指表弟,不同姓,故称“外”。卢纶:“大历十才子”之一,字允言,今山西永济人。屡试不第,后得元载推荐得仕,官至郎中。② 旧业贫:指诗人在故乡的原有土地财产因战乱而凋敝。③ 以我独沉久:因为我孤独、沉沦得太久。相见频:频繁来看望我。④ 分(fèn):情分、亲情。霍家亲:指表亲关系。西汉大将霍去病是卫青姊妹的儿子,称呼卫青为“舅舅”,两家为表亲。霍:一作“蔡”。

【品评】 此诗写在穷愁潦倒中可贵的亲情和友情。诗最有名的是第二联。谢榛《四溟诗话》说:“韦苏州曰‘窗里人将老,门前树已秋’,白乐天曰‘树初黄叶日,人欲白头时’,司空曙曰‘雨中黄叶树,灯下白头人’,三诗同一机杼,司空为优,善状目前之景,无限凄凉,见乎言表。”三诗都是以枯黄的树叶作为人的衰老的象征意象,很生动。但是,同一机杼,司空曙句所以为优,一是因为他使用了名词句,舍去了描写陈述的语法部分,由于静态的呈示而突出了“黄叶”“白头”的视觉印象,比较耐味;二是多了雨景和昏灯作为背景,大大加强了悲凉的气氛。因此,读来更加感人。

贼平后送人北归[1]

世乱同南去,时清独北还[2]。他乡生白发,旧国见青山。晓月过残垒,繁星宿故关[3]。寒禽与衰草,处处伴愁颜[4]。

【注释】 ① 贼平后:指安史之乱平息后。② 同:一起、一道。时清:指战乱平息,世道清明。③ 残垒:废墟。关:关塞。④ 寒禽:寒风中的飞鸟。衰草:枯萎衰败的野草。愁颜:愁苦的面容。

【品评】 此诗写安史之乱平息后,诗人送友人北归时的感触,世乱年荒，悲愁交迸，反映了安史之乱给社会人生带来的严重破坏和深重灾难。作者家乡在今河北省境内，正是乱军盘踞之所，诗歌回忆了他们一起向南逃难的情景，如今友人北归，而自己却不得不滞留异乡，亦喜亦悲，情见乎词。诗中“他乡生白发，旧国见青山”一联，深受后人赞叹，它不仅写出了“雨中黄叶树，灯下白头人”的人世沧桑，也写出了“国破山河在”的世事变迁，包蕴深厚。此诗通首皆佳，结句把“寒禽”、“衰草”与“愁颜”并举，描写生动，对战乱的憎恶和对离情的伤痛，一寓其中，耐人寻味。

刘禹锡（772—842）

字梦得，匈奴血统，祖上于北魏孝文帝时改汉姓，入洛阳籍。贞元九年（793）与柳宗元同榜登进士第，同年又登博学宏词科。永贞革新时为屯田员外郎，后贬朗州（今湖南常德）司马。元和十年（815）召还长安，复出为连州（今广东连州）刺史。敬宗宝历二年（826）还洛阳。开成元年（836）以太子宾客分司东都，与白居易颇多唱和，编为《刘白唱和集》。有《刘宾客集》。

蜀先主庙[①]

天地英雄气，千秋尚凛然[②]！势分三足鼎，业复五铢钱[③]。得相能开国，生儿不像贤[④]。凄凉蜀故伎[⑤]，来舞魏宫前。

【注释】 ① 先主庙：指今重庆市奉节的刘备庙。刘备：字玄德，三国时蜀汉建立者，谥昭烈皇帝，世称“刘先主”。② 尚：还。凛然：令人敬畏的样子。③ 势分：天下形势划分。三足鼎：成“三足鼎立”之势。古鼎有三足，形容当时魏、蜀、吴三国对峙的局面。复：恢复实行。五铢钱：汉武帝时通行的钱币。西汉末王莽篡权，废五铢钱，后东汉光武帝刘秀再行恢复实行。以上写刘备光复汉室的业绩。④ 得相：指刘备三顾茅庐请诸葛亮出山拜相，辅佐刘备据蜀称帝。不像贤：指刘备的儿子刘禅昏庸无能，不像诸葛亮那样贤能，终致亡蜀。⑤“凄凉”句：公元 264 年魏伐蜀，刘禅见大势已去，仓皇出降，遂迁洛阳封安乐公。一日宴会上表演蜀国歌舞，故臣皆为之落泪，只有刘禅嬉笑自若。司马昭对贾充说：“人之无情，乃至于此。”故伎：过去蜀国的伎女。伎：古代以歌舞为业的女子。

【品评】　此诗是作者在任夔州（今奉节）刺史时所作，这里的“蜀先主庙”是指白帝城的刘备庙。诗歌前四句赞扬刘备在开创蜀汉时的功业，起句“天地英雄气，千秋尚凛然”，气势雄伟，健拔有力；“势分”二句，用典精切，而又对仗工整，不露痕迹，流露出对刘备的深深倾慕之情。后四句以刘禅与先主相比，慨叹其昏庸无能，以致蜀国灭亡，自己也成为阶下之囚。这种前后强烈对比，唤起人们对盛衰之由的思考，那就是“得相能开国”，这也就是这首咏史诗的主旨所在：国家兴亡，关键在用人。联系刘禹锡参加“永贞革新”遭到失败的政治实践来看，这种咏史吊古，其实也是借古讽今，表现出作者对当时朝廷不能任用贤才，以致革新失败、国力日衰的沉痛慨叹。也正因此，此诗成为咏史中的名篇。

张　籍（768？—830？）

字文昌，祖籍吴郡（今江苏苏州），后移居和州（今安徽和县）。贞元十五年（799）登进士第。历任太常寺太祝、国子助教、国子博士、水部员外郎、主客郎中、国子司业。世称张水部、张司业。有《张司业集》。

没蕃故人[1]

前年戍月支，城下没全师[2]。蕃汉断消息，死生长别离。无人收废帐，归马识残旗[③]。欲祭疑君在[④]，天涯哭此时。

【注释】 ① 没蕃故人：指战死在吐蕃的老友。蕃：指青藏高原上的吐蕃。② 戍：驻守。月(ròu)支：本为汉代西域国名，此借指吐蕃。没(mò)全师：亡了一个师。没：亡，死。③ 废帐：废弃的军帐。残旗：残破的战旗。④ 疑君在：怀疑你还活着。

【品评】 此诗为战败陷落在吐蕃的故人而作，表现出对生死难明的悬念和悲哀。首联开门见山，交代战争的时间、地点和结果，“没全师”，语意痛切。次联推进一层，因消息断绝，生离成了死别，一个“长”字，更见沉痛。第三联宕开一笔，写想象中战场的凄凉，补足第一联的意思，深化对故人的思念，诗句中生动形象的描写，凄惨直欲催人泪下。尾联写祭吊时“欲祭疑君在”的犹疑心情，凄苦万状，难怪诗人要“天涯哭此时”了。全诗充满对没蕃故人的怀念，也表现出对战争的痛恶和对和平的向往。

白居易

赋得古原草送别[①]

离离原上草，一岁一枯荣[②]。野火烧不尽，春风吹又生。远芳侵古道，晴翠接荒城[③]。又送王孙去，萋萋满别情[④]。

【注释】 ① 古人作诗，凡指定、限定诗题，按例都得在标题前加“赋得”二字，意思是“吟诗”。相传白居易作这首命题诗时年仅十六岁。② 离离：形容草木丰茂的样子。原：原野。一岁一枯荣：指“原上草”一年之内从枯萎而繁盛。③ 远芳：向远方蔓延的芳草。

侵：本义为侵犯，此指遮掩、掩蔽。晴翠：形容芳草在阳光下呈现出一片翠绿。接：连接。④ 王孙：本指贵族子弟，此指诗人送别的即将远行的人。萋萋：形容草很茂盛的样子。《楚辞·招隐士》："王孙游兮不归，春草生兮萋萋。"

【品评】 这是白居易青年时期的作品，也是他的成名之作。全诗重点在咏"古原草"，最后带出送别之意。首联即破题面"古原草"三字，点明不是一块草地，而是大草原；"离离"叠字，状出草的茂密，景象开阔；"一"字连用，形成咏叹，先道出一种生生不已的情味。次联紧承上"枯荣"，歌咏野草所具有的顽强生命力，一句写枯，一句写荣，"烧不尽"与"吹又生"，唱叹有味，对仗亦自然天成，写出了一种在烈火中再生的典型，富于哲理意味，遂为千古名句。从命题作诗的角度看，全诗将"古原""草""送别"打成一片，神完意足；而且能融入深刻的生活感受，包含非常深刻的哲理意味，故为佳作。

杜 牧（803—852）

字牧之，京兆万年（今陕西西安）人。宰相杜佑之孙。文宗大和二年（828）登进士第，登贤良方正能直言极谏科，授弘文馆校书郎。同年应沈传师之辟，为江西团练巡官，后随沈赴宣州。七年应牛僧孺之辟，在扬州任淮南节度府推官，转掌书记。九年回京任监察御史，后分司东都。开成中回京任左补阙，转膳部、比部员外郎，皆兼史职。武宗会昌二年（842）后出为黄州、池州、睦州等地刺史。宣宗大中二年（848）擢司勋员外郎，转吏部员外郎，四年复守池州。五年入为考功员外郎、知制诰，次年为中书舍人。有《杜樊川集》（《樊川文集》）。

旅 宿[①]

旅馆无良伴，凝情自悄然[②]。寒灯思旧事，断雁警愁眠[③]。远梦归侵晓，家书到隔年[④]。沧江好烟月[⑤]，门系钓鱼船。

【注释】 ① 旅宿：即旅途夜宿。② 良伴：好的同伴。凝情：凝神定气，陷入沉思。悄然：形容抑郁、愁闷的样子。③ 断雁警愁眠：因心中愁闷而睡不安眠，被孤雁惊醒。断雁：指孤独失群的断肠雁。警：此指惊起。④ 侵晓：破晓，凌晨。隔年：间隔了一年。⑤ 沧江：寒江。好烟月：形容晨雾中美丽而朦胧的月色。

【品评】 这是一首抒写羁旅客馆、思乡怀亲的作品。开始两句直抒胸臆，因孤栖无友，独坐生愁，为全诗奠定愁苦基调。中间两联写面对寒灯独忆往事，而断鸿惊眠；天明梦醒，家乡亲人又音信杳然。凡此种种，处处不离一个"愁"字，使得诗中愁绪缭绕。但到最后，诗人却放开一步，转而将笔触移到沧江烟月的钓船上，羡慕江边人家的安定生活，这就从反面衬托了自己的愁绪，而显得韵味无穷，构思非常巧妙独到。

许　浑（791—858）

字用晦，郡望安陆（今属湖北），籍贯洛阳（今属河南）。成年后移家京口（今江苏镇江）丁卯涧，因以名集。文宗大和六年（832）登进士第。仕文宗、武宗、宣宗三朝，历任当涂、太平县令，虞部员外郎，监察御史，润州司马，郢、睦二州刺史等职。有《丁卯集》。

秋日赴阙题潼关驿楼[①]

红叶晚萧萧，长亭酒一瓢[②]。残云归太华，疏雨过中条[③]。树色随山迥[④]，河声入海遥。帝乡明日到，犹自梦渔樵[⑤]。

【注释】 ① 赴阙：奔赴长安。阙：皇宫前的瞭望楼，此指京城长安。潼关：唐代要塞，在今陕西省潼关境内。驿：即驿站。古代专供官府更换传递公文消息的驿马、车辆，以及供官员中途临时休息、食宿的地方。② 萧萧：象声词，形容风吹树叶的声音。长亭：古人在通衢大道旁建筑亭台，五里一短亭，十里一长亭，供行人话别、歇憩。此长亭指潼关驿楼。③ 太华：即西岳华山，在今陕西省华阴县境内。因山之西有少华山，故称太华。中条：山名，在今山西省永济境内。④ 迥：远。⑤ 帝乡：皇帝的居处，指京城长安。梦渔樵：梦想像寻常渔夫和樵夫那样生活，即归隐。

【品评】　这首诗是表现出仕与隐居的矛盾心理的。诗人是镇江（今属江苏）人，应试路过潼关，就要进入京城长安了，却还怀念着渔樵生活。起二句点明环境、活动，红叶萧萧，与题目“秋日”相应，长亭饮酒，因而游目骋怀。中间四句即游目所见：太华、中条，左顾右盼，视通万里；树色河声，俯仰之间，景色如画。这两联巨笔如椽，境界十分阔大，前人评此诗“高华雄浑”，即是指此。结尾处，犹自笔力不凡：“帝乡明日到”，是说明日即可到京，长途跋涉之劳顿然消失；但“犹自梦渔樵”，却出人意表，说明自己并非汲汲功名富贵之流，本意自在沧州山林。这种诗意的曲折起伏，在中间两联的铺垫下，曲折深婉，使全诗显得格调高古雄浑，而又余味无穷。这体现出作者独特的匠心。

早　秋

遥夜泛清瑟[①]，西风生翠萝。残萤栖玉露，早雁拂金河[②]。高树晓还密，远山晴更多。淮南一叶下[③]，自觉洞庭波。

【注释】　① 遥夜：长夜。泛：泛起，传来。清瑟：凄清的瑟声。瑟：古弦乐器，今天使用的瑟分十五弦或十六弦。② 玉露：像玉一样晶莹的露珠。拂：轻轻掠过。金河：指秋天的银河。古代认为秋属五行中的金,故称。③ 淮南一叶下:指秋天到来。《淮南子·说山训》:"见一叶落而知岁之将暮。"自觉洞庭波:指自然感受到秋之来临。《九歌·湘夫人》:"袅袅兮秋风,洞庭波兮木叶下。"

【品评】 这首诗所写,一如诗题,是专咏初秋景象的,属山水诗一类。诗分两截,前截写夜间景象:瑟声凄清,风吹藤萝,流萤出没,大雁南飞,流露出一片清凉而略带凄冷的情感。后截写白天景象:高树浓密,远山晴照,落叶初下,洞庭波涌,虽也有淡淡的愁怀,但总的感觉却是明朗雄浑,与夜间大为不同。全诗运用各种与早秋相关的意象,准确地描绘出富有季节特色的景象,生动形象,意蕴也比较丰厚。第五句的"晓"字与首句的"夜"字相互照应,暗示出时间的变化,使前后两截衔接自然紧密,富有巧思。

李商隐

蝉

本以高难饱,徒劳恨费声[①]。五更疏欲断,一树碧无情[②]。薄宦梗犹泛,故园芜已平[③]。烦君最相警,我亦举家清[④]。

【注释】 ① 本以高难饱:本因居高饮露而难免饥饿。古人认为蝉栖于乔木而食洁,以之为高洁的象征。恨费声:指蝉苦鸣不已,通宵达旦。② 疏欲断:指蝉声逐渐稀疏,直至声嘶力竭近于停止。碧无情:指树木犹自青翠,根本不理解蝉的苦衷。③ 薄宦:卑微的官职。梗犹泛:像桃梗一样依然漂泊不定。《战国策·齐策》载,孟尝君要去秦国,苏秦劝阻说:你于秦不过是桃梗刻为人形,"降雨下,淄水至,流子而去,则子漂漂者将何为耳?"芜已平:杂草丛生掩没了家园。芜：丛生的杂草。④ 君：指蝉。警：警示。举家清：全家一起过清苦而高洁的生活。

【品评】　此诗咏蝉，实是托物寓怀，抒写诗人自己高洁的志向。前四句写蝉栖止高树，饮露悲鸣，却不为碧树同情；后四句写诗人处境凄凉，漂泊无依，与蝉的情况极为相似，因而深深感叹，同时表示要坚守清贫，表现出可贵的品格。前后两部分相辅相成，咏蝉中有身世之感，抒发身世之慨中又与蝉紧扣，浑然融合，达到了很高的艺术境界。作者写蝉，不重蝉的外形的描绘，而是遗貌取神，抓住蝉的生活习惯，着力于其给人的心理感受来写，这就突出特点，深入一层，而不浮泛。

风　雨

凄凉宝剑篇，羁泊欲穷年[①]。黄叶仍风雨，青楼自管弦[②]。新知遭薄俗，旧好隔良缘[③]。心断新丰酒，消愁斗几千[④]。

【注释】　① 宝剑篇：为初唐郭震所作。《新唐书·郭元振》载：郭震字元振，曾任通泉尉，因任侠使气受到武则天责备，不料在交谈中武则天发现了郭震的才华，并要求索看其文章。郭震终以《宝剑篇》换来了自己的政治前途。此诗人从《宝剑篇》不为人知时写起，感叹空有其才华却不为人知。羁泊：四处漂泊、羁留外乡。穷年：耗尽有生之年。穷：尽。② 仍风雨：经历几番风和雨。仍：重复，屡次。青楼：旧时妓女聚居的地方。此比喻没有操守的小人。自管弦：各自只管弹自己手中的琴弦，指只管自行其乐，不顾他人伤悲。③ 新知：新的知己。薄俗：指世风不淳。隔良缘：指良缘已断。隔：绝、断。④ 心断：断绝心愿、想法。新丰酒：指初唐时马周受冷遇的故事。《新唐书·马周》载，马周因人举荐得见唐太宗，并授以高官。可是在他落魄的时候，曾在新丰客舍独饮，备受店主人冷遇。此诗人自喻,自以为有马周之才情却无马周之幸运。几千:几千酒钱。

【品评】 诗以风雨起兴,既是眼前景物的写实,也是人间风风雨雨的暗示。诗歌表现出诗人自伤怀才不遇,而又交游冷落的苦闷愁怀。中间两联,以黄叶风雨与青楼管弦相对,把人间苦乐不平的情况表现得非常强烈;又以新知与旧好相比,将世态炎凉、人情冷暖,也写得极其深刻。这是作者自己身世的写照,正因为有了真实的生活体验,再加以艺术表现,才写得如此深切动人。

落　花

高阁客竟去,小园花乱飞①。参差连曲陌,迢递送斜晖②。肠断未忍扫,眼穿仍欲归③。芳心向春尽,所得是沾衣④。

【注释】 ① 高阁客:在高高的楼阁上赏花的人。阁:古代一种底部被架空的楼。花乱飞:形容花凋谢飘零时随风翻卷、纷飞的样子。② 参差(cēn cī):形容高下、长短不齐,错落的样子。陌:本义为田间小道,东西为陌,南北为阡。引申为路、街。迢递:遥远的样子,此形容花瓣随风飘得很远。③ 肠断:形容极度悲痛。未忍扫:不忍心扫花径。眼穿:望眼欲穿,形容盼望心切。④ 芳心:语意双关,指落花也指惜花之人。沾衣:指眼泪打湿衣襟。

【品评】 这首诗咏落花,也是以花自比,在一片伤春之情中,暗寓着自己不被理解的痛苦心情。高阁客去,见出诗中抒情主人公的孤独无告,而正当此时,小园花落,夕阳残照,又增几多凄凉!见花飘去,已然肠断,流露一片惜春之心,而芳心向尽,换来的却是泪下沾襟,包含着多少无可奈何的悲苦!诗歌在情景交融中,抒发了缠绵伤感而又凄迷怅惘的情怀,这也是诗人身世的写照,读来哀婉动人。

凉　思

客去波平槛，蝉休露满枝[①]。永怀当此节，倚立自移时[②]。北斗兼春远，南陵寓使迟[③]。天涯占梦数，疑误有新知[④]。

【注释】 ① 波平槛：指分别时春水丰盈，水面开阔，远看似与槛平。槛：栏杆。蝉休：蝉停止鸣唱。② 永怀：永久的思念。当此节：正当这个时节。自移时：时间自然流逝。③ 北斗：指北斗七星。兼春远：与已逝的春天一样遥远。南陵：地名，今安徽省南陵，作者于公元836年至840年之间暂居于此，且多有结交。寓使：指信使。④ 占梦：古人相信占梦术，认为通过梦的内容可以预测祸福吉凶。数：屡次、多次。有新知：有新的知音，指结交新朋友。

【品评】 这首诗反映诗人在秋夜思念远方友人的种种愁思。首联写离别之久，但却不是直白道来，而是用自然景物"波平槛""露满枝"来暗示时间的推移。次联写思念之切，倚立移时，见出人物的活动，倍加真切。第三联写与友人相距遥远，难通书问，音信杳然，益见苦思。最后写自己根据梦中景象来占卜，想知道友人是否忘记自己，又怀疑自己是否误会对方有了新知，一片迷离恍惚，刻骨铭心的思念，简直到了"看朱成碧"的程度，其间包含着多少失望与抑郁！全诗以"思"字为主线，反复描写，步步深入，显得思致曲折而又结构谨严。

北青萝[①]

残阳西入崦[②]，茅屋访孤僧。落叶人何在，寒云路几层[③]。独敲初夜磬，闲倚一枝藤[④]。世界微尘里，吾宁爱与憎[⑤]。

【注释】 ① 萝：泛指藤蔓植物，常见的有女萝、松萝、茑萝。

② 崦(yān):指神话传说中的崦嵫山,乃“日没所入山也”,即日落处(《山海经·西山经》郭璞注)。③ 寒云路几层:即路绵延至几层寒云处,形容小路延伸至云深处。④ 独敲初夜磬:独自在初夜时敲磬。初夜:指黄昏时分。磬:古代一种形状似曲尺的打击乐器,用石或玉制成。藤:此指藤杖。⑤ 世界微尘里:意为纷繁复杂的大千世界在宇宙中都只不过是些微尘。语出《法华经》:“书写三千大千世界事,全在微尘中。”吾宁爱与憎:我岂还在乎什么爱与憎。宁:岂,为什么。

【品评】 此诗写诗人在黄昏时分去访问一位僧人,却没有遇见,从而有闲仔细观看环境,并由此悟出“禅理”。诗人把深山描写得萧森幽眇,以“落叶人何在,寒云路几层”来烘托僧人远离尘世的孤高情怀;“独敲初夜磬,闲倚一枝藤”,是想象僧人的生活情况,把孤高写得更加具体,形象生动,而又透出几分闲逸,也许这正是诗人所要追求的理想境界。最后,是想齐物我、泯爱憎,从痛苦的人世情感纠葛中解脱出来,达到无所爱憎的境地。但是李商隐一生善感多情,用现在的话来说就是“活得很累”,终其一生也没有做到无所爱憎,这只不过是在痛苦中想要自我振拔的一种愿望而已。本诗用词精当,描写疏淡清丽,表现出作者特有的风格。

温庭筠(812?—867?)

本名岐,字飞卿,太原祁(今山西祁县)人。少负才华,“能逐弦吹之音,为侧艳之词”,因忤权贵而累试不第,曾为方城尉、隋县尉、国子监助教等微职。为晚唐词坛巨擘,亦有诗名,与李商隐齐名称“温李”。有《温飞卿诗集》,近人王国维辑《金荃词》。

送人东游[①]

荒戍落黄叶,浩然离故关[②]。高风汉阳渡,初日郢门山[③]。江上几人在？天涯孤棹还[4]。何当重相见，樽酒慰离颜[5]？

【注释】 ① 东游，又作“东归”。② 荒戍：荒凉的边疆戍地。浩然：形容气势浩大、意气充盈的样子。故关：过去时代的关塞。③ 高风：即秋风。张协《七命》诗句：“高风送秋。”汉阳渡：古渡口名，在今湖北省汉阳。郢门山：即荆门山，在今湖北省宜都境内。以上形容舟行迅疾，从汉阳出发很快就能抵达郢门山。④ 几人在：有几多故交在，意思是没有故交相伴。孤棹：即孤舟。棹（zhào）：划船用的桨，此指船。⑤ 樽酒：杯酒。樽：古代盛酒的器具。离颜：此指久别的故人。

【品评】 这是一首秋天送别友人的诗，表现了依依惜别之情。首联写离别的时间、地点，“荒戍”“黄叶”“故关”，几个意象的叠加，构成了黯然神伤的氛围。中间两联记友人的行程，一一写来，历历如绘，仿佛自己的心也随着友人的“孤棹”东游了，字句间流露出多少难分难舍之意！最后是美好的祝愿，但愿还有把酒相会的一天。全诗起结完整，布局严谨，气象健拔，笔力不凡。其中“高风汉阳渡，初日郢门山”是名句，辽远开阔，高雄俊逸，在黯然惜别中平添出若干亮色。

马　戴

生卒年不详，字虞臣，曲阳（今江苏东海西南）人。会昌进士。官渭南尉。有《渭南集》。

灞上秋居[1]

灞原风雨定，晚见雁行频[2]。落叶他乡树，寒灯独夜人。空园白露滴，孤壁野僧邻[③]。寄卧郊扉久，何年致此身[④]？

【注释】 ① 灞上：即灞陵，汉文帝陵墓所在地，在今陕西省西安市东南灞水西岸，又称白鹿原。② 雁行（háng）：大雁飞行时，常排列为一字形或人字形队列，称雁阵。频：频繁，屡次。③ 空园：指荒芜的田园。孤壁：孤寂的房屋，言只有荒野僧舍为邻。④ 寄卧：即寄居。扉：门，此指房舍。致此身：以此身为国家尽力，指做官。《论语·学而》："事君能致其身。"致：尽。

【品评】 这首诗写羁旅他乡的孤独寂寞和希望早日登上仕途的迫切心情。前六句写晚上旅居灞原的情形。风雨才停，雁行频频飞过，自然会引起乡愁。而"落叶他乡树，寒灯独夜人"，其中落叶象征人的衰老，以此比他乡之人，更见凄苦，下句再加上一个"寒"字和一个"独"字，就将主人公凄凉孤独的形象更加鲜明地表现出来，用笔简练传神，堪称名句。"空园"二句，接写所居环境的荒僻，用秋天的萧瑟景物烘托了浓烈的客愁氛围，和前四句一起构成了一个完整的凄苦境界。最后两句，正是从前面所写中自然生发出来的嗟叹，表现出对目前生活状态的愁闷和对及早进身的企盼。诗歌描写景物非常生动，抒写个人的内心也很有实感，两者结合，情景交融，读来凄切动人。

楚江怀古[①]

露气寒光集，微阳下楚丘[②]。猿啼洞庭树，人在木兰舟[③]。广泽生明月，苍山夹乱流[④]。云中君不见[⑤]，竟夕自悲秋。

【注释】 ① 楚江：此指湖南湘江，春秋战国时属楚国。② 寒光：指秋天清冷的日光，没有暖意。微阳：指夕阳。微：光照微弱。楚丘：楚地的山丘，即湘江两岸的山脉。③ 洞庭树：洞庭湖岸的树木。木兰舟：用木兰树制作的船，是对船的美称。木兰：又称辛夷，落叶乔木,古人以之为一种极为珍贵的香木。④ 广泽:即大泽,此指洞庭湖。泽:聚水的洼地。夹乱流:束缚着汹涌的水流。⑤ 云中君:指云神,此借指屈原。屈原《九歌·云中君》乃流放沅、湘时为祭祀云神所作。

【品评】 这是诗人一首有名的作品,作于被从太原掌书记贬为龙阳(今湖南汉寿)尉之时。题中的"怀古",是怀念屈原的忠直见放,作者与屈原的情形颇为相似,他从北国南来,自然会引屈原为同调。诗中所写,皆是楚地景象,特别是中间两联,写人在舟中,听见啼猿哀鸣,又看见洞庭湖上升起明月,照着苍山,乱流奔腾,情绪的激愤不平自可想见。虽然是描写景物,其中也包含着对先贤屈原的追思。因此,最末二句就直接点出云中君不能得见,屈原也杳然难寻的悲苦,一腔悲愤,见于言外。全诗低回婉转,淡远含蓄,杨慎评其诗"雅有古调",是很有道理的。

张 乔

生卒年不详,字伯达,池州(今安徽贵池)人。懿宗咸通中,与许棠、喻坦之、郑谷等合称十哲。《全唐诗》存诗两卷。

书边事

调角断清秋,征人倚戍楼[①]。春风对青冢,白日落梁州[②]。大漠无兵阻,穷边有客游[③]。蕃情似此水,长愿向南流[④]。

【注释】 ① 调角:吹奏号角。角:古代军中的一种乐器。断:绝,停止。征人:远行征战、戍边之人。戍楼:古代用于防卫、有军队驻守的城楼。② 青冢(zhǒng):指王昭君墓,在今内蒙古自治区呼和浩特市南。王昭君名嫱,西汉元帝时被选入宫,公元前33年(竟宁元年)自请远嫁呼韩邪单于,至匈奴和亲。入匈奴后封宁胡阏氏(yān zhī),为两代单于夫人。传说塞外草木衰残,只昭君坟上草色青翠,故称“青冢”。梁州:今陕西省汉中一带属古梁州,在今西安长安区西南。此当指“凉州”,今甘肃永昌以东、天祝以西地区,唐时一度被吐蕃人占据。③ 穷边:偏僻、遥远的边地。穷:阻塞不通。④“蕃情”二句:比喻吐蕃的心如南流水,归向李唐王朝。蕃情:吐蕃民族的心愿和情感。南流:西部地区的河流因地势原因,多向南流而非东流。

【品评】 一般写边事的诗,总是描写残酷的战争环境,而此诗却别出手眼,描写出西北边境的和平景象,表达了诗人希望民族团结、国家和平与人民永远友好相处的良好愿望,因而显得难能可贵。前六句是写在边地所见。首二句很形象,军号不吹,秋高气爽,战士斜斜地靠在戍楼上,可见毫无军情。“倚”字下得极为准确,不仅写出了战士的身体姿态,也曲曲传出了漫不经心的轻松心情,非常生动,可谓精于炼字。接下来写青天白日,乐曲轻奏,游客不断,一片和平景象。结尾处以流水作喻,说明边地少数民族也是愿意和中原交好的,大家都不必打仗,立意高远。诗歌从始至终一气贯串,而又有起伏顿挫,很好地表现了高昂的格调。

崔　涂

生卒年不详,字礼山,江南人。僖宗光启四年(888)登进士第。穷年羁旅,游踪遍巴蜀、吴楚、河南、秦陇等地。《全唐诗》存诗一卷。

除夜有怀[①]

迢递三巴路,羁危万里身[②]。乱山残雪夜[③],孤独异乡人。渐与骨肉远，转于僮仆亲[④]。那堪正飘泊，明日岁华新[⑤]。

【注释】 ① 诗题一作《巴山道中除夜有怀》。巴山：泛指绵亘于今陕西、四川、重庆交界处的山脉。除夜：除夕之夜。② 迢递：形容路途遥远、漫长。三巴：汉末将巴郡分为巴、巴东、巴西三郡，合称“三巴”，辖今四川省东部、重庆市及湖北省西部地区。羁危：羁旅艰险。羁：客居外乡。万里身：身居万里之外，指远离故土。③ 乱山：形容群山耸峙，沟壑纵横。④ 骨肉：指父母兄弟子女等至亲。转于：反而与。⑤ 那堪：哪能忍受。岁华：岁月年华。

【品评】 除夕之夜，本该是合家欢聚之时，而诗人却正仆仆巴山道途，与家乡疏离，与亲人远隔，其心境的悲凉自可想见。此诗即生动细腻地描写了旅途的艰苦和漂泊的孤独，表达了深切的思亲之意。其中“乱山”二句是名句，可与司空曙的“雨中黄叶树，灯下白头人”相媲美，“渐与骨肉远，转于僮仆亲”一联，也写得非常出色，把离家日久，无由得见“骨肉”，反将一腔爱心倾注于跟随自己的僮仆的心情，写得极为真切深刻，读之令人心酸。《唐才子传》说他的诗“深造理窟，端能竦动人意，写景状怀，往往宣陶肺腑”，很中肯綮。

孤 雁

几行归塞尽，念尔独何之[①]？暮雨相呼失，寒塘欲下迟[②]。渚云低暗度，关月冷相随[③]。未必逢矰缴，孤飞自可疑[④]。

【注释】 ① 几行：指鸿雁排列的雁阵。塞：边塞。尽：完，无，指消失。念：想，思索。尔：你，指孤雁。何之：去哪里。之：到、去。② 相呼失：指孤雁悲鸣，呼唤飞失的伙伴。迟：迟疑不决。③ 渚云：小洲上飘浮的云朵。渚：水中的小块陆地。度：飞越，穿过。关月：边塞上空的明月。④ 逢：遭遇，蒙受。矰（zēng）缴

(zhuó):指射猎飞禽的捕杀工具。矰:短箭。缴:系在箭上的丝绳。疑:疑惧、惊恐。

【品评】 此诗以孤雁来比喻自己,通首紧抓一个“孤”字,多角度、多层次地刻画孤雁孤独、彷徨、疑惧的形象和心理,借写孤雁来暗寓自己的羁旅之情和忧危心理,细致入微。首联写孤雁失群,中间两联想象失群孤飞的种种凄苦情况,末联更深一层,担心孤雁途中遭遇暗算,表现了对其命运的深深关切。此诗大约作于诗人壮岁游巴蜀之时,借孤雁写出自己的身世之悲。全诗语言凝练,用字准确,托兴深婉,情感凄楚动人。

杜荀鹤(846—904)

字彦之,号九华山人,池州石埭(今安徽石台)人。早年读书九华山,累举进士不第,漫游闽越、荆楚、梁宋等地,复归隐山中十五年。昭宗大顺二年(891)登进士第。天祐元年(904)朱温奏为翰林学士、主客员外郎,旬日病卒。有《唐风集》(《杜荀鹤文集》)。

春宫怨[①]

早被婵娟误,欲妆临镜慵[②]。承恩不在貌,教妾若为容[③]。风暖鸟声碎,日高花影重[④]。年年越溪女,相忆采芙蓉[⑤]。

【注释】 ① 春宫怨:西汉班婕妤《怨歌行》为“宫怨”题材的开端,后代诗人多借题发挥,抒写怀才不遇等失落心情。② 婵娟:指姣美动人的姿容。妆:梳妆打扮。临:面对。慵:懒。③ 承恩:古代指女子得到帝王的宠幸。若为容:如何装扮容颜。若:如何。④ 碎:形容群鸟争鸣,叫声欢快热闹。重:繁茂、浓密。⑤ 越溪女:指西施。传说范蠡发现西施时,西施正和同伴一起在若耶溪边浣纱。

此借指宫女。芙蓉：荷花。

【品评】　这是一首写“宫怨”的诗，表现一位年轻美丽的女子很早就被选入宫中，但并没有得到君王的宠爱，误了自己的终生。而之所以被“误”，是因自恃美丽，没有参与争宠献媚的斗争，去拉关系、走后门，讨得君王的喜欢，因此心生怨恨。诗歌围绕“怨”字，首联开宗明义，推出一个怨女的形象，面对妆台而懒于打扮，非常生动；次联说明“怨”的原因，“教妾若为容”一句以问句出之，怨愤之情见于辞色；三联以春光的美好，反衬这位宫女内心的寂寞，“碎”字、“重”字下得准确新警，景物鲜明形象，这两句历来受到诗评家的激赏；末联宕开一层，是宫女回忆入宫前的美好生活，表达对自由的向往，不说怨而愈觉可怨。全诗意境浑成而寓意深刻。一方面作者以宫女自比，隐含怀才不遇的愤慨；同时也揭露了专制社会中压制和扼杀人才的现实，具有更为普遍而典型的社会意义。

韦　庄（836—910）

字端己，京兆杜陵（今陕西西安长安区）人。孤贫力学，曾长期流落江南。乾宁元年（894）始中进士，释褐为校书郎。天复中为西蜀王建掌书记，王建称帝后拜相。有《浣花集》（《韦庄集》），近人王国维辑《浣花词》。

章台夜思[①]

清瑟怨遥夜，绕弦风雨哀[②]。孤灯闻楚角[③]，残月下章台。芳草已云暮，故人殊未来[④]。乡书不可寄，秋雁又南回[⑤]。

【注释】　① 章台：又称章华台，始建于春秋时期，故址在今湖北省监利西北，春秋时属楚国。② 清瑟：凄冷的瑟声。瑟：古弦乐器。遥夜：长夜。绕弦：形容瑟声婉转凄切。③ 楚角：楚地的号角声。④ 云：句中语助词，无实义。殊：还，犹。未来：没有来。⑤ 秋雁又南回：雁为候鸟，常于九月南飞，正月北上。《汉书·苏武传》载，公元前100年，苏武奉命出使匈奴被扣，拒绝归降，被发往贝加尔湖牧羊。汉昭帝要求匈奴送还苏武，匈奴诈称苏武已死。汉使告诉匈奴单于说，汉天子猎于上林苑获雁，足系帛书，言苏武在匈奴大泽中。苏武终于在十九年后归汉。后"鸿雁"成为信使的代称。

【品评】 此诗是作者因战争避乱南来，在楚王所建章台(在今湖北监利)的思家之作，表达了漂泊的愁苦和对亲人的深念。全诗紧扣一个"思"字着笔，前四句写秋夜漂流异乡的孤独和寂寞，神韵悠长；后四句写故人不来、乡书渺茫的凄苦，笔势老健。特别是通过"孤灯闻楚角"一句，把客愁与战乱联系起来，使一般的一己之乡愁具有了更为广阔深厚的社会内容，思想更加深刻。

僧皎然（720—800？）

字清昼，俗姓谢，湖州长城(今浙江长兴)人；谢灵运十世孙。天宝后期受戒出家于杭州灵隐寺。曾游历桐庐、苏州、荆门，北上襄阳，或曾至长安。大历以后居湖州，往来于西山东溪草堂与杼山妙喜寺。有《皎然集》《诗式》《诗评》。

寻陆鸿渐不遇[1]

移家虽带郭，野径入桑麻[2]。近种篱边菊，秋来未著花[3]。扣门无犬吠，欲去问西家[4]。报道山中去，归来每日斜[5]。

【注释】 ① 陆鸿渐：陆羽，字鸿渐，自称桑苎翁，又号东冈子，今湖北省天门人。著名隐士、诗人，好茶道，著有《茶经》，后世被尊为“茶神”。② 带郭：此指靠近城郭。带：像带子一样环绕。郭：外城墙。野径：荒野小路。③ 著花：开花。著：附加，加于其上。④ 扣：通“叩”，敲，击。西家：住在西头的人家，指邻人。⑤ 报道：告知说。日斜：太阳偏西，指日暮黄昏。

【品评】　这是一首写著名隐士陆鸿渐的诗，是从侧面着笔，通过寻而不遇所见的生活环境，来表现隐士的精神面貌。前四句说寻，野径桑麻、篱边菊花，见出隐士的高洁；后四句说不遇，扣门无犬、行踪杳然，表现被寻者的闲逸萧然。不见而见，隐者的形象，高人风致，突现读者眼前，诗歌别出机杼，不落俗套。另外，此诗“通体俱散”，虽平仄合于五律，而对仗全不讲究，读来音调和谐而又别具风味。

卷六　七言律诗

崔　颢（704？—754）

汴州（今河南开封）人，玄宗开元十一年（723）登进士第，官至司勋员外郎。原集已佚，《全唐诗》存诗一卷。

黄鹤楼[1]

昔人已乘黄鹤去[2]，此地空馀黄鹤楼。黄鹤一去不复返，白云千载空悠悠。晴川历历汉阳树，芳草萋萋鹦鹉洲[3]。日暮乡关何处是[4]，烟波江上使人愁。

【注释】 ① 黄鹤楼：在今湖北省武汉市长江大桥桥头，下邻长江。唐时故址在武昌蛇山黄鹤矶上，为登览名胜。② 昔人：泛指传说中曾乘鹤登楼的仙人。传说上古仙人子安、三国时仙人费文祎都曾乘鹤到过此楼，故称“黄鹤楼”。③ 晴川：指阳光下的长江。历历：形容天晴时空气透明，景物清楚、明晰。汉阳：武汉三镇之一，位于武昌西面，与古黄鹤楼隔江而望。萋萋：形容草木丰茂的样子。鹦鹉洲：长江中的一块沙洲，在黄鹤楼的东北面。相传东汉末年，江夏太守黄射在黄鹤楼大宴宾客，有人献鹦鹉，祢衡因作《鹦鹉赋》以抒心中郁闷。后祢衡终被黄祖杀害，传说葬于此沙洲，鹦鹉洲因此得名。今已不存。④ 乡关：故乡的关塞，此指故土。

【品评】　这是一首千古流传的名作。前四句借用神话传说,写仙人乘鹤飞去,以高度抽象概括的笔法,写尽人世沧桑和世态浑茫。这四句以七律极为少见的古体句法,三用“黄鹤”二字,信笔挥洒,一气呵成,挟古歌入律,造成奔腾苍莽的气势,动人心魄。后四句写登楼所见的眼前景象,表现绵绵乡愁,笔力如勒奔马归于正路,转为具体而细腻,格律上也严守法度。整首诗流畅圆转,一气呵成,了无滞碍,具有很高的艺术价值。据《唐才子传》载,后来李白登黄鹤楼见到崔颢这首诗,慨叹说“眼前有景道不得,崔颢题诗在上头”,遂“无作而去,为哲匠敛手云”。严羽在《沧浪诗话》中推此诗为唐人七律压卷之作,历来评价非常之高。

行经华阴[①]

岧峣太华俯咸京,天外三峰削不成[②]。武帝祠前云欲散,仙人掌上雨初晴[③]。河山北枕秦关险,驿路西连汉畤平[④]。借问路傍名利客,无如此地学长生[⑤]。

【注释】　① 行经:走过,路过。华阴:今陕西省华阴,位于华山之北,古称山之南为阳、山之北为阴,故称。② 岧峣(tiáo yáo):形容山势峻峭的样子。太华:即西岳华山,在今陕西省华阴市境内。俯:俯瞰,居高临下。咸京:指咸阳,古为秦国国都,故址在今陕西省咸阳市东。此借指唐京城长安。三峰:指华山莲花、玉女、明星三大险峰。削不成:乃大自然鬼斧神工,非人力所能削凿而成。《山海经·西山经》:“太华之山,削成而四方。”此反用其意。③ 武帝祠:指汉武帝所建巨灵祠。仙人掌:指华山东峰,因峰上有巨灵掌痕而得名。相传华山原只一山,黄河绕行,后河神巨灵用手掌辟为太华和少华二山,并在山峰上留下了足印和掌印,黄河自此直流。后汉武帝登仙人掌峰为河神筑巨灵祠以作纪念。④ 河山:指黄河和华山。枕:指依靠。秦关:指函谷关,在今河南灵宝东北。驿路:古代沿途设有驿站的道路，即交通要道。汉畤(zhì)：指汉代祭祀帝王、天地的祭坛，现存遗址有五处，称“五畤”，均在今陕西省凤翔南。畤：古代祭祀天地及帝王的地方。⑤ 名利客：指追逐功名利禄的人。学长生：求仙学道以求长生不老，此指隐居。

【品评】 这首诗是作者于玄宗天宝年间入长安，途经华阴时所作。诗人以劲健的笔力，描写华山的雄伟险峻。此诗前六句写景，由总而分，远近结合，气势极为雄浑恢阔，并且包含着历史的沧桑之感，景中含情，耐人寻味。末二句即景抒情，表现出对名利之徒的哀悯，想在此处求仙学道，获得长生，字句中蕴含着深深的感慨。前人评此诗“句如风飘”“气象高明”，意境深远雄阔，气势豪壮，是写景诗中的佳作。

祖 咏

生卒年不详，洛阳(今属河南)人，玄宗开元十二年(724)杜绾榜进士。后未得官。约于开元十三年岁末即离京归汝坟(今河南汝阳、临汝间)别业，以渔樵自终。《全唐诗》存诗一卷。

望蓟门[①]

燕台一去客心惊，笳鼓喧喧汉将营[②]。万里寒光生积雪，三边曙色动危旌[③]。沙场烽火侵胡月，海畔云山拥蓟城[④]。少小虽非投笔吏，论功还欲请长缨[⑤]。

【注释】 ① 蓟门：即蓟城、蓟丘，古代燕国国都，唐代幽州治所，边防要地。故址在今北京德胜门外。② 燕台：即幽州台，传说为战国时燕昭王为求贤才而筑的黄金台，故址在今北京市北郊。一去：

一到。客：诗人自称。笳鼓：此泛指军乐。笳：一种类似于笛子的乐器，又称“胡笳”。汉将营：此以汉指唐，为唐朝军营，时蓟门为安禄山的管辖范围。③ 寒光生积雪：即寒光生于积雪。三边：指汉代东北边疆的幽、并、凉三州，后以“三边”泛指边疆。动危旌：形容旌旗随风高高飘扬。危：高。④ 沙场：本义为广阔的沙地，后多指战场。烽火：古时为报告敌情在高台上燃起的火警。侵：犯，此指遮掩。⑤ 投笔吏：指投笔从戎的班超，此诗人自喻。《后汉书·班超传》载，班超年轻时曾做刀笔小吏，靠抄书谋生，一天投笔长叹说：“大丈夫无它志略，犹当效傅介子、张骞立功异域，以取封侯，安能久侍笔砚间乎?”后弃文从军，讨伐匈奴、平定西域，封定远侯。请长缨：指主动到边疆作战，建功立业。《汉书·终军传》载，南越王与西汉和亲，终军自请入南越说服其入朝大汉，终军对汉武帝说：“愿受长缨，必羁南越王而致阙下。”终军果然不辱使命。后“请缨”指主动请求上战场杀敌立功。缨：拘系人的绳子。

【品评】　这是一首边塞诗，在祖咏集中不多见，抒发了作者在眺望蓟门军营时产生的忧心边事，从而希望从军报国的雄心壮志。诗人从眺望中的所闻所感几个方面下笔，多角度地展开描写，画出了一幅辽阔苍莽、壮丽雄浑的边关图景，有声有色。中间两联写蓟门形势，“万里”“三边”，境界极其阔大，“沙场烽火”和“海畔云山”又惊心动魄，两联用笔十分奇警，渲染出边地特有的肃杀紧张气氛。末联二句一擒一纵，其报国之心，也显得豪气干云。全诗雄健峻拔，格调高昂，气势酣畅，纯乎“盛唐之音”。

崔　曙（？—739）

籍贯不详，早年孤贱，流寓宋州（今河南商丘）。玄宗开元二十六年（738）应进士举得第，授河内尉。开元二十七年卒。《全唐诗》存诗一卷。

九日登望仙台呈刘明府[1]

汉文皇帝有高台，此日登临曙色开[2]。三晋云山皆北向，二陵风雨自东来[3]。关门令尹谁能识？河上仙翁去不回[4]。且欲近寻彭泽宰，陶然共醉菊花杯[5]。

【注释】 ① 九日：指旧历九月九日，即重阳节。古人以“九”为阳数，九月九故称“重阳”。古代民间重阳节有登高、赏菊、饮菊花酒的习俗。望仙台：相传为西汉文帝为祭祀、观望河上公而建，故址在今河南省陕县西南，战国时属韩国。刘明府：据《国秀集》卷下载，此诗题刘明府下原有“容”字，据此刘明府即刘容。明府：唐代称县令为明府。② 曙色开：指黎明时天刚亮。③ 三晋：战国时晋国分裂为韩、赵、魏三国，统称“三晋”，在今山西、河南一带。皆北向：指都在望仙台北面。望仙台所在陕县为韩地，东北与赵、魏接壤，故称。二陵：指崤山，在今河南省洛宁北，西北与陕县接壤。陵：巨大的土山。《左传·僖公三十二年》载，蹇叔曰：“崤有二陵焉，其南陵，夏后皋之墓也；其北陵，文王之所避风雨也。”④ 关门令尹：指春秋时守函谷关的官吏尹喜。《史记·老庄申韩列传》载：“老子见周之衰，乃遂去。至关，关令尹喜曰：‘子将隐矣，强为我著书。’于是老子乃著书上下篇，言道德之意五千言而去。”河上仙翁：即河上公。葛洪《神仙传》卷三载：“河上公，汉文帝时结草为庵于河之滨。帝幸其庵，公授《素书》一卷，遂失所在。”⑤ 彭泽宰：指东晋大诗人陶渊明，曾任彭泽县令。此借指刘明府。陶然共醉：据《南史·隐逸·陶渊明》载，陶渊明辞去彭泽令后，重阳节无酒，“出宅边菊丛中坐，久之，逢王宏送酒至，即便就酌，醉而后归”。陶然：形容舒畅适意的样子。菊花杯：指菊花酒。

【品评】 这是一首赠人之作，但又是登临怀古的诗歌，因此在内容上兼而有之。首联写登台时正值天刚拂晓，次联即接写在曙色中所见情形：云山北向，风雨东来，景象何其开阔，气势何其豪壮！三联由此生发联想，想到关门令尹和河上仙翁，往事不再，逝者已矣，内中深藏着对人生易老、生死无常的感慨。最后说想就近找刘明府一起饮酒，共度美好的重阳佳节。此处用陶渊明典故，一是切合刘明府身份，二是表现出作者对陶的钦慕，表达了自己豁达超脱的情怀。全诗议论宏大，而又不着痕迹，皆从景象的生动描写中自然透出，读来令人回味无尽。

李　颀

送魏万之京①

朝闻游子唱离歌②，昨夜微霜初渡河。鸿雁不堪愁里听，云山况是客中过③。关城曙色催寒近，御苑砧声向晚多④。莫见长安行乐处，空令岁月易蹉跎⑤。

【注释】 ① 魏万：后更名颢（hào），今山东博平人，曾隐居王屋山，自号王屋山人，为李白编诗文集《李翰林集》并作序。之：去，到。② 游子：指离家在外或客居外乡的人，此指魏万。离歌：又作骊歌，为古人告别时所唱的古歌，后亡佚，《大戴礼》仅载《骊驹》四句：“骊驹在门，仆夫具存；骊驹在路，仆夫整驾。”③ 客中过：指在旅途中经过。④ 关：指函谷关，在今河南省灵宝东北。曙色：拂晓时的天色。催寒近：指寒气袭人。御苑：本指皇家园林，此指京城长安。砧声：捣衣声。砧：捣衣用的石板。古代风俗，妇女为家人捣制冬衣常在秋天月夜进行。先是清洗衣料，用木杵捶打，去除碱质，晒干后再缝制。向晚：将晚，指傍晚。⑤ 莫：不要认为，不要说。行乐：消遣娱乐、游戏取乐。空：徒然。蹉跎：光阴白白流逝。

【品评】 这是一首送别诗。大约魏万在东游以后去长安应试，李颀在洛阳写了这首诗相送。首联中“唱离歌”点明送别，又以“微霜”点明送别时节，清秋景象宛然，离别气氛亦出。方东树在《昭昧詹言》中说：“言昨夜微霜，游子今朝渡河耳，却炼句入妙。”句法显得奇特凝练。中间两联，一联写眼前景物，一联写想象中魏万所去之地的情形，皆暗寓惜别之意，情景交融。末联是对魏万的劝勉，勿使岁月蹉跎，虚度时光，要努力建功立业。诗歌情意真切，语重心长，在送别诗中别具一格。

李　白

登金陵凤凰台[①]

凤凰台上凤凰游，凤去台空江自流。吴宫花草埋幽径，晋代衣冠成古丘[②]。三山半落青天外，二水中分白鹭洲[③]。总为浮云能蔽日[④]，长安不见使人愁。

【注释】 ① 凤凰台：故址在今江苏南京城西南隅。相传南朝宋元嘉十六年(439)有三鸟翔集山间，文彩五色，状如孔雀，时人谓之凤凰。因筑台于山，谓之凤凰台，山亦称凤凰山。② 吴宫：指孙权建都时所造宫室。晋代：指东晋。古丘：古墓。③ 三山：在今江苏南京西南长江边，三峰并列，故名。二水：又作“一水”。白鹭洲：古代长江中的沙洲，在今南京城西大江中，因江流西移，现已为陆地。④ 浮云：比喻奸佞谗毁之辈。日：喻指皇帝。

【品评】 此诗为李白遭赐金还山，游历梁宋齐鲁后，南下金陵，登凤凰台有感而作。首联既重复“凤凰”，又重“凤”“台”二字，以凤去台空写怅然若失之情。颔联怀古,以朝代兴废寓对当今朝廷之隐忧。颈联写景,形象逼真,意境开阔,为历代传诵之名句。尾联抒写诗人被权贵排挤出长安,再也不能为君为国出力的怅恨。全诗"寓目山河,别有怀抱,其言皆从心而发,即景而成"(《唐宋诗醇》卷七)。

高 适

送李少府贬峡中王少府贬长沙[①]

嗟君此别意何如?驻马衔杯问谪居[②]。巫峡啼猿数行泪,衡阳归雁几封书[③]。青枫江上秋帆远,白帝城边古木疏[④]。圣代即今多雨露,暂时分手莫踌躇[⑤]。

【注释】 ① 少府:唐时称县尉为"少府"。李、王二人生平不详。峡中:此指夔州巫山县,今重庆市巫山县。② 嗟:叹息。衔杯:指饮酒。谪(zhé)居:指贬谪之地。③ 巫峡:长江三峡之一,在今重庆市巫山东,此为李少府贬地。啼猿:古代巴东民歌:"巴东三峡巫峡长,猿鸣三声泪沾裳。"衡阳:今湖南省衡阳,地近长沙。此泛指王少府贬谪时途经的地方。归雁:衡阳有回雁峰,传说秋天大雁南飞至此不再往南。传说中大雁是信使,能传递书信。书:书信。④ 青枫江:在今湖南长江境内。白帝城:东汉时公孙述所筑,在今重庆市奉节白帝山上,为长江三峡入口。公孙述自称白帝,故名。疏:因凋零而稀疏。⑤ 圣代:圣明时代。雨露:比喻朝廷给予的恩泽。踌躇:此形容烦闷抑郁。

【品评】 此诗是送别之作,但同时送遭贬的两个人,而贬谪的地方又不在一处,要切人切地写好,很有难度。首联抓住二人共同特点即被贬,“意何如”“问谪居”,反复致意,其殷切珍重之情见于言外。中间两联针对李、王二人不同的贬谪之所分别着笔,错综安排,井然不乱,深入一步表现了对他们的关心和安慰。盛传敏在《碛砂唐诗纂释》中谈到此诗时说:“中联(即中间二联)以二人谪地分说,恰好切潭峡事,极工确,且就中便含别意。”很有见地。最后是劝勉,虽然“圣代雨露”有婉曲的微讽之意,但更多的是催人奋进的精神,在送别诗中亦难能可贵。中间两联连用四个地名,对诗意却并无窒碍,是因为全诗情意真挚而又气势健拔,意境显得更为开阔,是用得成功的范例。

岑　参

和贾至舍人早朝大明宫之作[①]

鸡鸣紫陌曙光寒,莺啭皇州春色阑[②]。金阙晓钟开万户,玉阶仙仗拥千官[③]。花迎剑佩星初落[④],柳拂旌旗露未干。独有凤凰池上客,阳春一曲和皆难[⑤]。

【注释】 ① 贾至:字幼邻,洛阳人。安史之乱唐玄宗奔蜀时拜中书舍人。公元756年(至德元年)肃宗于甘肃灵武即位,贾至为玄宗拟传位册文,玄宗见文稿长叹曰:我即位时诰命出自你父亲贾曾之手,今天我的册文又由你来写,两朝盛典出自你父子之手,可谓继美。大明宫:原为隋禁苑一部分,在长安北城墙东段的城外。公元634年(唐太宗贞观八年)就其地建永安宫,后改称大明宫,唐高宗时予以扩建并改称蓬莱宫,由含元、宣政、紫宸三大殿在同一轴线上组成,是唐代举行朝会、大典等重要仪式的场所。公元757年(至德二年)10月长安收复,肃宗还京。次年(乾元元年)春,在大明宫举行大阅兵,大赦天下。贾至作《早朝大明宫呈两省僚友》,一时多有唱和,杜甫、王维、岑参等皆有和诗。② 紫陌：指京城长安的街道。古人以紫微星垣喻皇帝居住的地方，故称“紫宫”，故京城街道称“紫陌”。陌：本义为田间小道，东西为陌，南北为阡。引申为路、街。啭（zhuàn）：鸟婉转地叫。皇州：指京城长安。阑：残尽。③ 金阙：金殿，指大明宫。晓钟：古代报时的钟楼。户：门，指宫门。玉阶：古代皇家宫殿下层为陛，上层为阶，两侧为汉白玉砌成。仙仗：指帝王的仪仗，称之为“仙”为溢美之词。④ 剑佩：指百官佩剑上朝。星初落：东方熹微，繁星在晨光中渐渐隐没不见。⑤ 凤凰池上客：指中书舍人贾至。凤凰池：指中书省。由于中书接近帝王，执掌机密，多受皇帝宠任，故称。阳春：指战国时楚国歌曲《阳春白雪》，属高雅音乐。宋玉《对楚王问》中说：有人唱《下里巴人》，国中能和者数千人；唱《阳春白雪》，国中能和者仅数十人。此所谓“其曲祢高，其和祢寡”。和：跟着唱。此以《阳春白雪》喻贾至诗作，以示赞美。

【品评】　在安史之乱中，唐肃宗收复被安史乱军占据的京城长安，为庆祝这一重大胜利，在含元殿举行了大阅兵，给人以一时的振奋。贾至写诗歌颂了这一盛典，当时和者数人，所写内容都差不多。岑参这一首的不同之处，在于辞藻的华丽和风格的雄奇。“紫陌”“金阙”和“玉阶”，描写宫殿，庄严华贵，色彩绚烂；而“开万户”“拥千官”，以及“花迎”“柳拂”等，又表现出宏大的气势，给人以清丽奇伟的感觉。这些描写，鲜明地表现了岑参个人特有的风格，并且突出了自己对王朝中兴的欣喜之情，格调庄严中透出活跃。

王　维

和贾至舍人早朝大明宫之作[①]

绛帻鸡人送晓筹，尚衣方进翠云裘[②]。九天阊阖开宫殿，万国衣冠拜冕旒[③]。日色才临仙掌动，香烟欲傍衮龙浮[④]。朝罢须裁五色诏，佩声归到凤池头[⑤]。

【注释】 ① 此诗作背景，详见本书岑参《和贾至舍人早朝大明宫之作》注①。② 绛帻(zé)：红色头巾。鸡人：古代宫中负责报时的卫士。始于汉代，时汉宫不准养鸡，负责报时的卫士闻鸡鸣后，戴上红头巾在朱雀门外高声学鸡叫报至宫中。故称。筹：更筹，古代夜间计时工具。尚衣：唐宫中设"尚衣局"，专事管理帝王服饰。翠云裘：装饰有翠绿色云彩图样的皮衣。③ 九天：九重天，指帝王的住处。阊阖：皇宫大门。万国衣冠：指各国前来朝觐大唐君主的使节，其衣饰各不相同。冕旒(miǎn liú)：古代朝会时帝王、诸侯、卿大夫所戴的礼帽，此指代帝王肃宗。④ 日色才临：指太阳刚刚升起。仙掌：帝王仪仗，一种帝王专用的掌扇，又称障扇，多以野鸡尾毛作装饰，可挡风遮日。衮(gǔn)龙：指帝王穿的龙袍。衮：古代帝王、三公穿的礼服。⑤ 裁：裁剪，此比喻草拟、写作。五色诏：用五色彩笺书写的诏书。佩声：指走动时所戴佩玉碰撞发出的清脆声响。此指贾至。归到凤池头：指贾至回中书省。凤池：即凤凰池，指中书省。由于中书接近帝王，执掌机密，多受皇帝宠任，故称。

【品评】 此诗和上一首岑参的一样，都是和贾至之作，属台阁诗一类。诗歌一反王维清新闲逸风格，其华丽不让岑参，见出王维诗歌风格的另外一面。特别是第二联"九天阊阖开宫殿，万国衣冠拜冕旒"二句，写出皇帝早朝时盛大宏伟的场面。"在一片鼓乐声中，宫门大开，各国的朝贡使臣和本朝的文武官员依次列队，鱼贯而入，参见圣明天子，叩谢隆恩，山呼万岁。'衣冠'前饰以'万国'，极言国别人数之众多，在'万国衣冠'后再加一'拜'字，形成了国别上的一多、人数上的众寡和位置上的尊卑这样多层对比，烘托唐天子统一宇内，君临天下的威严至尊。"（李浩《唐诗美学》）诗歌所写的虽然已非盛唐时代，但百足之虫死而不僵，经历过盛唐的王维，这里表现的依然是一种盛唐气象，这对于我们今天认识盛唐时代也具有一定意义。

奉和圣制从蓬莱向兴庆阁道中留春雨中春望之作应制[①]

渭水自萦秦塞曲，黄山旧绕汉宫斜[②]。銮舆迥出千门柳，阁道回看上苑花[③]。云里帝城双凤阙[④]，雨中春树万人家。为乘阳气行时令，不是宸游玩物华[⑤]。

【注释】 ① 奉和圣制：奉命和圣上诗作。蓬莱：即大明宫。原为隋禁苑一部分，在长安北城墙东段的城外。公元634年（唐太宗贞观八年）太宗就其地建永安宫，后改称大明宫，唐高宗时予以扩建并改称蓬莱宫，由含元、宣政、紫宸三大殿在同一轴线上组成，是唐代举行朝会、大典等重要仪式的场所。兴庆：宫殿名，原为唐玄宗做太子时的居处，公元714年（开元二年）扩建为兴庆宫，因在大明宫之南，又称南内。阁道：古代楼与楼之间架空的复道。史载唐朝从蓬莱宫南出丹凤门至兴庆宫，再到城东旅游胜地曲江都建有阁道。留春：留恋春色。《从蓬莱向兴庆阁道中留春雨中春望》为玄宗旧题。应制：应命、遵命赋诗。② 渭水：即渭河，黄河最大的支流。萦：环绕。秦塞：古代秦国地势险要，四面多关塞，称“四塞之国”，故称。曲：指地势迂回、地形复杂。黄山：指长安西北的黄麓山，在今陕西省兴平北，汉武帝曾经临幸，建有黄山宫。③ 銮舆：指帝王的车驾。銮：一种铃铛，常饰于帝王车驾上。舆：车。迥出：远出。千门：指皇宫内的重重宫门。上苑：即上林苑，初为秦朝旧苑，西汉武帝时加以扩建，位于长安西北。此借指唐皇家园林。④ 帝城：指京城长安。双凤阙：指大明宫前的翔鸾、栖凤两阙。阙：古代宫门前的瞭望楼。⑤ 阳气：指春天，古人称春天来临为阳气始发。行时令：指帝王根据春季的特点及时布德、施惠于百姓。宸游：古代称天子出游为宸游。宸：帝王所居宫殿，此指帝王。物华：大自然美好的风物景色。

【品评】 这是一首描写盛唐气象的诗，尽管它是一首奉和玄宗的应制诗，但是全诗气势阔大，雄丽高华，而且通体对仗，骈俪精工，表现了娴熟高超的诗歌艺术。它在描写京城长安周围和城内的景色时，既有鸟瞰式的统摄，笔力雄放，又有深细入微的刻画，非常生动，其中“雨中春树万人家”一句，语句清新，景象优美，像一幅苍润的水墨画，是历来传诵的名句。

积雨辋川庄作①

积雨空林烟火迟，蒸藜炊黍饷东菑②。漠漠水田飞白鹭，阴阴夏木啭黄鹂③。山中习静观朝槿，松下清斋折露葵④。野老与人争席罢，海鸥何事更相疑⑤。

【注释】 ① 积雨：久雨。辋川庄：即辋川别墅，在今陕西蓝田境内。安史之乱后王维在辋川购得宋之问别墅，闲居其中。② 藜：即蒺藜，一年生草本植物，开黄色小花，种子入药，有滋补作用。炊：烧火做饭。黍：黍子，脱壳后为黏黄米。饷：给人送饭食。东菑(zī)：东边的田地，此指在东头田里干活的农人。菑：初耕一年的土地。③ 漠漠：密布的样子。阴阴：茂密浓郁的样子。啭：鸟婉转地鸣唱。黄鹂：即黄莺，体黄色、嘴淡红、眼部白色，叫声很动听。④ 习静：指修身养性以保持内心平静。槿：木槿，一种落叶灌木，花朵呈钟形。清斋：清淡的素食。葵：开大花的草本植物，如蜀葵、向日葵、锦葵。⑤ 野老：山野老人，此诗人自谓。争席罢：放弃了与人争夺名位。指安心归隐，与世无争。席：席位。罢：停止。“海鸥”句：人们如果还怀疑我有何图谋，就很多余了。《列子·黄帝篇》载，有好鸥者，日与群鸥戏。一天其父要他捉几只回家，待他再到海边时，海鸥似乎能猜到他心事，“舞而不下”，不再和他嬉戏。

【品评】 这是一首描写田园风光的诗，以淡雅幽静的意境取胜，也表现出诗人参禅养性的闲适和对浮躁险恶的尘世生活的厌弃。诗歌描写景物细腻逼真，色彩清新柔和，形象鲜明生动；使典用事了无痕迹，无论正用反用，都恰当贴切，表现出很高的艺术技巧。其中"漠漠水田飞白鹭，阴阴夏木啭黄鹂"一联，声色兼具，极富画意。"漠漠""阴阴"两对叠字的运用，不仅生动地表现出水田的广阔、树木的浓密，使雨后田园的景象更为鲜明，而且也增加了声韵的优美，读来富有音乐感。前人谓此两句"写景极活现，万古不磨之句"（方东树《昭昧詹言》）。但也有认为这两句是袭用李嘉祐诗句，沈德潜在《唐诗别裁集》中已经做了中肯的评说："俗说谓'水田飞白鹭，夏木啭黄鹂'乃李嘉祐句，右丞袭用之。不知本句之妙全在漠漠、阴阴，去上二字乃死句也。况王在李前，安得云王袭李耶？"这两句很受后人喜爱，全诗也受到高度重视。

酬郭给事[①]

洞门高阁霭馀辉，桃李阴阴柳絮飞[②]。禁里疏钟官舍晚，省中啼鸟吏人稀[③]。晨摇玉佩趋金殿，夕奉天书拜琐闱[④]。强欲从君无那老，将因卧病解朝衣[⑤]。

【注释】 ① 诗题又作《赠郭给事》。酬：酬报，引申为赠答。郭给事：生平不详。给事：官名，给事中的简称。唐时属门下省，分管各省事务。② 洞门：指宫门。宫殿大门都建在一个轴线上，开启如洞，故称。霭：云雾，此形容如云雾一样密集。馀辉：指夕阳的光辉。阴阴：形容枝叶茂密、浓郁的样子。③ 禁里：即禁中，皇宫内。因各宫门皆有侍卫严守，不得擅自出入，故称。疏钟：形容钟声清越、悠扬，声长而远。省中：指门下省。④ 摇：晃动。趋：小步快走以示恭敬。天书：天子诏书。拜：辞别。琐闱：指宫门。琐：连环、连琐，指门窗上雕刻绘制的连环形花纹。闱：宫中小门。⑤ 强：勉强。从君：追随、跟从郭给事。无那：无奈。解朝衣：脱下朝服，指辞官闲居。

【品评】 此诗为应酬之作。前六句写郭给事禁中官舍的暮春晚景,诗人选取黄昏、夜晚的景物和晨夕的情事,构成宫廷特有的环境气氛,使景象幽寂冷静,表现出对闲适情趣的向往。同时也称颂郭给事勤于王事,谨勉奉职,流露对郭的钦仰之情。最后二句写自己因为老病不堪吏职,无意于仕途,意欲归隐的情怀。全诗写景生动,称颂得体,读来清腴有味。

杜　甫

蜀　相[①]

丞相祠堂何处寻?锦官城外柏森森[②]。映阶碧草自春色,隔叶黄鹂空好音[③]。三顾频烦天下计,两朝开济老臣心[④]。出师未捷身先死[⑤],长使英雄泪满襟!

【注释】 ① 蜀相:指三国时蜀汉丞相诸葛亮。② 丞相祠堂:即武侯祠,在今四川省成都市南,为晋代李雄所建。锦官城:成都的别称。③ 自春色:自成春色,暗指无人欣赏。空好音:徒然有美妙动听的叫声,暗指无人聆听。④"三顾"句:指刘备三顾茅庐,与诸葛亮商讨天下大计。早年诸葛亮隐居隆中,即今湖北省襄阳西,刘备三次造访请诸葛亮出山,终于得到诸葛亮的辅佐,建立蜀汉,形成三国鼎立之势。顾:探望、拜访。频烦:即频繁。两朝开济:指诸葛亮既帮助刘备开创蜀汉基业,有开国之勋;又辅佐刘备的儿子刘禅继承帝位,有匡济艰危之功。济:帮助。⑤ 出师未捷:公元 234 年(刘禅建兴十二年),诸葛亮伐魏。由斜谷出击攻占武功五丈原,不幸病逝军中。诸葛亮生前多次伐魏,想一统天下,都没有如愿。捷:成功、胜利。

【品评】　此诗为咏诸葛亮的名作。诗人卜居成都浣花草堂后，曾多次寻访诸葛亮遗迹，以表崇敬之意，盖诗人本有“致君尧舜”的政治抱负，又逢安史之乱，愈加忧念国事，故对“鞠躬尽瘁，死而后已”的诸葛亮深表同情。首联开门见山，点出祠堂在成都城南，“柏森森”，见出后人对祠堂的爱护和对诸葛亮的爱戴。次联写祠内景色，本饶春色，着“自”“空”两字，则意不在景，而睹物思人之意已见于言外。三联高度概括诸葛亮一生出处大节，语极密致，说尽诸葛亮一生聪明才智、功业德操，流露出无限景仰。末联慨以宏图未展而早逝，使后之英雄感念而泣下，代表了千古未成功的志士仁人的共同心声。唐代永贞革新失败后，主持新政的王叔文吟此二句即嘘唏泪下；南宋爱国名将宗泽，因国事忧愤成疾，临终亦诵此二句，“但呼过河者三而薨”。这不仅表明了《出师表》和诸葛亮的魅力，而且也表明了《蜀相》和杜甫本人的魅力。

客　至[①]

舍南舍北皆春水[②]，但见群鸥日日来。花径不曾缘客扫，蓬门今始为君开[③]。盘飧市远无兼味，樽酒家贫只旧醅[④]。肯与邻翁相对饮，隔篱呼取尽馀杯[⑤]！

【注释】　① 客：诗有原注“喜崔明府相过”。过：走访。客，当指崔明府，唐时称县令为明府。② 舍：房舍，指杜甫定居成都时所居浣花草堂。③ 花径：花间小路，飘满了落花。缘：因。蓬门：用茅草扎成的屋门。④ 盘飧（sūn）：盘中食物，此泛指菜肴。飧：熟食、饭食。市远：远离集市。兼味：指两种以上口味的菜肴，言食物丰盛。樽酒：杯酒。樽：古代一种盛酒的酒器。旧醅（pēi）：未过滤的陈年老酒。⑤ 肯：能否、愿否。篱：用竹子或树枝编成的篱墙。呼取：呼唤。取：语助词。馀杯：剩余的酒。

【品评】 此诗亦是杜甫卜居成都浣花草堂时作，据诗人原注来客是一位姓崔的县令。首二联写草堂户外景色。“舍南舍北”二句描绘出清幽环境，也包含着有客人将至的欣喜。次联为名句，以对话口气道：花径不曾缘客扫，今始扫之；蓬门不曾为客开，今始为君开！二句于流水作对中有互文映带，于殷勤中见深情。后两联写请客人吃饭喝酒，自谦饭菜不好，坦诚中洋溢着真情；征询能否请邻翁来陪饮，随便中又见豪爽，写得极富生活情趣，情景宛然。黄生说此诗“前半见空谷足音之喜，后半见村家真率之趣”，又说“杜律不难于老健，而难于轻松”（均见《杜诗说》），颇有见地。此诗写得情真意深，天趣盎然，有浓郁的生活气息，是杜诗中属于轻松一路的代表作。

野　望

西山白雪三城戍，南浦清江万里桥①。海内风尘诸弟隔②，天涯涕泪一身遥。惟将迟暮供多病，未有涓埃答圣朝③。跨马出郊时极目，不堪人事日萧条④！

【注释】 ① 西山：即西岭雪山，古又称雪岭，山顶白雪终年不化。在今四川省成都市大邑境内。三城戍：指防守松、维、保三州的驻军。松州：今松潘。维州：今理县。保州：今理县新保关西北。皆在今四川省境内，唐时与吐蕃接壤，为边防要地。公元763年（广德元年）吐蕃军队攻占三州城。南浦：指成都市城南的百花潭。浦：水边。清江：指锦江，又称南河，为岷江支流。万里桥：古桥名，位于成都市城南锦江上。《华阳国志》载，诸葛亮送费祎出使孙吴，告别时说：“万里之行，始于此桥。”后人称此桥为“万里桥”。② 风尘：因战争而掀起的尘埃，比喻战乱。诸弟：诸位弟兄。杜甫有四个弟弟，只杜占一人随杜甫入蜀，其余三位杜颖、杜观、杜丰皆在异地。③ 迟暮：比喻年迈。时杜甫年五十，且多病。供多病：交托给多病之身。涓埃：比喻细微，此诗人自比，言自己位卑力薄，无以报答朝廷。涓：

细小的水流。埃：尘土。④ 时：时时，常。极目：竭尽目力远望。人事：指纷繁的世事。日：天天，日渐。

【品评】　此诗作于成都，写野外眺望所见所感，抒发了忧家忧国的心情。首联有远景，有近景，点出地域与时令。第二联视通万里，远望河北、河南，想到天下战乱未休，而诸弟分散，不知生死，自己又远在异乡，不禁悲凄下泪。后四句由思家转到忧国，眼下正是国家多事之秋，自己只能以多病之躯度迟暮之岁，无微薄之力以报效国家，表现出极其真切的爱国情感。全诗借跨马出郊的野望，将忧国忧时之痛与身世漂泊之感交织写来，倍觉深沉厚重，诗人的赤诚之心和强烈的社会责任感动人肺腑。

闻官军收河南河北[①]

剑外忽传收蓟北[②]，初闻涕泪满衣裳。却看妻子愁何在，漫卷诗书喜欲狂[③]。白日放歌须纵酒，青春作伴好还乡[④]！即从巴峡穿巫峡，便下襄阳向洛阳[⑤]。

【注释】　① 收河南河北：公元762年（宝应元年）10月，唐军收复洛阳、开封等地，平定河南。第二年春又相继平定河北，史朝义自缢，长达八年的安史之乱终于平息。时杜甫居蜀中梓州（今四川省三台），听说后欣喜若狂，作此诗。② 剑外：剑门关以外，即剑门以南今四川、重庆一带。剑门关位于今四川省剑阁县西北，由大剑山、小剑山两山对峙而形成。蓟北：今河北省北部，当时为安禄山发动叛乱的根据地。③ 却看：回头看。愁何在：忧愁何在，指没有忧愁。漫卷：随意卷起。诗书：此泛指书籍。④ 白日：指明媚的阳光。放歌：纵情高歌。须：当。纵酒：尽情饮酒，畅饮。青春：此指美好的春色。⑤ 巴峡：泛指今重庆一带的江峡。巫峡：长江三峡之一，在今重庆市巫山县东至湖北交界处。此泛指长江三峡。襄阳：今湖北省襄樊。以上是杜甫想象中还乡的路线。杜甫原籍河南巩县，三十岁时回洛阳定居偃师西北二十里之首阳山下。杜甫在“洛阳”下自注：“余田园在东京。”（东京即河南洛阳。）

【品评】 这是杜甫最为脍炙人口的名作之一，前人评为“古今绝唱”“七律绝顶之篇”，备受称道。此诗作于代宗广德元年（763）春天，诗人流寓四川梓州（今三台），此时唐军刚刚收复安史盘踞之地河南河北，历时八年的安史之乱基本平息，诗人在彷徨无依中，乍闻捷报传来，狂喜不已，平时所想出川还乡之念一发不可收拾，于是发而为诗，其欣喜若狂、手舞足蹈之状跃然纸上。前人谓杜诗强半言愁，本篇除第一句叙事外，余皆抒情，句句有欣喜意，一气流注，其疾如飞，浦起龙甚至认为是杜甫“生平第一首快诗”。像这样情调欢快、热情奔放之作，在李白一定是施之歌行，而杜甫却用了七律这种形式。作为律诗，讲究工整最为重要，而工整的讲究又不免以丧失自然流畅为代价。杜甫的高明处，就在于他能调和这一矛盾：他不堆砌排比辞藻，而注意从活的语言中发掘天然对偶的因素，在安放对仗时注意到语气的疏落，保持流动的风致，如本篇中“白日”对“青春”，“放歌”“纵酒”对“作伴”“还乡”，以及末联的地名当对句，都是信手拈来，自成对偶，甚至还对得非常工稳，确属不易。本篇读起来只觉挥洒自如，一片神行，于放歌中初未觉有律的存在，细看方知格律极为精严，这正表现了诗人对律诗的掌握已经达到炉火纯青的程度，是杜甫在七律艺术上的创造。

登　高[①]

风急天高猿啸哀，渚清沙白鸟飞回[②]。无边落木萧萧下[③]，不尽长江滚滚来。万里悲秋常作客，百年多病独登台[④]。艰难苦恨繁霜鬓，潦倒新停浊酒杯[⑤]。

【注释】 ① 登高：指旧历九月九日重阳节登高。古代重阳节有饮菊花酒、登高的习俗。② 渚：水中小块陆地。③ 落木：从树上飘落的枯叶。萧萧：形容风吹草木的声音。④ 万里：形容远离故土。悲秋：因秋天的肃杀凄凉而悲伤。作客：作为客居异乡的人。百年：人生百年，指一生、此生。⑤ 繁：纷乱的样子。霜鬓：形容鬓发花白，如蒙了一层霜。潦倒：颓丧失意、抑郁愁闷。新停：新近刚刚停止。时杜甫患肺病，不得已戒酒。浊酒：酒色浑浊，即劣酒。

【品评】 此诗是杜甫大历二年（766）重阳节在夔州登高所作。大致前四主景，后四主情。首联两句各以三景连缀属对，意象密集，写得秋声秋色俱足，而猿鸟惊秋，亦足兴人秋思。次联笔势突变，而作一句一景，气势雄浑，境界阔大。三联入情叙事，末联谓因多年来的国恨家愁，白发日多，排解唯酒了，言辞之间流露出深沉的悲哀。本篇不但内容极为凝练，境界极为阔大，感情极为深沉，就形式而言也是令人叹为观止的。造次一看，首尾似“未尝有对”，中幅似“无意于对”，细按则一篇之中句句皆对，字字皆律，乃自然工稳，为杜律中大气盘旋、沉郁悲壮风格之代表作，明代胡应麟推为“古今七律第一”。

登　楼

花近高楼伤客心，万方多难此登临[①]。锦江春色来天地，玉垒浮云变古今[②]。北极朝廷终不改，西山寇盗莫相侵[③]！可怜后主还祠庙，日暮聊为梁甫吟[④]。

【注释】 ① 万方多难：指全国各地纷纷陷入战乱，国事艰危。公元763年（广德元年）10月，吐蕃攻陷长安，代宗出走。12月蜀中松、维、保三州又被吐蕃占领。登临：登高远眺。② 锦江：又称南河，在今成都市城南，为岷江支流。来天地：从天地间而来，形容春色满天地，无处不是春。玉垒：山名，在今四川省都江堰市西北。变古今：古往今来变幻无穷。③ 北极朝廷：比喻李唐王朝犹如北极星一样位置永恒不变，世代永存，光耀神州大地。吐蕃侵占长安后立广武王李承宏为帝，仅十五日而走。郭子仪收复长安，代宗还朝，局势好转。西山寇盗：侵占西山的强盗，指吐蕃人。西山：即西岭雪山，在今四川省成都市大邑境内。④ 后主还祠庙：指像三国蜀汉后主刘禅这样的昏君，因有诸葛亮这样的贤臣辅佐，至今仍还坐在祠庙里受人供奉。梁甫吟：又名《梁父吟》，汉乐府民歌，《三国志·蜀书·诸葛亮传》载，诸葛亮隐居南阳隆中时即好吟《梁甫吟》。今所存汉乐府同名诗篇，非诸葛亮所吟之《梁甫吟》。

【品评】 此诗作于成都，有感于吐蕃入侵而作，诗题取王粲《登楼赋》感时念乱之意。首联点明题意，笼罩全篇。次联紧扣“登楼”，写登楼纵目远眺春色，“天地”“古今”，在自然景物中织入了世事沧桑的感受，可以推广到整个国家局势。后两联即抒发胸怀，希望国家安定统一，同时抒发对诸葛亮的深切怀念，反映了诗人空有报国之心，而不能有实际作为的无奈。整首诗表现诗人在流寓中对国事的忧念，情思沉郁，而景象壮阔，气势雄健，故忧而不伤；格律严谨而有流动之致（第三联为流水对），历来评价甚高。浦起龙说：“声宏势阔，自然杰作。”（《读杜心解》）沈德潜说：“气象雄伟，笼盖宇宙，此杜诗之最上者。”（《唐诗别裁集》）

宿　府[①]

清秋幕府井梧寒，独宿江城蜡炬残[②]。永夜角声悲自语[③]，中天月色好谁看？风尘荏苒音书断[④]，关塞萧条行路难。已忍伶俜十年事，强移栖息一枝安[⑤]。

【注释】 ① 宿府：指杜甫宿严武府中值夜班。公元 764 年（广德二年)6月,严武新任成都尹兼剑南节度使,并保荐杜甫为节度使幕府参谋。② 井梧:井旁的梧桐树。江城:指成都。蜡炬:蜡烛。③ 永夜:漫漫长夜。角声:军中号角声。④ 风尘:指战乱。荏苒(rěn rǎn):形容时光渐渐逝去。⑤ 伶俜(pīng):形容孤寂奔波、漂泊流离的样子。强移:勉强暂时移居。一枝安:诗人自比如鹪鹩(jiāo liáo)鸟一样有一枝即可安,指暂时栖身于幕府中。语出《庄子·逍遥游》:"鹪鹩巢于深林,不过一枝。"

【品评】 诗题宿府,是指宿于成都严武的节度使府署,杜甫时任节度参谋,大约是值班留宿,没有回城外浣花草堂的家里去。诗歌描写在一个深秋的夜晚,独宿幕府,看到残灯,听见角声,仰望明月,情景一片凄清;又回忆战乱近十年来漂泊流离的孤寂际遇,中言入幕并非本心,而是出于迫不得已,心情悲怆苍凉。此诗八句皆对,与《登高》相同,在严整从容中,又极错综变化之妙。其中"永夜角声悲自语,中天月色好谁看"一联,两句都是上五下二句式,在"悲""好"处稍做停顿,句势跌宕,很有特色,历来受到注意和赞赏。

阁 夜[①]

岁暮阴阳催短景,天涯霜雪霁寒宵[②]。五更鼓角声悲壮,三峡星河影动摇[③]。野哭千家闻战伐,夷歌数处起渔樵[④]。卧龙跃马终黄土,人事音书漫寂寥[⑤]。

【注释】 ① 阁:古代一种底部被架空的楼,指夔州西阁。夔州:今重庆市奉节。公元767年(大历元年)杜甫到夔州,秋天即居于西阁。② 阴阳:指日月。短景(yǐng):指冬季白天短。景:同"影",日影。天涯:指远离故土,似在天边的异乡。霁寒宵:指霜雪初晴的寒夜。霁:指雨雪止、云雾散,天放晴。③ 鼓角:军鼓和号角,皆军乐器。三峡:长江三峡,即瞿塘峡、巫峡、西陵峡。星河:即银河。④ 野哭：飘荡在荒野上的哭泣声。战伐：指无休止的征战讨伐，此指蜀中“崔旰之乱”造成地方军事力量互相混战。夷歌：夷人的歌曲。泛指外族的歌谣。数处：又作“几处”。渔樵：渔夫和樵夫，乃唱夷歌的人。⑤ 卧龙：指三国蜀汉丞相诸葛亮，世称“卧龙先生”。跃马：指西汉末年趁天下大乱据蜀称帝的公孙述。语出左思《蜀都赋》：“公孙跃马而称帝。”终黄土：最终都归于黄土。人事：个人事迹。音书：所言和所写，指言辞和著作。漫：任随、任意。寂寥：形容寂静无声，空旷无影。

【品评】 这首诗是杜甫在大历三年(766)岁暮，寓居夔州西阁夜中所作。诗人写了岁暮时节霜雪寒宵中长江的雄浑悲壮景色，抒发了战乱未休、身世飘零的深沉感慨。诗中的所见所闻与所感，在严冬黎明前的黑夜，在气象萧森的三峡，叠映、摇动、组合，汇聚成一幅战乱时代令人伤心惨目的画图，是人民受苦受难的真实写照，表现出诗人伟大的胸怀。这首七律无论从平仄的格律讲，还是从句式的对偶讲，都细入毫芒。首联本可不对，但却对偶精工；尾联亦可不对，但却也基本相对，在对中又产生变化。可见杜甫对于格律的应用，已经到了出神入化、无施不可的程度。特别是“五更鼓角”一联，雄浑伟丽，苍凉壮阔，成为千古传诵的名句。

咏怀古迹[①] 五首

支离东北风尘际，漂泊西南天地间[②]。三峡楼台淹日月，五溪衣服共云山[③]。羯胡事主终无赖，词客哀时且未还[④]。庾信平生最萧瑟，暮年诗赋动江关[⑤]。**其一**

【注释】 ① 咏怀古迹：借吟咏历史古迹抒写思想情感和历史慨叹。② 支离东北：此指诗人流落于关中一带地区。关中于蜀中位置处于东北方，故称。风尘际：指安史之乱。漂泊西南：指诗人在战乱中辗转漂泊于秦州、成都、梓州、夔州等地的动荡生活。③ 三峡：长江三峡，即瞿塘峡、巫峡、西陵峡。楼台：指三峡地区依山而建的山地民居。淹日月：指岁月留滞，消磨光阴。五溪衣服：此泛指夔州地区部族的服饰。《水经注·沅水》载，武陵有雄溪、樠溪、无溪、西溪、辰溪五溪，两岸皆是外族，古代称"蛮"，故称"五溪蛮"。相传五溪蛮好五色衣服，裁剪皆有尾形。④ 羯胡：本指南朝叛梁投魏的侯景，此代指安禄山。安禄山亦为胡人。羯：古代西北部族之一，后泛指胡人。词客：指南北朝文学家庾信。且未还：指庾信滞留北国。初庾信仕于梁，后出使西魏，恰逢西魏灭梁，滞留西魏，历仕西魏、北周。此诗人自比，终未回归长安。⑤"庾信"句：指庾信平生客于他乡，思乡之情最为悲凉感人。江关：此泛指长江流域地区。

【品评】《咏怀古迹五首》是杜甫晚年之作，是七律组诗，这是杜甫的创造。第一首咏庾信而感怀身世。盖庾信因侯景之乱流寓江陵，尝居宋玉之宅，其生平与诗人尤多相似之处。首联概述自己自安史之乱至今十二年漂泊流离的生活，涵盖时空，兼关庾信。次联落到目前自己流寓夔州的处境，上句言淹滞三峡，徒送日月；下句言地处边鄙，风俗自殊，亦关庾信。三联遥承首联痛恨祸首，感伤遭际，诗人自身与庾信合而为一。末联以感慨作结，明言庾信，兼及自身。全诗写得沉痛凄恻，深刻婉转，传神地塑造出庾信与杜甫两大作家的双人像。

摇落深知宋玉悲，风流儒雅亦吾师[①]。怅望千秋一洒泪，萧条异代不同时[②]。江山故宅空文藻，云雨荒台岂梦思[③]！最是楚宫俱泯灭，舟人指点到今疑[④]。**其二**

【注释】①"摇落"句：目睹秋叶之摇落飘零才深深懂得宋玉悲秋的惨切。宋玉：战国时楚国辞赋家，或称之为屈原弟子，著有《九辩》，描写秋景："萧瑟兮草木摇落而变衰。"风流儒雅：赞美宋玉才华横溢、辞彩飞扬、学问深湛、气度雍容。② 怅：怅惘、失落。萧条：形容孤寂冷落，没有生气。异代不同时：虽生在不同的时代、不同的时间，但却有着同样的际遇和心境。③ 空文藻：空留下华丽的文章和辞藻。"云雨"句："云雨荒台"岂是怀王真有此梦，后人并未真正了解宋玉讽谏的本意。此指宋玉《高唐赋·序》中所记述的楚怀王与巫山神女梦中相会的故事。神女自述曰："妾在巫山之阳，高丘之阻，旦为朝云，暮为行雨。朝朝暮暮，阳台之下。"④ 泯：灭、尽。舟人指点：船夫们仍指点着巫山云雨、神女高台等遗迹，给人们介绍。

【品评】 这一首咏宋玉，表示追怀和钦慕之意。前四句写对宋玉的敬佩，一开始从宋玉"摇落"之句写起，表现出诗人对宋玉悲秋之感的深刻解会，而"风流儒雅亦吾师"，更明白表示对宋玉的崇拜。自己与宋玉虽异代而不同时，但萧条落寞却是一样，因此不禁洒下一掬同情之泪，其中也包含着诗人对自己不幸遭遇的悲感。后四句为宋玉被人误解而鸣不平，诗人将楚宫的泯灭与宋玉的文采犹存相对照，鲜明地突出了宋玉在文学上的不朽成就，表示了深深的敬意，也隐然透露出个人的悲哀。诗歌写得含蓄蕴藉，章法井然而又起伏跌宕，极沉郁顿挫之至。

群山万壑赴荆门，生长明妃尚有村[①]。一去紫台连朔漠，独留青冢向黄昏[②]。画图省识春风面，环佩空归月夜魂[③]。千载琵琶作胡语，分明怨恨曲中论[④]。**其三**

【注释】 ① 赴：奔向。荆门：山名，位于长江南岸，在今湖北省宜都西北。江北相望有虎牙山，山形上开下合若门户，故称。明妃：指王昭君，名嫱。西汉元帝时被选入宫，公元前 33 年（竟宁元年）自请远嫁呼韩邪单于，至匈奴和亲。入匈奴后封宁胡阏氏（yān zhī），为两代单于夫人。晋时为避司马昭讳，改昭君为明君，后人称明妃。

尚有村：还存有明妃生长的村落。据《汉书·元帝纪》载：昭君为湖北秭归人。昭君村在秭归东四十里处，与夔州接近。② 紫台：即紫宫，帝王所居之宫殿，此指汉宫。朔漠：北方大沙漠，此为匈奴境内。青冢：指王昭君墓，在今内蒙古自治区呼和浩特市南。传说塞外草木衰残，只昭君坟上草色依然青翠，故称"青冢"。③"画图"句：岂能以美人画图辨识昭君青春美丽的面容？《西京杂记》卷上载："元帝后宫既多，不得常见，乃使画工图其形，按图召幸。诸宫人皆赂画工，多者十万，少者亦不减五万。独王嫱自恃容貌，不肯与，工人乃丑图之，遂不得见。后匈奴入朝，求美人为阏氏，于是上案图以昭君行。及去，召见，貌为后宫第一。乃穷案其事，画工毛延寿弃市。"省识：辨别、识别。春风面：形容青春美丽的容貌。环佩：古人系在衣带上的环形佩玉，此指昭君。④ 千载琵琶：指流传千载的琵琶曲《昭君怨》。《琴操》载，昭君恨元帝始不见遇，且心中思念故土，"乃作怨旷思惟歌"。作胡语：琵琶最早是西域乐器，故称。曲中论：通过琵琶曲来倾诉。

【品评】　这一首咏王昭君悲剧身世，兼寄一己之同情。首句从地灵说入，前人谓"发端突兀，是七律中第一等起句。谓山水逶迤，钟灵毓秀，始产一明妃，说得窈窕红颜惊天动地"（吴瞻泰）。这种郑重的写法，也增加了全诗的悲剧气氛。次联概括昭君出塞，死葬青冢之始末，感慨嘘唏。三联写昭君之恨，一恨不得汉元帝之赏识，二恨远嫁异域永不得归，充满故国之思和爱国之情。末联抒发感慨，慨叹昭君寂寞千载，诗人亦堪称昭君千古知音。诗歌悲昭君以悲自身，流露出诗人忠而遭贬、流落西南的惆怅失意之怀，哀感沉痛，遗意不尽。

蜀主窥吴幸三峡，崩年亦在永安宫[①]。翠华想象空山里，玉殿虚无野寺中[②]。古庙杉松巢水鹤，岁时伏腊走村翁[③]。武侯祠屋常邻近，一体君臣祭祀同[④]。**其四**

【注释】　①"蜀主"句：公元222年（章武二年）刘备攻吴。幸：

古代天子出行所到之处称“幸”。“崩年”句：刘备被孙吴将军陆逊大败，死于奉节永安宫。② 翠华：用翠鸟羽毛装饰的旗子，此指刘备的仪仗。玉殿：杜甫原注：“殿今为卧龙寺，庙在宫东。”可见至唐代玉殿已不存，被寺院取代。③ 古庙：指刘备的昭烈帝庙，在今奉节东。巢水鹤：水鹤在上面筑巢。岁时伏腊：泛指逢年过节的时候。伏：指旧历入伏的日子，分初伏、中伏和末伏。腊：旧历十二月初八。走村翁：指乡村老翁在庙中随时走动，进行祭祀活动。④ 武侯祠屋：指夔州的诸葛亮祠堂。一体：一样、一并。

【品评】 这一首凭吊夔州先主（刘备）庙，通过对刘备庙荒凉景象和村翁对刘备、诸葛亮祭祀的描写，表达了对“君臣一体”的欣羡，流露出自己不得知遇的悲哀。首联叙述史实，也交代地点，开门见山。次联想象刘备征吴时仪仗的盛大，同时发出永安宫玉殿荒芜的感叹。此联虚写，与第一联虚实相生。三联写眼前景物，进一步慨叹庙宇的荒凉，从村翁“岁时伏腊”的祭祀中，也表现出人们对刘备的爱戴。最后写到诸葛亮的祠庙也和刘备相邻，君臣一起受到祭祀。这两句是全诗重心所在，正因刘备与诸葛亮生前能“一体”共图大业，所以死后才能受到百姓的“一体”祭祀，而诗人自己却因疏救房琯而被肃宗贬斥，受尽坎坷折磨，不得“一体”实现报国济世的夙愿，感叹君臣际遇难逢，意思极为沉痛！诗歌写得起伏曲折而又一气贯注，在含蓄蕴藉中表现出希望报国的热忱。

诸葛大名垂宇宙，宗臣遗像肃清高[①]。三分割据纡筹策，万古云霄一羽毛[②]。伯仲之间见伊吕，指挥若定失萧曹[③]。运移汉祚终难复，志决身歼军务劳[④]。**其五**

【注释】 ① 诸葛：即诸葛亮。垂：流传。宗臣：关系到国家命运的社稷重臣。宗：本、主体。肃清高：为诸葛亮的清正风范、高风亮节肃然起敬。② 三分割据：指魏、蜀、吴三国鼎立的局势。纡筹策：指诸葛亮周密细致的谋划。筹策：谋略、筹划。云霄一羽毛：高入云霄的一只飞鸟，比喻诸葛亮殊世独立的品格和超凡脱俗的智慧。③ 伯仲之间：兄弟之间，比喻不分高下。伊：指辅佐成汤的伊尹。吕：指辅佐周武王的吕尚（即姜子牙）。指挥若定：形容诸葛亮指挥军事胸有成竹，从容不迫，好似事先算定一样。失萧曹：使萧、曹二人相比逊色。萧曹：指刘邦的得力谋臣萧何和曹参。④ 运：即国运、天命。祚：封建王朝的国统，指帝位。志决：心志已决。身歼：即身死。诸葛亮为蜀汉大业"鞠躬尽瘁，死而后已"，终因军务劳顿，以身殉职。

【品评】　这一首专咏夔州武侯祠亦即专咏诸葛亮。首联写诸葛亮功高盖世，名垂千古，"诸葛大名垂宇宙"，起得气魄宏大，表现诗人的无限景仰；"宗臣遗像肃清高"，点题写景，进一步表现对诸葛亮的高风亮节的崇敬，推为后世为臣的楷模。中间两联，写诸葛亮一生功业，独步万古云霄，只有历史上的开国名臣如伊尹、吕尚、萧何、曹参才堪比拟，高度评价了诸葛亮的文韬武略，议论正大，感情深厚而真挚。末联以感叹作结，又深深表达出诗人自己窃比稷契，希望致君尧舜、再淳风俗的伟大抱负的落空，言之不胜悲哀！诗歌写得感情炽烈，议论中饱含激情，结构开合动荡，波澜起伏，动人肺腑，是杜甫咏古诗中的不朽之作。

刘长卿

江州重别薛六柳八二员外[1]

生涯岂料承优诏？世事空知学醉歌[2]。江上月明胡雁过，淮南木落楚山多[3]。寄身且喜沧洲近，顾影无如白发何[4]！今日龙钟人共老，愧君犹遣慎风波[5]。

【注释】 ① 江州：指唐江南道江州，治所在今江西省九江。重别：再次告别。薛六、柳八：二人生平不详。员外：官名，员外郎的简称。② 生涯：此指诗人的政治生涯。承优诏：承蒙皇上优宠的诏命，指诗人由睦州（今浙江建德）司马升迁为随州（今湖北随县）刺史。空：徒然。③ 江上：指长江上。胡雁：指从北方飞来的大雁。胡地在北方，故称。淮南：江州在淮河以南，故称。战国时属楚国，故称楚山。④ 寄身：指暂时客居。沧洲：寒洲，常指归隐之地。洲：水中陆地。顾影：回头看自己的身影。无如：无奈。⑤ 龙钟：形容衰老迟钝，行动不便的样子。遣：使，教。慎风波：小心风波，指谨慎行事，免生纰漏。慎：当心、提防。

【品评】 这首诗是刘长卿被诬陷囚狱遇赦释放之后，南赴贬所途中路过江州之作。诗歌反映了作者多重复杂的心态。首联表现遇赦后的庆幸，希望从此隐逸买醉。次联写九江秋夜景色，朦胧阔大，境界凄清，流露出心境的凄凉，非常生动。三联写贬地亦聊堪寄身的喜悦，随即表现华年已逝的悲哀。末联写薛六、柳八二位朋友对自己的关心，以及自己对二位朋友的感激之情。这种多重复杂心态，其实是表现作者对无辜陷狱，最后被贬南荒的满腔愤慨，由于明言犯忌，只得曲陈其意，因而诗歌写得委婉曲折，无限抑郁之情，只能让人味而得之，读来意味深长。

长沙过贾谊宅[①]

三年谪宦此栖迟，万古惟留楚客悲[②]。秋草独寻人去后，寒林空见日斜时[③]。汉文有道恩犹薄，湘水无情吊岂知[④]？寂寂江山摇落处，怜君何事到天涯[⑤]！

【注释】 ① 过：探访。贾谊：西汉文学家、政论家，汉文帝初召为博士，后受人谗害被贬为长沙王太傅。贾谊宅：《水经注·湘水》

载，长沙城内有陶侃庙，据说旧时为贾谊宅。② 三年谪宦：贾谊以长沙王太傅在长沙居住了仅三年，即死于长沙。谪(zhé)：被流放或贬官。栖迟：居留，留滞。楚客：指贾谊。长沙古属楚国。③ 人去后：指人去楼空。贾谊《鹏鸟赋》："野鸟入室兮，主人将去。"寒林：指秋天的树林。日斜时：指日暮时分。《鹏鸟赋》："庚子日斜兮，鹏集于予舍。"④ 汉文有道：汉文帝刘恒英明贤能。恩犹薄：施恩仍旧寡薄，指没能重用贾谊。湘水：即湘江，流经湖南境内，为长江支流。吊：凭吊。此语义双关，一指在长沙时贾谊作《吊屈原赋》以吊屈子，二指诗人作此诗以吊贾谊。⑤ 寂寂：形容寂寥凄清、落寞荒凉。摇落：草木枯萎凋零。君：指贾谊。

【品评】 此诗亦是诗人在遭贬途中，路过长沙之作。汉代贾谊曾为长沙王太傅，因而有宅在长沙。诗中借咏贾谊，表现自己遭贬谪的悲慨。"三年谪宦"既是贾谊的悲哀，也是自己的悲哀，时虽不同，其悲则一，起得极为沉痛，奠定了全诗忧愤凄怆的基调。"秋草"一联，描写贾谊宅萧条凄凉的秋景，进一步渲染沉痛悲苦基调。后四句写汉文帝寡恩，写贾谊吊屈原(亦自吊)，写寂寂摇落的江山，写对无辜被贬的控诉，情景融而为一，无一不暗含着自己的愤慨之情。诗歌情感深沉悲凉，用语双关，构思巧妙，前人谓刘长卿善作悲苦语，从此诗可见一斑。

自夏口至鹦鹉洲夕望岳阳寄元中丞①

汀洲无浪复无烟，楚客相思益渺然②。汉口夕阳斜渡鸟，洞庭秋水远连天③。孤城背岭寒吹角④，独树临江夜泊船。贾谊上书忧汉室⑤，长沙谪去古今怜。

【注释】 ① 夏口：地名，今湖北武昌。鹦鹉洲：武汉西南长江中的一块沙洲。今已不存。夕望：夕照中眺望。岳阳：今湖南省岳阳。元中丞：又作源中丞，生平不详。② 汀洲：水中小块陆地，指鹦鹉洲。烟：雾霭。楚客：古代客居楚地者多为迁客，故以楚客泛指被贬谪的落魄文人。此诗人自谓。益：更。渺然：形容深长、悠远的样子。③ 汉口：地名，为汉水入长江处，又称沔口，今为武汉三镇之一。洞庭：即洞庭湖，此指元中丞所在地。④ 孤城：孤零零的一座小城，周围没有人烟。此指夏口，即今之武昌。背：背靠，倚。岭：指龟山，在今湖北省武汉。寒吹角：寒风中响起了号角声。⑤ 贾谊上书：贾谊为文帝博士时曾多次上书评论时政，主张削弱诸侯势力、抗击匈奴，认为“民为邦本”。《陈政事疏》《过秦论》等被鲁迅先生称为“西汉鸿文”。但贾谊也正因言辞过激而遭贬。此以贾谊忧国、被贬指代元中丞被贬往岳阳。

【品评】 这首诗是刘长卿被贬谪以后，任鄂岳转运留后，驻鄂州时所作。诗歌借怀念被贬到岳阳的朋友元中丞，来抒写自己的孤单寂寞。前六句描写舟中所见的鹦鹉洲无浪无烟的明净秋景，水天一色的洞庭湖和夜泊的孤舟，同时加上所听到的孤城寒角，这一切构成了凄清冷寂的意境，寄寓着对元中丞的渺然相思。“汉口”二句中以“斜”字状夕阳中的飞鸟，以“远”字形秋水的浩渺无际，都极精确传神，可谓善于炼字。诗的重点在末联，伤叹贾谊上书心忧汉室而被贬，“古今怜”三字，将古人与今人打成一片，实际也是抒发对元中丞和自己被贬后的愤慨和苦闷。诗意凄恻绵长，耐人寻味。

钱　起

赠阙下裴舍人[①]

二月黄鹂飞上林，春城紫禁晓阴阴[②]。长乐钟声花外尽，龙池柳色雨中深[③]。阳和不散穷途恨，霄汉常悬捧日心[④]。献赋十年犹未遇，羞将白发对华簪[5]。

【注释】 ① 阙下：皇城之下，即指京城长安。阙：古代宫门前的瞭望楼，此指皇宫。裴舍人：生平不详。舍人：官名，中书舍人的简称。② 上林：即上林苑，初为秦时皇家园林，后西汉武帝时加以扩建，位于长安西北。此借指唐皇家园林。春城：春天的长安城。紫禁：指皇宫。古人以紫微星垣喻皇帝居住的地方，称“紫宫”。皇宫重兵把守，不能擅自出入，又称“禁中”。阴阴：形容树木茂密，绿荫浓郁的样子。③ 长乐：汉宫名，在长安城西北，此借指唐代宫殿。龙池：又名兴庆池，位于唐玄宗即位时所居住的兴庆宫内，传说池中有黄龙。④ 阳和：指仲春二月的暖意。穷途：路尽，比喻诗人科举落第。霄汉：云霄和天河，即天空。此借喻朝廷。捧日心：指渴望为帝王效力的急切心愿。《三国志·魏书·程昱传》裴松之注引《魏书》载，程昱本名程立，少时常梦见上泰山，双手捧日。后荀彧将程梦告知曹操，曹操说：“卿当终为吾心腹。”于是在其名“立”字上加一日，更名“昱”。⑤ 献赋：汉赋大家司马相如，因向汉武帝敬献辞赋而得到武帝赏识，用为郎。此诗人以司马献赋比喻自己进京赴考向帝王奉献才识。华簪：装饰华贵、精致的簪子，此指高官，即做中书舍人的裴某。簪：古人用以把帽子别在头发上的针形首饰。

【品评】 这是一首投赠诗，作于早年赴京求仕时，抒写了自己的不遇之感，意在请求裴舍人的援引。前四句描绘裴舍人所在的宫廷禁苑的庄雅秾丽景色，其中暗含对裴舍人受到知遇的恭维，方苞以为“气象真朴，不减摩诘”（王维字）。后四句写自己落第的怅恨和希图进用的心愿，曲折表达了希望裴舍人援引举荐的意思。全诗用意深婉，写得隐约含蓄、不露痕迹，而又非常得体，显得气味和厚而又神韵悠长。

韦应物

寄李儋元锡[1]

去年花里逢君别，今日花开又一年。世事茫茫难自料，春愁黯黯独成眠[2]。身多疾病思田里，邑有流亡愧俸钱[3]。闻道欲来相问讯，西楼望月几回圆[4]？

【注释】 ① 李儋元锡：李儋，字元锡，今甘肃武威人，曾官至殿中侍御史，常与韦应物往来唱和。② 茫茫：形容内心怅惘，分不清方向、看不到未来。黯黯：形容心情抑郁、情绪低落。③ 思田里：向往田园生活。邑：百姓聚居地，指城镇。流亡：指无法生存而外出逃荒的人。愧俸钱：为领取朝廷的俸钱感到愧疚，言没有做好官、为百姓办好事。俸：即俸禄、薪俸，古代官吏的薪水。④ 闻道：听说。问讯：探望。西楼：指苏州观风楼，时韦应物任苏州刺史。

【品评】 此诗作于滁州任所，叙离别及感时之思，表现了忧国忧民的情怀和希望隐逸的心曲。首联从前一年与李儋分别说起，将花里话别的往事重提，出语淡雅，只于"又"字见情，足以引起对方同样念旧。次联感时自伤，说明在孤寂之中对故人特别思念。"身多疾病思田里，邑有流亡愧俸钱"二句，语挚意切，向来为人传诵。范仲淹曾赞为"仁者之言"，黄彻在《碧溪诗话》中更进一步说："余谓有宦君子，当切切作此语。彼有一意供租、专事土木而视民如仇者，得无愧此诗乎？"说得很是中肯。末联点明作意，希望朋友来看他，寄情思于月缺月圆，与首联同归淡雅。全诗章法严整，婉约尽意又简远浑融，表现出作者一贯的风格。

韩　翃

同题仙游观[①]

仙台初见五城楼，风物凄凄宿雨收[②]。山色遥连秦树晚，砧声近报汉宫秋[③]。疏松影落空坛静[④]，细草香生小洞幽。何用别寻方外去，人间亦自有丹丘[⑤]！

【注释】 ① 诗题又作《题仙游观》。仙游观：道观名，在长安城郊。② 仙台：指仙游观前的祭台。五城楼：传说黄帝“为五城十二楼，以候神人”（《史记·孝武本纪》）。此指仙游观，是对道观的美饰。凄凄：形容清冷、悲凉。宿雨：夜雨。收：停止。③ 秦树：秦地的树木。砧声：捣衣声。砧：古代捣衣时用的石板。汉宫：借指唐宫。④ 疏松：指古松枝叶疏放、舒展。⑤ 方外：指世外。方：古代“地”的代称，古人认为天圆地方。丹丘：神话传说中神仙居住的地方，昼夜长明，没有夜晚。此喻仙游观。

【品评】 这是一首记游诗，通过对景物的艺术再现，盛赞了仙游观的宁静和清幽，表现了对道教超越境界的向往和诗人心境的空灵。后人多赞扬第三联，金圣叹说：“读此五、六二句便胜读全部道经，不谓先生眼光至此！”（《金圣叹选批唐诗》）其实，三、四两句亦佳，“山色”句写纵目远眺，景象辽远开阔，“砧声”句收回视线，近听砧声，便将秋色暮景历历如绘地呈现在读者眼前。这两句远近结合，景象空阔，而且声色兼具，可谓形象生动，情思不匮。

皇甫冉（717？—770？）

字茂政，润州丹阳（今江苏丹阳）人。玄宗天宝十五载（756）登进士第，授无锡尉。代宗大历初，入河南节度使王缙幕掌书记，官至右补阙。有《皇甫冉诗集》。

春 思[1]

莺啼燕语报新年，马邑龙堆路几千[2]。家住层城邻汉苑，心随明月到胡天[3]。机中锦字论长恨[4]，楼上花枝笑独眠。为问元戎窦车骑，何时返旆勒燕然[5]？

【注释】 ① 春思：春天的情思。② 马邑：秦代古城名，边防要塞。汉置为马县，故址在今山西省朔州东北。龙堆：即白龙堆，沙漠。指今库姆塔格沙漠，位于甘肃省敦煌玉门关与新疆罗布泊之间。以上泛指边地。③ 层城：传说中神仙居住的地方，在昆仑山之最上层，又称天庭(《水经注·河水》)。此借指京城长安。汉苑：汉代宫苑，此借指唐宫。胡天：指北方边地。④ 机中锦字：据《晋书·列女传》载，“窦滔妻苏氏，名蕙，字若兰，善属文。滔苻坚时为秦州刺史，被徙流沙，苏氏思之，织锦为回文旋图诗以赠滔，宛转循环以读之，词甚凄惋”。此指思妇对远戍丈夫的思念之情。论：倾诉、表达。⑤ 元戎：军中主帅。窦车骑：指东汉车骑将军窦宪，此借指唐边关主帅。返旆勒燕然：指班师回朝。返旆：打着旗帜回来，指班师。旆：本指旗帜上下垂的装饰，后泛指旌旗。勒燕然：《汉书·窦宪传》载，车骑将军窦宪于公元89年(永元元年)大破匈奴，追至燕然山，命班固作铭，刻石而返。勒：刻。燕然：山名，今杭爱山，在蒙古国境内。

【品评】 本诗是写闺怨之作，代思妇抒发春怨，表现新春美好时光妻子思念远征在外的丈夫，情思绵邈，真挚动人。此诗前四句用对举反衬法，写莺啼燕语的新春时节，“家住层城邻汉苑”的优越环境，而每句之后分别用“路几千”“到胡天”相对，说明愈是时令、环境美好，就愈是思念在边境的丈夫，情感被衬托得分外浓烈。“机中”二句，直抒远别之恨，抒发思妇希望亲人团聚的强烈要求。末联以诘问语气探询归期，尤见大胆热烈，痴情足以动人。

卢　纶

晚次鄂州[①]

云开远见汉阳城[②]，犹是孤帆一日程。估客昼眠知浪静，舟人夜语觉潮生[③]。三湘愁鬓逢秋色[④]，万里归心对月明。旧业已随征战尽，更堪江上鼓鼙声[⑤]。

【注释】 ① 次：临时住宿、驻扎。鄂州：唐江南道鄂州，在今湖北省武汉市武昌。② 汉阳城：唐时为沔州治所，故址在今湖北武汉市汉阳，位于汉水北岸。③ 估客：商人。估：通“贾”，商人。舟人：船家。④ 三湘：指今湖南省湘江，从古鄂州沿长江上行即三湘之地。古代湘水合漓水称漓湘、合蒸水称蒸湘、合潇水称潇湘，故称“三湘”。愁鬓：指头发因愁闷而呈灰白色。此诗人自谓。⑤ 旧业：指诗人在故乡的土地财产。鼓鼙：古代军队用的小鼓，击鼓表示出击。此泛指军乐。

【品评】 此诗是作者为避安史之乱南行至鄂州所作，诗中主要是表现急于回到汉阳的心情，同时也有迟暮悲秋的伤感和忧时念乱的慨叹，流露出对战乱的厌恶和对和平的向往。方东树评全诗云：“起句点题，次句缩转，用笔转折有势。三、四兴在象外，卓然名句。收切鄂州，有远想。”（《昭昧詹言》）其中“估客昼眠知浪静，舟人夜语觉潮生”一联，写舟行江上的情景，尤为精彩。作者以敏锐的感觉抓住细致之处，作了体察入微的描写：白日里商人在睡眠，可知江上风平浪静，晚上听船夫在说话，可感到潮水上升。很富于实际生活体验。沈德潜说："读三、四语，如身在江舟间矣，诗不贵景象耶？"（《唐诗别裁集》）这两句向称名句，为人激赏。

柳宗元

登柳州城楼寄漳汀封连四州刺史[①]

城上高楼接大荒，海天愁思正茫茫[②]。惊风乱飐芙蓉水，密雨斜侵薜荔墙[③]。岭树重遮千里目，江流曲似九回肠[④]。共来百越文身地，犹自音书滞一乡[⑤]。

【注释】 ① 四州刺史：永贞革新失败后，柳宗元被贬永州司马。十年后，即公元815年，柳宗元、韩泰、韩晔、陈谦、刘禹锡被召进京，均改任刺史，柳宗元贬柳州（今广西柳州）、韩泰贬漳州（今福建省漳州）、韩晔贬汀州（今福建长汀）、陈谦贬封州（今广东省封开）、刘禹锡贬连州（今广东省连州）。② 城：指柳州城。大荒：指广阔、旷远的荒野，泛指边远地区。海天愁思：如大海和天空一样无边无际的愁思。③ 惊风：即狂风。飐（zhǎn）：风吹微微颤动。芙蓉：荷花。薜（bì）荔：一种蔓生木本植物，果实球形，可制作凉粉。④ 江流：指柳江。九回肠：形容愁肠百褶，极度愁苦郁闷。九：为虚数。⑤ 百越：即百粤，泛指南粤各族。文身：传说古代南越民族有文身的习俗。文：刺花纹。滞：阻塞不通。

【品评】 此诗是柳宗元在宪宗元和十年（815）夏初被贬到柳州任刺史时作，他登楼远望，思念同时被贬到漳州的韩泰、汀州的韩晔、封州的陈谦、连州的刘禹锡四位朋友。首联写登高远望，兴起愁思，境界宏大阔远，发端惊挺。次联点明乃风雨登楼，倍增其愁情，同时暗示出当时政治形势的险恶。三联写远景，对朋友心驰神往，相思愁肠如九曲之水。末联抒发感慨，言南荒之地交通不便，互访既不易，音问亦甚难，沉郁唱叹，形象地表现了诗人的九曲回肠。诗歌情辞凄楚而又气势壮阔，属对精工而兴象宛然，它和韩愈的《左迁至蓝关示侄孙湘》同被后人视作唐人七律名篇。

刘禹锡

西塞山怀古[①]

王濬楼船下益州，金陵王气黯然收[②]。千寻铁锁沉江底，一片降幡出石头[③]。人世几回伤往事？山形依旧枕寒流[④]。从今四海为家日，故垒萧萧芦荻秋[⑤]。

【注释】　① 诗题又作《金陵怀古》。西塞山：在今湖北省黄石东。《水经注·江水》载："江之右岸有黄石山，水经其北，即黄石矶也。……山连延江侧，东山偏高，谓之西塞。"三国时为东吴长江江防要塞。② 王濬楼船：王濬，字士治，今河南省灵宝人，西晋大将，两任益州刺史。其大造舟舰，"大船连舫，方百二十步，受二千余人。以木为城，起楼橹，开四出门，其上皆得驰马往来"。公元280年（太康元年），王濬从成都出发直取吴都建业（今江苏省南京），灭东吴。金陵：即今江苏省南京市，三国时为东吴国都，称建业。王气：古人认为凡帝王所在之地有特殊的云气。《太平御览》卷一七〇引《金陵图》载：战国时楚威王见此有王气，"埋金以镇之，故曰金陵"。后秦统一天下，望气者仍说金陵有王气，秦始皇派人"凿地断连冈，改金陵为秣陵”。黯然收：指东吴灭亡。③ 寻：古代长度单位，八尺为一寻。铁锁沉江底：《晋书·王濬传》载，东吴为了阻止王濬东下，在长江险要处暗置铁锁链，王濬设计俱焚之，直捣石头城，孙皓投降。幡：古代横挑直着悬挂的长条形旗帜。石头：即石头城，故址在今南京清凉山上，是东吴皇城所在地。史载孙权占领南京后，“城石头，改秣陵为建业”（《三国志·吴书·孙权传》）。④ 山形：西塞山险要的地势。枕：此指靠、倚。寒流：指长江水。⑤ 四海为家：指天下统一，四海归于一家，不再被分割。故垒：一说指西塞山，一说泛指六朝以来的战争军事遗迹。垒：指用于防守的军事建筑。萧萧：形容风吹草木的声音。荻：一种像芦苇的多年生草本植物，紫色花穗，生长在水边，茎可以编席帘。

【品评】 这是一首怀古诗，借写西晋灭吴之事，警告割据者不要拥兵自重，也提醒当政者要有远见，勿重演历史悲剧。前四句咏史：首联曰“下”、曰“黯然收”，居高临下，势如破竹；次联妙在用一副工整的对联，把晋军灭吴的经过做了高度概括和形象描绘，对比鲜明，给人留下难忘印象。后四句抒感寄意：“山形依旧枕寒流”，是说江山依旧，越发显得吴国灭亡之匆促，亦挑明金陵王气之不可恃；末联由古及今，暗寓国家分裂的因素仍然存在，警告朝廷不要高枕无忧。此诗借古鉴今，雄浑苍凉，表达亦甚含蓄，后人推崇备至。薛雪在《一瓢诗话》中称赞说：“似议非议，有论无论，笔著纸上，神来天际，气魄法律，无不精到，洵是此老一生杰作。”

元　稹（779—831）

字微之，洛阳（今属河南）人，北魏鲜卑族拓跋部后裔。八岁丧父，依倚舅族。德宗贞元九年（793）明经擢第，十五年（799）初仕河中府。与白居易同年登书判拔萃科，授秘书省校书郎。宪宗元和元年（806），与白居易同登才识兼茂明于体用科，列名第一。穆宗长庆二年(822)以工部侍郎同平章事。有《元氏长庆集》。

遣悲怀　三首

谢公最小偏怜女,自嫁黔娄百事乖[1]。顾我无衣搜荩箧,泥他沽酒拔金钗[2]。野蔬充膳甘长藿,落叶添薪仰古槐[3]。今日俸钱过十万,与君营奠复营斋[4]。**其一**

【注释】 ① 谢公:指东晋谢奕,最为偏爱幼女谢道韫。一说谢公指谢安,偏爱侄女。此以谢道韫比韦丛。韦丛乃元稹妻子,为太子少保韦夏卿的女儿。黔娄:春秋时齐国有名的贫士,有贤才。此为诗人自谓。乖:违背,不协调、不顺利。② 顾我:见我。荩箧(qiè):用荩草编的箱子。荩:一年生草本植物,花灰绿色或带紫色。箧:小箱子。泥:指用柔言软语相纠缠以索取钱物。他:指韦丛,古代没有"她"。③ 野蔬:野菜。膳:饭食。藿:豆类植物的叶子。薪:柴。④ 俸钱:古代官吏的薪水。君:指韦丛的亡灵。营奠:备办祭品。营斋:准备斋醮。斋:古人祭祀前先要斋戒,清洁身体、纯净心志。

【品评】 元稹的妻子韦丛年轻病逝,元稹伤悼不已,写了七律组诗《遣悲怀三首》,寄托了真挚深沉的哀思,是历代悼亡诗中的名作。第一首是追忆婚后的生活,称道韦丛的贤淑和安于贫困的美德。诗用对比反衬手法,以出身高贵门第与安贫乐道相对,以今日的富贵与昔日的贫困相比,突出了韦丛的可敬可爱,也表达了真挚的怀念。"顾我"二句,互文见义,写诗人与韦丛婚后的闺房生活,具体生动活泼,其亲昵无间、和谐恩爱之情景,音容宛然,如在目前。

昔日戏言身后意[1],今朝都到眼前来。衣裳已施行看尽,针线犹存未忍开[2]。尚想旧情怜婢仆,也曾因梦送钱财[3]。诚知此恨人

人有[④],贫贱夫妻百事哀。**其二**

【注释】 ① 戏言:开玩笑说。身后意:指死后的安排、打算。② 施:施舍。行看尽:眼看着将要完了。开:指打开看。③ 怜:爱护、怜惜。因:凭、趁。④ 诚知:的确知道。

【品评】 第二首紧接上一首,重点写韦丛死后自己的“百事哀”。“昔日”二句写得非常朴素,如对面晤谈,而真情自在其中,哀感无限。接着写施舍衣服、保存针线、怜惜婢仆、赠送钱财,无一不包含着对亡妻的沉哀深痛。最后二句,是说相依为命的贫贱夫妻一旦永诀,自比寻常夫妻更为可哀,道出了人间真情。正如章燮在《唐诗三百首注疏》中所说:“从死后咏到生前,留言遗物,真情幻梦,一一描出,何等悲怀!”

闲坐悲君亦自悲,百年多是几多时[①]?邓攸无子寻知命,潘岳悼亡犹费词[②]。同穴窅冥何所望,他生缘会更难期[③]。惟将终夜长开眼,报答平生未展眉[④]。**其三**

【注释】 ①“百年”句:人生百年时间很长,但又有多长久呢?② 邓攸无子:《晋书·邓攸传》载,西晋时河东太守邓攸,字伯道,为避战乱,携妻、子、侄渡江,途中艰难,不得已遗弃了自己的亲生儿子而保全了侄子,因为其兄已死,弃侄便无后。结果后来邓攸却没有子嗣。时人叹息曰:“天道无知,使伯道无儿。”寻:不久,随即。知命:指孔子所说的知天命之年。《论语·为政》:“五十而知天命。”潘岳悼亡:西晋诗人潘岳,字安仁,其妻早亡,潘岳共写了三首《悼亡诗》怀念亡妻,后世广为传诵。费词:白费言辞,意为写诗不可能排解心中的悲痛和思念,所以徒然。③ 同穴:指死后夫妻合葬。窅(yǎo)冥:形容深邃、渺茫的样子。缘会:因缘会合,即再次相会做夫妻。

④ 长开眼：指鳏鱼，一种大鱼，鱼眼睛都终日不闭，所以是长开眼。古人又称无妻为“鳏”。诗人一是写自己彻夜难眠思念亡妻，同时暗指自己愿做鳏夫，终身将不再娶。未展眉：指妻子生前跟着自己穷愁潦倒，一直眉头紧蹙，心情不畅。

【品评】 第三首从眼前的悲痛想到将来自己的艰难处境，表示不再续弦，以明心志，其中隐含着无法排解的痛苦和无穷的思念。首联写人生短促，自己也不知生死何日。接着引用邓攸无子和潘岳悼亡的典故以自解，宕开一笔，看似达观。第三联一笔兜回，写同穴无望，他生难期，无尽的相思挥之难去，感情更加沉痛。末二句以“长开眼”对“未展眉”，造语寻常，而本色中见出奇崛匠心，意谓彻夜失眠，为伊憔悴，即是一种深情的报答，因而终生无悔！这种对于爱情的坚贞执着的精神，千载之下读来犹让人感动！三首诗看似平平道来，而字字真情，缠绵哀婉，是悼亡诗中的杰作。陈寅恪在《元白诗笺证稿》中说：“直以韦氏之不好虚荣，微之之尚未富贵。贫贱夫妻，关系纯洁。因能措意遣词，悉为真实之故。夫唯真实，遂造诣独绝欤！”所论深中肯綮。

白居易

自河南经乱，关内阻饥，兄弟离散，各在一处。因望月有感，聊书所怀，寄上浮梁大兄、于潜七兄、乌江十五兄，兼示符离及下邽弟妹[1]

时难年荒世业空，弟兄羁旅各西东[2]。田园寥落干戈后，骨肉流离道路中[3]。吊影分为千里雁，辞根散作九秋蓬[4]。共看明月应垂泪，一夜乡心五处同[5]。

【注释】 ① 河南经乱：指公元799年(唐德宗贞元十五年)，宣武节度使董晋死后，其部下兴师作乱。接着彰义节度使吴少诚反，河南一带战乱不休。关内：即关内道，辖今陕西、甘肃部分地区。阻饥：交通阻绝、百姓大饥。浮梁：今江西景德镇。大兄：长兄，字幼文。于潜：今浙江省临安一带。乌江：今安徽和县。七兄和十五兄皆为作者堂兄。符离：今安徽宿州。下邽(guī)：今陕西省渭南。② 世业：祖辈世代传下来的产业，祖业。羁旅：长期漂泊滞留他乡。③ 寥落：形容冷落荒凉、凋敝空寂。干戈：指战争。干：盾牌。戈：古代一种长柄横刃兵器。④ 吊影：对着自己的影子相问候，形容独自一人，孤苦无依。千里雁：此指兄弟。雁群飞行时阵列整齐，古人常以之比喻兄弟。辞根：离根。九秋：秋季共三个月九十天，故称。蓬：即蓬草，枯萎后随风飞转。⑤ 乡心：思乡之情。

【品评】 此诗是白居易早年避乱吴越中所作，因为战乱，思念家乡和漂泊流离中的弟妹，感情悲痛真挚。诗歌就诗题立意，首联点明弟兄到处分散及羁旅漂泊的原因，即“时难年荒”，交代了背景。中间两联具体描写被迫分散的情景，田园寥落，骨肉流离，有如千里之雁、九秋之蓬，无论写实还是比喻，语气都极其沉痛。最后以共看明月作结，乡心五处，同一悲伤，相思无尽。全诗语言平易，不事雕琢，亦不用典故，极自然婉转之妙，真切动人。

李商隐

锦　瑟[①]

锦瑟无端五十弦，一弦一柱思华年[②]。庄生晓梦迷蝴蝶，望帝春心托杜鹃[③]。沧海月明珠有泪，蓝田日暖玉生烟[④]。此情可待成追忆,只是当时已惘然[⑤]。

【注释】 ① 锦瑟:绘有纹彩作装饰的瑟。瑟:古弦乐器。② 无端:无缘无故。五十弦:相传上古时瑟为五十弦,后为二十五弦。今天使用的瑟分十五弦或十六弦。《史记·封禅书》载,黄帝使素女鼓五十弦瑟,“悲,帝禁不止,故破其瑟为二十五弦”。柱:瑟上扣弦的支柱。思:追忆。华年:风华正茂的青春年华。③ 庄生:即庄周,战国时宋国哲学家、文学家。迷蝴蝶:典出《庄子·齐物论》,庄子梦见自己变成了一只蝴蝶,醒后茫然不知庄周梦为蝴蝶,还是蝴蝶梦为庄周。望帝:为古蜀国之开国君主,名杜宇。④ 珠有泪:《博物志》载,南海之外有鲛人,哭时眼泪变成珍珠。民间又有传说,月满则珠圆,月亏则珠缺。蓝田:指蓝田山,在今陕西省蓝田东南,盛产玉石,又称玉山。日暖玉生烟:唐代诗人戴叔伦语:“诗家之景如蓝田日暖,良玉生烟,可望而不可置于眉睫之前也。”⑤ 可待:岂待。惘然:形容怅惘、失落。

【品评】 此诗是李商隐晚年所作。全诗眼目在“思华年”“成追忆”等字,当是闻瑟兴感,自伤身世之作。首联是由闻瑟而引起对华年盛时的回顾,即元好问所谓“佳人锦瑟怨华年”。中间两联用诗歌的语言和意象,将锦瑟的各种艺术意境,比如迷幻、哀怨、清寥、缥缈等化为一幅幅形象鲜明的画面,以概括抒写其华年所历的种种人生境界和人生感受。末联收束全篇,对“一弦一柱思华年”加以总括,曲折深至,令人低回不已。本诗是李商隐这位富有抱负和才华的诗人在追忆悲剧性的似水年华时奏出的一曲人生哀歌,它造语精美,情思婉转,意象迷离,典型地代表着李商隐的主要风格。这首诗和无题诗性质相似,诗中没有采取历叙平生的方式,而是将自己的悲剧身世境遇和悲剧心理幻化为一系列象征性图景。这些图景既有形象的鲜明性、丰富性,又具有内涵的朦胧性和抽象性。这就使得它们没有通常抒情方式所具有的明确性,又具有较之通常抒情方式更为丰富的暗示性，能引起读者多方面的联想，因而最能代表李商隐诗意朦胧、情调感伤、富于象征暗示色彩的写作特点。

无　题

昨夜星辰昨夜风，画楼西畔桂堂东①。身无彩凤双飞翼，心有灵犀一点通②。隔座送钩春酒暖，分曹射覆蜡灯红③。嗟余听鼓应官去，走马兰台类转蓬④。

【注释】 ① 画楼：以图画装饰的楼。桂堂：用芬芳的桂木建筑的正屋。此指美人华丽堂皇的居处。② 灵犀：犀牛角心有白纹如线直贯两端，称“通天犀”，古人以为灵异之物。比喻虽不能同在，但却心心相印、息息相通。③ 隔座送钩：古代宴会上常做的一种游戏，把一只钩相互传送，藏于一人手中，让人猜，猜不中者罚酒。分曹：分为群组。曹：群。射覆：古代游戏，在盂等器物下覆盖东西，让人猜。射：猜。覆：覆盖的东西。④ 嗟：叹息。听鼓：听到更鼓报时声。应官去：到官署办公。兰台：唐代秘书省的别称，时李商隐任秘书省校书郎。类：类似，像。转蓬：随风飞转的蓬草。

【品评】 此诗写单恋之苦。首联点明时地，起句轻笔烘染，“昨夜”重叠，句中自对；次句则以“西”“东”相起，交代下文所写宴会场所之方位，极富咏叹情调和辞彩。次联为历来传诵名句，以“身无彩凤双飞翼”与“心有灵犀一点通”相映照，写有情无缘，设喻新颖巧妙，写情深刻细致，措辞圆转流丽，对句尤为抒写心灵契合与感通之警句。三联写宴会热闹场面，酒暖、灯红，气氛热烈，又复形出自己此时的寂寞冷落。末联写一夜相思，终是无益，晨鼓响起，只好按时上班去了，也点明此诗应是写天明时回味昨夜相思的情绪，即一夜牵挂所爱之人的单恋之苦。一夜星辰，诗人空立中宵，此情此景，何其痴迷动人！

隋 宫[①]

紫泉宫殿锁烟霞,欲取芜城作帝家[②]。玉玺不缘归日角,锦帆应是到天涯[③]。于今腐草无萤火,终古垂杨有暮鸦[④]。地下若逢陈后主,岂宜重问后庭花[⑤]?

【注释】 ① 隋宫:指隋炀帝杨广在江都(今江苏扬州)所建江都、显福、临江等皇家宫苑。公元604年杨广继位后,即大兴土木营建东都洛阳,开凿运河。从洛阳至江都沿河两岸建行宫四十余处,以江都宫最为宏丽。自公元605年至616年(大业元年至十二年)间,隋炀帝曾三次舟行南下游江都。② 紫泉宫殿:指隋宫。紫泉:水名,本为紫渊,因避高祖李渊讳,改渊为泉,在长安城北。芜城:荒城,指江都,南朝刘宋时因遭战争破坏而成为一座荒城,诗人鲍照为之作《芜城赋》,故称。③ 玉玺:帝王的玉印,此指隋政权。缘:因。归:归属。日角:相术家的术语,额骨突出且饱满为“帝王之相”。此指李渊,《旧唐书·唐俭传》载,唐高祖李渊做皇帝之前,唐俭就说他“日角龙庭”,必然为帝。锦帆:锦制的帆。《隋书·炀帝纪》载,隋炀帝南下江都,船数千只,随行一二十万人,以锦为帆,“锦帆过处,香闻十里”。同时又开凿从镇江到杭州的江南河,拟游浙江。诗人讽刺说,如果不是因为李渊夺取天下,隋炀帝的锦帆也许会直达天涯。④ 腐草无萤火:古人认为萤火虫是腐草所化。《隋书·炀帝纪》载,隋炀帝常放萤为乐,在洛阳景华宫曾搜萤火虫数斛(古代十斗为一斛),夜出游玩时放之。在扬州,炀帝也曾放萤游乐,杜牧《扬州》诗中称扬州有“放萤苑”。终古:永世、永久。垂杨:《开河记》载,隋炀帝诏令在运河两岸植柳,并率大臣至河堤上亲手种植了一株,后世称“隋堤柳”。⑤ 地下:指隋炀帝死后在地下。陈后主:南朝陈的亡国之君陈叔宝,以沉溺声色、荒淫误国著称。宠爱皇妃张丽华,曾作舞曲《玉树后庭花》。隋灭陈时,隋炀帝曾指责过陈后主的荒淫亡国。另据《隋遗录》载,隋炀帝游江都吴公宅鸡台时曾梦见陈后主,并请张丽华舞《玉树后庭花》。梦中陈后主借机说隋炀帝:“今日复此逸游,大抵人生各图快乐,曩时何见罪之深耶?”此句意为:若在地下见到陈后主,更加荒淫无度的隋炀帝将羞于再指责陈后主的《玉树后庭花》。

【品评】 这是咏古诗,以实写与虚拟相结合的手法,深层次地揭露了隋炀帝荒淫亡国的罪行,足为当时统治者戒。首联点题,两句隐含转折关系,即尽管京城高于烟霞,炀帝之心仍然不足,还想以“芜城”作为“帝家”,但是,欲以芜城为帝家者终以帝家为芜城,讽刺之意已在其中。次联撇开一笔,以虚拟语气推想,这就揭示了炀帝昏淫成性,至死不悟。三联于写景中寓隋宫故实,于一“无”一“有”的对比中感慨今昔,寓无限沧桑之感,冷峻之讽刺与深沉之感喟融合无迹。末联活用故实揭示主题,是对炀帝的冷嘲,也是对当时统治者的热讽。杨逢春在《唐诗绎》中说:“此诗全以议论驱驾事实,而复出以嵌空玲珑之笔,运以纵横排宕之气,无一笔呆写,无一句实砌,斯为咏史怀古之极。”评得很有见地。

无　题　二首

来是空言去绝踪,月斜楼上五更钟[①]。梦为远别啼难唤,书被催成墨未浓[②]。蜡照半笼金翡翠,麝熏微度绣芙蓉[③]。刘郎已恨蓬山远,更隔蓬山一万重[④]。**其一**

【注释】 ① 来是空言:说要来是一句空话。去绝踪:离开后就绝无踪影。② 啼难唤:用悲伤的哭泣并不能将远行者唤回。催成:自己催促自己急急写成。墨未浓:指顾不上墨还未磨浓。③ 蜡照:蜡光。半笼金翡翠:指蜡光照亮了半边翡翠屏。金翡翠:指饰有翡翠鸟图案的金色屏风。麝熏:麝香熏后散发出香味。微度:指渗入、透过。绣芙蓉：指绣有荷花图案的帷帐。④ 刘郎：指汉武帝。史载武帝刘彻曾派人至海上寻找蓬莱山仙人，结果没有找到。蓬山：即蓬莱山，海上三仙山之一。古代方士传说东海有三座神山——蓬莱、方丈、瀛洲，上有仙人居住。

【品评】 本篇写梦绕魂牵的相思苦情，"梦为远别"是一篇眼目。首联逆挽，写醒来后梦中人踪迹杳无之怅惘，眼前斜月晓钟的实景反形出梦景的虚无缥缈，"来""去"二字反复唱叹，更增感慨。次联补叙梦里别情和醒后相思，"啼难唤""墨未浓"，妙于含蓄。三联写中夜室内光景，以通常意味情爱的实物，表现对伊人的怀恋，造境朦胧，如幻如真。末联是彻底的清醒，写梦幻消失、会合无缘的怅恨，以"已恨""更隔"虚字勾勒为递进语，尤具回肠荡气之致。此诗于记事成分损之又损，而抒情成分浓上加浓，是纯粹抒情的爱情诗，其精纯程度很高，读来缠绵深切，黯然魂销。

飒飒东风细雨来，芙蓉塘外有轻雷[①]。金蟾啮锁烧香入，玉虎牵丝汲井回[②]。贾氏窥帘韩掾少，宓妃留枕魏王才[③]。春心莫共花争发，一寸相思一寸灰[④]。**其二**

【注释】 ① 飒飒：象声词，形容风雨声。芙蓉：荷花。轻雷：此形容轻车驰过的声音。② 金蟾啮锁：指盖子上铸有金色蟾蜍咬着鼻钮作装饰的香炉。啮：咬。锁：用来提拿的钮。玉虎：指井架上装饰有玉虎图案的辘轳。丝：指井绳。③ "贾氏"句：贾氏，指西晋司空贾充的女儿贾午。韩掾(yuàn)：指韩寿，因貌美被贾充辟为掾(佐治小吏)。《世说新语》载，一次贾午从窗帘中窥视到韩寿，遂与之相爱。后贾充知情后，将女儿嫁予韩寿。宓(fú)妃：相传为伏羲的女儿，溺于洛河而亡，成为洛神。此指甄氏。魏王：指曹操第三子陈王曹植。据说曹植爱甄氏，曹操却将她赐给曹丕，后为郭后妒，自杀。黄初年间，曹植到京，曹丕将甄氏遗物缕金带枕赐曹植。曹植至洛水边见一女子，自称枕系其出嫁之物，今与君王同荐枕席，言讫不见。曹植因作《洛神赋》，即《感甄赋》。④ 春心：指渴望爱情的心意。一寸灰：诗人将爱情、相思之苦比作蜡烛，每一点思念都像蜡烛在燃烧自己、毁灭自己。

【品评】 本篇写闺中对爱情的向往与幻灭之苦，末句“相思”为全诗之眼。首联兴语发端，写细雨轻雷之春景，烘托闺中难以断绝而有所期待的春心，兴象华妙。次联赋而兴，既写闺中锁闭深藏之环境，复以“烧香”“汲井”暗透情思的潜炽和相牵，句中“香”“丝”乃拆字双关“相思”二字。三联用典剖白内心，两事各由上文“烧香”“牵丝”引出，表示春心争发，生死不渝。末联陡转反接，由向往追求转为否定，否定之中复透难泯之春心，后句与前句形成强烈对照，通过美好事物被毁灭，显示出强烈的感伤美或悲剧美。此诗实写悲剧性的爱情心理，而与诗人悲剧性身世及追求幻灭的人生感受亦有潜在联系，广义而言，也可以说寓有个人身世的寄托。

筹笔驿[①]

猿鸟犹疑畏简书，风云常为护储胥[②]。徒令上将挥神笔，终见降王走传车[③]。管乐有才真不忝，关张无命欲何如[④]。他年锦里经祠庙，梁父吟成恨有馀[⑤]。

【注释】 ① 筹笔驿：即朝天驿，在今四川省广元市北，诸葛亮伐魏时曾在此驻扎、谋划。② 犹疑：犹豫、惊惧。简书：竹简上写就的文字。此指诸葛亮的军事文书。储胥：军事营垒的栅栏。③ 上将：指诸葛亮。挥神笔：形容诸葛亮挥笔筹划，用兵如神。降王：指后主刘禅。传(zhuàn)车：古代驿站用以传递文书或转押囚犯等的专用车辆。公元263年，邓艾伐蜀，刘禅请降，乘坐传车举家迁洛阳，途经筹笔驿。④ 管乐：指管仲和乐毅。管仲为春秋时齐桓公宰相，齐终成霸业。乐毅为战国时燕军统帅，曾助昭王破强齐。诸葛亮常以管、乐二人自比。忝：愧。关张：指三国蜀汉大将关羽和张飞。关羽守荆州时败走麦城，被东吴人所杀；刘备正准备大举伐吴时，张飞被其部将所杀。无命：未尽其天年却死于非命。⑤ 他年：往年。锦里：即锦城，成都别称。经：路过，诗人作此诗前曾到过成都武侯祠。梁父吟：即《梁甫吟》，汉乐府民歌。《三国志·蜀书·诸葛亮传》载，诸葛亮隐居南阳隆中时即好吟《梁甫吟》。

【品评】　此诗是作者途经筹笔驿时所作，缅怀诸葛亮的才略功业，感叹他没有能够实现统一全国的远大抱负。首联驰骋想象，写筹笔驿气势，运用象征性的拟人化手法，突出了诸葛亮当年的神威，表现崇敬与追思。次联感叹诸葛亮虽费尽心力，终于没有挽回蜀国灭亡的可悲命运，言下不胜惋惜。三联写诸葛亮虽有管仲、乐毅那样的杰出才能，由于客观条件的限制，也无法扭转历史颓局，在深深的遗憾中又饱含同情。末尾追叙往年行踪，亦点明主旨，以“恨有馀”作结，叹息诸葛亮生不逢辰，感慨深沉而强烈。全诗融写景、叙事、议论、抒情于一体，形象生动，在大开大合的议论和抑扬顿挫的唱叹中，显出其矫健笔力，历来深受赞赏。

无　题

相见时难别亦难，东风无力百花残。春蚕到死丝方尽，蜡炬成灰泪始干[①]。晓镜但愁云鬓改，夜吟应觉月光寒[②]。蓬山此去无多路，青鸟殷勤为探看[③]。

【注释】　① 丝：为语义双关，丝与“思”同音。蜡炬：蜡烛。② 晓镜：指清晨照镜子。云鬓改：乌黑、柔密如云的美发逐渐改变颜色，也暗指容颜衰老。③ 蓬山：即蓬莱山。古代方士传说东海有蓬莱、方丈、瀛洲三座神山，上有仙人居住。此借指所思之人的居处。

青鸟：神话传说中的神鸟，赤首黑目。《山海经·大荒西经》载，西王母山有三青鸟，皆为西王母的使者，后指为男女传情达意的信使。《汉武故事》载，西王母会武帝时，就先派青鸟为使者前往汉宫报信。

【品评】 本诗写暮春伤别。首联记别，起句就常语“别易会难”翻进，重复“难”字，情感强烈；次句宕开写暮春之景，风无力而花亦残，彼此黯然销魂之状如在目前。次联写别后相思，以到死丝方尽的春蚕与成灰泪始干的蜡炬，象征至死不渝的深情和明知无望、仍愿担荷终生痛苦做执着追求的殉情精神，感情炽烈缠绵，深挚沉着，带有浓郁的悲剧色彩。三联转想对方晨起照镜当惜朱颜易改，夜凉吟诗但觉月色凄寒，细意体贴中更见情之深至。末联故作宽解，谓对方所居不远，望托青鸟传书。全诗融比兴与象征、写实与象征为一体，脉络清晰而回环递进，在李商隐的无题诸诗中最为精绝。四联各有侧重，将相思与离别、希望与失望、现实与梦想、自慰与慰人等相对相关的情绪交织写出，情感内容极为丰富，其中“相见”二句和“春蚕”二句千古传诵，使这首诗成为诗人的不朽之作。

春　雨

怅卧新春白袷衣，白门寥落意多违[①]。红楼隔雨相望冷，珠箔飘灯独自归[②]。远路应悲春晼晚，残宵犹得梦依稀[③]。玉珰缄札何由达？万里云罗一雁飞[④]。

【注释】 ① 白袷(jiá)衣：白色夹衣，唐人寻常时的便服。白门：此泛指与情人相知相聚的地方。寥落：形容冷清、落寞。意多违：违背自己心愿，不称心的事很多。② 红楼：此泛指妇女所居闺阁。珠箔：珠帘。此形容细雨如珠帘。箔：竹帘。飘灯：形容风雨中飘忽不定、摇晃闪烁的灯火。③ 春晼(wǎn)晚：指春天日暮时候。晼：日落。残宵：残夜，拂晓时分。④ 玉珰(dāng)：玉制的耳饰。珰：古代妇女戴在耳朵上的装饰。缄札：密封好的书信。缄：封口。札：书信。云罗：形容天上的云彩像罗网一样满天密布。雁：指传递书札和信物的信使。

【品评】　这首诗是借春雨怀人之作，以春雨为背景，烘托出思念的深情和失意的愁绪。首联写出时令和心境，“白门寥落”流露出诗人在“怅卧”时愁闷抑郁和意懒心灰的情绪。“中四是白门怅卧时忆往多违事，末二句是怅卧时所思后事。”（屈复《玉溪生诗意》）“红楼”一联暗寓今昔的鲜明对比，“相望冷”“独自归”，更见眼前情景的凄清冷落。“远路”一联写两地怀想相思情形，暗示因思念而长夜难眠。末联是希望传书致意，但因路远而书信恐亦难达，言下伤感无尽。诗中用“白袷衣”“红楼”“珠箔”“玉珰”等富于色彩的词，使得全诗色彩绚丽，很好地表现了朦胧迷离、凄美伤感的意境，显得情思缠绵，哀感不绝，这是作者之所独擅。

无　题　二首

凤尾香罗薄几重，碧文圆顶夜深缝[①]。扇裁月魄羞难掩，车走雷声语未通[②]。曾是寂寥金烬暗，断无消息石榴红[③]。斑骓只系垂杨岸，何处西南待好风[④]？**其一**

【注释】　① 凤尾香罗：一种绣有凤凰图案的华贵而轻薄的丝织品。碧文圆顶：指装饰有碧绿花纹的圆顶帐子。② 扇裁月魄：裁成明月形状的扇子，指团扇。月魄：即明月。班婕妤《怨歌行》：“裁为合欢扇，团团如明月。”车走雷声：形容车辆飞驰而过，发出轻雷般的声音。语未通：没有能够通上一句话。③ 金烬暗：华灯的余烬渐渐暗淡。烬：燃烧后的残留物。断无：绝无。石榴红：石榴花五月盛开，此指五月。也可以理解为石榴红的时候，即九月金秋时节。④ 斑骓（zhuī）：宝马名，一种青白色相间的良马。西南待好风：等待着宜人的西南风,此指静候佳期与情人幽会。曹植《七哀》:"愿为西南风,长逝入君怀。"

【品评】 这是写一位女子对情人的深深思念的诗。首联写夜深缝制罗帐,以表现对爱情生活的热切期盼。中间两联,一写过去与心爱之人邂逅,但因害羞而未通言语,一写从此以后相思难眠,到榴花盛开时节还没有消息。末联一往情深,期待情人的到来。诗歌采用了心理独白方式,夜深追思,缠绵婉转。又从对爱情的设想,对甜蜜往事的回味,以及离别后的怅惘期待等方面,多层次、多角度地反复抒写,把相思之情表现得细致入微,真挚动人。

重帏深下莫愁堂,卧后清宵细细长[①]。神女生涯原是梦,小姑居处本无郎[②]。风波不信菱枝弱[③],月露谁教桂叶香?直道相思了无益,未妨惆怅是清狂[④]。**其二**

【注释】 ① 重帏:复层帷帐。帏:同"帷"。莫愁:古乐府中多次吟咏的一位女子。此泛指青年女子。卧后:指醒来后。清宵:清冷的夜晚。细细长:形容漫漫黑夜如涓涓细流一样悠长,无尽。② 神女生涯:指楚王与巫山神女相会。宋玉《高唐赋·序》中记述,楚怀王与巫山神女曾于梦中相会。神女自述曰:"妾在巫山之阳,高丘之阻,旦为朝云,暮为行雨。朝朝暮暮,阳台之下。""小姑"句:南朝乐府《清溪小姑》:"小姑所居,独处无郎。"此诗人化用诗意,指美人无人怜爱。③ 菱:一年生草本植物,根生于泥中,叶浮于水面,果实为菱角,壳硬有角,绿、褐色,可食。④ 直道:纵然,即使。了:完全。未妨:不妨。清狂:狂放而不失本性的清正,即指痴情。

【品评】 此诗也是写一位女子对情人的相思和惆怅,但托寓之迹明显,非纯写爱情。前六句自叙相思煎熬,在重帏独卧中清宵追思。回顾平生境遇,如巫山神女,纵有遇合,原属梦幻;又如清溪小姑,独处无郎,本无依托。而菱枝弱质,偏遭风波摧抑;桂叶含芳,却无月露滋润。末二句翻出不悔之意,纵使相思无益,亦不妨抱痴情而惆怅终身,这二句是全诗关键,也是唐诗名句。何焯(义门)谓:“义山无题数诗,不过自伤不逢,无聊怨题,此篇乃直露本意。”诗中以神女、小姑自况,以爱情遭逢托寓身世遭逢,隐见遇合如梦、无所依托之苦;菱枝、桂叶的设喻,益见作者在朋党之争的夹缝中生存时“内无强近,外乏因依”(李商隐《祭徐氏姊文》)之托意。全诗不重具体事情的描绘刻画,而以抒写情感为主,笔意空灵,而深藏悲慨。

温庭筠

利州南渡[①]

澹然空水带斜晖,曲岛苍茫接翠微[②]。波上马嘶看棹去[③],柳边人歇待船归。数丛沙草群鸥散,万顷江田一鹭飞[④]。谁解乘舟寻范蠡,五湖烟水独忘机[⑤]?

【注释】　① 利州:唐时属山南西道,治所在今四川省广元市。② 澹然:水波荡漾。空水:开阔的水面。带:形容映照。曲岛:弯曲迂回的水流萦绕着小岛。翠微:形容郁郁葱葱的山色。③ 棹:船桨,指船。④ 顷:古代计量单位,百亩为一顷。江田:江边田垄。⑤ 解:懂得。范蠡(lǐ):字少伯,春秋末楚国人,越大夫,帮助越王勾践发愤二十余年,终于灭吴。后弃官至定陶,号陶朱公,经商成为巨富。民间传说范蠡辞官后乘舟而去,泛游五湖。五湖:太湖别称,今江苏与浙江交界处。忘机:指处事淡泊,与世无争。机:即机心,机巧欺诈之心。

【品评】　这首诗叙述南渡嘉陵江时的情景,抒写了羁旅行役和淡泊尘世的感慨。诗从渡头暮景开始，夕阳西下，江水空蒙，青山沐浴着斜晖，一片苍茫。中间两联写人、马过渡，写过江时由近而远的景色，动静结合，逼真如画。末联由渡头景色想到范蠡放浪江湖，向往之情见于言外，自己也倦于奔走，暗寓着泛舟避世之心。全诗写景充满生气，宛在目前，情由景生，意境浑茫辽远，而又清新淡雅。

苏武庙[①]

苏武魂销汉使前[②]，古祠高树两茫然。云边雁断胡天月，陇上羊归塞草烟[③]。回日楼台非甲帐，去时冠剑是丁年[④]。茂陵不见封侯印，空向秋波哭逝川[⑤]。

【注释】 ① 苏武：字子卿，公元前100年（汉武帝天汉元年）以中郎将持节出使匈奴被扣，匈奴逼降，苏武始终威武不屈，遂被发往北海（今贝加尔湖）牧羊，长达十九年。公元前81年春，武帝之子汉昭帝遣使迎苏武归汉。② 魂销：此形容极度兴奋和激动。③ 云边雁断：指音信断绝。《汉书·苏武传》载，苏武在北海牧羊时，将信系于雁足上，终为汉昭帝所得。昭帝遣使要匈奴送还苏武，匈奴诈称苏武已死。汉使说：汉天子猎于上林苑获雁，足系帛书，言苏武在匈奴大泽中。苏武终得返。陇上：山丘上。陇：土山。塞草烟：塞外笼罩在烟霭中的草丛。④ 非甲帐：暗指汉武帝已死，昭帝继位。《汉武故事》载，汉武帝“以琉璃、珠玉、明月、夜光，错杂天下珍宝为甲帐，其次为乙帐。甲以居神，乙以自居”。丁年：指壮年。汉代男子二十五岁至五十六岁为丁年，是服役的年龄。⑤ 茂陵：汉武帝陵墓，此借指武帝。不见封侯印：苏武功劳卓著，归汉后却未能封侯，拜为典属国。后至汉宣帝时才被封为关内侯。秋波：即秋水。哭逝川：为时间如流水一样逝去而悲泣。《论语·子罕》：“子在川上曰：‘逝者如斯夫，不舍昼夜！’”

【品评】　这是诗人瞻仰苏武庙之后的追思凭吊之作，抒写了对苏武的怀念与崇敬，其中也隐含着自己不被朝廷理解的身世之感。首联一句写苏武生前见到接他回国的汉使的激动情形，下句写苏武死后虽古祠高树犹存，但对苏武却茫然并不了解，引起对苏武的追思。中间二联紧接承首联意思，用高度概括的笔法，写苏武陷身匈奴而牧羊，与故国断绝音信，以及壮年出使、皓首而归的历史事实，字句间充满赞叹崇敬之意。末联感叹苏武虽品节高尚，但却并未受到应得的嘉赏，徒使岁月白白流逝，无限感慨。全诗风格苍劲雄浑，而且在伤今怀古中有自己在内，故情感真挚。第三联用逆挽法，先说"回日"，后说"去时"，跌宕生姿，正如沈德潜所评："律诗得此，化板滞为跳脱矣。"(《唐诗别裁集》)

薛　逢

生卒年不详，字陶臣，蒲州河东(今山西永济西)人。武宗会昌元年(841)登进士第，授秘书省校书郎。宣宗大中三年(849)擢为万年尉，历侍御史、尚书郎。以直言出为巴州刺史。懿宗咸通时复斥为蓬、绵二州刺史。召为太常少卿、历给事中，官终秘书监。原集已佚，《全唐诗》存诗一卷，《全唐诗续拾》补收诗两首。

宫　词

十二楼中尽晓妆，望仙楼上望君王[①]。锁衔金兽连环冷，水滴铜龙昼漏长[②]。云髻罢梳还对镜，罗衣欲换更添香[③]。遥窥正殿帘开处，袍袴宫人扫御床[④]。

【注释】　① 十二楼：传说黄帝曾建五城十二楼，仙人们常居于此。此指宫女住的地方。望仙楼：公元845年，即唐武宗会昌五年，建于皇宫内。② 锁衔金兽：门环为兽形，下锁后看似兽衔着锁。指宫门紧闭。水滴铜龙：即古代计时用的漏，以铜铸为龙形，以滴水计算时间。③ 云髻：形容像云一样乌黑松软的头发。更：再。添香：指添加香料熏衣。④ 正殿：指帝王所居宫殿。袍袴宫人：穿着袍裤侍候皇帝的宫人。袍：长衣。

【品评】 这是一首写宫内生活的诗，表现宫妃望幸的微妙心情。全诗围绕“望君王”三字展开：首联说宫中妃子太多，望幸极难；次联写宫妃们在禁中的凄凉生活，在孤寂中白白浪费青春；三联写宫妃刻意打扮自己，焦急地盼望君王临幸；尾联则以反衬之法表现宫妃对望幸的无望，委婉地透露出心中的怨恨之情。诗歌揭露了宫中皇帝的荒淫腐朽生活，也对宫妃寄予了深切同情。第三联“还对镜”“更添香”二句，描绘宫妃的生活细节，把望幸的心理状态刻画得惟妙惟肖，非常生动形象。

秦韬玉

生卒年不详，字中明，京兆(今陕西西安)人。出身寒素，累举不第。尝为神策军判官。随僖宗入蜀，中和二年(882)特赐进士及第。四年，官至工部侍郎、判度支，为田令孜十军司马。《全唐诗》存诗一卷，《全唐诗续拾》补一首。

贫　女

蓬门未识绮罗香，拟托良媒亦自伤[①]。谁爱风流高格调？共怜时世俭梳妆[②]。敢将十指夸针巧，不把双眉斗画长[③]。苦恨年年压金线[④]，为他人作嫁衣裳。

【注释】 ① 蓬门：用蓬草编的门，指贫寒人家。未识绮罗香：

华丽的丝绸衣服从未见识过，也没穿过，不知其香味。绮：有花纹的丝织品。罗：轻软疏薄的丝织品。拟：打算，想。自伤：指因想到自己出身贫寒而伤感。② 风流：指风姿高雅。高格调：高尚的人格和优雅的品位。共怜：世俗风尚所爱。时世俭梳妆：当时长安上流社会所流行的一种古怪离奇、标新立异的梳妆样式，称"时世妆"。因时世妆不设鬓饰、不施朱粉，仅以乌膏涂唇，似悲啼状，较前之艳妆从俭，故称"俭梳妆"（《新唐书 · 五行志一》）。③ 夸：夸耀、炫耀。针巧：指精于针线的女工。斗：比，争。④ 压金线：指刺绣。

【品评】　此诗从表面看，是采用内心独白的方式来表现一个待字闺中的贫女欲嫁不能的满怀痛苦，但其实作者是借贫女自比，抒发怀才不遇的牢骚和感慨，构思很是新颖独到。诗歌描写贫女形象，把她置于与时俗、与时人的对比中，写她居住"蓬门"，"未识绮罗香"以及"俭梳妆"、"夸针巧"等等，一方面突出她生活的贫苦，同时也写出她的聪明贤淑，以及决不追逐时髦、坚守情操、自标高格的品德，使人觉得可爱可敬而深致同情。沈德潜说："语语为贫士写照。"（《唐诗别裁集》）倾诉了一切寒士生不得志的抑郁悲苦，托兴微婉而感慨殊深！特别是最后两句，推进一层，写出贫女与寒士不为时俗所容、遭受压抑的共同悲愤，尤为感人。"为他人作嫁衣裳"很富概括力和哲理，成为名句，并演化为成语"为人作嫁"流传至今，可见此诗受到的高度重视。

乐　府

沈佺期

独不见[①]

卢家少妇郁金堂，海燕双栖玳瑁梁[②]。九月寒砧催木叶，十年征戍忆辽阳[③]。白狼河北音书断，丹凤城南秋夜长[④]。谁为含愁独不见，更教明月照流黄[⑤]？

【注释】 ① 诗题又作《古意呈补阙乔知之》。② 卢家少妇：南朝梁武帝萧衍《河中之水歌》所描写的人物："莫愁十三能织绮，十四采桑东陌头，十五嫁为卢家妇，十六生儿字阿侯。卢家兰室桂为梁，中有郁金苏合香。"后卢家妇成为少妇的代称。郁金堂：以郁金香和泥作涂饰的堂屋。海燕：又叫越燕，燕子的一种。玳瑁梁：用玳瑁作装饰的屋梁。形容少妇居处的华美。玳瑁：一种形似龟的爬行动物，甲壳光润，黄褐色有黑斑，能做成很华贵的装饰品。③ 寒砧催木叶：在阵阵捣衣声中树叶纷纷飘落。砧：捣衣用的石板，此指捣衣声。辽阳：泛指今辽宁省辽河以东的地区，唐朝为东北边防重地。④ 白狼河：即大凌河，流经今辽宁省南部。丹凤城：指长安城。唐代大明宫正门叫丹凤门，又汉武帝时在长安建有凤阙，故以凤阙、丹凤城指代京师。⑤ 谁为：即"为谁"。独不见：指寂寞伤怀而不见所思之人。流黄：黄紫色相间的彩色丝织品，此指帷帐。

【品评】 本篇写一位少妇对在边疆久戍不归的丈夫的深切思念，情感孤独愁苦而凄婉缠绵。此诗妙于渲染气氛，以"郁金堂"的华美居室来反衬少妇生活的空虚无聊，从“海燕双栖”中更见少妇的孑然孤独，而“寒砧”“秋夜”愈形环境之凄清，“明月照流黄”中的“含愁”也越加浓炽，这种以景衬情的写法，处处烘染，起到了很好的情感表达作用。诗题一作《独不见》，是以律诗来写古乐府，因而风调近古，它从齐梁余习中脱化出来，对仗工丽而声韵和谐，表现了初唐七律的特殊风格。姚鼐在《五七言今体诗抄序目》中说：“初唐诸君正以能变六朝为佳，至‘卢家少妇’一章，高振唐音，远包古韵，此是神到之作，当取冠一朝矣。”评价虽未免过高，但也可见其对后世的影响。

卷七　五言绝句

王　维

鹿　柴[1]

空山不见人，但闻人语响[2]。返影入深林[3]，复照青苔上。

【注释】 ① 鹿柴：作者辋川别墅的一处地名，以其地有麋鹿踪迹得名。② 但：只，唯。③ 返影：夕阳的光辉。影：日光。

【品评】 鹿柴的景色应有朝暮四时的不同，作者只抓住夕照时富于生发性的顷刻来写，很有独创性。无声的寂静，无光的幽暗，人们较易察觉；有声的寂静，有光的幽暗，则较少为人注意。而大自然的律动，恰恰表现在这种对立面的相反相成上。最普通的人声，出现在寂静的空山中，就产生了不同寻常的意义；最常见的阳光，穿入幽深的密林时，就产生了十分奇妙的感觉。而突然打破沉寂的人声，和突然洞烛幽微的返影，不正是禅悟的绝好象征？无怪前人认为王维诗中有禅味。

竹里馆[1]

独坐幽篁里[2]，弹琴复长啸[3]。深林人不知，明月来相照。

【注释】 ① 竹里馆：建造在竹林深处的亭馆，作者辋川别墅的一处地名。② 幽篁：幽深的竹林。③ 啸：撮口发声，一种口技。

【品评】 这首诗也录自《辋川集》，诗写竹里馆之幽静，第二句“弹琴复长啸”，偏说得音响激越，然后落到“深林人不知”，则反而显出境界的幽深。以下又借明月烘托，则仍是“人不知”的意思，而幽趣倍添。“明月来相照”，照见诗人弹琴，照见诗人长啸，说得何等有情。这里运用的是加一倍渲染的手法。

送　别

山中相送罢，日暮掩柴扉[①]。春草年年绿，王孙归不归[②]？

【注释】 ① 柴扉：即柴门，村居简陋的门。②“春草”二句：《楚辞·招隐士》：“王孙游兮不归，春草生兮萋萋。”

【品评】 此诗写送别，有独特的艺术魅力。作者的巧妙之处，是没有正面写送别的场面，而是选取送罢归来，掩门沉静深思的角度，来表现惜别心情的。第三句不露痕迹地运用典故，将相思化为形象可感的春草，说明相思无尽；特别是最后一句轻轻一问，沉思之态跃然纸上，情思宛转，意蕴更加深厚。此诗可与本书五言古诗部分所选的王维另一首《送别》对读，可得相互映发之妙，作者匠心自见。

相　思[①]

红豆生南国[②]，春来发几枝[③]？劝君多采撷[④]，此物最相思。

【注释】 ① 诗题一作《江上赠李龟年》。相思：相思子，红豆的别名。② 南国：指岭南。③ 春来：一作“秋来”。④ 多：一作“休”。

【品评】 以采撷植物来寄托怀思的情绪，是古典诗歌中常见手法。睹物思人，一种普遍人情，何况红豆本名相思。“劝君多采撷”句中“多”字，一作“休”。其辞虽异，情同一怀。“多采撷”犹言“勿忘我”，“休采撷”犹言“忘记我”，表达的都是相思的深情，各有意味。这首诗是唐代的著名歌词之一，据说天宝之乱后，歌者李龟年流落江南，还经常为人演唱，听者无不动容。

杂 诗[①]

君自故乡来，应知故乡事。来日绮窗前[②]，寒梅著花未[③]？

【注释】 ① 杂诗：五言四句体的别称。② 来日：指对方从故乡出发之日。绮窗：雕花的窗户。③ 著花未：开花没有。

【品评】 诗中人遇到来自故乡的旧友，急切地向他打听故乡的消息。关于“故乡事”，本来是一言难尽的。古诗可以铺张地写：“旧园今在否？新树也应栽。柳行疏密布？茅斋宽窄裁？经移何处竹？别种几株梅？渠当无绝水？石计总生苔？院果谁先熟？林花哪后开？”（王绩《在京思故园见乡人问》）绝句却不能。作者于寒梅外不问及他事，以微物悬念，传出事事关心，表现了旅人思家心切。

裴 迪

生卒年不详，关中（今陕西关中盆地一带）人。玄宗天宝年间与王维同隐辋川（今陕西蓝田县南）。天宝末入蜀，与杜甫友善。《全唐诗》存诗二十九首。

送崔九[1]

归山深浅去，须尽丘壑美[2]。莫学武陵人[3]，暂游桃源里。

【注释】 ① 崔九：即崔兴宗，行九。② 深浅去：指遍游山水，寻幽探奇。深浅：指远近。尽：尽享。丘壑美：泛指山间自然之美。丘壑：山陵与沟壑。③ 武陵人：指晋陶渊明《桃花源记》中所记述的武陵（今湖南常德）桃花源中人。

【品评】 送别诗大多表现惜别之意，而此诗却是深切的叮咛，希望朋友崔九此次归隐之后，不要像有些沽名钓誉之徒那样去走“终南捷径”的老路，搞假隐的把戏，而是要真正隐居下来，以深入领略大自然的美好风光。全诗意思很直率，见出对朋友的一片真情，也批评了那些贪恋仕途富贵的伪君子，而措语却很委婉，含蓄见意，让人味而得之。

祖　咏

终南望馀雪[1]

终南阴岭秀[2]，积雪浮云端。林表明霁色，城中增暮寒[3]。

【注释】 ① 终南：即终南山，在今陕西省西安市南。② 阴岭：即北岭。山之北为阴，山之南为阳，北山因阳光少而多积雪。③ 林表：指树林的末梢层。明霁色：闪耀着大雪初晴时明丽的日光。霁：指雨雪止、云雾散，天放晴。城：指长安城。

【品评】 相传此诗是作者应试之作，按要求必须是五言十二句，但他只写了这四句就交卷，说是“意尽”不再写了。诗歌在短小有限的篇幅中抓住终南雪后初晴的景物特点来表现规定的诗题，首句点明“终南”，同时点明“望”，二、三、四句皆写“馀雪”，生动形象，最后一句还用人对初晴雪化时更加寒冷的感受来丰富“馀雪”的内容，给人以全方位的感觉。这里面既有诗人的艺术匠心，同时也很具有生活的实感，读来非常真切。

孟浩然

宿建德江①

移舟泊烟渚②，日暮客愁新。野旷天低树③，江清月近人。

【注释】 ① 建德江：浙江流经建德一段的江名。建德：唐县名，今属浙江。② 烟渚：暮霭笼罩的洲渚。③ 低：低于。

【品评】 此诗写景清妙，后二句以天低于树来写原野的旷远，以月近于人来写江水的清澈平静，构思精巧，“天低树”“月近人”都是视感上的错觉，但又有强烈的真实感。这种美得异样的景色，使作者陶醉而又迷惘。景是太美了，只是孤舟独宿，唯有月来依人，不言愁而愁字自见。玄宗开元十八年(730)作者漫游江南，诗即作于漫游途中。

春　晓

春眠不觉晓，处处闻啼鸟。夜来风雨声，花落知多少？

【品评】　这一首描写春天的感觉的小诗，充满了青春的气息。作者抓住清早刚刚睡醒的刹那的感受，提供给读者的主要是听觉的形象——春鸟的啼声和回忆中夜里的风雨声，感觉找得很准。三、四句由夜来风雨联想到落花，从而引起惜花的心情。不过，这种惜花之情分量很轻，又淹没在对春意的审美感受之中，非但不流于感伤，反而令人感到愉悦。

李　白

夜　思[①]

床前明月光[②]，疑是地上霜。举头望明月[③]，低头思故乡。

【注释】　① 夜思：诗题一作《静夜思》。② 明月光：一作“看月光”。③ 望明月：一作“看山月”。

【品评】　这是一首游子思乡之歌。前二句从“月光”与“霜”的类比，使人感到其境的清寒与朦胧，通过秋夜的错觉，流露出客居异乡的不适应之感。后二句通过一“举头”、一“低头”，传出游子思乡的神情与心态，万种乡愁，俱在不言中。这首诗的思想内容具有普遍性，而在语言上又明白如话，故为千古传诵。

怨　情

美人卷珠帘，深坐颦蛾眉[①]。但见泪痕湿，不知心恨谁。

【注释】　① 深坐：长久静坐。颦：皱眉头。蛾眉：形容美人的眉毛细长而弯,状如蚕蛾之触须。

【品评】 这首诗好像一个特写镜头,表现一位美貌的女子久坐而皱眉垂泪的形象,鲜明生动。诗中表现的仍然是闺怨这一类主题,但作者却不点破,以“不知心恨谁”作结,给读者留下了很大的想象空间,情思悠远,意蕴无穷。

杜 甫

八阵图[①]

功盖三分国[②],名成八阵图。江流石不转[③],遗恨失吞吴[④]。

【注释】 ① 八阵图:由天、地、风、云、龙、虎、鸟、蛇八种阵势所构成的军事操练和作战的阵图,相传为诸葛亮所创立,其故址在今四川奉节西南长江边。② “功盖”句:是说能佐刘备成鼎足三分之大业,诸葛亮功居第一。③ 石不转:是说八阵图聚石犹在。④ “遗恨”句:是说刘备伐吴是蜀汉的失策,诸葛亮阻止未果,因而终身遗恨。

【品评】 杜甫漂泊西南期间曾遍访诸葛亮遗踪,每到一处,必有吟咏。此诗便是其中的一首。诗中对诸葛亮的军事业绩充满敬意,而对他的赍志以殁表示惋惜。对这首诗,过去有一种误读,就是以为这首诗是说刘备欲与关公报仇,故恨不能灭吴。其实恰好相反,诗的本意是说“吴蜀唇齿之国,不当相图。晋之能取蜀者,以蜀有吞吴之志,以此为恨耳”(见苏轼《东坡志林》)。大历元年(766)初作者至夔州,诗即作于此时。

王之涣（688—742）

字季凌，原籍晋阳（今山西太原），生于绛郡（今山西新绛）。自幼刻苦学习经籍、文章，开元初为冀州衡水主簿，后被诬去职，优游山水，足迹遍于黄河南北。晚年才复出任文安县尉，天宝初卒于官舍。原集已佚，《全唐诗》存诗六首。

登鹳雀楼[①]

白日依山尽[②]，黄河入海流。欲穷千里目，更上一层楼。

【注释】 ① 鹳雀楼：故址在今山西永济境内。一作朱斌诗。② 白日：指夕阳。山：指中条山。

【品评】 这首诗先写鹳雀楼地势之高，著日、山、河、海四字，景象豪迈壮阔，有并吞万有之势，故能激发读者豪情。后二句把诗的意境提到一个新的高度。它不仅歌颂了大好河山，表现了作者的襟怀抱负，也在诗中寓哲理于形象，且含丰富情感，所以激动人心。本篇两联皆用对仗，而出语自然，一气贯注，绝无板滞之感。

刘长卿

送灵澈[①]

苍苍竹林寺[②]，杳杳钟声晚[③]。荷笠带斜阳，青山独归远。

【注释】 ① 灵澈：本姓汤，字澄源，越州会稽（今浙江绍兴）人，唐代诗僧。② 竹林寺：寺在润州（今江苏镇江）。③ 杳杳（yǎo）：深远的样子。

【品评】 写送僧人灵澈归山，先写寺，也就是灵澈所归之地。然后就寺引出晚钟，也就点出了灵澈归山的时间。最后写到灵澈晚归的情景。第三句照应第二句，第四句照应第一句。景从行者一边写，神从送者一边传。不点明别情，而依依惜别之情见于言外。全诗既传达出高僧潇洒出尘之态，又传达出诗人目送之神。

弹　琴

泠泠七弦上①，静听松风寒②。古调虽自爱③，今人多不弹。

【注释】 ① 泠泠：清凉，这里形容琴声的清越。七弦：琴的代称，因为琴有七条弦。② 松风：琴曲有《风入松》，故云。③ 古调：指琴曲，相对于琵琶、羯鼓等新声而言。

【品评】 这首诗借听弹琴表现作者的不合时宜，诗中涉及音乐变革的背景。汉魏六朝时南方清乐尚用琴瑟。而到唐代，音乐发生变革，“燕乐”成为一代新声，乐器则以西域传入的琵琶为主。公众的欣赏趣味也变了。刘长卿清才冠世，一生两遭迁斥，有一肚皮不合时宜和一种与流俗落落寡合的情调。后二句谓今人好趋时尚不弹古调，只不过借此寄托一种孤芳自赏的情操罢了。

送上人①

孤云将野鹤②，岂向人间住。莫买沃洲山③，时人已知处。

【注释】 ① 上人：佛教称有道德的人，后被用作对僧侣的尊称。诗题一作《送方外上人》。② 孤云、野鹤：比喻对方。将：与，同。③ 沃洲山：在浙江新昌县东，相传为晋僧支遁隐居之地。

【品评】　真的隐士像孤云野鹤一样爱好自由，故有坚贞淡定之情操。假的隐士则是作秀，有功利的用心。古人说："未闻巢由买山而隐。"(《世说新语·排调》)巢是巢父，由是许由，都是古代的高士。他们是不会向往那些经过炒作为人熟知的去处的。这首诗后二句与裴迪"莫学武陵人，暂游桃源里"，都是对矫情虚伪的世相投以讽刺。通过对方外上人的临别赠言，也间接表现诗人自身的清高。

韦应物

秋夜寄丘员外[①]

怀君属秋夜[②]，散步咏凉天。山空松子落，幽人应未眠[③]。

【注释】　① 丘员外：名丹，嘉兴(今属浙江)人，曾官仓部、祠部员外。时学道临平山中。② 属：适逢。③ 幽人：隐居者。

【品评】　这首诗写秋夜散步时对故人的思念。写了两个方面：一方面是凉天散步，叙自己之离怀；一方面是松子夜落，想对方之幽兴。前二句明写自己思念对方，后二句暗写对方思念自己，妙在含蓄不露。"山空松子落"句，好像与上下都没有联系，却是即景好句，使读者联想到秋清夜长，诗人独自散步，正好听到松子落地的声音，引起他对山中幽人的思念。措语虽淡，意味深长。

李　端（？—785？）

字正己，赵州（今河北赵县）人。李嘉祐从侄，少时曾居嵩山学道。代宗大历五年（770）登进士第，授秘书省校书郎。后因病辞官，居终南山草堂寺。德宗建中年间出为杭州司马，不知所终。《全唐诗》存诗三卷。

听　筝[①]

鸣筝金粟柱[②]，素手玉房前[③]。欲得周郎顾[④]，时时误拂弦[⑤]。

【注释】 ① 筝：古代弹拨弦乐器。② 金粟柱：以金粟装饰的弦柱。柱：筝上支撑弦的构件。③ 玉房：房舍的美称。④ 周郎：吴人对周瑜的美称。⑤ 误拂弦：周瑜精通音乐，故时人作谣云："曲有误，周郎顾。"见《三国志·吴书·周瑜传》。

【品评】 这首诗描写一位弹筝女子意在邀宠的微妙心态，观察极为细致。由于封建道德的约束，旧时代女性不能自由地表达内心情感，往往以有心为无心，手在弦上，意属听者。在赏音人之前不欲见长，偏欲见短。见长则听者关注在音乐，见短则听者关注在演奏者及其用意。诗人观察生活细致，故能得此无人之态。此诗富于新意，却不刻意，所以为妙。

王　建（766？—832？）

字仲初，颍州（今河南许昌）人。出身寒微，未中进士。早年从军幽州。元和年间官昭应县丞、渭南尉，长庆初由太常寺丞转秘书丞。后官陕州司马。晚年退居咸阳原上。又曾出任光州刺史。与张籍均长乐府诗，时称"张王乐府"。有《王建诗集》。

新嫁娘　三首录一

三日入厨下，洗手作羹汤[①]。未谙姑食性[②]，先遣小姑尝。

【注释】 ①“三日”二句：古代婚俗，女子出嫁后第三天须下厨做羹汤侍奉公婆。② 谙(ān)：熟悉。姑：婆婆。食性：口味。

【品评】 这首诗取日常生活题材，同时也包含着一个生活哲理，即“我们初入社会，一切情形不大熟悉，也非得先就教于老练的人不可”(喻守真《唐诗三百首详析》)。不过，在诗中这一哲理是和新嫁娘的灵机慧心、小姑的天真以及婆婆反将入于新嫁娘彀中等情事联系在一起，才显得富有诗意而耐人寻味的。

权德舆(759—818)

字载之，原籍天水略阳(今甘肃秦安东北)，后徙润州丹徒(今江苏镇江)，权皋之子。德宗时召为太常博士，改左补阙，兼制诰，进中书舍人，历礼部侍郎等职，三知贡举。宪宗元和五年(810)为相。三年后出为东都留守，复拜太常卿，徙刑部尚书，出为山南西道节度使。以病乞还，卒于道。有《权载之文集》。

玉台体[①]

昨夜裙带解，今朝蟢子飞[②]。铅华不可弃，莫是藁砧归[③]。

【注释】 ① 玉台体：南朝陈徐陵集南朝梁以前艳情诗编《玉台新咏》。后以玉台体指柔丽香软、秾艳纤美的言情之作。② 裙带解、蟢子飞：古人以为是两种吉兆。《唐音癸签》载民间俗语："裙带解，有酒食；蟢子缘人衣，有喜事。"蟢子：小蜘蛛，蟢与喜谐音。古代妇女则以裙带上的结自己解开为丈夫回家的吉兆。③ 铅华：指脂粉。藁砧：本是铡草用的垫板，此为古代妇女称呼丈夫的隐语。因铡草要用铡刀，古代称铡刀为"𫓧"，与夫谐音，故借以暗指丈夫。藁：稻草。

【品评】 此诗表现一位女子对久在外地的丈夫的热切期待。前两句写丈夫将要归来的可喜预兆，"昨夜""今朝"连连有好兆头，女子喜不自禁，赶紧精心打扮，准备迎接丈夫归来。字里行间洋溢着欢喜雀跃之情，生动活泼。但细细品味，长时间的思念之苦，也自然包含其中了。

柳宗元

江　雪

千山鸟飞绝，万径人踪灭①。孤舟蓑笠翁②，独钓寒江雪。

【注释】 ①"千山"二句：写冰天雪地，上不见鸟、下不见人的情景。② 蓑笠：蓑衣、斗笠，渔夫的穿戴。

【品评】 此诗作于作者被贬永州司马期间。诗中描绘了一幅寒江独钓图。前二句雪景隐含着双重意蕴，既象征政治气候的严寒，也隐含对现实的否定。后二句写画面中心人物——渔翁，他坐在冰天雪地中垂钓，而不为冰雪所动，又构成不为严寒所动的独立精神。通过"孤""独"与"千山""万径"的对比，严寒与不畏严寒的对比，作者赞美了“贫贱不移，威武不屈”的精神，成功地表现了一种人格美。

元　稹

行　宫[①]

寥落古行宫[②]，宫花寂寞红。白头宫女在，闲坐说玄宗。

【注释】 ① 行宫：皇帝在京城外构筑的宫殿。一作王建诗。② 寥落：冷落、荒凉。

【品评】 诗写昔日行宫景象之寂寞及白发宫人之无聊，极短小，然而“白头宫女”二句淡淡白描，似不经意，却将宫女数十年之辛酸与不幸，国家数十年之盛衰兴废，含蕴句下。诗说玄宗，而不说玄宗长短，言简意赅，有无穷韵味。“《长恨歌》一百二十句，读者不觉其长；微之《行宫》才四句，读者不觉其短，文章之妙也。”（潘德舆《养一斋诗话》）诗当作于宪宗元和四年（809）作者在洛阳任监察御史时。

白居易

问刘十九[①]

绿蚁新醅酒[②]，红泥小火炉。晚来天欲雪，能饮一杯无[③]？

【注释】 ① 刘十九：名不详，行第十九，河南登封人。② 绿蚁：

新酿的米酒上浮起的米渣，呈淡绿色，称绿蚁，这里代指酒。醅（pēi）：未过滤的酒。③ 无：同"么"，疑问词。

【品评】 冬夜天寒欲雪之时，家酿新熟，炉火生温，招素心人清谈小饮，这样的事儿本身就很有情趣。作者以诗代简，更有晋宋间人风度。末句妙作问语，至今读来如闻其声口。全诗一气呵成，毫不着力，出以口语，雅俗共赏，是一首可爱的小品诗。诗当作于宪宗元和十二年（817）作者为江州（今江西九江）司马时。

张　祜（782？—852？）

字承吉，郡望清河东武城（今山东武城西北），籍贯南阳（今属河南），晚年居丹阳（今属江苏）。生性狷介，不容于物，以布衣终生。长年浪迹江湖，或为外府从事，或为大僚幕宾，阅历极广。有《张祜诗》。

何满子[1]

故国三千里，深宫二十年。一声何满子[2]，双泪落君前。

【注释】 ① 诗题一作《宫词》。本事见作者《孟才人叹》自序，大意为：武宗皇帝病危，孟才人求为歌《何满子》，歌未竟而死；武宗驾崩，柩重不可举，俟孟才人榇至，乃举。② 何满子：唐时教坊曲名，悲歌。

【品评】 这首诗本是有感于武宗与孟才人之事而作。作者别有《孟才人叹》云："偶因歌态咏娇嚬，传唱宫中十二春。却为一声何满子，下泉须吊孟才人。"可以参读。"故国三千里"当是《何满子》歌词，“深宫二十年”即“传唱宫中十二春”，后二句即咏孟才人本事。诗与《长恨歌》同旨，而仅二十字，结语不了了之，耐人寻味。诚是五绝杰作。

李商隐

登乐游原[①]

向晚意不适[②]，驱车登古原[③]。夕阳无限好，只是近黄昏。

【注释】　① 乐游原：长安东南高地。本作乐游苑，汉宣帝因秦宜春苑而建。② 向晚：时近黄昏，双关迟暮。意不适：心情不怡。③ 古原：指乐游原。

【品评】　这首诗写作者登古原以遣怀，看夕阳西下的景色，百感茫茫，一时交集，而触发好景不长之感慨。后两句既叹赏晚景之无限好，更因其近黄昏而流连怅惘，谓之悲身世可，谓之忧时事亦可。意境浑涵，包蕴深广。前人认为诗中“消息甚大，为五绝中所未有”（管世铭《读雪山房唐诗抄》）。

贾　岛（779—843）

字浪仙，一作阆仙，自称碣石山人，范阳（今北京市）人。早年曾为僧，法名无本。宪宗元和间受知于韩愈，返俗应举，但终身未第。文宗开成二年（837）坐诽谤责授遂州长江（今四川蓬溪）主簿，世称贾长江。有《长江集》。

寻隐者不遇[①]

松下问童子[②],言师采药去[③]。只在此山中,云深不知处。

【注释】 ① 一作孙革《访羊尊师》,尊师是对道士的敬称。② 童子:指道童。③ 师:师父。

【品评】 这首诗写寻访山中道士不遇的经历。除一句叙事外,以下三句皆设为童子之言,间接表现了山居环境之幽深。童子说,师父就在这座山里,"只在"二字是肯定的语气,答案似乎是确定的,而接下来的"云深不知处"表明,答案根本无法确定。这两句话颇像禅宗公案中的话头,包含许多的禅机,浅近而玄妙,又生动地反映出"隐者"天机自然,超然物外的情操和生活风貌,故为后人所激赏。

李　频(?—876)

字德新,睦州寿昌(今浙江寿昌)人。宣宗大中八年(854)登进士第,授校书郎,为南陵主簿。试判入等,迁武功令。懿宗时以有治声擢侍御史,累迁都官员外郎。僖宗乾符二年(875)为建州刺史,次年卒于任。有《李频诗》。

渡汉江[①]

岭外音书绝[②],经冬复历春。近乡情更怯[③],不敢问来人。

【注释】 ① 汉江:即汉水。一作宋之问诗。② 岭外:唐时五岭之南设岭南道,辖今两广等地,当时官员获遣,常被安置到这一带。

音书：指来自家乡的消息。③ 近乡：指即将到达洛阳。乡：指诗人在洛阳的家。

【品评】 这首诗作于从贬所逃归途中。前二句平平叙事，说自己独处岭南，而家中音讯断绝，已越过一个年头。三句写潜逃归乡快到家时的心情，虽有其特殊的思想内容，但也兼容了普遍的人情——那就是在家中情况不明的情况下，还乡者共有的忐忑不安的心态。与杜甫《述怀》“自寄一封书，今已十月后。反畏消息来，寸心亦何有！”情事相类。

金昌绪

生卒年不详，玄宗时余杭（今属浙江）人。《全唐诗》存诗一首。

春 怨[①]

打起黄莺儿，莫教枝上啼[②]。啼时惊妾梦，不得到辽西[③]。

【注释】 ① 诗题又作《伊州歌》。② 打起：用竿、棍等驱赶、惊走。教：让，使。③ 妾：古代妇女表示谦卑的自称。辽西：辽河以西，今辽宁省西部地区。此泛指唐代边地，乃少妇丈夫征戍之地。

【品评】 此诗写“怨”，但字面上却并无“怨”字，只是用“打起黄莺儿”的动作，以及对黄莺的诉说，来表现自己对久戍辽西的征人深深思念，一片痴情，隐含在动作、语言之中，音容神情也凸显纸上。王尧衢在《古唐诗合解》中说：“写闺情至此，真使人柔肠欲断。”两个舌齿音“啼”字连用，使用顶真修辞格，既使诗句衔接紧密，自然流畅，也使这位女子声口宛然。

西鄙人

失姓名，玄宗天宝年间安西人。

哥舒歌[①]

北斗七星高，哥舒夜带刀。至今窥牧马，不敢过临洮[②]。

【注释】 ① 哥舒：即哥舒翰，唐代大将，突厥人。公元748年（唐玄宗天宝七年）于青海大败吐蕃，封西平郡王。后于753年再次大破吐蕃，收复黄河九曲，唐在临洮设洮阳郡，西北边境由此安宁。② 窥：观察、侦探。牧马：古代西北民族常借秋季南下牧马，伺机掳夺边境地区。后以“牧马”指代少数民族侵扰边境。临洮：故址在今甘肃省岷县北，为秦长城的西起点。

【品评】 这是一首歌颂守边名将哥舒翰的诗。沈德潜认为此诗“与《敕勒歌》同是天籁，不可以工拙求之”（《唐诗别裁集》）。诗歌明白如话，如同口语，确是民歌风格，但从侧面描写哥舒的形象，以“北斗七星”起兴，用“高”字突出带刀夜巡的威武，后两句又用吐蕃不敢再犯来表现其卓著功勋，手法特别，也是经过匠心经营的，具有很强的艺术性。

乐　府

崔　颢

长干行[1]　二首

君家何处住,妾住在横塘[2]。停船暂借问,或恐是同乡。**其一**

【注释】 ① 长干行:乐府诗题,属《杂曲歌辞》,本为六朝时金陵(今江苏南京)长干里一带的民歌。长干:地名,是建康(今南京市)的一处街坊,在长江沿岸。诗题一作《江南曲》。② 横塘:地名,建康的一处堤塘,故址在今南京市西南,地近长干。

【品评】 此诗写的是一个古老的故事,但是它永远新鲜。第一首写一位船家少女在江上主动向别船少年拉话的情景,她或许从对方的口音中发现他是家乡人。从平平淡淡的对话中,流露出"亲不亲,故乡人"的纯厚人情味,以及青年男女一见爱悦,所谓"你不用介绍你,我不用介绍我"的感觉。日常生活中经常发生的事情,不经意的笔录,却深得生活的魅力。王夫之《姜斋诗话》评此诗道:"'君家何处住'云云,墨气所射,四表无穷,无字处皆其意也。"

家临九江水[1],来去九江侧。同是长干人,生小不相识[2]。**其二**

【注释】 ① 九江:泛指长江下游一带,以支流较多故称。② 生小:《全唐诗》作"自小"。

【品评】　这首诗紧承前一首,写男子的答辞。以“家临九江水”,答复了女方“君家何处住”的问题。以“同是长干人”,印证了女方“或恐是同乡”的猜想。不说今日相逢之幸,而说往日不识之憾。絮絮叨叨中,暗含相逢恨晚之意。不必作情诗看,却蕴含极为丰富的感情,所以被推为唐人五绝的上乘之作。

李　白

玉阶怨[1]

玉阶生白露,夜久侵罗袜。却下水精帘[2],玲珑望秋月[3]。

【注释】　① 玉阶怨:乐府诗题,属《相和歌辞》,多写宫怨。② 却:还。水精帘:一种质地精细、莹澈透明的帘子。一说即珠帘。③ 玲珑:月光明亮的样子。

【品评】　这是一首宫怨之作。诗中无一字言怨,亦无一字正面描写宫人面目,只通过诗中人在白露生阶的秋夜,罗袜被露水湿透,回房以后,还透过水精珠帘痴痴看月的情态,隐隐传达出她的幽怨之意。“‘玲珑’五字冷寂可想,其取神乃在‘却下’二字,有深宫长夜、惝恍无眠光景。”(《唐人万首绝句选》李慈铭批)

卢　纶

塞下曲[1]　四首

鹫翎金仆姑[2],燕尾绣蝥弧[3]。独立扬新令,千营共一呼[4]。

其一

【注释】 ① 诗题一作《和张仆射塞下曲》。张仆射(yè),即张建封,贞元十二年(796)加检校右仆射。② 鹫翎:鹫鸟之翎,这里代指羽箭。金仆姑:箭名。③ 燕尾:指旗上的飘带。蝥(máo)弧:古代诸侯的旗,这里代指军旗。④ "独立"二句:是说主帅独立将坛发号施令,千营士兵齐声回应。新:开始。

【品评】 这组诗当是贞元十三年(797)至十四年,作者在张建封入朝时,为称颂其武功而作,张的原作已佚。这首诗原列第一,写将军号令誓师的威风。前两句写武器(弓矢)的精良,见军容的整肃。三句表现统帅的尊严,末句显示号令的整肃。短短二十字,展示出一个很大的场面,颇具震撼力。

林暗草惊风[①],将军夜引弓。平明寻白羽[②],没在石棱中。**其二**

【注释】 ① "林暗"句:写有虎的征兆,古人流行的说法是"虎从风"。② "平明"二句:《史记·李将军列传》:"广出猎,见草中石,以为虎而射之,中石没镞,视之石也。"平明:清早。白羽:箭杆上的白色羽毛。

【品评】 这首诗原列第二,借用汉代飞将军李广的事迹来表现边帅之勇健。李广射虎事,《史记·李将军列传》只说中石没镞(箭头),而诗中却说射石没羽(箭尾),是一个再创造。射手膂力再强,没镞已属难能,没羽更不可能。作者特以"石棱"二字表出,是因为发矢如射两石棱缝之中,遂能没羽,则合于情理。此诗以富于戏剧性,在组诗中最为传诵。

月黑雁飞高,单于夜遁逃[①]。欲将轻骑逐[②],大雪满弓刀。**其三**

【注释】 ① 单(chán)于：匈奴君主的称号。② 轻骑：轻装快捷的骑兵。

【品评】 这首诗原列第三，开始写到战事。前两句言兵威所震，强虏远逃。“月黑雁飞高”一句，写足敌军昏夜潜逃之状。三句言追奔逐北，固宜发轻骑从事，末句言弓刀雪满，未得穷追，表现出漠北严寒，防边不易。有人认为，结尾的用意是不赞成开边，而托大雪，便觉委婉。可备一说。

野幕敞琼筵，羌戎贺劳旋[①]。醉和金甲舞[②]，雷鼓动山川[③]。

其四

【注释】 ① 羌戎：指西北边境内附之部族。劳：慰劳。旋：凯旋。② “醉和”句：写醉中就着军装起舞。③ 雷鼓：军中大鼓。

【品评】 这首诗原列第四，写欢庆胜利、鼓舞热烈的场面。边塞得到和平，是各族人民盼望的好事，“羌戎贺劳旋”一句，不可忽视。战士也欢欣鼓舞，还乡有望，故尽情纵饮。组诗篇幅虽短，但剪裁巧妙，音词壮健，可与盛唐边塞诗比美。

李　益

江南曲[①]

嫁得瞿塘贾[②]，朝朝误妾期[③]。早知潮有信[④]，嫁与弄潮儿[⑤]。

【注释】 ① 江南曲：乐府诗题，属《相和歌辞》。② 瞿塘：指瞿塘峡，长江三峡之一，地处夔州（今四川奉节），唐时为商业中心。贾（gǔ）：商人。③ 期：相约好的会期。④ 潮有信：潮水的涨落有一定规律，故能如期而至。⑤ 弄潮儿：弄潮者。弄潮：又称迎潮，古代的一种水上冲浪活动。

【品评】　这是一首闺怨之作，以白描手法摹写一位水乡商人少妇的口吻和心声。妙在紧扣江水，由郎误期而联想到“潮有信”。以潮来有信反衬郎去不归，比喻巧妙而托怨深微。古代诗歌借物见意者甚多，大都喻曲而有致，这首诗就是著例。就诗情而言，颇类《诗·郑风·褰裳》：“子不我思，岂无他人！”“荒唐之想，写怨情却真切。”（钟惺《唐诗归》）

卷八　七言绝句

贺知章（659—744）

字季真，越州永兴（今浙江萧山）人。武后证圣元年（695）登进士第，授国子四门博士，迁太常博士。玄宗开元十年（722）入丽正殿修书，十三年迁礼部侍郎，后为太子宾客，秘书监。晚号四明狂客。《全唐诗》存诗一卷。

回乡偶书[①]

少小离家老大回，乡音无改鬓毛衰[②]。儿童相见不相识，笑问客从何处来。

【注释】 ① 作者于武则天证圣元年（695）赴长安应举，到天宝元年（742）始得还乡，相隔大约五十年之久。② 鬓毛衰：指须发稀疏变白。衰（旧读 cuī）：衰败。

【品评】 这首诗写久别归来的游子对故乡的陌生感。人在京城说着方音，难免有异乡为客之感。然而年老的诗人回乡后听到的第一句乡音，内容却非常生分。大半辈子在异乡为客，没想到回到家乡还被当作“客”，作者心里又该是什么滋味？此诗的妙处就在于抓住生活中偶发事件，借用无忌的童言，有力地表达出一种有相当普遍性的生活经验，可谓说透人情。

张　旭（675？—750？）

字伯高，苏州（今属江苏）人。曾官常熟尉、金吾长史。嗜酒，工诗，善草书。性格狂放，每醉后号呼狂走，作草书如有神助，世号张颠。其狂草与李白歌诗、裴旻剑舞并称三绝。又与贺知章、张若虚、包融号“吴中四士”。原集已佚，《全唐诗》存诗六首。

桃花溪[①]

隐隐飞桥隔野烟[②]，石矶西畔问渔船。桃花尽日随流水，洞在清溪何处边[③]？

【注释】　① 诗题一作《桃花矶》，矶是水边突出的岩石或石滩。② 隐隐：不分明的样子。飞桥：凌空架设的溪桥。野烟：野地的烟霭。③ “桃花”二句：暗用陶渊明《桃花源记》故事。

【品评】　这首诗写暮春时节桃花矶的风光：缥缈的烟霭、隐约可见的小桥、水边的石矶、水中的花片、石矶西畔的渔船、向渔夫问路的旅人，构成了一幅鲜明的画面。而它的好处还不仅仅在诗中有画，盖陶渊明《桃花源记》最后写道：“（武陵人）既出，得其船，便扶向路，处处志之。及郡下，诣太守说如此。太守即遣人随其往，寻向所志，遂迷不复得路。”诗的末句“洞在清溪何处边”一问，就暗用其事，给桃花矶一带的景色涂上了一层神秘色彩，从而更令读者神往。

王　维

九月九日忆山东兄弟[①]

独在异乡为异客，每逢佳节倍思亲[②]。遥知兄弟登高处，遍插茱萸少一人[3]。

【注释】 ① 原注:“时年十七。”九月九日：重阳节。山东：华山以东,指作者家居蒲州(今山西永济)。② 异客：他乡之客。倍思亲：指相对于平日,倍加思念亲人。③ 茱萸：一种香草,古代风俗于重阳节佩戴茱萸,可以禳灾祈福。

【品评】 这首诗写重阳节身在他乡的游子对故乡亲人的思念。首句一个“独”字、两个“异”字,分量下得很重。次句“每逢佳节倍思亲”,这种体验人人都可能有,但以前没人用这样朴素无华而又高度概括的句子来表达过。三、四句更从对面着想,好像说遗憾的不是自己未能回乡与兄弟共度佳节,而是兄弟们佳节未能完全团聚;似乎自己独在异乡为异客的处境并不值得诉说,反倒是兄弟们的缺憾更需体贴。这种出乎常情之处,正是它的深厚处、新警处。

王昌龄

芙蓉楼送辛渐[1]　二首录一

寒雨连江夜入吴,平明送客楚山孤[2]。洛阳亲友如相问,一片冰心在玉壶[3]。

【注释】 ① 芙蓉楼：润州(今江苏镇江)城楼。② 吴、楚：润州地处吴头楚尾,春秋时属吴,战国时属楚。③ 玉壶：南朝宋鲍照《白头吟》:“直如朱丝绳,清如玉壶冰。”

【品评】 这首诗作于被贬江宁丞任时。作者当时在政治上蒙受打击，为官方舆论所不容，辛渐此去洛阳，作者首先想到亲友们一定会向辛渐打听他的消息。因此他托辛渐捎给亲友们一句话：“一片冰心在玉壶。”“玉壶”“冰心”这两个美好的意象叠加在一起，构成了一个清心玉映、高洁狷介之士的化身，形象地表明作者坚信自己的清白，没有可以愧对亲友之处，不为贬谪打击所动的态度。由于运用了诗的语言，所以它比直说显得更真，也更美。

闺　怨

闺中少妇不知愁，春日凝妆上翠楼[①]。忽见陌头杨柳色[②]，悔教夫婿觅封侯[③]。

【注释】　① 凝妆：严妆，着意打扮。② 陌头：路边。③ 觅封侯：指通过从军建功立业。

【品评】　这是一首闺怨之作。首句写少妇“不知愁”，次句进一步说明她是怎样的“不知愁”。三句是本篇转折的关纽，“杨柳色”虽然在很多场合可作为“春色”的代称，然其形象的暗示性却要大得多，它既可以使人联想到青春年华，也可以使人联想到“蒲柳之姿，未老先衰”，还可以使人联想到折柳送别和《折杨柳曲》而引起伤离。这些联想都可以通往远方引起对夫婿的思念，从而使少妇产生了一个从来没有如此强烈的悔恨的念头：“悔教夫婿觅封侯。”本篇截取一个生活断面，抓住少妇心理发生微妙变化的刹那予以集中描写，表现了作者对笔下人物心理变化的准确把握，在艺术上也做到了以小见大。

春宫曲

昨夜风开露井桃[①]，未央前殿月轮高[②]。平阳歌舞初承宠[③]，帘外春寒赐锦袍。

【注释】 ① 露井：没有井盖的井。② 未央：汉宫名，在汉长安城内西南隅。③“平阳”句：用卫子夫事。卫子夫为平阳公主歌人，因汉武帝访平阳公主而得幸。

【品评】 这首诗借汉讽唐，表面上写得宠者的锦上添花，间接表现无宠者心境的凄凉。其背景是天宝年间，唐玄宗宠幸杨贵妃，“三千宠爱在一身”，事有类汉武帝宠幸卫子夫。本篇用侧面微挑的手法，正面不写写旁面，“风开露井桃”以见不寒，春不寒而赐袍，正是表现承宠者的锦上添花，而无宠者的歆羡可知。

王 翰

生卒年不详，字子羽，并州晋阳（今山西太原）人。睿宗景云元年（710）进士，官仙州别驾。恃才不羁，贬道州司马，旋卒。原集已佚，《全唐诗》存诗一卷。

凉州词[①]

蒲萄美酒夜光杯[②]，欲饮琵琶马上催[③]。醉卧沙场君莫笑[④]，古来征战几人回？

【注释】 ① 凉州：属陇右道，治所在姑臧（今甘肃武威）。② 蒲萄美酒：指西域特产的葡萄酒。夜光杯：一种玉制酒杯。③ 催：劝酒。④ 沙场：广阔的沙地，这里指战场。

【品评】 这首诗从举杯欲饮写起，首句极力突出酒美杯美，深含对生活的赞美，这对于本篇将是极其重要的一笔。次句写的是战士在奔赴战场之前，摆酒送行的场面。三、四句就此抒情，“醉卧沙场”是诗的语言，它不但诗化了战争，也诗化了牺牲，使本篇具有浪漫情调。末句以古人酒杯浇自己块垒,作苦语读,可以说是很颓唐、很无奈的话;作壮语读,则有"风萧萧兮易水寒,壮士一去兮不复还"(荆轲)、"捐躯赴国难,视死忽如归"(曹植)的意味,意兴极为豪放,因而意味深厚。

李　白

送孟浩然之广陵

故人西辞黄鹤楼[①],烟花三月下扬州[②]。孤帆远影碧空尽[③],唯见长江天际流。

【注释】 ① 黄鹤楼:故址在今湖北武汉蛇山黄鹤矶头。② 烟花:形容阳春的妍丽景色。③ "孤帆"句:一作"孤帆远映绿山尽"。

【品评】 黄鹤楼相传为仙人子安骑鹤所过之处,首句因而用之,给孟浩然这番出游以一个很高的起点。扬州是两京以外最为繁华的都会,时称"扬一益二"。而友人又是在"烟花三月"下扬州,句下洋溢着多少歆羡之意。后二句妙在传目送之神,"碧空尽"三字写帆影消失于水天之际,可谓惟妙惟肖,令人神往。同时表现出行者身不由己随船远去,而送者却久久不能离开的情景,言下一片依依惜别之情。这首诗作于玄宗开元十六年(728)暮春。

下江陵[①]

朝辞白帝彩云间,千里江陵一日还[②]。两岸猿声啼不住,轻舟已过万重山。

【注释】 ① 诗题一作《早发白帝城》。白帝城：属夔州，故址在今四川奉节白帝山上。② 江陵：唐荆州治江陵县，今属湖北。

【品评】 这首诗作于乾元二年(759)三月李白流放夜郎半途遇赦从白帝城返回江陵时，诗以轻舟瞬息千里的速度衬托遇赦东归的轻快心情。开篇即通过初发时的瞬间感受，以“彩云间”三字，将出发点提得很高，造成下水行船快速加快速的悬念。次句用“一日”“千里”的强烈时空对比来表现速度感。三句则通过听觉的延续写一种错觉即速度感的消失，盖三峡七百里中，两岸连山，山山有猿，虽然一处有一处的山，一处有一处的猿，一山有一山的猿声，在舟中听去，猿声连成一片，会产生速度感消失的错觉。经过这样的蓄势，末句进而通过视觉的位移，写出瞬息已变的腾飞感。本篇妙在表现出作者坐船的“快”感，其中也隐含了遇赦的轻快心情。

岑　参

逢入京使

故园东望路漫漫[①]，双袖龙钟泪不干[②]。马上相逢无纸笔，凭君传语报平安。

【注释】 ① 故园：这里指长安。漫漫：遥远。② 龙钟：涕泪横流的样子。

【品评】 这首诗作于天宝八载(749)赴边塞西行途中。诗在马背上哼成，于后二句点题，写赴边途中遇到入京使者，委托捎口信的情况。因为走马相逢，没有纸笔，捎口信只能简而又简，作者撇开一切，单拈“平安”二字。这正是家人最期盼的两个字，曲尽人情，所以为妙。诗的前后两部分感情不一致：前半冲动，后半平和；前半缠绵，后半豪爽。这正表现出什么也动摇不了作者赴边的信心和决心，反映了他对前途充满自信、乐观的态度。马背吟诗，自有横槊气象。

杜　甫

江南逢李龟年[①]

岐王宅里寻常见[②]，崔九堂前几度闻[③]。正是江南好风景[④]，落花时节又逢君。

【注释】 ① 江南：这里指长沙。李龟年：玄宗开元、天宝间著名宫廷乐人。② 岐王：李范，睿宗第四子，封岐王。③ 崔九：崔涤，曾官殿中监。④ 正是：一作“正值”。风景：一作“风日”。

【品评】 这首诗写安史之乱后，在长沙重逢李龟年时闻歌抒感。杜甫青年时在洛阳的王侯第宅中，多次领教过李龟年的歌声。“寻常见”意味着多年不见，“几度闻”意味着今日又闻。江南风景虽好，可惜已到落花时节。自然时序的变化，影射着世事风云的变迁。因而，诗中虽无一字道及四十年盛衰巨变，无一字直抒忧愤，然世运之治乱，今昔之盛衰，年华之盛衰，彼此之凄凉流落，俱在其中，故包蕴极大。大历五年(770)暮春作于长沙。

韦应物

滁州西涧[①]

独怜幽草涧边生[②],上有黄鹂深树鸣。春潮带雨晚来急,野渡无人舟自横。

【注释】 ① 滁州:属淮南道,今安徽滁州。西涧:上马河,在今滁州西。② 独怜:最爱。

【品评】 这首诗作于滁州刺史任上,诗写雨后野渡的幽静之趣,颇具诗情画意。作者表现幽静境界,除用莺啼、水声相衬托外,主要是突出一只漂浮在渡口的空船,妙在"自"字、"横"字——所谓"自"者,即与人无关,所谓"横"者,乃是任水摆弄,皆深得物理悠然自得之情趣。同时还含蓄地表现了待渡人的一丝惆怅。宋寇准《春日登楼怀归》:"野水无人渡,孤舟尽日横。"即从本篇化出。宋宫廷画院更取"野渡无人舟自横"句作为画题,传为佳话。

张　继

生卒年不详,字懿孙,籍贯襄州(今湖北襄阳),郡望则为南阳(今属河南)。安史之乱中游历吴越。大历四、五年(769—770)西上武昌。大历末检校祠部员外郎,分掌财赋于洪州。《全唐诗》存诗一卷。

枫桥夜泊[①]

月落乌啼霜满天,江枫渔火对愁眠[②]。姑苏城外寒山寺[③],夜半钟声到客船。

【注释】 ① 枫桥：在今江苏省苏州市西。泊：船停靠。② 江枫：江岸的枫树。渔火：渔舟灯火。对愁眠：形容似入睡般沉静地陪伴一个愁苦难眠的漂泊者。③ 姑苏：苏州的别称，因苏州城外西南方有姑苏山而得名。寒山寺：始建于南朝梁，相传唐朝初年著名诗僧寒山曾云游至此，故得名。位于今苏州城西南，枫桥以东。

【品评】 这是一首很著名的诗，描写苏州城外寒山寺幽静的夜景，抒发作者的羁旅愁思和孤寂情怀。全诗采用白描手法，从视觉、听觉、感觉各个方面摄取了“月落”“江枫”“渔火”“客船”“乌啼”“夜半钟声”等意象，来烘染夜色中江南水乡萧瑟、宁静和清远的意境，给人以非常幽静的感觉，从中隐隐透露出客船中旅人的孤寂，韵味绵长深厚，所以极耐含咀，至今流传不衰。

韩　翃

寒　食[①]

春城无处不飞花[②]，寒食东风御柳斜[③]。日暮汉宫传蜡烛，轻烟散入五侯家[④]。

【注释】 ① 寒食：古代传统节日，民间风俗于此日不许举火，因称“寒食”。② 春城：指长安。飞花：暮春景象。③ 御柳：宫苑中的柳树。④ “日暮”二句：唐代寒食禁火甚严，经皇帝特许者当夜即可举火，此二句所写就是这种情景。汉宫：代指唐宫。五侯：东汉桓帝时宦官单超等五人同日封侯，见《后汉书·单超列传》。

【品评】 这首诗作于大历初年(766),诗中写的是唐时宫廷于寒食节以榆柳之火赐宦官的情事。作者通过不动声色的描写,暗寄讽意。寒食赐烛火,乃特权之事,但表事实,自有意味。“唐之亡国,由于宦官握兵,实代宗授之以柄。此诗在德宗建中初,只‘五侯’二字见意,唐诗之通于春秋者也。”(吴乔《围炉诗话》)其微婉的手法,颇得后世赞赏。

刘方平

生卒年不详,河南(今河南洛阳)人。匈奴族,开国元勋邢国公刘政会之后。美容仪,善画。曾应进士举,又欲从军,均不得意,乃退隐于颍阳大谷、汝水之滨。令狐楚编《御览诗》以其诗置卷首。《全唐诗》存诗二十六首。

月　夜

更深月色半人家[①],北斗阑干南斗斜[②]。今夜偏知春气暖,虫声新透绿窗纱[③]。

【注释】 ①“更深”句:夜深时分,月亮照亮了半边屋子。② 阑干:横斜的样子。南斗:二十八宿中的斗宿(六星),相对位置在北斗以南。③ 新透:初透。

【品评】 这首诗表现了作者对节物变化的细致体察。作者撇开花开鸟鸣、冰消雪融等一切习见的春的标志,独独选取静谧而散发着寒意的月夜为背景,从静谧中写出生命的萌动与欢乐,从料峭夜寒中写出春天的暖意。古人说:“以鸟鸣春,以虫鸣秋。”此诗却以虫鸣春,更有别趣。苏轼“春江水暖鸭先知”的诗意体验,在此诗中已得到成功的表现,只是不经意而已。

春　怨[1]　二首录一

纱窗日落渐黄昏,金屋无人见泪痕[2]。寂寞空庭春欲晚,梨花满地不开门。

【注释】 ① 春怨:宫怨诗题之一。② 金屋:典出《汉武故事》“若得阿娇为妇,当作金屋贮之”。这里用指后宫。

【品评】 这是一首宫怨诗,作者借陈皇后与汉武帝的故事,将宫人失宠后的悲哀处境,描写得十分凄婉。作者在“层层烘托诗中人怨情的同时,还以象征手法点出了美人迟暮之感,从而进一步显示诗中人身世的可悲、青春的暗逝。曰‘日落’、曰‘黄昏’、曰‘春欲晚’、曰‘梨花满地’,都是象征诗中人的命运,作为诗中人的影子来写的。这使诗篇更深曲委婉,味外有味”(陈邦炎)。

柳中庸

生卒年不详,名淡,以字行,河东(今山西永济西)人,为柳宗元族人,与弟中行皆有文名。曾授洪州户曹掾不就。《全唐诗》存诗十三首。

征人怨

岁岁金河复玉关,朝朝马策与刀环[1]。三春白雪归青冢[2],万里黄河绕黑山[3]。

【注释】 ① 岁岁：一年又一年。金河：即黑河，唐代在此设有金河县，在今内蒙古呼和浩特南。玉关：即玉门关，古代通西域的重要关塞，在今甘肃省敦煌西。以上皆为征人辗转奔赴的边地。策：马鞭。刀环：刀柄上用作装饰的铜环。② 青冢：指王昭君墓，在今内蒙古呼和浩特市南。传说塞外草木衰残，只昭君坟上草色依然青翠，故称“青冢”。③ 黑山：又名黑虎山，在今呼和浩特市东南。

【品评】 此诗写边疆征人的怨情，怨的是统治者穷兵黩武。首二句互文见义，“岁岁”和“朝朝”可见在边之久，“马策”与“刀环”可见生活之枯燥和艰苦。后二句写景，用边地特有景色进一步衬托征人的满腹怨愤。全诗不着一“怨”字，而怨情自见，可谓蕴藉含蓄之至。诗中除“复”“与”“归”“绕”四字而外，其余全是名词的组合，在形象、内容上极具包容性。字句也对偶精工，很有特色。

顾　况（725—814）

字逋翁，号华阳山人，又号悲翁，苏州海盐（今浙江海盐）人。肃宗至德二载（757）登进士第，曾官著作佐郎，以作诗嘲诮权贵贬饶州司户参军，后归隐茅山。有《华阳集》。

宫　词

玉楼天半起笙歌[①]，风送宫嫔笑语和[②]。月殿影开闻夜漏[③]，水精帘卷近秋河[④]。

【注释】 ① 玉楼：指宫中的楼台。笙：古代多管组成的乐器。② 宫嫔（pín）：古代皇宫中的女官。和：掺和。③ 月殿：即月宫，古代传说月中有宫殿。漏：古代铜制计时器，用水从叠置的壶中逐层滴漏，以浮标刻度计量时间。④ 秋河：即银河。

【品评】　这首诗题为“宫词”而不标“宫怨”，情景亦属客观描写，诗意却很微婉。前二句所写，是一幅宫中行乐图，背后却隐隐有一个人——“宫词”的主人公在。那天半笙歌、风中笑语、月影夜漏、帘外秋河是其所闻所见。后两句中的“月殿影开”反形望月者之孤单，“夜漏”不尽以见长夜难挨，而“秋河”则使人想到那佳期难逢、人神阻隔的牛郎织女的传说。诗意相当含蓄。

李　益

夜上受降城闻笛[①]

回乐烽前沙似雪[②]，受降城外月如霜。不知何处吹芦管[③]，一夜征人尽望乡。

【注释】　① 受降城：指西受降城，故址在今内蒙古杭锦后旗乌加河北岸。按唐代有东、西、中三受降城，武后景云中朔方军总管张仁愿为抵御突厥所筑。一说指中受降城，故址在今内蒙古五原西北。② 回乐烽：指回乐县的烽火台。回乐县故址在今宁夏灵武西南。③ 芦管：古代管乐器名。按此诗“芦管”与“笛”混用，指的应是同一种乐器。

【品评】　这首诗作于贞元元年（785）至六年作者在灵州大都督、西受降城天德军灵盐丰夏等州节度使杜希全幕中时，写成边将士思乡的情怀。安史之乱后，征战频仍，战士戍边，长期不能还乡。前二句写月夜，乃思乡的典型环境。后二句并不就此把思乡之情局限于一身，而是推及所有的“征人”，一个“尽”字提升了诗境，将征戍之苦、离乡之人一网打尽，容纳了丰富的社会现实内容。

刘禹锡

乌衣巷[①]

朱雀桥边野草花[②]，乌衣巷口夕阳斜。旧时王谢堂前燕[③]，飞入寻常百姓家。

【注释】 ① 乌衣巷：六朝建康地名，为世族聚居处，故址在今南京市东南。② 朱雀桥：一称“朱雀航”，六朝建康浮桥。③ 王谢：六朝时王、谢二姓世为望族。后以“王谢”为高门世族的代称。

【品评】 这首诗属作者《金陵怀古》组诗。前二句中“朱雀桥”“乌衣巷”两个地名唤起昔日繁华的回忆。后二句通过“王谢堂”与“百姓家”对比，暗示老屋易主，尤其是华堂深宅易为普通民居，有力地表现了世事沧桑的感触。诗中借言于燕，正诗人托兴微妙之处。“若作燕子他去便呆，盖燕子仍入此堂，王谢零落，已化作寻常百姓矣，如此则感慨无穷。”（施补华《岘佣说诗》）

春　词[①]

新妆宜面下朱楼[②]，深锁春光一院愁[③]。行到中庭数花朵，蜻蜓飞上玉搔头[④]。

【注释】 ① 诗题一作《和乐天春词》。白居易《春词》：“低花树映小妆楼，春入眉心两点愁。斜倚栏杆背鹦鹉，思量何事不回头？”② 新妆宜面：是说化妆与容貌相宜。③ 春光：这里指中庭的春花。

④ 玉搔头：玉簪。

【品评】 这首诗写一位美丽的少妇春日寂寞的情绪。“新妆宜面”表明她的美丽，“春光”暗示她的年轻，“深锁一院愁”表示她活动空间的狭窄，“数花朵”表明她的无聊。而最后的一笔，无疑也是诗中最精彩的一笔，“蜻蜓飞上玉搔头”，含蓄地刻画出她那沉浸在痛苦中的凝神伫立的情态，暗示了其花朵般的容貌，意味着她的处境亦如庭院中的春花一样，寂寞深锁，无人赏识。实胜于白居易原作。

白居易

宫 词

泪湿罗巾梦不成，夜深前殿按歌声[1]。红颜未老恩先断，斜倚熏笼坐到明[2]。

【注释】 ① 按歌：按节拍歌唱。② 熏笼：竹编笼状器具，罩在炉上，有熏香衣物或供人取暖之用。

【品评】 这首诗是代失宠宫人所作怨词。诗中女主人公夜来不寐，本是希望君王临幸。当她听到前殿歌声，知道君王正在寻欢作乐，不禁感到失望。色衰爱减令人感伤，而“红颜未老恩先断”令人尤为感伤。女主人公斜倚熏笼，还不肯放弃一线希望。直到天色大明，君王未来，其绝望又当如何？全诗千回百转，倾注了诗人对不幸者的深挚同情。

张　祜

赠内人[①]

禁门宫树月痕过[②]，媚眼惟看宿燕窠[③]。斜拔玉钗灯影畔，剔开红焰救飞蛾[④]。

【注释】 ① 内人：宫中女伎。诗题一作《咏内人》。② 禁门：宫门。皇帝的内廷称宫禁，故称。月痕：月牙。月牙一弯如眉痕，故称。③ 宿燕窠：指梁间燕窠，措意在燕子的双栖。燕：一作“鹭”。④ 剔开：拨开。古代油灯，以通心草或棉纱作灯芯，拨动灯芯，可以调整灯焰的大小。

【品评】 这首诗属于宫怨诗。伎女一入宫禁，成为“内人”，就失去人身自由和幸福，所以怅怨。前二写静夜之景，提到梁间宿燕，可见人不如鸟，先出怨妒之意。后二句引入情节，写飞蛾扑火，宫女剔焰救蛾，便有意味：飞蛾扑火，象征向往光明的本性及陷入不幸的遭遇；剔焰救蛾，则见物我同情。本篇造意深曲，艺术构思与雍陶《赠孙明府》“夜来见月多归思，自起来笼放白鹇”相似。

集灵台[①]　二首

日光斜照集灵台，红树花迎晓露开[②]。昨夜上皇新授箓，太真含笑入帘来[③]。**其一**

【注释】 ① 集灵台：即长生殿，在华清宫内，建于天宝元年十月，故址在今陕西省临潼骊山上。② 红树花：一树红花。③ 上皇：指唐玄宗李隆基。授箓：授道箓，正式遁入空门成为道士时，要行授箓仪式。道箓：用红笔写在绢上的诡异文字符号。此指玄宗授道箓度杨玉环为女道士。太真：杨玉环的道号。据《新唐书·杨贵妃传》，杨玉环初为唐玄宗之子寿王李瑁的妃子。听说玉环"姿质天挺"，玄宗遂召入禁中（皇帝居住的地方）。为了掩人耳目，玄宗将玉环寿王妃的身份改为"寿王聘韦昭训女"，于开元二十八年先让杨玉环出家入女道士籍，号太真，继而于公元744年（天宝三年）秋入宫，次年正式册封为贵妃。

【品评】　此诗讽刺唐玄宗与杨贵妃的淫逸荒唐生活。首二句表面看是写景，却是暗示李、杨二人的云雨情事。后二句补叙，说明有此情事的由来，原来是玄宗采用卑鄙手法假意让本是儿媳的杨玉环出家为道，然后急不可待地夺其为妃的经过。前后映衬互补，将意思表现得委婉而深刻，很具讽刺意味。

虢国夫人承主恩[①]，平明骑马入宫门[②]。却嫌脂粉污颜色，淡扫蛾眉朝至尊[③]。**其二**[④]

【注释】　① 虢国夫人：杨贵妃三姊的封号。主：皇帝，指玄宗。② 平明：清晨。③ 蛾眉：弯曲细长的眉，状如蚕蛾之触须。至尊：指天子，即玄宗。④ 一作杜甫诗，非是。

【品评】　这首诗通过杨氏诸姨的承宠，间接反映玄宗惑溺女色，导致荒废政事。诗只赋实事，而讽刺自见，妙在"素面朝天"的细节。素面不施脂粉，可见美丽来自天然，就事论事，也没有什么不好。但放到古代宫廷那样一个特定的环境中，却是一种骄恣放纵的表现。诗人只说虢国以美自矜，而其用意在于献媚取宠于皇帝，自在言外。"承主恩"三字，是含有讽刺意味的。

题金陵渡[①]

金陵津渡小山楼[②]，一宿行人自可愁[③]。潮落夜江斜月里，两三星火是瓜洲[④]。

【注释】 ① 金陵渡：渡口名，即今江苏镇江的西津渡，与瓜洲隔岸相对。金陵：这里指润州（今江苏镇江）。② 小山楼：指驿楼。③ 自可愁：指不知不觉地、无缘无故地惆怅。可：合，宜。④ 瓜洲：镇名，在长江北岸，今江苏仪征南。

【品评】 这首诗作于旅途中，写待渡金陵驿楼的心情和江上夜色。前二句起得平淡而轻松，暗示当夜失眠，引起以下写观赏夜景。后二句表明时间在拂晓潮落之际，再于黑暗的背景上点出“两三星火”，以少胜多，情景悠然，更以“是瓜洲”三字，透露出诗中人的思维活动。作者有意选用“小”“一”“两”“三”等词，渲染零落之感，切合轻微的旅愁，效果极佳。

朱庆馀

生卒年不详，名可久，以字行，越州（今浙江绍兴）人。敬宗宝历二年（826）登进士第，官秘书省校书郎。曾客游边塞，仕途不甚得意。有《朱庆馀集》。

宫中词[①]

寂寂花时闭院门[②]，美人相并立琼轩[③]。含情欲说宫中事[④]，鹦鹉前头不敢言[⑤]。

【注释】 ① 诗题一作《宫词》。② 花时：春暖花开之时。③ 美人：指宫女。琼轩：华丽的长廊。④ 宫中事：指宫中诸如宠移爱夺、娇极妒生等种种恩怨之事。⑤ 鹦鹉：鸟名，善于仿效人声。唐时宫中多饲养作宠物。王建《宫词》:“鹦鹉谁教转舌关,内人手里养来奸。”王涯《宫词》:“教来鹦鹉语初成,久闭金笼惯认名。”

【品评】 这首宫词摆脱了同类题材的诗歌惯常的角度和写法,独出机杼,特在“花时”,让两个美人出场。两个女人凑在一起,必然要说话,通常是说别人的小话或自己的真心话。然而,当她们抬头看见廊前的鹦鹉时,就把想说的话吞了回去。诗的表现手法曲折,情境富于戏剧性。常言道:“隔墙有耳。”而畏惧鸟的偷听,比畏惧人的偷听,更能曲折表现出宫人忧谗畏讥的心情和寂寞的心事。

近试上张水部[①]

洞房昨夜停红烛[②],待晓堂前拜舅姑[③]。妆罢低声问夫婿,画眉深浅入时无[④]?

【注释】 ① 诗题一作《闺意献张水部》。近试:临近进士考试。张水部:张籍,时任水部郎中。② 洞房:新房。停红烛:暗示新婚。③ 舅姑:公婆。④ 入时无:是否合宜。

【品评】 唐代应进士科举的士人有向名人行卷的风气,以希求得到有力的推荐。作者平日向时任水部郎中的著名诗人张籍行卷,已得到赏识,考前还怕自己的作品不符合主考的要求,所以写了这首诗征求意见。诗托言闺情,极富生活气息,诗中将新娘婚后第一次拜见公婆前的忐忑不安的心理,描绘得惟妙惟肖。所以得到了张籍的称赞:“齐纨未是人间贵,一曲菱歌抵万金。”(张籍《酬朱庆馀》)这首诗当作于敬宗宝历元年(825)参加进士考试前。

杜　牧

将赴吴兴登乐游原[①]

清时有味是无能[②],闲爱孤云静爱僧。欲把一麾江海去[③],乐游原上望昭陵[④]。

【注释】 ① 吴兴:郡名,即江南道湖州(今属浙江)。乐游原:长安东南高地。本作乐游苑,汉宣帝因秦宜春苑而建。② 清时:承平时代。③ 麾:指出任刺史的旌节。④ 昭陵:唐太宗李世民陵寝。

【品评】 这首诗是宣宗大中四年(850)由长安赴任湖州刺史时作。登乐游原而遥望昭陵,追怀唐太宗和贞观之治,有人在江湖,心存魏阙之意。首句说升平之世,应当致力于君国,不应有清闲之味;只因为自己无能,不足为世用,也不愿与世争,始觉有味。是自我解嘲。次句承首句"有味"而言,是说闲爱天际孤云无心舒卷,静爱空山老僧相对忘言,有此情怀,则一麾南去,不以宦海浮沉为意。全诗用意只在末句,有仕不及贞观一朝,即生不逢辰之意。

赤　壁[①]

折戟沉沙铁未销[②],自将磨洗认前朝。东风不与周郎便[③],铜雀春深锁二乔[④]。

【注释】 ① 赤壁:地名,长江上赤壁有多处,三国鏖兵的赤壁在湖北蒲圻。作者所处的赤壁则在黄州(今湖北黄冈),古人或附会为赤壁大战处。② 折戟:战争中折断的矛头。③ 东风:赤壁鏖战,周瑜用部将黄盖计实施火攻,适逢东南风,大火向西北延烧,曹兵大败。周郎:周瑜,当时吴中人对他的昵称。④ 铜雀:魏宫台名,台在魏都邺(今河北临漳西南)西北,曹操于建安十五年(210)建。二乔:大乔、小乔,其中小乔是周瑜之妻。

【品评】　这首咏史诗前二句从一片铁戟写起,见微知著,在构思上非常新颖巧妙。后二句作史论,宋人许顗曾冒失地批评它"社稷存亡、生灵涂炭都不问,只恐捉了二乔"(《彦周诗话》)。殊不知两句何尝无关社稷,不过以小见大,于绝句较为得体。调侃之中,也未尝没有同情曹公、不以成败论英雄的意思。诗作于武宗会昌四年(844)作者任黄州刺史时。

泊秦淮[1]

烟笼寒水月笼沙,夜泊秦淮近酒家。商女不知亡国恨[2],隔江犹唱后庭花[3]。

【注释】　① 秦淮:河名,发源于江苏溧水东北,西北流经金陵(今江苏南京)城,入长江。② 商女:卖唱的歌女。③ 后庭花:乐曲名,即《玉树后庭花》,陈后主作,后世认为是亡国之音。

【品评】　这首诗当作于宣宗大中二年(848)作者由睦州赴京,经过金陵时。作者夜泊秦淮,听对岸酒家歌女唱着六朝时代的颓靡歌曲,触景生情,联想到六朝兴亡的历史,不禁对现实政治深感忧虑。首句写秦淮夜景,次句点明夜泊,而以"近酒家"三字引起后二句。三句"不知"二字,感慨最深,寄托甚微。

寄扬州韩绰判官[1]

青山隐隐水迢迢[2],秋尽江南草木凋[3]。二十四桥明月夜[4],玉人何处教吹箫[5]?

【注释】 ① 扬州：今江苏省扬州市，唐属淮南道。韩绰：生平事迹不详。文宗大和七年至九年杜牧曾任淮南节度使掌书记，与他为同僚。② 隐隐：隐隐约约的样子。迢迢：绵长不断的样子。③ 草木凋：一作“草未凋”。④ 二十四桥：诸说不一，当指扬州市内多桥，此举其约数而已。⑤ 玉人：容貌姣好的人，这里指韩绰。

【品评】 这首诗是作者离开扬州以后，借寄旧日同僚之机，抒发对扬州的怀念。前二句写秋日江南清新旷远的景色，且寓依依眷怀的深情。后二句从对扬州诸多美好回忆中，撷取最难忘怀的时间、地点、人物与情事，以调侃的口吻出之，遂成千古丽句。扬州本是风月繁华之都，以“玉人何处教吹箫”问对方，言外有无限艳羡之意。

遣　怀[1]

落魄江湖载酒行[2]，楚腰纤细掌中轻。十年一觉扬州梦，赢得青楼薄幸名[3]。

【注释】 ① 遣怀：排遣心中郁闷。② 落魄：漂泊流落、潦倒失意。楚腰纤细：史载春秋时期楚灵王喜欢腰细的美女，后楚腰成为细腰的代称。《汉书·马廖传》载：“楚王好细腰，宫中多饿死。”掌中轻：此以赵飞燕指代江南美女。据《飞燕外传》载，西汉末年汉成帝皇后赵飞燕，体轻，能为掌上舞，故取名“飞燕”。③ 青楼：此泛指歌楼妓院等娱乐场所。薄幸：薄情。

【品评】 这是杜牧追忆自己早年在扬州幕僚生活的诗。表面看，作者是以自嘲、自省的口气，来谈当初经常出入青楼酒馆，只赢得薄幸名存的放浪生活，但仔细品味，字句间实际隐含着身为下僚，受到压抑的悲愤，以自我谐谑的口吻道来，益见感慨。诗写得含蓄、委婉而深沉，在略带调侃中，又见得机趣活泼。“十年”二句是名句，后来被许多人套用翻改,影响深远。

秋　夕[1]

银烛秋光冷画屏[2],轻罗小扇扑流萤[3]。天阶夜色凉如水[4],卧看牵牛织女星[5]。

【注释】 ① 秋夕:特指七夕。② 银烛:白蜡烛。一作“红烛”。③ 轻罗小扇:当为团扇,汉班婕妤《怨歌行》曾借秋扇见捐喻人,此隐用其意。④ 天阶:指宫中玉阶。一作“瑶阶”。⑤ “卧看”句:相传七夕是牛郎织女鹊桥相会之期,这句暗传宫女心事。

【品评】 这是一首宫词,却不标“宫词”,通首亦无金殿字面;是七夕,却只标“秋夕”,末句以“牵牛织女星”作暗示;不用团扇字面,只说“轻罗小扇”,如此等等,都使得这首诗较同类之作更见轻灵,而不着痕迹。诗中所写年少宫女,行为还比较天真幼稚,也赋予此诗以灵动的气韵。前人指出这首诗含蓄有深致,对于天上众多的星象,专说牛郎织女,表现出宫女的寂寞和向往。

赠　别[1]　二首

娉娉袅袅十三余,豆蔻梢头二月初[2]。春风十里扬州路[3],卷上珠帘总不如[4]。**其一**

【注释】 ① 赠别:指赠别扬州歌女。② 娉娉袅袅:形容体态轻盈美好。豆蔻:又称鸳鸯花、含胎花,花色淡红、鲜妍。③ “春风”句:是说扬州倡楼歌馆分布甚广。④ “卷上”句:是说楼馆中的女子,没有能与诗中人比美者。

【品评】 这首诗是作者在文宗大和九年(835)由扬州赴长安任监察御史时,赠别一位歌女之作。前二句赞美其风姿,形象优美而贴切。后二句用尊题之法,是说在扬州街上,当春风和畅之时,珠帘卷处,遍视帘内佳人,尽行十里之遥,总不如眼前人之娉婷窈窕。末句措语尤佳:不如谁?谁不如?不明说,而读者可以意会;"卷上珠帘"四字,则为扬州繁华气象传神。

多情却似总无情[①],唯觉樽前笑不成。蜡烛有心还惜别[②],替人垂泪到天明。**其二**

【注释】 ①"多情"句:是说骨子里多情,表面却未必看得出。② 蜡烛有心:双关语,表面上是说蜡烛有芯,暗关下句。

【品评】 这首诗着重写惜别之情。从次句"笑不成"看,诗中人本想掩饰分别的痛苦心情,尽管骨子"多情",表面却"无情"。与此形成对比的,是蜡烛的毫无掩饰,一夜垂泪。实际上是移情于物,写出了离别双方复杂而微妙的心情。诗中用"却似""唯觉"等词语,表现出一种揣度的语气,形容极妙。以下又借蜡烛寄托别情,用"有心""替人"等词语,移情于物,即以我观物,而物皆着我之色彩,有力地托出送别者的主观感情。

金谷园[①]

繁华事散逐香尘[②],流水无情草自春[③]。日暮东风怨啼鸟,落花犹似坠楼人[④]。

【注释】 ① 金谷园:晋太康中富豪石崇所建园林,以地处金谷得名,故址在今河南洛阳西北。② 香尘:石崇曾使人用香粉布象床,使所爱者践之,无迹者赐以真珠。事见晋王嘉《拾遗记》。③ 流水:

金谷又称金谷涧，有水自新安、洛阳流经此地入瀍河。④ 坠楼人：指绿珠，因孙秀以势强夺而不从，投阁而死。

【品评】 这首诗是文宗开成元年(836)作者任监察御史分司东都(洛阳)时，游金谷园吊古之作。前三句已是景中有情，包含无限凭吊苍凉之思。末句以落花喻坠楼人最妙。落花是暮春景象，诗人即景兴怀，以花喻人，合成意境。诗化了绿珠跳楼自杀以示抗争的故事，减弱了故事本来具有的惨烈感觉，而增加了浪漫的气息和凄美的感觉，流露出诗人对绿珠由衷的同情、欣赏和赞美，读之令人神往。

李商隐

夜雨寄北①

君问归期未有期，巴山夜雨涨秋池②。何当共剪西窗烛③，却话巴山夜雨时④。

【注释】 ① 诗题一作《夜雨寄内》。② 巴山：这里指剑南道梓州一带的山，梓州属东川，故称。③ 何当：何时，盼望之词。剪烛：剔剪烛芯因燃久而结成的灯花，使烛光明亮。④ 却话：回过头来谈谈。

【品评】 这是作者在梓州幕府中寄赠长安友人的诗。读之如闻娓娓清谈，深情弥见。诗中写到异时异地两个情景，即"巴山夜雨"和"西窗剪烛"，从"巴山夜雨"忆"西窗剪烛"，又从想象中来日的"西窗剪烛"忆"巴山夜雨"，而这后一个情境是虚拟的，深情表达了诗人对来日聚首的企盼。这首诗约作于宣宗大中七年(853)或八年(854)。

寄令狐郎中[①]

嵩云秦树久离居，双鲤迢迢一纸书[②]。休问梁园旧宾客，茂陵秋雨病相如[③]。

【注释】 ① 令狐郎中：指令狐绹，时在长安官右司郎中。② 嵩：指中岳嵩山，在今河南省登封北。此指诗人所在地洛阳。秦：指长安地区，古属秦国，为令狐绹所在地。双鲤：指令狐绹所写书信。古乐府《饮马长城窟行》："客从远方来，遗我双鲤鱼。呼儿烹鲤鱼，中有尺素书。"③ 梁园旧宾客：以西汉司马相如曾客于梁园暗指自己早年曾居令狐绹门下。梁园：西汉梁孝王所建菟园。《史记·梁孝王世家》载，梁孝王在梁园"广招四方豪杰，自山以东游说之士莫不毕至"。茂陵：汉武帝墓，在今陕西兴平东北。《史记·司马相如列传》载，司马相如晚年"病免，家居茂陵"。时作者也卧病，令狐绹致函问候，诗人作此诗酬答，故以司马相如自谓。

【品评】 这首诗是作者收到令狐绹的书信后的回寄之作，是"以诗代书"。前两句说"嵩云""秦树"，点明两人所处之地相距遥远，因而书信难通，相思之意自在言外。后二句用司马相如典故，说明自己正因病闲居，非常贴切而又形象生动。诗中满含深切的友情，同时隐含着希望荐引之意，联系作者与令狐父子的关系来看，也是情理之中的事。

为　有[①]

为有云屏无限娇[②]，凤城寒尽怕春宵[③]。无端嫁得金龟婿[④]，辜负香衾事早朝[⑤]。

【注释】 ① 本篇以首句前二字为题,类于无题。② “为有”句:是说少妇因富贵尤见娇媚。为有:因有。③ 凤城:指长安。以大明宫前丹凤门得名。寒尽:寒冬已过。怕春宵:是说春宵苦短。④ 无端:不料。金龟婿:犹言贵婿。金龟:朝官服佩。《旧唐书·舆服志》:“天授元年,改内外所佩鱼并作龟。久视元年十月,职事三品已上龟袋,宜用金饰。”⑤ 香衾:香暖的被窝。

【品评】 这首诗题材属于闺怨,写得深刻别致。诗中包含着一个悖论:对于富贵荣华,少妇是乐于享有的;然而面对富贵带来的烦心事,少妇却又不那么心甘情愿了。夫婿方金龟贵显,本是闺中人志得意满之时,却怨早朝制度破坏了千金难买的春宵,鱼和熊掌想要兼得,人生欲望实难满足。诗中“为有”“无端”“辜负”等字,下得微妙。与王昌龄《闺怨》“悔教夫婿觅封侯”比,此诗句意相近而较为刻意。

隋 宫[①]

乘兴南游不戒严[②],九重谁省谏书函[③]。春风举国裁宫锦[④],半作障泥半作帆[⑤]。

【注释】 ① 隋宫:指隋炀帝在江都(今江苏扬州)所建江都、显福、临江等行宫。诗题一作《隋堤》。② 不戒严:无戒备,是说自恃为天下太平。③ 九重:指宫中,朝廷。省(xǐng):省视,认真看。谏书函:函封的谏书。④ 宫锦:专供宫廷的高级锦缎。⑤ 障(zhāng)泥:马鞯。垫在马鞍下,两边下垂以障泥土。

【品评】 这首诗约作于宣宗大中十一年(857)游江东时。诗咏隋炀帝穷奢极欲,昏顽拒谏,足为覆亡之鉴。诗中只借“春风举国裁宫锦,半作障泥半作帆”之事,极状隋炀帝奢侈淫佚之无度,而民不堪命之状,亦如在目前。作为一首讽刺诗,诗人并不直接加以评论,只就事实一点即收,给读者留下寻思的空间,胜过许多议论。有人认为这首诗是借隋炀帝以讽刺唐敬宗的,可备一说。

瑶　池

瑶池阿母绮窗开[①],黄竹歌声动地哀[②]。八骏日行三万里,穆王何事不重来[③]?

【注释】 ① 瑶池:神话传说中西王母居住的仙境,乃昆仑山上的一处仙池。《穆天子传》中载,周穆王姬满周游天下,曾与王母会于瑶池之上。阿母:即西王母。《汉武内传》称西王母为玄都阿母。绮窗:指雕琢精湛、图案华美的窗子。② 黄竹歌:《穆天子传》载,周穆王周游天下,在黄竹路上遇风雪与受冻之人,于是作《黄竹歌》三章。③ 八骏:传说周穆王有神驹八匹,能日行三万里,西至瑶池。"穆王"句:相传周穆王与西王母瑶池聚会分别时,西王母希望他长生不死,彼此相约三年后再会。结果穆王未及三年已卒。

【品评】 这是一首以神话传说故事为背景的诗。前二句说周穆王的《黄竹歌》还在传唱,而人安在?后二句"穆王何事不重来",则穆王早死矣!全诗是说周穆王尚且不免一死,后世求仙服丹,以求长生,则纯属虚妄了。诗是针对其时宪宗、穆宗、武宗这些荒淫而又追求长生的皇帝而发的,前人评"用思最深,措词最巧",讽刺得深刻而又不露声色。

嫦　娥[①]

云母屏风烛影深[②],长河渐落晓星沉[③]。嫦娥应悔偷灵药[④],碧海青天夜夜心。

【注释】 ① 嫦娥：一称姮娥，神话传说中的月中仙子。② 云母：晶体状矿物，其薄片可装饰屏风。烛影深：指烛光的周围显得很暗。③ 长河：指银河。晓星：启明星。④ 灵药：指不死之药。

【品评】 这首诗咏嫦娥，古人多以为别有寓托。此诗一、二句，写室内外环境，暗透主人公长夜不寐、孤寂清冷之况，引出后面的名句，悬想嫦娥因长处孤清之境而悔偷灵药，从对面进一步衬托出自身之复杂微妙心理，极空灵蕴藉，予人以多方面联想。谢枋得《唐诗绝句注解》谓咏嫦娥"有长生之福，无夫妇之乐"，冯浩《玉溪生诗集笺注》谓咏女冠之不耐孤寂，《唐人万首绝句选评》谓借嫦娥抒孤高不遇之感。实则嫦娥、女冠与诗人，境类心通，自不妨连类而及，于构思时熔铸多方面生活感受，构成多重意蕴。

贾 生[①]

宣室求贤访逐臣[②]，贾生才调更无伦[③]。可怜夜半虚前席[④]，不问苍生问鬼神。

【注释】 ① 贾生：贾谊(前200？—前168)，西汉著名政论家、文学家。② "宣室"句：汉文帝将贾谊从长沙贬所召回，在宣室接见了他。宣室：汉未央宫前殿正室。③ 才调：才气，才情。④ 可怜：可惜。虚：徒自。前席：古人席地跪坐时，向前移动，是谈得投机的表现。

【品评】 这首关于贾生的咏史诗，撇开旧套，特意选取宣室夜召这一题材，抓住前席问鬼这个典型细节，借题发挥，深刻揭示出封建君主表面上敬贤重贤，实际上不能识贤任贤，重鬼神而不问苍生的腐朽本质，以及杰出才人被视同巫祝，不能发挥治国安民之才的不遇实质。诗“以议论驱驾书卷，而神韵不乏”（施补华《岘佣说诗》），后两句警策语，以抑扬唱叹出之，尤具神韵。全诗不但选材新颖、立意深刻、构思巧妙，而且流露出作者不以个人荣辱得失而以是否有利于国家苍生来衡量遇合的超卓胸襟。

温庭筠

瑶瑟怨[①]

冰簟银床梦不成[②]，碧天如水夜云轻。雁声远过潇湘去[③]，十二楼中月自明[④]。

【注释】 ① 瑶瑟：饰以美玉的瑟。瑟：古代弹拨乐器。② 冰簟（diàn）：凉席。③“雁声”句：瑟曲有《归雁操》。潇湘：潇水和湘水的合称，二水在湖南零陵县合流，向北入洞庭湖。④ 十二楼：传说中仙人居所。

【品评】 这首诗通过鼓瑟含蓄表现了一位女子离别的怨愁。首句写失眠，便含有一个“怨”字，成为鼓瑟的缘起。次句写凄凉之景，中有月光在，是鼓瑟的环境描写。三句借“雁声”托“怨”字，有“不胜清怨却飞来”（钱起）的意思。末句应第二句写岑寂之况，也就是“曲终人不见，江上数峰青”（钱起）的感觉，既可理解为鼓瑟的环境，又可理解为瑟声创造的意境。全诗绝不呆写题面，前后渲染烘托都在创造境界，是绝句借音乐表现闺怨的佳作。

郑　畋（825—883）

字台文，荥阳（今属河南）人。桂管防御经略使郑亚之子。武宗会昌二年（842）中进士，22岁以书判拔萃登科。曾任校书郎、渭南尉、万年令、知制诰、中书舍人、梧州刺史等职。僖宗、昭宗朝两次入相。卒于陇州，赠太尉。《全唐诗》存诗十七首。

马嵬坡[①]

玄宗回马杨妃死，云雨难忘日月新[②]。终是圣明天子事，景阳宫井又何人[③]？

【注释】 ① 马嵬坡：即马嵬驿，故址在今陕西省兴平西北二十三里处，有贵妃墓。② "玄宗"句：据《旧唐书·杨贵妃传》、陈鸿《长恨歌传》载，公元756年（天宝十五年）潼关失守后，玄宗等西南行出咸阳至马嵬驿，六军徘徊不前，请诛杨国忠。后又请"以贵妃塞天下怨"。玄宗知难免，却又不忍，于是回马掩面，使人引贵妃入佛堂，缢杀之。杨贵妃时年三十八岁。云雨：指男女相聚为欢。"云雨"一词本于宋玉《高唐赋·序》中神女自述曰："妾在巫山之阳，高丘之阻，旦为朝云，暮为行雨。朝朝暮暮，阳台之下。"③ 圣明天子：指唐玄宗李隆基。景阳宫井：又名胭脂井，南朝陈亡国之君陈叔宝被隋军活捉处。故址在今江苏省南京鸡鸣寺下。《陈书·后主纪》载，隋兵攻入台城，陈后主携宠妃张丽华、孔贵人入景阳宫井中躲避，终被获。此句意为：唐玄宗算是圣明天子，同意缢杀杨贵妃，否则结局将会和陈后主一样。

【品评】 此诗咏安史之乱中杨贵妃在马嵬坡被缢史事，但绝不是平实叙述。前二句说，因杨妃之死，才换得了玄宗的奔亡与回朝；后二句变换角度，以荒淫亡国的陈后主与玄宗相比，表面称赞玄宗是"圣明天子"，其实与陈后主是一样货色。诗歌从尽人皆知的史事中透过一层，抓住这件事的本质来加以委婉表露，其讽刺就显得更加深刻，诗情也起伏顿挫、跌宕生姿，这在咏史诗中别开生面。

韩　偓（842—923）

字致尧，一作致光，小名冬郎，号玉山樵人。京兆万年（今陕西西安）人。昭宗龙纪元年（889）登进士第。官至中书舍人、吏部侍郎。有《玉山樵人集（附香奁集）》。

已　凉

碧栏干外绣帘垂，猩色屏风画折枝[①]。八尺龙须方锦褥[②]，已凉天气未寒时。

【注释】 ① 猩色：红色，一作“猩血”。折枝：花卉画法之一，画花枝而不带根。② 龙须：龙须草编织的席子。方锦褥：才铺上锦褥。褥：垫被。

【品评】 这首诗写闺房陈设及时序推移，隐含闺情。诗由栏干绣帘而至锦褥，一步步写来，似乎都是景物，而景中宛然有人在，“隐有小怜玉体，在凉凉罗帐掩映之中，丽不伤雅”（俞陛云）。诗中以“已凉”“未寒”写天气，对温度的辨察极细。

韦　庄

金陵图[①]

江雨霏霏江草齐[②]，六朝如梦鸟空啼。无情最是台城柳，依旧烟笼十里堤。

【注释】 ① 诗题一作《台城》。台城：六朝宫城，在今南京城内鸡鸣山北麓玄武湖侧。② 霏霏：雨细密的样子。

【品评】 这首诗为僖宗中和三年(884)客游江南以后吊古之作。台城在历史上曾两度被攻陷，是六朝盛衰的见证。全诗描写凄凉之景，雨霏草齐，是暮春的物候。诗人对景兴怀，想昔日盛时，而台城之柳依旧烟笼，与“豪华一去风流尽，唯有青山似洛中”意近，无限感慨，都在言外，使人思而得之。二十八字中，有古往今来百端交集之感。

陈　陶（803？—879？）

字嵩伯，长江以北人。举进士不第。文宗大和初南游，足迹遍于江南、岭南等地。约宣宗大中三年(849)隐居于洪州(今江西南昌)西山。《全唐诗》存诗两卷。

陇西行[①]

誓扫匈奴不顾身，五千貂锦丧胡尘[②]。可怜无定河边骨，犹是春闺梦里人[③]！

【注释】 ① 陇：地名，今甘肃一带地区。陇西行：为乐府《相和歌·瑟调曲》旧题。② 扫：消灭、除掉。不顾身：置身度外，不顾生死。貂锦：汉代羽林军身着貂皮锦衣，此泛指唐军将士。胡尘：指与胡人的战斗中。③ 无定河：源自今内蒙古鄂尔多斯境内，流经陕西省榆林入黄河。骨：指战死沙场的战士留下的骸骨。春闺：指牺牲将士的妻子。梦里人：梦中所思念的人。

【品评】 这是一首表现边境战争惨烈、残酷的诗。前二句说众多英勇战士战死边疆，“不顾身”换来的却是暴尸“胡尘”，已够惨烈；后二句以荒野白骨与闺中春梦相连，丈夫已经战死而妻子犹然不知，还在魂牵梦萦，读来更加令人心酸！诗中表现出对战争给人们带来的悲惨命运的痛恶，以及对和平的强烈渴望，揭露了唐王朝穷兵黩武的罪恶。特别是后二句，对比强烈，对仗工稳，非常新警，是唐诗中的名句。

张 泌

生卒年不详，字子澄，淮南（今江苏扬州）人。南唐后主时，登进士第，授句容尉。官至内史舍人。《全唐诗》存诗一卷。

寄 人

别梦依依到谢家，小廊回合曲阑斜[①]。多情只有春庭月[②]，犹为离人照落花。

【注释】 ① 依依：形容流连不舍，不忍离别。谢家：本指东晋豪门贵族谢家。后常指岳丈家，女子娘家、闺中。回合：形容迂回环绕。阑：即“栏”，栏杆。② 春庭月：春夜洒满庭院的月光。

【品评】 原诗共两首，这是其一，是追忆爱情的诗。前两句记梦，与情人相会的地点是“小廊回合曲阑斜”处，“曲”而又“斜”，清静隐蔽，正是谈情说爱的好去处。后二句说梦醒，离人不知去向，只有月照落花，一片凄清，空灵中透着凄美。全诗曲折含蓄而又哀婉缥缈，显得情意依依，深挚动人。

无名氏

杂　诗

近寒食雨草萋萋，著麦苗风柳映堤[①]。等是有家归未得，杜鹃休向耳边啼[②]。

【注释】 ① 寒食：寒食节，古代以冬至后的第一百零五天为寒食节，或以清明的前两天为寒食节，或将清明节也称寒食节。自寒食至清明断火三日，不生火做饭，故称。萋萋：形容草木丰茂，生机盎然。著：形容轻轻拂过。② 等是：同是。杜鹃：传说为蜀开国君主望帝杜宇魂魄所化，至春则啼，似在哀鸣："不如归去！"

【品评】 这首诗是表现游子在外，有家归不得的感伤情绪的。前二句写景，点出时令，环境凄清，羁旅之思已然透出纸外。后二句写对杜鹃的埋怨，无理中有情，对故乡、家人的思念更见深切，诗句表现得委婉曲折，饶有情趣。全诗语言朴素清新，"近寒食雨"和"著麦苗风"打破了七言诗头四字分为两个音步的惯例，但在节奏上依然和谐自然，读来别有韵味。

乐　府

王　维

渭城曲[①]

渭城朝雨浥轻尘[②]，客舍青青柳色新[③]。劝君更尽一杯酒，西出阳关无故人[④]。

【注释】 ① 诗题一作《送元二使安西》，元二乃作者友人。安西即安西都护府，治所在今新疆库车附近。渭城：秦代咸阳故城，在长安西北黄河北岸，为唐时从长安通向西域的必经之地。② 浥（yì）：沾湿。③ 柳色：汉唐时有折柳送别风俗，故送别诗多言及此。④ 阳关：唐时关名，是古代中原通往西北和中亚的要冲，故址在今甘肃敦煌西南，因在玉门关南而得名。

【品评】 这是一首著名的送别曲，前二句描写送别的客舍环境，为本篇定下了轻柔明快的基调。后二句撇开惜别珍重的千言万语，而只撷取饯宴即将结束时的劝酒之辞来写，意味深长。言下不仅包含有“勿言一樽酒，明日难重持”（沈约《别范安成》）那样的感慨，而且再现了一个极富人情味的场面：酒过数巡，殷勤的送者还要敬行者最后一杯酒。而在通常情况下，行者不免辞以不胜酒力。而劝酒的一方却胸有成竹，不难找到一个合情合理的理由，叫对方不得不饮下这杯酒。“西出阳关无故人”正是这样一个叫对方推辞不得的理由。诗中场面，千古如新。

秋夜曲[1]

桂魄初生秋露微，轻罗已薄未更衣[2]。银筝夜久殷勤弄[3]，心怯空房不忍归！

【注释】 ① 本诗作者有争议，一说作者为王涯。② 桂魄：指月亮。传说称月中有桂树，因此而得名。轻罗：指用轻软而细薄的丝织品缝制的衣服。更：换。③ 银筝：指饰以白银的古筝。筝：又称古筝，弦乐器。唐宋时有十三弦，后逐步发展为十六弦，直至今天的二十五弦。夜久：夜深。弄：弹奏。

【品评】 这是一首闺怨诗，写得含蓄宛转。一位披着"轻罗"的女子在明月初上、薄雾朦胧的秋夜，久久地弹筝未寝，什么原因呢？末句点明："心怯空房不忍归。"原来是思念自己的丈夫，怕回到"空房"去睡不着觉，其内心之孤独、寂寞和伤感，一下子奔来读者眼前。全诗只是客观描写，而深情自见，非常婉曲优美。

王昌龄

长信怨[1]

奉帚平明金殿开[2]，且将团扇共徘徊[3]。玉颜不及寒鸦色，犹带昭阳日影来[4]。

【注释】 ① 诗题一作《长信秋词》。长信：汉宫名，在长乐宫内，西汉时为太后所居之地。② 奉帚：手持扫帚，指清晨从事洒扫。平明：清晨。③ 团扇：汉班婕妤《怨歌行》咏团扇，以秋扇见捐喻宫人失宠。④ 昭阳：汉宫殿名，汉成帝皇后赵飞燕妹赵合德得宠时所居之处，此指受宠者的居处。日影：阳光，喻君恩。

【品评】 这首诗写宫人失宠的幽怨。开篇即用团扇诗意，以秋扇见弃喻君恩的中断。后两句进而即景抒情，昭阳宫为得宠者所居，宫在东方，寒鸦带东方日影而来，意谓己不如鸦也。这里的比喻突破“拟人必于其伦”的限制，将“寒鸦”和“玉颜”这两个毫无可比性的东西作比，结果美不如丑，颠倒黑白极矣，究其原因则在于前者沾了“日影”，而后者失了“君恩”。其次，寒鸦带昭阳日影而来，实写景色，比喻从鸦色日影信手拈来，所以含意更加丰富。

出　塞[①]

秦时明月汉时关[②]，万里长征人未还。但使龙城飞将在[③]，不教胡马度阴山[④]。

【注释】 ① 出塞：乐府诗题，属《横吹曲辞》。②“秦时”句：意即明月还是秦汉时的明月、关还是秦汉时的关，在修辞上称为互文。③ 龙城飞将：指汉代的李广。龙城：指卢龙城，在今蒙古国境内，汉时为匈奴人祭天处。④ 阴山：阴山山脉在河套以北、大漠以南，起自甘肃，绵亘内蒙，是古代中原的天然屏障。

【品评】 这首诗认为将帅是否得人，对于减轻士卒的牺牲，至关紧要。前二句意味即李白《战城南》所谓：“秦家筑城备胡处，汉家犹有烽火燃；烽火燃不息，征战无已时。”“万里长征人未还”，是说秦汉直至李唐，不知有多少征戍者沿着祁连山下的这条古道有去无还！后二句是说师劳力竭而功不成，是将帅不得其人的缘故，得飞将军李广则边烽自息，也就是高适《燕歌行》所谓“至今犹忆李将军”的意思。

李　白

清平调[①]　三首

云想衣裳花想容[②]，春风拂槛露华浓[③]。若非群玉山头见，会向瑶台月下逢[④]。**其一**

【注释】 ① 清平调：古乐府有清调、平调、瑟调，此为李白用七绝格律自创新辞。②“云想”句：云彩想得到杨贵妃的衣裳，牡丹想得到杨贵妃的容颜。《乐府诗集》卷八〇引《松窗录》载，玄宗携贵妃在沉香亭赏牡丹，命歌唱家李龟年宣李白立进新词。时李白沉醉不醒，带醉赋成《清平调》三首。想：想往，羡慕。③ 槛：栏杆。露华：露珠在阳光下闪烁的光芒和蒸腾的露气。④ 群玉山：传说中西王母居住的仙境。会：当。瑶台：神话传说中西王母所居仙宫。

【品评】 这是天宝初年唐玄宗与杨贵妃在兴庆宫沉香亭前赏玩牡丹宣诏李白前去作的新曲歌词，时李白在朝廷供奉翰林。歌词一共三首。第一首赞扬杨贵妃的美貌。但作者不是正面去写杨贵妃的模样，而是运用比喻，用娇艳的牡丹和瑶池的仙女来形容杨妃形象，其体态的婀娜多姿和容颜的雍容娇美，鲜活地呈现在读者眼前，非常生动形象，可见作者非同一般的艺术表现手法。

一枝秾艳露凝香，云雨巫山枉断肠[①]。借问汉宫谁得似？可怜飞燕倚新妆[②]。**其二**

【注释】 ① 一枝秾艳：此喻杨贵妃。秾艳：形容花枝繁茂、花色秾丽。此为以花喻人。露凝香：以香花一枝承受雨露比喻杨贵妃得玄宗专宠。云雨巫山：楚怀王与巫山神女梦中相会的故事。宋玉

《高唐赋·序》中神女自述曰："妾在巫山之阳，高丘之阻，旦为朝云，暮为行雨。朝朝暮暮，阳台之下。"枉断肠：指楚王其实并未与神女相会，一切只是一场梦，徒然使人伤怀惆怅。② 可怜：可爱。飞燕：即西汉末年汉成帝皇后赵飞燕。《飞燕外传》载，赵飞燕体轻，能为掌上舞，故取名"飞燕"。《西京杂记》载，赵飞燕"色如红玉"，以美貌著称。倚新妆：意为要和杨贵妃比美，飞燕还得靠新妆来打扮增色。《飞燕外传》载，赵飞燕曾"为卷发，号新髻；为薄眉，号远山眉；施小朱，号慵来妆"。

【品评】 第二首紧承前一首以牡丹花比杨贵妃，重点突出"秾艳"二字，这既是牡丹的颜色也是杨贵妃的特色，二者融而为一。接着作者采用对比反衬的笔法，用巫山神女和赵飞燕作陪衬，说都比不上杨贵妃的"秾艳"美丽，"枉断肠""谁得似"，反复唱叹，极夸赞之能事。诗歌用曲贴切，笔法大开大合，虽是短章而有气势。

名花倾国两相欢[①]，常得君王带笑看。解释春风无限恨，沉香亭北倚阑干[②]。**其三**

【注释】 ① 倾国：指绝色美女。《汉书·外戚传》载，歌唱家李延年对武帝唱："北方有佳人，绝世而独立，一顾倾人城，再顾倾人国。"武帝以为奇。李延年之妹李夫人虽出身倡家却因此而入宫。后倾城倾国用以赞美女子容貌极美，令人倾倒。倾：倒、斜。② 解释：解除、消释。沉香亭：在唐玄宗兴庆宫内，龙池东侧。相传以沉香木建成，故得名。阑干：即栏杆。

【品评】 第三首将牡丹、杨贵妃合并一起，双管齐下，极写杨贵妃的美艳具有无穷的魅力，可以消解玄宗的一切烦恼。"带笑看""沉香亭北倚阑干"也高度概括地写出了玄宗与杨贵妃赏花的场面，简练生动，其中"倚"字下得非常准确传神，人物形态如在目前。这三首诗高超的描绘手法和巧妙新颖的构思,历来受到人们的高度称赏。

王之涣

出　塞[①]

黄河远上白云间[②],一片孤城万仞山[③]。羌笛何须怨杨柳[④],春风不度玉门关[⑤]。

【注释】 ① 诗题一作《凉州词》。② 黄河远上:一作"黄沙直上"。③ 仞:长度单位,合八尺(一说七尺)。山:指祁连山,在河西走廊南侧。④ 羌笛:又作"羌管",管乐器,原出古羌族。⑤ 玉门关:关名,故址在今甘肃敦煌西北小方盘城,是西域输入玉石必由之路。

【品评】 这首诗表现征人久戍思归的怨思,是边塞绝句中的绝唱。"孤城"加上"一片",孤单的感觉就更强烈。"杨柳"指伤离别的笛曲,又关系到折杨柳送别的风俗,其所唤起的,无非乡思别愁。汉班超投笔从戎,久在西域,年老思乡,上疏请归曰:"臣不敢望到酒泉郡,但愿生入玉门关。"所谓"春风不度玉门关",有人认为是说"怨君门万里,恩泽不及于边庭"(杨慎)。诗不言君恩之不及,而托言春风之不度,尤为含蓄。

杜秋娘

生卒年不详,金陵女,李锜妾,穆宗时曾为皇子傅姆。《全唐诗》存诗一首,实为其所唱之诗。

金缕衣[①]

劝君莫惜金缕衣，劝君惜取少年时[②]。花开堪折直须折[③]，莫待无花空折枝！

【注释】 ① 金缕衣：唐代乐府新题。金缕衣意为用金丝织成的衣服，此泛指华贵精美的服饰。② 惜取：珍惜，爱惜。③ 堪：能，可以。直须：即须，就应当。

【品评】 这首诗以劝人无须爱惜“金缕衣”起兴，劝人珍惜青春时光。从表面看，其中当然包括人生短暂的慨叹，因而有及时行乐之意。但仔细玩味，也不难发现其中蕴含着要珍惜光阴，不要虚度年华的善意规劝，因而有积极的思想意义。此诗因为是歌词，语言通俗浅近，明白如话，“劝君”和“惜”字、“花”字、“折”字的复叠运用，颇具民歌风格，易于传诵，所以流传不衰。

经典译林

Yilin Classics

书名	单价	ISBN 号
爱的教育	32.00 元	9787544768580
艾青诗集	35.00 元	9787544773584
安娜·卡列尼娜	49.00 元	9787544740883
安徒生童话选集	42.00 元	9787544775731
傲慢与偏见	36.00 元	9787544774697
八十天环游地球	32.00 元	9787544775861
巴黎圣母院	42.00 元	9787544775748
白洋淀纪事	32.00 元	9787544772617
百万英镑	35.00 元	9787544777360
包法利夫人	38.00 元	9787544777353
悲惨世界(上、下)	98.00 元	9787544777346
背影	28.00 元	9787544777483
被侮辱与被损害的人	39.00 元	9787544777261
边城	25.00 元	9787544757416
变色龙：契诃夫中短篇小说集	39.00 元	9787544777421
变形记 城堡	38.00 元	9787544777292
茶馆	32.00 元	9787544773539
茶花女	35.00 元	9787544777384
查拉图斯特拉如是说	38.00 元	9787544759793
朝花夕拾	22.00 元	9787544768535
沉思录	22.00 元	9787544759649
城南旧事	23.00 元	9787544768801
大卫·科波菲尔(上、下)	65.00 元	9787544769068
地心游记	32.00 元	9787544775847
飞鸟集	25.00 元	9787544761031
飞向太空港	39.00 元	9787544781763

福尔摩斯探案集	58.00元	9787544775373
复活	42.00元	9787544777308
傅雷家书	49.00元	9787544771627
富兰克林自传	36.00元	9787544750691
钢铁是怎样炼成的	39.00元	9787544774635
高老头	29.80元	9787544768856
格列佛游记	35.00元	9787544774642
格林童话全集	49.00元	9787544777285
给青年的十二封信	29.00元	9787544774321
古希腊悲剧喜剧集(上、下)	69.80元	9787544711708
海底两万里	38.00元	9787544775717
红楼梦	55.00元	9787544774604
红与黑	49.00元	9787544777315
呼兰河传	35.00元	9787544783620
呼啸山庄	39.00元	9787544775779
基督山伯爵(上、下)	108.00元	9787544777490
纪伯伦散文诗经典	42.00元	9787544777438
寂静的春天	35.00元	9787544773430
假如给我三天光明	25.00元	9787544768511
简·爱	39.00元	9787544774666
金银岛	35.00元	9787544780100
荆棘鸟	45.00元	9787544768818
静静的顿河	128.00元	9787544777513
镜花缘	39.00元	9787544771603
局外人·鼠疫	38.00元	9787544781756
菊与刀	35.00元	9787544750707
宽容	32.00元	9787544760492
昆虫记	39.00元	9787544775830
老人与海	32.00元	9787544774789
理想国	45.00元	9787544785204
聊斋志异	55.00元	9787544779791
猎人笔记	38.00元	9787544775809

林肯传	28.00元	9787544759960
鲁滨逊漂流记	39.00元	9787544783392
绿山墙的安妮	36.00元	9787544775755
罗马神话	16.80元	9787544711722
罗生门	39.00元	9787544777193
骆驼祥子	32.00元	9787544775724
麦田里的守望者	38.00元	9787544775106
美丽新世界	35.00元	9787544777254
名人传	39.00元	9787544774673
拿破仑传	38.00元	9787544759809
呐喊	23.00元	9787544768528
牛虻	38.00元	9787544777339
欧·亨利短篇小说选	36.00元	9787544775823
欧也妮·葛朗台	32.00元	9787544775854
培根随笔全集	28.00元	9787544768788
飘(上、下)	88.00元	9787544777407
热爱生命·海狼	38.00元	9787544777469
人类群星闪耀时	29.80元	9787544766906
人性的弱点	28.00元	9787544759977
儒林外史	42.00元	9787544781084
三个火枪手	59.00元	9787544777278
三国演义	45.00元	9787544774598
沙乡年鉴	42.00元	9787544775441
莎士比亚喜剧悲剧集	49.00元	9787544777322
少年维特的烦恼	18.00元	9787544762502
神秘岛	48.00元	9787544772884
神曲(共三册)	128.00元	9787544777414
圣经故事	35.00元	9787544768825
十日谈	38.00元	9787544714280
双城记	45.00元	9787544781879
水浒传	55.00元	9787544774581
苔丝	39.00元	9787544777179

谈美	26.00 元	9787544772013
谈美书简	28.00 元	9787544772006
汤姆·索亚历险记	32.00 元	9787544774659
堂吉诃德	62.00 元	9787544714877
汤姆叔叔的小屋	45.00 元	9787544775793
唐诗三百首	39.00 元	9787544781916
天方夜谭	42.00 元	9787544775816
童年	38.00 元	9787544762168
童年·在人间·我的大学	49.00 元	9787544775786
瓦尔登湖	28.00 元	9787544768764
我是猫	39.00 元	9787544777186
物种起源	42.00 元	9787544765022
雾都孤儿	35.00 元	9787544768696
西游记	48.00 元	9787544774611
希腊古典神话	49.00 元	9787544777391
乡土中国	29.00 元	9787544781886
小妇人	45.00 元	9787544766784
小王子	29.00 元	9787544774628
星星离我们有多远	35.00 元	9787544782043
羊脂球	38.00 元	9787544775878
一九八四	36.00 元	9787544777216
伊索寓言全集	35.00 元	9787544775762
尤利西斯	58.00 元	9787544712736
约翰·克利斯朵夫(上、下)	98.00 元	9787544777476
月亮和六便士	45.00 元	9787544773805
战争与和平(上、下)	108.00 元	9787544777445
中国哲学简史	48.00 元	9787544771580
子夜	49.00 元	9787544784221
最后一课	36.00 元	9787544777377